追寻

城南旧时光

潘恭 著

北京日报出版社

图书在版编目（CIP）数据

追寻城南旧时光 / 潘恭著. -- 北京 : 北京日报出版社, 2022.1

（新时代散文）

ISBN 978-7-5477-3980-8

Ⅰ. ①追… Ⅱ. ①潘… Ⅲ. ①散文集－中国－当代 Ⅳ. ①I267

中国版本图书馆CIP数据核字（2021）第083937号

追寻城南旧时光

出版发行： 北京日报出版社

地　　址： 北京市东城区东单三条8-16号东方广场东配楼四层

邮政编码： 100005

电　　话： 发行部：（010）65255876

总编室：（010）65252135

印　　刷： 三河市嵩川印刷有限公司

经　　销： 各地新华书店

版　　次： 2022年1月第1版

2022年1月第1次印刷

开　　本： 170毫米×220毫米　　1/16

印　　张： 25

字　　数： 354千字

定　　价： 88.00元

目录

第一部分　谈街议巷

第二部分　商家铺户

第三部分　庙里庙外

第四部分　草根列传

第五部分　一路说来

第六部分　散谈闲忆

第一部分

谈街议巷

TAN JIE YI XIANG

闲话广安门大街

一

广安门大街，人们口头通常叫彰义门大街。彰义门本是金中都的城门，地点在广外的湾子，人们硬是这么叫了几百年。20世纪50年代以来，新居民涌入，街头的文字标牌成了地名的唯一依据，口头叫的彰义门，逐渐消失，给广安门正了名。除了七八十岁的老北京人，没人提彰义门了。

这条街，是北京城里辈分最高的街，前身是唐朝幽州城的檀州街。辽代改幽州为南京，修城墙，四面留八个城门。檀州街东西两端，成了安东门和清晋门。街名在先，人们把清晋门叫作檀州门，如同把广安门叫成彰义门一样，口头叫惯了。辽代安东门在菜市口西边一点，宣武区（今西城区）在遗址边立了一块石碑。西砖胡同北口，马路隔离绿地头儿上。路过不妨留意，有兴趣也可专程前往。附近历史胜迹不少，南有唐朝悯忠寺（法源寺），西有牛街礼拜寺，还有仙露寺、大悲阁、燕角楼、报国寺、长椿寺（又名“长春寺”）等，都有故事，都值得寄情怀古、徘徊凭吊。

1930 年，广安门城楼东面，广安门大街

广安门大街，在现代交通工具出现之前，几百年来都是陆路出入京城的必由之路。清朝，北京只有五条大道，路面是用条石铺的。广安门到卢沟桥是一条，另四条是：朝阳门到通州、西直门到颐和园、前门到永定门和朝阳门北小街（朝阳门内大街到东直门内大街）。其余，城里城外都是土路，所以“无风三尺土，有雨一街泥”。皇上出门，要求“净水泼街，黄土垫道”，保证没土没泥了。

广安门铺的大条石路面，20世纪80年代广外甘石桥还有残留，在一截辅路上骑自行车，一颠一颠地蹦着朝前走。修石路，和朝廷有关联。清朝时每到年底，皇上要到卢沟桥检阅炮兵操练，要走这条道，御道。广安门是“京师咽喉”，关卡，当局格外关注。外地大官进京朝见、述职、应召，或者被派往外地当官，赴任就职，都由这里过。迎来送往，忙活。也免不了官僚间的“暗事”。来之初、走之前，此地正宜交接处置。

清人汪懋麟有一首诗叫《彰义门行》（见《清代宣南诗词选》），说的就是上任官员出广安门的情形。诗曰：“彰义门西日色变，十丈烟尘人不见。高车宝马纷纵横，两道门旗马前转。车中端坐何郡郎？新授南方好州县。家人弓箭各在腰，小妾金珠饰颜面。此行作吏廉乎贪？南方饥民饱藜苋。”这是担心新官到任，当地天高三尺。贪污受贿，猛刮地皮。我们熟悉的龚定庵（龚自珍）离京时的故事，最显广安门在政界的隐形作用。鸦片战争前夕，道光十九年（1839年）四月二十三日，龚定庵启程，没带眷属。雇两辆车，一辆乘坐，一辆装书。走人少冷僻的广渠门，轻车简从，绕道出京。何故？

当时，主持朝政的首席军机大臣穆彰阿，深受道光皇帝信任，但暗中阻挠禁烟。龚定庵是小官，礼部主事，却全力支持禁烟的林则徐。道光十八年（1838年），任命林则徐为钦差大臣，赴广东查办鸦片。龚定庵公开为文《送钦差大臣侯官林公序》，跟穆彰阿对着干。第二年，他辞官回老家浙江杭州，惧怕权势，躲灾避祸。连广安门都不敢走，防人耳目，也许怕阻拦、扣留、暗害。他没说，可告诉我们：广安门，在当年朝政的争斗倾轧中，有用。

广安门大街曾是外城最繁华的大街，商业、服务业十分发达。从菜市口往西，道路两侧店铺林立，门类多，货色全。店铺而外，市场交易兴旺。定期的：教子胡同北口粮食市场，农历每月逢一、三、六、八开市；土地庙，农历每月逢三庙会；百货齐全，餐饮俱备；洋片杂耍，唱戏说书；购物、餐饮、娱乐。右安门、广安门外的农民，四九城市民，都往这儿聚。还有常年开的：广安市场（菜市）；大街路北，烂缦胡同对面，卖菜蔬果品、鱼肉禽蛋、南货海味、副食调料。《城南旧事》的作者台湾作家林海音的回忆文章里，多处写到广安市场。广安门的菜市，自明朝到1949年，几百年延续不断。所以有“菜市口”这个地名。还有广安胡同的晓市（小市），天不亮开市，太阳一出就散。

路北，跟教子胡同对着，这胡同原叫“罐儿胡同”，民国改为“广安胡同”。住户“打鼓的”多，在街门口卖旧货，什么都有。旧衣旧鞋旧家具，老书老物老字画。占地挺大，进胡同两边就是摊子，往北到老墙根，东到车子营。这一片的小胡同也摆满喽，司家坑、玉虚观、广惠寺夹道，都是。来买东西的，以前打灯笼，后来拿手电筒，也有闲逛的。早点小吃摊儿不少。有假货，也有销赃的。一个镶着金牙的女人，油头粉面的。胸前挂个木头托盘，摆三五盒烟卷，散放些单支的。老叼着烟，吆喝："哈德门、粉包儿、大前门！抽烟，抽烟啦！"在人群里挤来挤去。卖单支烟——"来根儿（烟卷）嗨！"买一根烟卷儿，给了钱不走，还得叫她给点上，连买烟带逗闷子。她买卖不错。

这条街上没高档商店，粮食店、油盐店、山货铺（卖绳杆架木）、麻刀铺（建材）多。餐饮有：饭摊——窝头、咸菜、小米粥，荞面饸饹、莜面卷；饭铺——面条、大饼、切条、抻条、炸酱、打卤、烙饼、摊鸡蛋、炒豆芽。称得上饭馆的一两家，也是家常菜，在肉上找。"燕翅席"甭说吃，见都没见过。"下馆子"也是百姓茶饭，草根口味。

旅店从鸡毛小店到大车店，都是干店（不供饭食）。个别店里有单间，大部分是通铺，光炕席，被褥另外租赁。和衣而卧，就只收店钱。

百货商店叫"绒线铺"，有几家。最大的是义和永，在路北，北线阁西边。两间铺面，门口摆个铁锅，人称"大铁锅"。烂缦胡同口一家，门口摆个漆黑了的木头猴，叫"黑猴儿"。

还有特点，马路两侧地势高低不平，便道宽窄不一。有的地方高出一两米，像白广路两侧。门前的便道，有地儿一上马路牙子就进屋了，有地儿又比篮球场还宽。这门前广场，就成露天工场：织苇席，编荆芭；纺大绳，打草苫。铁工厂门前化铁炉，火花四溅。我记忆里至少两处，路南牛街口东边，路北原大星胡同口西侧。

这街上像样的买卖是面粉厂，三家。最大的是福兴，8部机器，百十号人，生产"万寿山牌"面粉。经理孙孚凌，工商界著名人士，全国政协领导人之一。另两家是万春永和长顺，长顺生产"鲸鱼牌"面粉，经理叫王振廷，以"粮老虎"著名。50年代初，因囤积居奇，抬高粮价，被逮捕判刑。

我记忆中50年代初，实行“发展生产，繁荣经济，公私兼顾，劳资两利”的政策，百业兴旺，欣欣向荣，是民国以来最好时期。不少老店修门脸（外装修），我家对门同福厚，重新油漆门面，四根砖柱红底白字，写着上述四句口号。每天抬头即见，所以记得。那时街上旧东西没大动，如石头的拴马桩，商铺门前窗下都有，现在博物馆里才见。登莱胡同把口（东侧），一间低矮瓦房，更房，住着末代更夫王茂的寡妻独子。广义街（王子坟）南口西侧，两间暗红色木板房，公安派出所（叫“段上”）。门前消火栓，清朝留下的，高出地面六七十厘米，直径20厘米左右。铸铁的，扣个头盔样的帽子，帽檐上铸着二龙戏珠花纹和“大清光绪三十四年”字样。还有类似售报亭的木制“烟卷阁子”。乐培园口外，中华寺庙门前一对大石狮、一座敬惜字纸焚化炉，都还有。

1956年，社会主义改造完成，公私合营、合作化。大商场取代了小商铺，工厂顶了作坊。闲下来的商铺房，成了住户，但街面大格局没变。90年代中期，两广路扩建。这条街一水儿大洋楼，成了现代化大街。

二

广安门大街经历了太多的岁月，积累太多。说完全，不易，说细致，更难。我守着广安门70多年，可也只能大面儿上，说个大概其。

北京城“里九外七”16座城门，都是配着套盖的：过了护城河的桥，箭楼，瓮城，城楼。箭楼的城墙连着城楼的城墙，像水缸，叫瓮城。三大件，一整套。广安门也是这格局。现在前门保留着箭楼和城楼，德胜门剩了箭楼，永定门仅仅重建了城楼。都不成套。

城门两侧有礓礤坡道，守城的兵将是骑马登城的，走上去更不费力，可先前城墙不许上。新中国成立之初，广安门居民成群结队，上城墙，登城楼。孩子们更欢实，十多米宽墙顶铺着城砖，虽然有酸枣棵子、野草，拦不住孩子们

1900年，广安门箭楼西面（城外）

疯跑，还上城楼。城楼的梯子没有栏杆扶手，横板宽，能上楼梯一样走。我胆子小，手脚并用爬着上，木头楼板缝子挺大，能看见下面，一走还颤悠。我站着哆嗦，不敢迈步，只此一遭，没敢再上。没多久，为了安全，当时的军管会就不许上了。城门24小时开着，结束了几百年每天开关城门的历史。

广安门箭楼、瓮城于1955年拆除，城楼是1956年拆的，城墙到“深挖洞，广积粮”的时候才拆平。现在是立交桥，桥下护城河是原有的，原先就是小河沟，水少泥多。两岸黄土坑洼不平，凹凸不直。这会儿水泥砖护坡，种花植草，修整各种图案。河道宽，河水深，岸边树木成行。早些年单位集资修滨河公园，从西便门城墙拐弯到南头城墙拐弯，绵延数里。公园在广安门北侧修了“建城纪念柱”，在南侧辽南京皇宫旧址修了“建都纪念阙”。居民休闲娱乐而外，多了凭吊历史、怀念往昔的景点。

马路两边的临街房，铺户多，住户少，还夹着寺庙、会馆、教堂、学校。这街上曾经的人跟事，知道的人不多了。路北，北线阁街口东边，现在路政局的位置，原是座庙：韦驮庵。康熙年间私建的（不是敕建），三进四院（有个东跨院）。道光年间，于姓老师，从河北沧州来京。在这庙的第三进院子，租下东配殿办私学，教四书五经。入民国，第二代于老师，子承父业。1949年后，起名“私立至善小学”。复式班，教新教材。50年代中期停办，历时百年。广安门一带子弟，多于氏弟子，“韦子庵于老师”尽人皆知。民国时期，庙里就成杂院了。一位女主持，一位女佣，每日烧香拜佛，靠房租生活，后来情况不详。庙的最后用途是挂面厂。

路南，广义街（王子坟）对面，马路当中有棵被保护的古树，那是西晋会馆门前的。稍东，叫南王子坟，30年代初，并肩盖了两溜排房。东西旧房没动，形成三条小胡同。新排房当中胡同顶上，横一块白铁皮匾：德源里，没有了南王子坟。60年代叫德源里一、二、三巷，现在没了，南边横着的街，叫后街，改德源胡同了。这德源里，日伪时期，住着日本人、朝鲜人，开白面房子大烟馆，卖毒品。路北新开小押铺（简易当铺），是跟贩卖毒品配套的买卖，什么都可抵押、换钱。瘾君子瘾上来，身上没钱，就不顾一切了。扒下大褂，带着体温塞进小押铺，举着当票跟钱，跑过马路，钻进德源里小胡同，过瘾去了。两种生意一手活——坑中国老百姓。古代诗人解衣沽酒，今朝百姓当衣过瘾。人们厌恶这里，叫他们日本鬼子、高丽棒子，路过都绕道走，甚至故意用力啐吐沫。

往东过牛街路北，回民学校、居民楼和连着的操场，早年是陈列所和工艺局，1949年前是西北中学、军队医院、西北中学大操场。医院在学校北面，学校和操场之间隔条小胡同，叫工艺局夹道，通医院。工艺局是清朝光绪年间，顺天府尹陈璧开设的。类似后来的实验工厂，培训技术，试制产品。聘请工程技术人员，招收贫民子弟，边学技术，边出产品。工种很多，当然都是手工操作技术，

1860 年，广安门全貌（西南面）

这是北京民族工业之始。

工艺局西侧，办了商品陈列所，实际是百科博物馆，卖门票。20年代后期，工艺局陈列所就都没了，陈列所成为地名。40年代末，还常说：在陈列所那一块儿。据我知道，1928年以后，陈列所的展品搬到前门箭楼上展出，我曾去看过，记得大部分是动物标本，鸟类很多。中华人民共和国成立初期，还搬到中山公园陈列过。

再往东，路北，狮子店口东是一个会馆——贵州西馆，住过大官陈夔龙。他是光绪十二年（1886年）（丙午科）三甲第五名进士。仅仅当个兵部候补主事，光候没补，仕途不顺，住在会馆里等机会。后来被西太后的红人荣禄看上了，三五年工夫，平步青云。当了顺天府尹没多长时间，就连升三级，当上直隶总督兼北洋大臣。搬到北城黑芝麻胡同，写过一本书《梦蕉亭杂记》。康有为在变法前，组织保国会。前后开过三次会，第三次在贵州西馆开的，通过了章程，决定了活动内容。随后被查办解散。1949年后，这里住着一位姓漆的老人，是中央文史研究馆馆员、国务院参事，外孙在十四中上学。同学间传说：国家每月发给老人不少钱。他常常周济穷困邻居、亲友，为街道做事，深受赞许。

广安门大街没有富豪显贵，贩夫走卒聚居，常年劳碌奔波。市井间，社会底层也不乏进步的声响和发展的气息。李大钊、梁启超、刘和珍等社会发展进步的推手，身后事都在这条街上办理。这些人物的故事，坊间多有流传。

三

广安门大街是北京城最古老的街。北京人用金中都的旧名称呼它，叫“彰义门大街”。元代一度废弃，明清两朝这一带是“神京繁华地”，举国知名，古老，文化积淀深厚。几十年间，虽然曾有拆改变动，旧格局仍保存着。猛然看去，老风光犹在。

彻底变化不过20年，1992年启动搬迁。地上拆平铲净，地下根基挖够，近千年的大街底儿朝天了。之后高耸入云的大洋楼林立，又宽又平的柏油马路畅通，和欧美大都会并肩而立。古老的彰义门大街焕发了现代青春。

住户搬迁，有喜事，也有悲情。汪晓东就得到天上掉馅儿饼的望外之喜，他本是房山农民，可不种地，有瓦匠手艺，长年在外耍手艺。每天骑自行车到离家20里地的县城工地上班，顶着星星走，戴着月亮回来，能吃苦不怕累，人缘也好。瘦长个子，黑脸膛，眼睛不大，奕奕有神。跟人说话眼神专注，一口又白又齐的牙。黑脸白牙，眼神注视，满面笑容，人们爱跟这样的人搭讪。人精明，有心计。可30多岁了，还打着光棍儿，他就吃亏在家庭出身上头。富农，他爸读过私塾，在国民党里干过事。“四清”以前当过大队会计，“四清”以后，就不让他干了。有提亲的，一听富农，当过国民党，哥们儿还多。吹了！他是老大，有俩弟弟。过了门，背黑锅，成了“五类分子”里的富农。老大要帮助弟弟成家，经济负担大。妯娌多，不好处。这几条不好办，提一个吹一个。他心里着急，假装不指着。年老的父母、弟弟，还要供养。挣钱第一，娶媳妇第二。好好干，千万别叫给“开”喽。

车把式马老五，给队里赶车。房山到广安门来回脚儿，跑运输。老五是外头跑的人，爱好多——听京剧，看球赛，摔跤。爱和演员、运动员“套磁”，认识不少人。给宣武体育场拉东西，装车卸车的。他看运动员，运动员也围着大车看。认识不认识，他都搭话。一回生二回熟，老五跟一个姓谷的摔跤教练成了朋友。体育场北门外有不少小馆儿，老五和老谷常在小馆儿喝酒，老五做东多。老谷过意不去，争着做东争不过他，为补欠情，就在家里招待。

老谷住得不远，体育场西北，南马道，走着5分钟。平房杂院，和母亲、妹妹一起生活。一家子都欢迎老五，爱听他聊。一明两暗三间房，老谷夫妇一间，老太太和闺女一间，当中一间客厅。有回老五来吃饭，多一个姑娘上桌，她低头吃饭，不看人不说话。老五问：“大妈，你也不介绍介绍？”老太太说：“二闺女，上山下乡去东北了。刚回来，还得走。”又半开玩笑说：“你们那儿有合适的，给你二妹妹张罗着点儿。”老五说：“行！”二闺女没抬头也没说话。

吃完饭，撤了桌。别人回屋，剩老太太、老谷陪老五，老太太打开了“话匣子”：“老五啊，你不是外人。我跟你掏心窝子。你二妹妹是我的心病啊！她走了10年，我揪心哪！一回来就说那儿好，叫我放心。我能放心吗？净瞎说。光说好，怎么好，哪儿好？说不上来了。我装傻，假放心！今年回来露馅儿了。你看那小脸儿，没血色呀，盖上纸，就围着哭了。身上瘦得皮里抽肉，一把骨头。一天到晚一句话都没有。身上有病心里苦。这么懊头着，可怎么好？老五啊，你真得帮这个忙。这回，说什么也不能叫她走。”老五说：“咱慢慢儿想办法。”老太太急了：“别慢慢儿的。急，不容工夫。转眼就是年，一开春她就又张罗走了。你在你们那一块儿打听着，下回你来给个信儿。”

老太太下了死命令。老五心里想到晓东，当地没人跟他。找个城里的，就招了驸马了，他求之不得。女方没条件，还挺急，准会一说就妥。老五拿定主意：

成全美事，两全其美。他回去就到汪家提亲，晓东还没回来。就先跟晓东父母说了，但没提女方身体不好。只说女的想留在北京，不回东北。房山虽是农村，离广安门近，方便。在城里，她这样的不好找对象，愿意找郊区的。只要男方不傻不苶没残疾，正经规矩过日子，没别的要求。晓东愿意，就见面谈谈。两位老人一直为大儿子的婚事着急发愁，也有给介绍的，都是相得中人，相不中这家。不知城里人嫌弃不？晓东回来听说以后，说试试吧，有枣没枣三杆子。就去找老五，老五说："你要愿意，就先见见。明天我去给定个日子，就带你去。"

按约好的日子，老五带晓东进城。道儿上老五说："你跟人家实话实说，甭瞒着掖着，成不成的都不落埋怨。"晓东说："我都听你的，咱也没丢人的地儿，用不着说瞎话。"老五告诉晓东："她听母亲的，老太太点头，这事就成了。得先见丈母娘。"他俩到了谷家，晓东从家里给带了些小米、玉米面、白薯，算是见面礼。老太太挺喜欢晓东，聊了会儿就叫二闺女出来了，说："你们俩出去遛个弯儿、聊聊。"把俩人打发走了，跟老五说："我看还行。长得黑点儿，并不难看。有技术在城里当临时工也行。"老五说："咱都知根知底，靠不住的能往家带？成分高点，算毛病。别的没挑儿。"老太太说："出身没法选择，重在表现嘛。咱又不是干部，那不要紧。"

二闺女叫谷淑珍，初中毕业去了黑龙江兵团。在家时就不爱说话，什么都在心里闷着。东北冷得早，天冷不出工。宿舍有火墙，不冷。都在屋里待着，聊天、玩牌、下棋、看书，打发日子。谷淑珍不聊天，玩牌不热心。看书，绣枕头，再就躺着发呆。放假回北京也不出门，按现在说法是得了抑郁症。妈妈最懂女儿心，老太太怕憋闷坏闺女，急着让她结婚，留在北京。有了家，心就有安放的地方。在北京，守着，能常见面。母女沟通，治愈心病的灵药。老太太孀居多年，遇事有自己的主意。拿定主意，办到为止。您对女儿的婚事，也是拿定主意的。

简短截说，晓东和淑珍定下来了。趁热打铁，就着过春节的热闹劲儿，结婚的大事一块儿办，喜上加喜。谷家催得紧，汪家有准备。办得挺顺当，皆大欢喜。淑珍在婆家住了不到半年，就回广安门娘家了。怀孕，反应多。在娘家妈跟前比在婆婆跟前不一样，任性，撒娇耍赖，随便。为方便，在胡同的空地上，借一个单位的外墙，盖了间棚子，叫他们两口子住。晓东在西城区房管所当临时工，上班下班也方便，挣的比在房山还多。很快淑珍分娩，生个大胖丫头。值得高兴，可报不上户口使人愁。那时规定孩子户口随母亲，淑珍北京没户口。孩子满了半岁，晓东坐不住了。给兵团写信，找北京市都解决不了孩子的户口，除非淑珍有了户口。

带着母女俩，冒着严寒，晓东闯关东了。兵团领导给了间房，三口子住下。晓东找领导要求给淑珍迁户口，一级一级地找。“四人帮”倒了，知青回城的政策没下来。费尽口舌，跑遍机关，耗了五个多月，总算办成了。拿着户口迁移证、粮食关系转移证，千恩万谢告别。孩子、大人都有了北京居民户口，晓东还是农民户口。不久，新政策下来。淑珍分配了工作，两人上班，丈母娘带孩子。他们在借别人院墙搭建的棚屋里，住了十多年。1992年拆迁，晓东逮着理了——反正不能叫我睡街上。广安门外五里店给了他一套新居！美、高兴、喜出望外。

北线阁进口路东，广安门医院对面，原是几家平房住户。其中18号、19号、20号三个院子都是在广安门大街韦驮庵庙里教私塾的于老师家的产业。于老师河北沧州人，清朝光绪年间来到北京谋生。靠教书的束脩，给三个儿子买下三座院子。他的长子于朝宗老师，子承父业在韦驮庵教了一辈子书，1956年才停，他住19号。次子分得18号。1992年时，只剩下三儿子的20号院。于家已繁衍到第六代。

房主是第三代的于炷云，当年是“帅哥”。“白帅富”他占俩：白、帅，不富。白脸蛋、剑眉、高个儿，英俊潇洒。年过古稀，脸上皱纹不多，白皙光鲜像50岁上下。耳聪目明，腰板不塌。日伪时期，他15岁就在丰台火车站当实习生，熬成职员。在铁路局干了一辈子，安分守己，老实巴交。为人死性，不相往来，没有朋友，没有交游。上炕认识老婆，下炕认识鞋。他不会为人，也不刻意伤人。

遇事认死理儿，不懂拐弯儿。从居住几代的祖宅搬走，离开守了一辈子的院子、房屋、街道，心里别扭，不痛快。在和拆迁经办人员交涉当中，说了些不受听的话。表示住了好几辈儿了，人口多，还有个残疾人，应该有个照顾。他那些不受听的，人家强压怒火，还想照顾，能搭理你？甩给他一句话，那你等着吧！从此不再理他。他以为或者另有关照，静候佳音。两广路是重大项目，任何障碍都必须排除。拆迁办的人早就有准主意，像慈禧太后的办法："你叫我一时不痛快，我叫你一辈子不痛快！"什么人都有，什么事都干得出来。等到最后，没再找他协商。硬派人派车，帮助他搬家，连人带东西拉到南苑五爱屯。他讲什么都没用了。人家说为不耽误开工，只能用这不是办法的办法。他成了五爱屯的住户。他心里想不通：叫我等着是等回信儿呀。怎么是愣给搬呢？这不合人情事理呀！他拐不过弯儿来，他想不通！可找不到听他说话的人。地方腾出来了，如时开工了。顺利大吉，庆祝开工，举行奠基典礼。挂彩旗，摆鲜花，放气球。热情的讲话，庄重的承诺，鼓掌欢呼，热闹非凡。

五爱屯的新住户，74岁的于炷云急气交加，一条道儿走到黑。终于走到黑了。

大变动的时候，就是悲喜交集的时候。

牛街和彰义门的老街坊

北京的牛街是古老的回族聚居区，早已名满天下。牛街礼拜寺是宋朝至道二年（996年）修建的。依寺而居，1000多年前回族同胞已经在这里生活居住了，他们在这块土地上世代相传、繁衍生息，和汉族同胞交流交往、交织交融。

牛街南北走向，北口是广安门内大街，南口是枣林前街。这两条街上住的回民，多数都和汉民一起住杂院。回民不会随汉人习俗，但尊重和包容汉人，不挑剔。汉族同胞尊重回族习俗，绝不相扰。大家和谐共处，密切交往，不少邻居成为知心朋友。

和牛街平行的，西边是糖房胡同，路东有几条胡同通牛街。靠南路西是吴家桥头条至四条，住户回民驼行多。驼行公会，在丁家胡同跟糖房胡同相交的角上。驼行有三个分工：买卖骆驼、使用骆驼搞运输、屠宰骆驼卖肉。

东边是教子胡同，牛街人称作东街，有一座礼拜寺，牛街人叫东寺，位置在输入胡同南侧坐西朝东，和牛街礼拜寺背靠背。中间是小寺街。东寺的全称是“敕建永寿礼拜清真寺”，这座寺比牛街礼拜寺晚得多，据记载建于清朝康熙五十年（1711年），建筑精美，可惜没能保留下来。

回族学者王孟扬（1905—1989年）生在牛街，幼年在东寺的回民小学读书。他写的回忆文章里提到东寺的匾额和对联，体现着回汉两个民族的融洽融合。寺前牌楼的匾“理贯天人”。门内北房是经文小学，匾“蒙以养心”，出自《易经》“蒙以养正，圣功也”。南房沐浴室，匾“日新其德”，也见《易经》，喻身净而德新。

院里有两座亭子，北边的写“义举”，柱子上对联：“但把泉刀襄美举，果然金石著芳名。”这里是接受捐助的地方。南边的写“梦醒”，对联：“当初谁解生如寄，到此方知死是归。”这亭子是为亡人沐洗身体的处所。大殿前厅有联：“念兹在，释兹在，名言兹在；朝于斯，夕于斯，聚族于斯。”上联，教人们学习经文，追求真理。下联，在这里生活，爱这里，族群兴旺发达。据说是前辈回族学者安镜泉撰的，书写者是汉族人，住在牛街地区，清朝翰林李锺豫。

这座寺还开过“粥厂”，向回汉两族的贫苦人施舍小米稠粥，后来被北京民政局下属的残疾人工厂占了，现在是三露厂的一个单位。

广安门（彰义门）大街上，有不少回民开的买卖，最有名的是清顺斋点心铺（饽饽铺）。现在的广安门内大街北线阁和南线阁的十字路口东北角，是广信嘉园，占了东北两面，商住两用。东头第一家是“避风塘”。这个位置，50多年前，是清顺斋清真饽饽铺。往东30多米，是它的堆房（库房），临街两间铺面，厚木板的墙和门，墙外是皮匠黄瘸子的修鞋摊。这堆房放做点心的家什，烧的大块木柴（如现在烤鸭店用的），烧剩下的灰也运回这里，人们把这木灰叫“小灰”，当年没有洗衣粉，这就是“土洗衣粉”。我家住堆房斜对门，家里洗大件衣物，就叫我去堆房要“小灰”。撮两土簸箕，在大瓦盆里泡上两天，灰渣沉淀盆底，上面的清水就是洗衣液了，人们说“洗衣裳可快了”（洗涤效果好）。饽饽铺自己用，街坊邻居也给，清顺斋惠及四邻，有口皆碑。

清顺斋门脸儿装修讲究。三间铺面，当中一间大玻璃门窗，左右两间大玻璃，窗下是朱红色粗大方木的栅栏。门窗上头是满刷金漆的精致木雕，挂檐板上浮雕吉祥纹饰，下面是垂了红色布坠的幌子。老北京标准的“饽饽铺”门面。

1900年，大井牌楼侧面。丰台大井官道上（卢沟桥东）的砖石牌坊西侧额书“荡平归极”，坊东额书“经环同轨”。乾隆四十年（1775年）为表彰平定大小金川御书立坊，此处原为一木牌坊，乾隆皇帝重修石道碑亭。（牌楼于1954年被拆除）

这一带的街坊都高看掌柜马兰亭。按现在说清顺斋够集团公司的规模，在北京及外地有好几个分号，牛街口的清源斋、通州的清宝斋、张家口的清华斋等，都属马氏集团。马兰亭的父亲马子清在广安门（彰义门）一带有名气，结交广。善于经营，还长于丹青，能画。庚子年八国联军占北京的时候，多方奔走给老街旧邻出力。当时法源寺驻扎官办练勇局，头头姓姚，和马子清交往密切。姚官长手下有一百多兵勇，维持这一带的治安。在当年的混乱局面下，姚官长听从马子清的意见，出面干预对居民的骚扰劫掠。住户们得到保护，念马子清的"好儿"，各界民众给马子清送了"见义勇为"的匾。

马子清住广安门外小马厂，在西便门摆摊做生意。那时莲花池有不少外国人的别墅，离小马厂近。马子清的绘画作品，受外国朋友欢迎。卖画，他积累了资金，买下广安门的三间铺面房。在光绪二十六年（1900年），开办了"清顺斋"，取自己名字的"清"和寓意顺利的"顺"，开始了马氏家族的辉煌。人们说"马子清头一运，开了个清顺"。饽饽铺的发展果然顺利，在之后的几年间，陆续开办联号。先是买下菜市口烂缦胡同庆丰祥布店的门脸，开了清华斋，后院是作坊，前店后厂，品种增加百十种。清顺斋交由兄弟马子明经管。1933年马子清退居二线，马兰亭出面掌管，先后买下清华斋对面的一所大院子和南隔壁的一个干果子铺，有了大制作车间，也扩大了门面。

马兰亭为了进一步发展，采取新的集资办法，开辟新的销售门路，到丰台一带去"打会"（如现在的基金"定投"，定期定量），给"会贴"（优惠券），通过各村有声望的会友协办。村民随意入会，金额不限，每月一般最少三角，就是"打印子钱"。流动资金多一个来源，会友买糕点，享受优惠，双赢。再有和寺庙拉关系，也打会入股。当年寺庙多，逢年过节、初一十五、法事道场，糕点供品必不可少。一年下来，用量可观。这两项，无论资金、销路，都增加许多。周转灵，发展快。

马兰亭写一手好字，清顺斋挂的匾就是他写的。善交游，承续了家风，人际关系良好。他为人仗义，济弱扶倾，主持公道。日伪时期曾被选为外四区的"区长”，私下救助张自忠的眷属。对他的热肠侠义，街坊们有很好的评价。1949年以后，成为北京市工商业联合会委员，下农村参加过土改，还担任赴朝慰问团副团长，到朝鲜前线慰问中国人民志愿军官兵。

1956年社会主义改造高潮时，清顺斋率先公私合营，马兰亭担任北京市糕点业同业公会会长。为糕点业的公私合营做过贡献。可惜天不假年，1956年4月不幸病逝。

清顺斋对门，路南是“金巴儿”开的烧饼铺和“羊肉床子（铺）”，也是三间铺面，字号叫毓泰轩。一间铺面卖生牛羊肉和自制酱牛肉、烧羊肉、杂碎。两间铺面的烧饼铺，卖早点和快餐。人们不记他的字号，都称“金巴儿”烧饼铺或羊肉床子。

金老汉老家山东德州，民国八年（1919年）一个人来到北京。他打前站，住在牛街表兄家，看看北京好不好混。表兄在牛街北口十字街头的东北角，有固定摊位，卖豆馇糕。金老汉那时不到20岁，每天跟表兄出摊，早晨他3点钟起来，做准备工作。点炉子，装净水，用的锅桶、炊帚、抹布、台布、竹签等等还有黏面、枣、熟红豇豆都放到车上。车是独轮车，定制的。车把很短，车盘很大。透明的桐油漆露出木纹，还镶着讲究的铜活。木头车轱辘钉大铜帽钉。全车擦拭得铜活闪光，木头发亮，干净精神。车上平铺和车架子大小一样的厚木板，这是操作的案板也是销售的台面。靠车把的两根横木之间安放火炉。

天不亮，车就到了摊位。炉子上放蒸锅，添水，放带一排排圆孔的铜蒸笼。先铺一层大枣，上头撒拌了熟豇豆的黏面，蒸一会儿。再铺一层枣。铺三层面两层枣，够数了，盖锅。加大火，蒸。三五分钟，熟了。一块大的湿布，铺在案子上。把蒸熟的料，扣在布上，四角收起盖在料上，双手用力拍压。熟料伸展变薄变实，打开翻在案子上，白的黄的黏面上均匀分布红枣，撒些青红丝。围观的顾客举着钱伸手：“来一块钱的！”表兄右手切，左手接，一刀准，不亏吃主儿。随手按到糖盆里沾满一层白糖，插在竹签上，递你手中。你说带走，有泡好的干荷叶，垫上，托着，干净方便。

表哥的生意不错，人和气，东西地道，回头客多。到不了中午，豆馇糕卖完，收摊回家。

金巴儿跟着出摊，收了摊，到街上转，去茶馆坐。茶馆人多嘴杂消息灵，看看听听，摸清了这条街的底。土地庙庙会的日子（每月逢三），街上人多得像老家赶集，他觉得这地方行，待得下去。他拿定主意来北京，但不能摆摊、找门脸房、开铺子。正好报国寺茶馆有人说清顺斋对面有几间房闲下来了，找(租)主儿呢。他按说的地儿去看了看，还满意。回到茶馆就打听，谁能帮忙给“说合”。有人出面应承，第二天听回话。出价还价，三下五除二，说停当了，他向表兄借钱交上定金。跟“来人儿”（中介）说回家拿钱，回来“写字儿”（订合同）。他回家不到一个月，就返回来了，还带俩伙计。

三人住进租的房子，叫表兄帮忙写个启事帖子贴在门上。

敬启者：此处筹备毓泰轩烧饼铺，一个月后开张营业。敬请各界君子光临品尝惠顾！本店主人敬启年月日。

三个人清理打扫卫生。到铁门胡同南口“人市”(劳务市场)请了木匠、瓦匠。

那时的人，仁义厚道。有了房，定下开什么铺子，就算在这街上扎了根，大家都伸手帮忙，修门脸，添设备。用木料油漆、砖瓦灰石，木厂子、砖瓦铺会送上门儿。你开什么买卖，进什么货，都有人张罗，而且都是赊着，开张后的旧历年结账。到期还不起，往后推。这是当年北京商业流行的规矩，互相帮衬，彼此信任。

牛街表兄帮很大忙。新开张的买卖，前三脚踢不好，砸了牌子，买卖就不好做了。请手艺高的师傅，做的东西出众，创出牌子，买卖顺当，就能兴旺发达。请人最要紧，表兄人缘好，面子大，一张嘴，谁也不好驳回。街（牛街）里人重义轻利，给新铺子帮忙如同唱戏的“救场”，不能耽误，不能唱砸。牛街做面食的高手应约应聘，牛羊肉也跟着上，毓泰轩开张了。

这毓泰轩的位置很优越，西边是德利长油盐店，它缩进一块，比德利长短四五米，门前有块空地，支起铅板（瓦楞铁）棚子，和德利长看齐。烙烧饼的炉灶在屋里，炸油饼、蒸包子，豆浆、面茶、豆腐脑，在棚子里。下午的老豆腐、素丸子豆泡汤，也不进屋。毓泰轩是这片儿最大的烧饼铺。夏天做烧羊肉，肉香灌半条街。煮肉下来的骨头，送给街坊啃。关节处的筋，棒骨里的髓，都是解馋的荤腥，在那年代难得。啃剩的骨头要送回去，有专收骨头的，能换钱。毓泰轩东边是倒闭的山货铺，房也扒了。再往东是一得阁墨汁的堆房，便道宽，铺面长，一长趟空地。拉骆驼的在毓泰轩吃东西，这片空地就卧满骆驼。

金巴儿第二年把媳妇接来，在清顺斋东边的杂院里租房住下。他们夫妇生了三个儿子，大儿子继承父业，经营到公私合营。老二、老三在新中国成立后参加工作，成了公家人。

毓泰轩东边不到50米，是家大教馆子，顺兴馆。两家关系不错，日伪时期顺兴馆关张，房子打隔断出租，成了杂院。金巴儿介绍炸油饼的张维成一家住进顺兴馆。上班近，方便。

张家是回民，两口子四个孩子，最小的是男孩，刚会走。同院邻居孩子们喊张大爷、张大妈，大姐、二姐、三姐、小弟。一家子仁义和气，和邻居们处得融洽。张家有时请牛街的老师父到家里念经，师父是盲人，拄着“马竿儿”，一个小女孩扶着他。张大妈在炕中间摆大炕桌，香炉里点燃芭兰香。师父盘腿坐在桌后，高声诵念经文。院子里听得清楚，邻居和孩子知道这是正事，没有人凑到近前，都该干什么干什么，不妨碍人家。隔些日子也来送“乜帖”的，一位中年妇女，挎一上着锁的小木筒，上面有投币孔。她不进院子，站在门外，轻声喊“送乜帖”！最多喊两次，张大妈准出来，把钱投进筒里。中年妇女不说什么就走了。遇上回民节日，张大妈炸“油香”。用包袱皮兜着茶盘子，茶盘装油香，送给汉族邻居。汉族节日张家跟着过，做好吃的，向邻居道贺，可不像汉人烧香磕头。赶上红白喜事，也你来我往。平时也串门儿，坐会儿，聊几句。你去她家可以喝她的茶水，她到你家，不喝水。汉民知道回民的忌讳，说话办事注意，不招人讨厌。回民也包容，没有胡挑鼻子乱挑眼的。回民讲卫生，家里外头都一尘不染。卖小吃的烧饼铺，一有空闲，桌子、板凳搬到街上，热碱水竹刷子，刷洗得露白碴儿。手不干净，一摸就是印儿。

金巴儿回民老乡，姓陈的三口儿，从山东来。爷爷70来岁了，孙子小两口，租顺兴馆的房住下。孙子20多岁，大高个儿，瘦长脸，挺黑，每天推平板独轮车到广安门外达官营菜市卖大油饼。这油饼，不是现在早点吃的那种，样子相同，但个儿大，厚。平底锅，半煎半炸，煎熟一面，翻个儿，放一个就满了。出锅，黄酱色，切着卖，论斤，一个差不多二斤。干力气活儿的爱吃，省事禁饿，扛时候。赶上阴天下雨，卖不出去了，大油饼就便宜了院里街坊，挨家送。切碎，加水回锅，撒点葱花、香菜末，挺好吃，都感谢“小山东儿”。孙子媳妇操持家务，爱帮助邻居。同院吴家主妇死了，扔下俩孩子，大的9岁，小的5岁。兄妹二人没人管，她主动揽起来，那时都穷，衣服、鞋袜家里自己做。洗涮缝补是日常，她帮俩孩子干。换季衣服她给剪裁，手工缝制，有时还搭上布料。男孩子费鞋袜，她给补袜子、做新鞋。吴家是全院最穷的，她除去听一声“谢谢”，没有任何回报。晚上她要帮丈夫准备第二天炸油饼的面，在平底的大缸盆里放盐、碱、白矾，用木头槌捣成粉末，“当当”的声儿挺大。然后放面粉，加水，和面。和面是力气活儿，就由丈夫来。准备料到和好面，得两个小时。睡四五个钟头，爬起来生火，火着了，推车出发，过午才能回来。

老爷子也不闲着。金巴儿买了50只羊，在顺兴馆后院支起羊圈，叫陈老汉看着。吃完早饭，陈老汉把羊赶出来到干面胡同野地里吃草，晚上再赶回来。有只头羊带着，放羊的省心，只看着别进庄稼地和菜园子就行。老汉背个粪筐，放羊兼捡粪。70年前的广安门一带，跟现在不一样。现在，楼挨着楼，楼缝儿里挤着块绿地。街上人挤人车挨车，日夜没消停的时候。先前，房少地多，尤其是牛街西、南两个方向。义地（墓地）、荒地、菜园、庄稼地，占绝大部分。广安门外右安门外一过护城河，就都是菜地了。菜地肥料是粪便，粪便能换钱。捡粪的多，也容易捡。大马路上畜力车多，牲口粪常有。公厕少，放养的狗多，人粪、狗屎多见，一天捡一筐粪不难。老汉把粪倒在顺兴馆门外旁边，用土培个圈，有粪就倒在圈里，拍实，几天就培成一米高的“金字塔”。进城卖菜的农民，出城回家路过，顺便买走，不愁卖。金巴儿给放羊钱，卖粪收点钱，老汉交给孙子媳妇。一家三口吃喝穿戴，富富有余。那时候人穷，生活简单。量入为出，过得满足。人的关系好，彼此信任。老汉捡粪，堆在街上，绝没有人想歪主意。

毓泰轩掌柜的养羊，为卖肉。宰羊也在顺兴馆后院，张维成住房的窗下。牛街请师父，柜上派俩伙计。把羊按倒侧卧，师父念经后，在羊脖子下一刀，放下刀，转身便走。两个伙计放血，剥皮，开膛，都是熟手，干得快，干净利索。大教馆子成了教门馆子的“后方”。

牛街普通群众的谋生靠着“两把刀、八根绳”。两把刀，一把卖牛羊肉，一把卖切糕。八根绳，是肩上一条扁担，两端挑着四根绳吊起的筐，走街串巷吆喝着卖东西，卖的不外是自己做的小食品和应时的果蔬。

在漫长的岁月中，牛街的回民同胞靠着睿智的头脑和勤劳的双手，维持生计，创建基业，积累财富，便有不少家底丰厚的殷实富户。他们从事的行业，利于国计民生，推动社会经济的发展。他们在京城的菜市、肉市、干鲜果品，以及古玩工艺品、餐饮等行业占有很大比重。前门、菜市口、花市这些繁华地带的形成，牛街回民同胞出了大力。他们写就京城民族商业史，丰富了北京城市文化。

牛街地处菜农和菜市之间：西面广安门，南面右安门，城门外菜园子连成片。城内西南角南菜园（今菜园街西南一带）都是菜地。牛街东北是菜市口，自明朝就是蔬菜交易中心。牛街是菜农去菜市卖菜的必经之地。牛街回民同胞进入菜行就极自然了。

菜行，要有“牙帖”。牙帖是朝廷颁发的营业执照，还有“龙帖”一说。牛街流传“祖先是随燕王扫北，揪着龙尾巴来的”说法，是说燕王朱棣从南京到北京，带他们（随从人员）来的。东郊有常营，也是回民聚居地，是常遇春军队的营盘。燕王当了皇上，给定居北京的随从发帖，叫“龙帖”，是“特别许可证”。牛街有菜牙张家、山药马家、葱胡家等，清朝末年，菜市口开办广安市场（菜市口菜市场的前身），到新中国成立前，市场20多家菜行，回民帖主占15家。菜市场的商贩，90%以上是牛街人。

牛街有“牙帖”的还有果行、骡马行等。牛街回民从事传统行业的古玩玉器，历史久远。牛街沙栏胡同是金中都城内的“沙拉市”，宝物交易市场。“沙拉”是蒙古语的音译，指珊瑚、宝珠之类。鼓楼附近的纱络胡同是元大都城里的“沙拉市”。清朝、民国则在东花市、廊房头条、廊房二条。新中国成立时，这里牛街人开的玉器铺20多家。家底厚的开铺子，实力不足的就“跑合儿”，当中间人。

干运输的也不少，养骆驼，拴大车（畜力车），牛街有“驼行公会”。牛街的驼户，对京城有特殊的贡献。北山的果子，西山的煤，靠骆驼进城。驮来驮去的，不单是物质交流，更可贵的是精神的沟通！刘姥姥进大观园，开了眼界，荣国府也吹进了清风。城墙围着，遮挡视线，外头别有洞天。骆驼队使城里居民广见闻、爽精神、添情趣！北京城得到的有物质的实惠，有文化的丰富。

至于餐饮业，牛街拔“头筹”。牛街小吃名满全国，香飘海外。面点200种以上。爆肚冯、年糕张、豆腐脑白等，尽人皆知，历久不衰。牛街的“厨行”里名家辈出，大顺堂梁家首屈一指。前面曾提到“燕王扫北”，军队中，有不少回民将士，梁家是军中厨师。梁家应外活，自备餐具有“大顺堂梁”标记。“大顺堂”，由燕王朱棣亲赐堂号。

名家还有元兴堂冯家、厨子梁二巴，后有杨家、王家、金瑞、许永等。这些厨师，手艺高超，名门出高徒，带出多位高厨。今天的牛街、教子胡同，餐厅、饭馆众多，但在休息日的饭点，吃饭很难。排队等座，一小时入席算幸运。

牛街作为北京城内的牛羊肉市场，历史久，规模大。一个卖肉的市场，几百年不间断，是奇迹。遍布四九城的牛羊肉店多是回民开设，售卖回民屠宰的牛羊。汉民开牛羊肉店，必挂“汉屠牛羊肉”牌子，尊重民族习尚，向回民同胞说明。在广安门大街，有卖大肉的“肉杠”，就有一家卖牛羊肉的“床子”陪着。齐头并进，共同发展。

生活在这里的各个民族的人们，世世代代共同努力，成就了古老北京的厚重和繁华。它的厚重和繁华，也映射在各民族人们的生活中。

杂院女人的四季

前两天，朋友来串门儿，聊起老北京的先前。读到的文字，看到的影像，听到的讲述，多是皇家旧事、官府逸闻。生在市井、长在街巷的草根提的不多。草根百姓在哪个时代都是绝对多数，好像该多说说。我做草根一辈子，经过见过的都是老百姓的事。也写过一些，泛泛。当时应许说，赶明儿写写。老没动静儿，不合适。“君子一言，驷马难追。”不是君子，也不能赖账。按记忆如实写。

北京的杂院，不是开发商按设计图纸盖的住宅。各类房屋都有，遮风挡雨，坐着能直腰，躺着能伸腿，能“宅”就是“宅”。低矮的棚子，高大的厅堂，都将就，都能随高就低地当卧室。老庙宇、旧会馆、败落的宅门、倒闭的商铺、废弃的库房，都是杂院的前身。

杂院的形成和发展跟“局势”相关。从民国说起，北洋军阀混战，人们躲战祸，往城里跑。日本侵略中国，“跑日本”，也是城里相对太平。国共内战，也有人挤进城来。人多住房紧。一拨又一拨，杂院就日见其多。

北京历来为移民城市。想发展，奔前程，上北京；躲灾祸，求太平，进北京。北京杂院，省钱，容易相处。四海之内皆兄弟，关上门就是一家子，广为包容。

我说的杂院，是城南广安门内大街一带，时间是20世纪40年代末到50年代初。

几代人在广安门内路南经营餐馆，餐馆的后院是掌柜的住宅。一家人，独院。1942年铺子关张，房屋分隔出租，住进八九户人家。商铺的房都通着，住户自打隔断。秫秸秆糊报纸，不隔音，好在草根无须保密，彼此相安。近邻也是杂院，左边大车店，生意不好。保留几间房营业，余下十多间小房租给了十几户人家。右边木厂子，掌柜的招了三四户房客。对门，韦驮庵庙里住着十多户，还有一大车门的院子也是十来户的杂院。1954年搬离祖居，到安家庄（现在的菜园东里，崇效寺旁），到裘家街（已无），到报国寺，都是平房杂院。大约得在杂院终老了。

穷人的谋生路子不一样，生活习惯不相同。同一社会阶层，总有共同处，住在一个院里，也必有许多共同认可的规范和习以为常的生活方式。半个多世纪，经过了大的浩劫，小的天灾人祸，磨光冲净旧日痕迹。趁着没忘干净，记下些。

前辈学者夏仁虎先生写过一本《旧京琐记》，记叙清末的北京。正文之前有篇“引”，还有六条“发凡”。其中第二条是：“是编所记，不免谬误。或当日闻焉弗详，见焉弗审。向壁虚构，则非所敢。”援引过来，奉为圭臬。不免谬误，绝无虚构。

北京外城（原宣武、崇文）和内城（老东城、西城）不一样。街巷布局，内城从元大都起就是按规划建设的。外城是明朝后期，嘉靖三十二年（1553年）才修的。国力不足，仓促动工，没有整体规划。不少街巷是“走的人多了，也便成了路”，路边盖了房，便成了街巷，不规整，原生态。杂院的形成也是如此。随机随人，随时随事。没有事前安排，只有事后结果。

大街的房，东西向六间临街铺面，南北向勾连搭六间，后面有两层院子。临街铺面当中有一间开大车铺（修骡马大车，占两间房），剩下西三间东两间铺面。东两间铺面的十二间房，租给前店后厂的“联升鞋店”。西三间当中一间通道，左首十间，鞭子铺五间，门市、住家、库房。山东来的回民小两口一间，男的推独轮车到广外达官营菜市炸油饼卖。刘记毛厂子，七口人一大家子，占

1960 年，广安门内大街（东向）

八间房（右首四间）。右首临街山西人夫妇带俩孩子，用两间，“熬碱”为生。陈姓老夫妻二人用两间，以手工制作杆秤为业。前院只是一长条儿，是铺子和住宅的隔离带。后院有六间房，张姓回民，本地人，有四个孩子，用两间房，在烧饼铺耍手艺。还有打鼓的丁家和原住户一家。八户人家，三户男人每天出去挣钱：张大爷到烧饼铺去；陈家大哥推车去达官营；丁叔要下街收货。别的修秤、熬碱、鞭子铺、毛厂子，都是作坊。这院，也是带家属宿舍的综合加工厂。生存的艰难可以想见。

那个时代女主内，家庭主妇操持所有家务。还要干点外活，贴补家用。睁开俩眼就忙，一年到头没拾闲儿的工夫，最苦最累。

早晨第一个起来，下炕笼火（生炉子）。冬天，把炉子搬到屋外，掏净乏煤炉灰，炉箅上铺一层乏煤球，点着易燃的引柴，放进劈柴，搁上拔火筒。劈柴烧旺，添煤球，火苗子被压住，冒浓烟，呛得出不来气、睁不开眼。待青烟散去，煤球发红，再续一簸箕煤球，拔上。十几分钟后，火上来了。蓝色火焰，成了玫瑰色。拿开拔火筒，炉子端进屋。敲开水缸里一层薄冰，带冰块灌满铁壶，坐在炉子上烧水。招呼家人："老爷儿（太阳）晒屁股啦，还不起呀！"跟孩子说："起来，尿。我等倒盆儿呢。"睡觉时，炕前搁小凳放小瓦盆，伸手拿进被窝解小便，再倒进地上的大尿盆。不出被窝不下炕。

早晨倒尿盆是主妇的事。倒尿盆回来（院里都有茅房），叠炕（被褥）。被褥折叠长条，靠墙码放整齐，罩上单子。不许一人一卷地放，那是懒汉卷儿，"光棍堂子"（单身宿舍）才那么放。扫炕，放炕桌。水开了，沏茶，闷上。漱口，刷牙，洗脸。喝茶，吃早点。北京人不做早饭，早点早点，就是点心点心。买套烧饼——芝麻烧饼夹麻花即油条，叫一套。油条是南方人的叫法，北京油条，是摞两条面，中间给一刀，扯开，长圆圈下锅。拉长了的焦圈，叫麻花。为区别，就有脆麻花、蜜麻花、馓子麻花等。吃块糕点，烤窝头片，热剩饭（杂院早点以"打扫"剩饭为主）。串暖壶——把暖壶里隔夜水加热烧开，灌回。

打发孩子上学，伺候男人出门，备好换的穿戴、随身用品。在干这些活计中捎带喝茶、吃东西。人们走后，扫地，擦桌子，收拾房间。利索了，坐到炕上，端出针线笸箩。补破袜子，纳鞋底子，缝补旧衣，缝制新衣，织毛线，绣枕头。无尽无休的女红针黹。倘若男人挣钱少，还要揽外活添补家用。在家里给别人缝补洗涮，给小作坊纺毛线（纺毛儿），给鞋铺缝搪底（布鞋底上的衬布），锆口（骆驼鞍儿毛窝前后梁上丝线缝的结）。工钱很低。杂院里的妇女还要算计着过日子，量入为出。手脚不得闲，心思也不得闲。

主妇们的正月放长假，不宜动刀剪针线和不宜下厨的忌讳都有。于是最相宜的，只有斗纸牌了。和麻将相同，区别在攥在手里和立在桌上。四个人围坐炕上，一玩一天。喝水、撒尿，向牌友告便。匆匆下炕，急急返回，怕误了抓牌。这日子到二月二截止，开始春天的忙。

一家老小换下冬衣，拆洗缝补。拆棉袄棉裤，撤出棉花套，里儿面儿洗干净。面儿褪色的，要染，买成袋的“爱耳染色”或散装的“煮青”“煮兰”。大铁锅洗干净，添水烧开。把粉状颜料放进去，加盐。要染的衣料洗净浸湿，搁锅里煮，开几滚。用铁筷子挑起，颜色均匀了，挑出放进凉水盆漂洗。洗去浮色，不拧水，抻开晾干。下个冬天，又是鲜艳如新的棉袄棉裤。如果是正在长身体的孩子，旧衣料洗净，贴缝加一条布，加宽加长，再染色。颜色一致。“新三年，旧三年，洗染缝补又三年”的穿衣规定，有由头。

春天还要翻腾咸菜缸。家家腌咸菜，或缸或坛，大小多少不一。开春以后，都要熬咸菜汤。把咸菜疙瘩、萝卜捞出来，摆开晾晒。咸菜汤倒锅里，坐火上加花椒、大料熬。水少加水，盐少加盐。咸菜缸刷净控干，熬过的汤晾凉，倒回缸里。捞出的咸菜疙瘩、萝卜放回去或用线绳穿起来，挂在窗外。一家熬咸汤，满院都是咸菜味。这气味，温润柔和，浓厚了家的氛围。

夏天比现在热，“防暑降温”的办法都是“祖传”。窗上糊冷布，门上挂竹帘；肩搭湿手巾，手扇芭蕉扇。屋里放盆凉水，吸热。瓜果吊在井里，镇凉，“浮瓜沉李”有古话。人们“苦夏”，饮食求凉爽，衣服要洁爽，身上得干爽。孩子多的母亲，加倍忙。洗衣服，洗澡，大提梁瓷壶晾白开水。天热脾气躁，男人发火，你忍着。估摸掌柜的回来的钟点，搪瓷脸盆放热水加碱，“冬使胰子夏使碱”。一进家门脸盆端地下，洗头洗脸洗身上。双手扶盆沿，屁股抬老高，媳妇帮着，拿净水冲后脊梁。他自己再提着裤子，用湿手巾掏着擦裆里。最后换洗脚盆，坐小凳上洗脚擦腿。洗完吃饭。饭后，媳妇收拾完家什，给孩子们洗澡。没有替换的衣服，要接着洗衣服。轮到睡觉，后半夜了。还不能晚起，男人出去挣钱，一早儿就得伺候着。这都是分内的事。赶上点儿额外的变动，主妇就额外的忙。孩子病，亲友来往，冒着毒太阳也得出去跑。

北京的秋天短。春天也短。有人说北京只冬夏两季，冬末夏初和夏去冬来。立秋以后，秋雨连绵，一场秋雨一场寒。没有大雨，常下毛毛雨，勾冷的雨。炎热的夏天，主妇们忙。炎热能过去，主妇们的忙过不去。趁着秋菜便宜，得为冬天算计。晾干菜是夏季就着手的，秋天接着。腌咸菜是应时当令。待更冷时，就激酸菜，储存萝卜、大白菜。一冬天的过活都要想到。一家老小御寒的衣物，捂了一夏天，翻出来，抖搂晾晒。缺的，抓工夫赶着做。西北风一刮，老天爷变脸，冻得缩缩着，手都伸不出来，还能干什么？秋天主妇们忙在紧迫上。

冬天的忙，前面开头说过了。忙四季，四季忙。没有忙，就没了内容。杂院的妇女生活中刚强，待人上容让。不像大观园的姑娘，没有《葬花词》。对自己的男人爱护依从，是老农对耕牛的感情。对孩子是纯母亲的爱，如母鸡对鸡雏，都要护卫在自己的翅膀底下。

别有特色的闹市

现在的广安门立交桥下正中，河岸东侧，是广安门城门楼子的旧址。城楼南北是城墙，即现在的广安门南北街，往东就是广安门内大街，旧时的闹市区了。城门洞南北一样，挨着城墙，往东有一溜房，三四十米长吧。房前都有片空地，是办公用房。道北守城军警，道南收税官员，日本侵华时期还兼防疫站，有一年闹霍乱，住了管消毒的。城门一开，四五个人手执喷雾器，相向而立，进城的必须从中间穿行；不论老少男女，不管穿戴好坏，消毒水从头到脚喷洒。车辆、牲口也喷洒。进得城来，都水湿淋淋，散着福尔马林味儿。但只喷进来的，出城的不管。这几间房的东墙外，是南北马道胡同，进城第一个十字路口。

大街南北两边的街巷胡同，建高楼扩马路消失了些，从城门脸往东，路北，万春堂夹道，莲房胡同，被广安宾馆和广安门医院给占了。大星胡同、小星胡同都拆平了。临时围挡圈了几年后，修了停车场，用了两三年。2010年冬天，停车场开拆，2011年春挂出牌子，修地铁站，2014年完工。再往东，下斜街南口扩成了长椿街，广安胡同展宽拆通，跟宣武门西大街连上了。喜鹊胡同没了。狮子店、夹道居，正在拆，属于菜市口东北角那片开发地了。

路南，德源里一、二、三巷成了两座楼之间的通道。香儿胡同、糖房胡同、糖房夹道没了。往东牛街、教子胡同、西砖胡同还在。烂缦胡同剩下不多。北半截、丞相（后改菜市口胡同）俩胡同拆除扩建，成菜市口南大街了。

老北京人说闹市要五味神俱全，街上要有油盐店、大酒缸、茶叶铺、中药铺、香蜡铺。当时从城门脸儿到牛街，油盐店五六家：涌福坊、永盛厚、德利长、天合成、同致和等；大酒缸只一家；茶叶铺三家；中药铺三家：瑞德堂郝家、同春堂张家，靠牛街口还有一家；香蜡铺两家：益兴楼、同益兴。足够五味，堪称闹市。但与西单、东四、前门大街一带纯商业区，铺铺相连，连成一片的闹市不同，广安门大街商铺伴着寺庙、会馆、义园、住户、作坊、仓库（堆房）、水窝子，是断断续续的松散型原生态闹市。

除这个特色，还有些闹市稀有的行业和少见的景象。到20世纪50年代初，街上还走着从山里驮来水果、煤炭、石灰的骆驼队，最多的车辆是骡马大车。牛街南口、老君地、南线阁还有不少养牲口拴大车搞运输的，粮店、粪场也养牲口。马掌铺、兽医馆就不可或缺。门前都竖着如日本神社样的门形木架，地上栽两根木头柱子，上面一根横梁。钉掌、治病，牲口顺着站在架下，大绳四周把牲口和木架缠牢，上下和横梁捆住，骡马动弹不得，摆布由人了。

马掌铺是专门打骡马蹄上铁掌的铁匠铺，而且生产、销售、安装一条龙服务。马掌铺在路北，和登莱胡同斜对着，在韦驮庵庙门东边的一间门脸里，老板姓邢，雇用铁匠师徒四人。马掌铺没有门窗，无论冬夏不上门板，门里靠东墙是打铁的烘炉，一人看火，拉风箱，添焦炭；由打铁师傅掌钳：一手用钳子夹出烧好的铁料，放到炉旁的砧子上，推拉翻动；一手握小锤轻敲铁料，指点大锤击打位置，负责打大锤的要有俩人，得轮换休息。大锤锻打时，小锤也不停地敲砧子沿，叮叮当当的，是轻重快慢的信号，将毛坯料在砧子上顺直、打扁、冲孔、弯湾（弧），要反复烧几次才能打成成品。钉子也自己打，钉帽长方形，圆弧顶，钉身方锥形。四个人忙时是冬季雪天，地冻路滑，不换新掌骡马容易出事故。常是门前火爆车马稠。

固定好牲口，把一只蹄子抬起放在专用木凳上，露出掌底，卸下旧铁掌；铁匠师傅左手扶马蹄，右手持“丁”字形木柄的锋利直铲，将横头抵在胸肌处，躬身，胸用力下顶，铲下多余部分，修平。新铁掌比试一下，若弧度不对，在木凳边上略施敲打，使之与马蹄相符，平面也要贴实；按铁掌冲的四个孔，斜着钉，钉尖露出蹄面，敲成倒钩防止脱落。

毛驴体小力薄，驴主人握紧笼头它就不能乱晃，就可以顺利钉掌了。赶上脾气坏的，近不得身，就施恶法制服。半米长木棍（粗细如墩布把）头上横穿一孔，再穿细绳结套，驴主人握木棍，套住驴下嘴唇，拧紧。毛驴疼痛难忍，服帖如猫。法子残忍了些，也是“锯碗的沾唾沫——不得不如此（入瓷）”。

师徒四人来自山东。劳作辛苦，生活有序。与庙里住户、摆摊的小贩、东邻布店，相处甚洽。每天做饭都是北京人说的“打铁的饭”：和好面，沾水在手上拍片，揪大厚片煮熟，连汤盛出，加三合油（香油、酱油、醋）；棒子面也这么吃。啃蒜瓣、整黄瓜、生萝卜。吃得满头大汗，嚼得清脆有声。让人知道大快朵颐的快意所在。

每月（农历）初一、十五（或初二、十六），是手工作坊吃犒劳的日子，四九城都这规矩。柜上出钱，吃顿好的，至不济也得见点荤腥。一般掌柜的、伙计、徒弟聚餐，有工作餐的意思，也能捎带开会。马掌铺女掌柜多有不便，犒劳就老四位了。到王子坟（广义街）口上卖斤饼斤面的饭铺叫（买）四碗白批面，上斜对门金巴儿的羊肉床子买烧羊肉、要点老汤，从隔壁天合成的菜床子上买几条黄瓜、几根青蒜，饶点香菜。面送来，菜洗净，连肉带汤一浇，青蒜末、香菜末一撒，一口面一口黄瓜。烧羊肉汤拌面，北京人也好这一口，比三合油香百倍，一吃一个不言语。劳作之余，门前清扫干净，坐小凳扇蒲扇，山南海北，乘凉的街坊也常围过来凑热闹。人一多，就好表现，掰腕子、摔跤，大家拍巴掌叫好，能玩到三星晌午。冬天就上了门板守着炉子玩骨牌，顶牛、对点。也有街坊来，输赢很小。然后爬到吊铺上一睡到天明。劳累，可也乐和。

兽医馆在报国寺斜对面路南，门前是四根柱子三个门，可同时接待三名“患者”。大夫是中医，听主人说症状，看牲口状态，手放到骡马的耳朵下面号脉，也是望闻问切。开方子抓药，屋里就是药铺，三面都是放草药的小抽屉。按方子把药配齐放一小桶中，加水搅拌，泡一会儿，灌到一大牛犄角里，把牲口头吊着扬起，牛犄角开口一头伸进嘴，手一举，药连渣带水就服下了。需要扎针，按穴位扎就是，反正牲口已经捆绑固定，况且疾病缠身，任由兽医大夫摆布。

再有就是大车店，在南线阁东（报国寺一带也有），停放大车、住宿，牲口过夜喂草料。店旁是鞭杆铺，经营骡马车用品和饰物，比如红缨、彩绳、小铜铃之类。新中国成立后公家经营就叫车具店了。这是和骡马驴相关的行业。

广安门内外、右安门内外，有大量农户。1956年农业合作化，城里南菜园一带入社就150来户。相关的店铺就多。菜籽铺大都在路北，有十来家，门前支着板子，上面排着小笸箩，放各种菜籽，写着品种、价钱，兼营肥田粉、杀虫药。还有两三家山货铺（山杆子铺）卖小农具，绳杆架木，筛子箩筐，荆巴草苫等（后来叫竹藤柳草或日杂商店）。

街景也有特色。马路牙子上放盛满水的水桶，隔三四米摆一个。在井窝子近处，路边总摆六七只桶。这是给骡马等牲口预备的。大车靠边停住，饮牲口。喝够了，牲口扬起脖子，晃晃脑袋，就又拉着车赶路。车把式到井窝子扔下水钱，再追上去。

便道宽的地方，就是露天工场。拉大锯开木材，打竹帘、草帘，纺麻绳、草绳，甚至有翻砂化铁的：一人就可操作的小撅尾巴炉，小鼓风机呜呜叫，炉子一歪流铁水，青烟冒，火花飞。产品是浇地用水车零件、民用铁锅。前门大街等处几乎没有便道或行人众多，这些情景是难以想象的。走在现在的广安门街上，也想不出60年前的景观了。

广安门大街有辉煌的过去，曾是陆路进出京城的要道。明清两代，都在这里迎来送往，留下许多洗尘饯别的诗作。客流量大，商业就发达。随着现代交通工具的发展，广安门就没了优势。特别是日伪占据日期，百业不振，市井萧条。1945年抗日战争胜利，国民党接收北平，已是满目苍凉。1949，人们欣喜振奋，挂在口头上的话："可熬出来了！"街上气象一新，如同大病初愈，虽然没有完全恢复，可精气神十足。新开业的店铺，修理门脸儿"重张开业"，扩充门市。街上红火、热闹起来。1956年社会主义改造高潮以后，商业网点调整，"关、停、并、转"。买卖大了，家数少了。市面差些，但不萧条，人多多了。1995年两广路扩建，改变了旧格局，脱尽了老模样。一片新的兴旺发达！真是气象万千！感慨万千！黄面婆成时尚美人儿，一水儿大洋楼。楼高路宽汽车多，真正的现代化。和发达国家的街道比，外国人都难分上下。

1890 年，广安门全貌（西南面）

胡同也有的特色

写了大街的特色，也说说街两旁的几条胡同，还是牛街以西这段。和东城、西城（内城）居民区相比，这些胡同没有王公显贵的府第，没有富商大贾的宅院，也就没有雍容华贵的气派，没有悠闲宁静的氛围，有的是和草根生存相系的种种。宣南地区名人故居比比皆是，我说的范围里少。

向前推60年，这一带像样的房子不多。北线阁口里路东，有一栋私人小洋楼。20世纪50年代初，这里开办铸新小学校（后改北线阁小学，和今广安门医院大门正对着）；石虎巷把口东面路北有栋小洋楼（现在还有，原是个律师的住宅，广内派出所用了很长时间）。这两处当时算“顶级”了。胡同里够格的四合院少，大杂院也少。生活小康，不成格局的独门独院、又是家又是买卖的院子很多，如炭厂、煤铺、棚铺、粪场、豆腐房等。有闲房招一两户人口少的街坊较常见。铺子、作坊胡同里净是，住着并不消停，时髦话是不宜居。

南线阁把口路东是豆腐坊，敞开式作业，路人驻足便一览无余。毛驴拉石磨，大火煮豆浆，石头压豆腐。驴随时随地拉撒，粪扫墙角，尿流满地，和压豆腐的黄汤一起

1921年，广安门城楼西面（瓮城内），门洞外券是三伏三券式

顺门下沟眼流到街上，门前老是水汪汪、臭烘烘的，苍蝇乱飞。往南，炭厂、煤铺、粪场、坟圈子。北线阁进口路西是翻砂工场、棚铺、家具铺、坟地（丘子院）。

干面（登莱）胡同只30米长、3米宽，东西各一个街门。德源里，原是短而宽的胡同，和路北的王子坟（广义街）斜对着，叫南王子坟。前面已然提过。是老广安门的伤心地。路北大嘴巴（大星）胡同、小嘴巴（小星）胡同、报国寺前街、乐培园，离得不远都通着；前街是中心。旅店集中在大嘴巴胡同、小嘴巴胡同、报国寺西夹道，客店、大车店、花子店都有，通间大炕，不雇用伙计的夫妻店多，当然没有洗浴、餐饮设施，简陋得令人无法想象。乐培园是低等妓院多（封闭时有8家），也是从东夹道到土地庙的近路。报国寺前街，茶馆、饭铺、饭摊扎堆，光茶馆就三家，把口路东一家，路西高坡两家，其中一家是书茶馆，灯下开书，风雨无阻。至今报国寺前街仍是大排档火爆，入夜灯火通明，照如白昼，烤串、麻辣烫，烟熏火燎，熏眼呛鼻。路过行人漫在烟雾中，虽多次取缔，迄无成效。热闹胜似当年，空气污浊胜过当年。

石虎胡同（巷）正对糖房胡同（已拆），

这一带是毛厂子的天下。收购杀猪煺下的毛，加工分类。在大缸里泡透，捞出来梳理，赚钱的是猪鬃，绒毛是下脚，卖给郊外当肥料。泡毛的黑水溢得满地流，奇臭。血肉腐烂的腥臭，比大粪难闻。人们整天熏着过日子。

当年胡同都是土路，走车多的就轧出两道车辙（像北线阁），走道不留神，绊着、崴脚都可能。车轮子带走土，加上风吹雨冲，就日渐低洼。“多年媳妇熬成婆，多年大道熬成河。”还有北京人常说的“洋车上马路——没辙”。都是从土路深辙衍生出来的。

环境差，穷人多，衣食住行都比东城、西城落后。物质匮乏，精神不萎靡，生活信心强着呢。天无绝人之路嘛，老天爷饿不死瞎家雀。猪往前拱，鸡往后刨，动物尚有谋生技能，何况万物之灵的人？生存艰难而乐观，是这里人们的特色。这里人们的脑子里没有“烦着哪”“没劲”“没生活信心，不想活了”这类念头。老想爸妈不容易，为他们分忧才是。十来岁就开始谋求生存了，捡煤核、捡烂纸，给上坟的添坟、给红白喜事打执事，给冰窖拉冰、拉小襻。力所能及的营生都干，再大些能干的营生更多。没有工夫想别的。没有“无常之痛”，更没有“青春的烦恼”，结结实实地活着，踏踏实实地长大。穷人有穷人的活法，敬畏、感恩、平常心，没有争斗心，不懂胜利甜头，也没有失败的沮丧和苦痛。

广安门大街的胡同和胡同人大略如此。

小市和小吃

广安门内的广安胡同（原叫罐儿胡同，民国时改称广安胡同），如今进口有个早市大棚，营业到中午闭市，人气挺旺，老是挤挤喳喳的。早先（20世纪50年代中期以前）这里有小市，天不亮开市，太阳一出就散，所以也叫晓市、鬼市。逛小市要提灯笼、打手电。卖的是零碎的旧物品，性质如同现在的旧货市场，那会儿北京有好几个小市：崇文门外的东小市、德胜门的小市、宣武门的小市等，常会有来路不明的东西，也有古玩字画等旧物。有些卖家是打鼓儿的，白天走街串巷收购旧物，起五更在这儿卖。也有街头摆摊的到这里“抓货”，赶对了，抓到俏货，发笔小财；走了眼，就赔一家伙。也有遛早儿的捎带逛小市，顺手买点能用的旧物、生活用品等。小市上，摊儿多，人也多。

那时没大棚，没摊位，当然也没费用。道路两边，墙根儿底下，货物直接放到土地上，怕沾土的铺块布，垫张纸，就算讲究的了。小市的规模不小，往东到车子营，当年这一条路叫司家坑浮摊，现在叫定居胡同，往北到老墙根儿。覆盖了几条胡同：司家坑、玉虚观（儿）、广慧寺夹道都有摊儿。

逛小市，除了打灯笼淘货之外的另一特色就是较值钱的物品，讲价钱时不能说话，买卖双方，手褪到袖子里，掐对方的手指，说：“这个整儿，这个零儿。”报价。“不行。”买方掐卖主的手指，“这个整儿，这个零儿。”砍价（还价）。成交——“行，您拿走。”不成交——“您先转转，回头再说。”如果都没穿长袖衣裳，就用块布（如手巾）盖住手，反正得保住“商业机密”。这个方式，好像叫“掐码子”。

不论做买卖，还是闲逛，那么早，都空着肚子，小市就带火了另一个“饮食小市”。广安小市有两处饮食市场，一处在玉虚观，在一个大木厂子门前，地儿宽敞，有好些早点摊儿：炒肝、烩素丸子、豆腐脑，烧饼、煎饼、炸油饼，盆糕、炸糕、烫面糕，都有。

另一处，在大街上，广安胡同南口西侧，便道挺宽，这里除了上列品种之外，多了一个非著名小吃——“甜磨”摊儿。当时的饮品类小吃都是挑着担子走街串巷，“甜磨”挑子的构造是一头带有炭盆，可保温，另一头是碗筷之类的餐具。盛“甜磨”的铜锅上口收进，像个坛子，上头翻出草帽边，锅周围的方盘就是餐桌，周围设小凳儿。“甜磨”是面茶一样的面粥，但不加芝麻酱。通常的做法是前一天把黄豆、小米泡好，带水用石磨磨成浆，煮时再加入整粒的黄豆、花生豆、粉条、豆腐丝、海带、盐、五香粉、胡椒粉，盛到碗里再撒点芝麻盐。喝起来有五香味儿，微辣，吃到海带，软中带脆，吃到整粒儿的黄豆或花生豆，越嚼越香。和面茶不一样，喝到底都是黏糊糊的。“甜磨”是鲜辣口，黏合里还有嚼头。现在想来，味道不错，冬天早晨喝一碗浑身都暖和。当年，卖家也不是太多，不像面茶、杏仁茶那么普及，好像不属清真食品。现在北京没见卖的了，人们也没提起。外地（如开封夜市）有卖的，叫面茶。是装在类似北京冲茶汤的大铜壶里，从壶嘴一碗一碗倒着卖，而北京是用勺盛到碗里卖。当年确曾有过，而今却未见提及，不知还有没有人记得。

更房和酒铺

北京南二环路是顺着原来的城墙修的，二环路以北就是老北京城。穿城而过的东西大街有三条，从北边挨着说：平安大街、长安大街、两广大街。前两条大街在内城原来没这么长，是后来拆迁、打通、延伸的。只有外城的两广大街，从明朝嘉靖四十三年（1564年）修了外城，有了广渠门和广安门（广宁门），就有了这条贯通着的大道。虽然几百年间街道狭窄，道路弯曲，地面不平，但这条街，当时在北京城里是最长、最老的街道。广安门大街在现代交通工具出现以前，是陆路进出京城的咽喉要道。民谚有“一进广安门，银子撞倒人”的说法，可见曾经的繁华兴旺。

本人世代居于广安门，一进城门路南第一条胡同是南马道，第二条是南线阁，第三条是干面胡同（登莱胡同）。南线阁和登莱胡同之间有50多间铺面，开着整30家商铺，现在成了一家——港中旅大厦。大厦西北角，临街修了辽南京燕角楼遗址标识——小石牌坊和一只象征瑞气的兽，在南线阁把口（“线阁”是“燕角”的音转）。大厦南边是文物保护单位宝应寺，在街上就可望见楼后的佛殿。大厦东侧是登莱胡同，把口路东，曾有一间坐南朝北门向大街的小瓦房，那是这一带的“更房”，更夫住在这里。白天擦路灯罩子、添加煤油，傍晚点亮，夜间敲梆子巡逻打更。

最后一任更夫姓王，一家三口住在小房里。早已不打更，没有了工钱，生活极困难。儿子小名叫狗子，是我的玩伴，他捡煤核、捡烂纸贴补家用。临街，老开着门，一间屋半间炕。靠后檐墙是盘土炕，上头堆着看不出原色的被褥。冬天烧柴锅做饭，炕是热的；夏天屋外垒个烧柴的灶，还有个煤球炉子，没干柴时用。一家三口一举一动，屋里门外，都逃不过路人的眼睛。老头早死了，20世纪40年代，直挺挺的死尸躺在迎门的土炕上，盖了张纸。是街坊邻居"敛官吊"，买了个"狗碰头"的棺材，雇两人，"穿心杠"抬出城埋了。剩下娘儿俩，50年代才搬走。

现在这条街当然面貌一新，绝无旧日痕迹。商铺也变得快，改变门面、更换招牌、换老板、改行业，三天两头，猴儿戏——说变就变。人员流动就更快了。先前这条街上的人们，不论是铺户还是住户，都是长相厮守的。老商铺、老住户世代相传，即使是摆摊的、耍手艺的，也是固定地点、固定项目，不到万不得已不改动。

当然，和那时生存艰难有关，有碗粥，就小心翼翼捧着喝。还有人们的诚信观念和社会责任感，即使摆摊儿，也要天天在这里守着。不来，不守时，是不讲信用。人家每天用你的东西，惯了，你好不当秧的不干了，不是给人家造成麻烦吗？修鞋的黄皮匠，老地儿摆摊，几十年不动。收破烂儿的"穷张"，他是在韦驮庵庙门里头。甚至挑挑子的买卖，每天守时如约。还有瓦匠"包儿闻子"，收破烂的"穷张"，都是资深的"名人"。

至于铺户就更岿然不动了，所以公信力也强。办事写文书、订契约，甚至官面上的官司，讲究找"铺保"。商铺担保就牢靠可信，跑得了和尚还跑得了寺？人们之间是相互信任的。如同旧文人用官衔称呼名人，这里用商铺称呼：首饰楼赵家、棺材衡家、药铺郝家、黄蜡张家、银行李家等。一些世代相传的铺户都有很好的声誉，也热心街面上的公益活动。有的小买卖也一扑沓心干一辈子，王子坟（广义街）对面，有个小酒铺，容五六个人喝酒，两张小桌，挤着。管热酒，卖现成的酒菜，也卖烟酒糖杂货。掌柜的刘志有，河北定兴人，没有子女，守了一辈子这间小铺，直到腰弯背驼，找个亲戚晚辈帮忙。他坐在门外的竹椅上，和几十年来的熟人、街坊聊聊，打打招呼，守望着和自己伴了一生的铺子。后来公私合营，小铺还是开着，扩建两广大街才消失。

当年的人们心态沉稳，有一种道德责任。把谋生手段等同事业，想的是对周围——亲戚朋友、街坊四邻——不能有愧。上对祖宗，下对后人，也得无愧无悔。

1921 年，广安门城楼东面（城里），门洞内券为五伏五券式

买卖家儿的规矩

从前大商店叫大买卖家儿、大铺眼儿，小的叫小铺眼儿。卖丸散膏丹、汤剂饮片的中药店，叫药铺；卖片剂、粉剂、注射液的西药店，叫药房。海味店、南货店、干果子铺，是同一类商店，如前门通三益。山货铺、山杆子铺，类似后来的竹藤柳草商店。麻刀铺、砖瓦铺，即建材商店。老妈店，则是家政服务公司。牙行，不是口腔医院，是经纪人的统称。名字和经营项目都有变化，消失的也不少。提起老话儿，年轻人就不知说的什么了。

北线阁西边路北，有家“大”百货店，三间门面，字号是“义和永绒线铺”。门口台阶上立着一口大锅，是标识，以此为记。人们买化妆品、梳妆用具、头花头饰、针头线脑、妇女日常用品，都说上“大铁锅”。和它斜对面路南是家“烟儿”铺，有四五间铺面，修得讲究，青砖为主，一间间冲天砖柱隔开，柱间是青砖墙嵌着木门窗。墙面柱顶都有砖雕，腰线顶线，花卉人物，古朴庄重。经营旱烟、水烟、鼻烟，以及槟榔。开这么大的“烟儿”铺，可能跟当年广安门是进出京城要道有关系。里面长条拦柜，靠墙货架，一层笸箩装各种各样的旱烟叶子，一层分类码放黄纸包着的水烟丝，一层是瓷罐装着的鼻烟。柜台东头台面安着把剪子，是切剪槟榔的，整的如香菇样，扁圆形，买了以后，给剪成小方块，用纸包好。

那时什么都可以买散的，调味的香油、酱油、醋，端个碗，柜台一伸：二分钱醋，三分钱酱油，五分钱香油。一毛钱三合油，回家拌面，够两顿，方便。桂花酱、榅桲、炒红果之类，拿个碗去，干果子铺零打。任什么东西，都能零打碎敲地买，花钱尽如人意。现在就不行，不信你去餐厅，往那儿一坐，服务员拿着笔和小票过来：您点菜？你说不用，我就来碗白皮面。她准冲你翻白眼：我们这儿没白皮面！俩“山”字摞一块儿：您请出。你就是不喝酒，少点菜，都会遭白眼，人家又不是慈善机构，难说。

我就想吃半块臭豆腐，也得买一罐！

从现在的广义街南口往西到城门口，路南有三家猪肉杠、两家羊肉床子。买五分钱猪肉，也是指哪儿切哪儿，叫“有钱买的手指肉”。买的少，顺着切一薄条，必须有肉皮、肥膘、瘦肉，随便给一块不行。买羊肉也一样，再少，也问一句：您怎么吃？汆着吃。一定给你又瘦又嫩的部位。交易大小，都仁义、和气、不势利。本的是“来的都是客”，什么事都得看长。

这一段路北有几家油盐店，同致和、天合成（带粮店）、永盛厚（粮店，老板王振廷，新中国成立初哄抬物价被捕判刑的“粮老虎”）；路南有德利长（1956年以后原址扩大，和后街打通，成了广安门菜市场）、涌福坊。

油盐店上板儿后，窗上留一带门小口，通宵卖货。药铺也有人值夜，急需可敲门。涌福坊舍眼药，眼睛红了、肿了、眵模糊多了、看不清了，不论买不买东西，拿小碗去，跟伙计说要点眼药，就会端回半碗浅黄色透明的水，洗洗眼睛，两三次，好了。传说夏天吃西瓜，剩下的皮洗干净，装到缸里，密封，埋入地下。三九雪后，瓜皮化水，来年就是眼药。永盛厚是义务代查皇历，哪一天是黄道吉日，哪一天不宜动土；小孩有病，是中了哪方邪祟，如何处置；等等。居民不一定家家有皇历，有皇历或不会查，或不识字，到永盛厚一问，人家翻开皇历，一五一十地念给您听。不说利弊，费心费力，白尽义务，一片热心可贵。油盐店有青菜床子、香菜、韭菜做调味用，三两棵够了，都白送。

北京叫“寻（xín）”，要的不是贪便宜，给的笑嘻嘻递过来，不会有半点勉强。与人为善，看重人情，风气如此。

还有送水的，送煤的，淘茅房的，和接受服务的客户关系和谐，互敬互信。送水的分两种，包月按月结账，一天一挑（两桶）或两挑，事先说好。赶上用水多，不够。“三哥，今儿多倒一挑吧。”二话不说，多给两桶，不加钱，加量不加价。零送也月结月清，倒一挑记一挑，他把水倒进水缸，出门顺手用石笔在门框上画一道，五道一组，挓挲着像柏树叶，月底按此收钱。他不担心你擦掉一道两道，你不怀疑他多画一道两道。送煤是50斤一筐，钱少只够买30斤，烧三天再说。他也送，叫卸哪儿卸哪儿。淘茅房，脏，臭。他掐着点儿来，趁院里人少、躲开饭点才来，带小笤帚，茅房里头，路上都收拾干净，人走臭味消。绝不叫人讨厌。孩子、大人即使闻到臭，也不说什么，尊重人家。你嫌臭，人家怎想？互相换位，设身处地，你替他想，他替你想。感谢不及，还能嫌弃？

店铺作坊，糖房、粉坊、豆腐坊。首饰楼、罗圈铺、锡镴铺、席泊店，都是边制作边销售。广安门大街马路窄，便道宽窄不一。窄处只有马路牙子宽，上了马路接着就是台阶，南线阁往西，有家盆儿铺，门前就这样；宽的地方，比马路宽两倍，白广路两侧就宽得像小广场。是店铺作坊加工制作的场地，编炕席、打草苫、纺粗麻绳，都在此操作。没有城管干涉，也无闲人围观。圈罗圈、晾粉丝，也在街头。和当年人少也有关系，倘在今天，街头终日车如流水人如潮，不单没法干活，且怕顺手牵羊。街头露天工场，只能存于昔日。夜不闭户？白天撬门行抢；路不拾遗？您甭遗，直接伸手到您口袋里掏！老辈子的经拿到今儿念？招人不待见。京剧《打渔杀家》肖恩的唱段：我本当不打鱼，关门闲坐，怎奈我……

学买卖的徒弟

北京老话说：好住户不如赖铺户。因为住户光消费，铺户有收益。1956年社会主义改造高潮以后，铺户发生很大变化；改革开放以后，有了个体户，可已经不是曾经有过的铺户。不少老字号恢复营业，也都不只革面而且洗心了。五六十年前的情形，只能从回忆里寻觅，用记忆的碎片拼出大致轮廓。在提高阶级觉悟的年代，不断忆苦思甜，那些回忆材料——旧时代暗无天日，有些掌柜的就像土匪，无恶不作；伙计们受苦受累、忍饥挨饿，苦不堪言。可据说，这种情形，却创造了令今人赞叹不已的灿烂的商业文化。

那时都是一家一户的，大财主开大买卖，占五六间门脸儿，还有分号。多少有俩钱，开个连家的小铺眼儿，一间门脸儿，前头卖东西，后头住家。至末末，衣食不愁，走对了字儿，也许发喽。

不论大小，都是买卖人儿，受人高看。风不吹雨不洒，不受大累，不流大汗，跟耍手艺卖力气不一样，出气儿都匀式，老有股子闲在劲儿。儿子要能进商店学徒，那烧了高香了，和今天高考录取了一样高兴。

买卖家自称“柜上”，领导人称“掌柜的”，写账管钱称“先生”，下面是伙计，再下面是学徒。

当学徒得托"来人儿"（中间人）说合，两方面都是父一辈子一辈的交情，都知根知底。跟掌柜的垫句话，就许收下。没这么厚的交情，就得写字儿，找铺保。当然是霸王条款。进门学徒要守规矩、听支使，不能偷奸耍滑，不能贪便宜动柜上的东西。如有不轨，铺保是问，由家人领回。学徒三年零一节期满，管吃管住，没有工钱。死走逃亡，与本柜无关。等等。现在看是不讲理、霸道。

常言说"三年学出个手艺人，可学不出个买卖人"。站柜台，什么人都遇得上，都得应酬。叫人满意，就要察言观色，揣摩别人的心思，说话叫他高兴，乐意买你的东西。留意掌柜的、师兄弟的言谈举止，观察顾客的态度反应，从中学习。没有固定的程式路径，学的是随机应变的悟性和灵性。

师父领进门，修行在个人。师父的领很重要，必修课少不得。学徒一般十五六岁，进店必学的，写写算算。如果是文盲，就从识字开始。大点的店铺，有自编的杂字书，四言、五言都有。没有就去香蜡铺买本《六言杂字》（北京较通用的启蒙识字书），在药铺就还得认草字，甚至背《汤头歌诀》。不认识药方子，抓错药，捅大娄子，柜上受不了。赶上阴天下雨，或者上板儿以后，拦柜一趴，写字、念书、打算盘，得空就学。师兄、先生、掌柜的，都是教师。平时铺子里的情形，就是直观教材，学徒要随时注意观察。主客双方的来言去语，眼神手势，能够烂熟于心，才能变通运用，即兴发挥。闲时掌柜的也会结合实例给学徒讲解点评。日积月累，融会贯通，到出师的时候，呆头呆脑的愣小子就成了伶俐猴儿、机灵变儿。

站柜台要求仪表，店堂窗明几净，店员整洁齐楚，要的是精气神儿！现在叫企业形象。好像是新发明，其实是旧章程。学徒要格外注意，半个月一剃头，顶着个刺猬不行。大褂纽扣扣齐，不许有褶子（晚上脱下叠平放好）。穿短衣纽扣扣全，不扣，掌柜的不干："敞衣露怀，混混儿呀！"布鞋后跟提好，不许趿拉着。出门去，必须穿长衣（大褂）。"短撅撅的，像话吗？！"敞着怀见人、短衣褂上街、趿拉鞋走路，都是犯规的。

那时没有包装袋，买东西都是用纸现包，现在张一元、吴裕泰卖茶叶还保留着包包儿。学徒的基本功包包是一项，要求紧实，棱角分明，扔到地上不散包、不走样。还得快，买主站在柜台前等着，你老包不上，再有别人等着买别的，多耽误事？都是方形略呈梯形纸包，样式不一。茶叶铺、颜料铺、油盐店、烟铺都不一样，看包的样子就知道买的什么。茶叶包方形的，颜料包、碱面包长方形的，叶子烟包扁梯形的，等等。打算盘也是基本功，快、准。珠算口诀，加减乘除，都得滚瓜烂熟。有些口诀转化成常用语。如："三下五除二，快刀斩乱麻。""一推六二五，什么也不管了。""三一三十一，均摊。""管它三七二十一呢，豁出去了。"

学徒还要学会鉴别所卖货物的真假优劣、性能、用途、用法，向顾客介绍、解说或备咨询。要求简单、明了、准确。而今营销专业毕业生商品学、社会心理学、礼仪、文明用语学一大堆，各类证书一摞，怕也没学徒出身的本事。教的真心实意，图的是把孩子教好；学的也真心实意，近了说，有碗粥捧着，好好喝，往远看，一辈子的饭碗。严峻的生存条件，理性占上风。对人对己对事情，都认真。

上床辞世

现在流行的文字里，“上床”这个短语常见。老北京人的嘴里也有这个话，表达的意思可猴儿吃麻花儿——满拧。旧章回小说里“行云作雨”“云雨”，和流行的“上床”是一个意思，是制造生命。旧话里“上床”是临终，是结束生命，是从古制“易箦”演化而来。

老北京的生活习惯是睡炕，土坯炕、方砖炕都有。皇宫王府也是炕。但病重临终，要搬到临时支起的铺板床上，不能死在炕上。病人自己神志清醒会要求搬动，这叫“上床”。“都上床了！”就是快死了。开玩笑的话里有“你还明白，死不到炕上。”“明白还死在炕上？”都是从上床引来的。

床支在外间屋，上床后没有明显好转，就不再回到炕上。有时躺四五天才咽气，死后就是灵床，床头摆供桌、香烛、供品外，还有一碗米饭，倒头饭；上插三根打狗棒，筷子样的小棍，头儿上包小于鸡蛋的面团，烤硬略煳。在去阴间路上，经过“恶狗村”，用以防身。可见人不论死活都是行路难。走道儿不顺，大可不必埋怨什么。

死者要在灵床上坚持到入殓，在死者咽气后，家属举哀烧纸。家属街门外烧一套车马，倒头车，女性加一头纸牛。说是女人生前用水多，超过定量的，要罚。要喝完超出部分，牛能帮助喝。死人后事，家属忙碌、紧张，裁孝带，绷孝鞋，缝孝袍子。孝子穿上孝衣到至亲好友处报丧。一出街门，遇熟人就单腿跪磕头，说是代死者赎罪。路上急匆匆，亲友家也不停留，院中磕头报丧，退出跑第二家。所以路上被人撞时骂：急着报丧哪！

上床时就换好装裹，床上也是死后用的新铺盖。死人从头到脚盖一条印着经文的经单，也有只盖脸的，身上放一面小镜子，压一个秤砣，不知什么讲究。脚腕子还要缠点麻。

死者在床上躺着，子女等家属为后事忙得团团转。要是暴病死的，长子召集兄弟姐妹，商定方案：花多少钱、棺材、烧活、放几天、请谁来，几个吹鼓手、几个和尚念经、多少杠，搭棚、席面，叔叔、大爷、姑，姥姥、舅舅、姨，谁会挑眼，谁会不说什么。都说到，商量妥，定下来，分头去办。

棺材来了，选好日子，近亲好友请来亲视含殓。举行入殓仪式：灵床前祭拜、祝祷、告别，长子抱头，别的子女列两旁抬遗体身下褥子，长子退着走，到棺材一侧。众人抬高，轻轻放到里面，解去脚腕上的麻。净水新棉花，长子给死者擦脸，请众亲友看最后一眼。棺材铺的人，用纸包锯末呈长条形，塞实尸体周遭空隙。盖盖子（有带子盖的，薄木板，盖上和棺材口一平），钉钉子（好棺材用木榫），众人举哀，长子喊："爸爸（妈妈）！躲钉！"然后棺材铺的人用手抬起棺材，子女扶棺，长子在前引导，移入灵堂。红色高脚条凳（杠房预备）支起棺材，安放供桌，摆香炉、蜡扦、供品，挂帷幔，棺材两旁地上铺稻草，子女晚辈，分男女跪草上守灵。客人祭吊，陪哭还礼。

死后第三天，"接三"。白天接待亲友邻居吊唁，关系近，交情深要待到晚上，等着送三。街坊邻居也有傍晚赶来的。当天晚上烧车马楼库回来，和尚夜里放焰口，念一夜经。女眷可休息，子侄辈要陪灵，长子还要按和尚规定要求，在灵前祭拜几次。到天蒙蒙亮，筋疲力尽，人困马乏，仪式结束。超度亡灵，使之早日升天。接三以后，大事就是出殡。老百姓的常例，叫"三天接三四天埋"。第四天早晨，街门外杠房把红色的"杠"用红色粗绳捆扎好，讲究的叫"亮杠"，摆放一阵子，才抬出棺材放上。杠夫起杠前，长子摔盆儿。亲属哭声起，杠夫上肩。杠夫的指挥者打香尺传信号(两根硬木条相击，响声清脆)。协调杠夫的步伐动作，注意头上脚下。杠夫人数叫杠，老百姓最多二十四杠，三十二杠以上就很讲究了。以下十六杠、八杠，太穷，俩人抬，穿心杠。据说一百二十八杠，是最多的。阔人死了有放四五十天才埋的。老百姓耗不起，入土为安。生者死者都安。

1921 年，广安门箭楼西面（城外）

杂院的礼数

老话说，刑不上大夫，礼不下庶人。庶人是草根，草根住杂院（1949年以后的军队大院、机关大院，不算）。杂院住户多，户多人就杂。三教九流、五行八作，同院有共识——关上大门，咱就是一家子。日久年陈传留的礼数，制约、维系基层社会的运转，调节、润滑人们的关系。和谐、和气、和好，共生共存。

互相在“礼”的规范中和颜悦色谦让行事，传达的是彼此的尊重和关爱。本是邻居而以家族方式排辈分，体现的是“老吾老以及人之老，幼吾幼以及人之幼”的精神。新街坊的看房过程就排辈儿了。中介一般是本院熟人，带着人来看房，拜会街坊，各户一转，李大爷、王二婶、张三哥、赵四嫂等等。辈儿排定，只要在这院，就按这个辈分说话办事，老人、孩子，都以您为准排辈分。“赶明儿咱就一家子了，少不了给您添麻烦。”几乎对每家都客气一句。

要是没熟人，一进院，北屋大爷正坐那儿喝茶，隔玻璃见生人进来，就盯上了。往里走，老爷子拉门出来：“您找谁？”“我看看房。”“好好，要能搬来，咱对门。”说着老人就走近前来。“房子行，不漏，不潮。您几口人？”“满住，宽宽绰绰的！”口气像现在房屋中介公司的。还会让您：“屋里坐会儿，喝碗水！”如果想了解更多，跟老人回屋聊聊。“住街坊，图的是人性。街坊人性好，比房好强。这院人性不错。没嘎杂子琉璃球。”老人怕嫌房不好，一再做工作。真的搬来了，他会张罗带你拜街坊、排辈分，你就融入这一群落，成了新成员。

常言说，街坊辈儿，瞎胡论儿。可要论到那儿了，就得按论到的办。尊重老辈，爱护晚辈，全院大小，长幼有序。院里大小事情，岁数大的、辈分高的拿主意，说了算，也没不服的。小孩晚辈，见了叔叔、大爷，像见了亲爸，恭敬又畏惧。大人们也像对自己的儿女，抚爱，训诫。父母们尊重长辈的权力，不护短。即使有过分的话，不挑眼，明白是为孩子好。论哥们儿的，也按兄友弟恭的要求办。所以那时争当小辈，能叫叔的，不叫哥；本该是嫂子，偏叫人家喊弟妹。为的是好说话，当小的容易得到宽容，理应被包涵。自然也须社会承认辈分的作用。这种方式的交往，有时会成为世交，像有血缘关系一样，延续几代。

街坊的红白喜事，老人庆生，孩子满月，都礼尚往来，必有表示。会有亲疏远近，礼就薄厚有别。一家有事，都会伸把手。揣手看笑话，耷拉肩膀，没有。赶上红白事，也得操办。钱少，能做饭的，尽义务，掌勺。招待、采买、保洁、搬运，都是志愿者来。能省的都省。地方窄憋，街坊临时合并，腾出空房，装饰布置，礼堂、餐厅齐备。草根眼里全都光鲜齐楚，聚集的是热心和热情。“有钱能使鬼推磨”，可聚不来人心跟情谊，也造不出和谐。平日里，也会有亲戚朋友来往走动，都会是共同的客人，见面问好：“您待会儿这屋坐！”用孩子口气称呼您：“叔儿来啦！”“舅舅来啦！”赶上家没人，也有人替您待客。请进屋、让座、沏茶倒水张罗。有事代为传达，没事也知道曾有客来，未遇。大家彼此当听差。

有人说北京人打招呼，不论时间、地点都是怯木匠——一句（锯）：“您吃了吗？”这是不熟北京的礼儿，误解。时间、地点不同，打招呼的话能一样？京油子白当！

大清早儿：您起来啦？/您早起来啦？/您喝茶啦？

上午：您没出门儿？

接近中午：您吃了吗？偏过了，您！

午后：您没歇会儿？躺了会儿，刚起。您呢？

晚上：您还没歇呢啊？（侯宝林相声《戏剧与方言》有精彩表达。）

夏天晚饭在自家屋门前，矮桌小凳，家人围坐。有人走过："刚吃您？""一块儿吃吧！""您请吧。我偏过了！谢谢。"隔桌相望，也客气几句："一块儿吧！""一样一样！隔席不让。"

北京人的客气话，时间地点，内容说法，口气语调，都是变化的。

出门办事、访亲问友，家里没人的时候，走之前，要跟对门隔壁，临近街坊托付托付，说句话。一般就在窗户外头喊："他婶儿！我去看看姑奶奶，屋门钥匙放窗台上了（或'我可没锁门'）。您给照应点儿，我得后半晌儿回来。""您走吧！给我带好儿。"

夏天，会给暖壶灌满开水。主人回来，一进门沏茶、洗脸，满不误，开水现成。冬天，火炉子撳炉灰、添煤球，空屋子老暖和着。要不冷炕凉屋子，搓手跺脚捅炉子，暖和过来也天亮了。晚上回来，一进院儿先喊："他婶儿！给您道乏，让您看家了！姑奶奶一家子叫我给您带好儿！说过几天还来看您哪！""您瞧瞧，让您费心，姑奶奶礼儿多！您回屋歇着吧，明儿咱姐儿俩再聊。"

平时大家饭菜都差不多，吃回差样的，会给街坊送一碗去。"您老想着我们，谢谢啦！""不是什么好的，尝个新鲜。甭卸（谢），套着喂吧。"吃完饭碗送还，但不许刷干净。刷碗，就是不叫再送。过日子，难免互相串换，钱呀、东西呀，好借好还，再借不难。可是借熬药的砂锅，不许还，等人家来取。主动送还，是咒人患病。

住杂院，很难避免不愉快，而且小孩子引发的多。那时观念和现在不一样，争吵的少，面和心不和，不撕破脸。孩子打架伤了，占便宜的家长会主动上门安抚："这是怎么话说的呢？伤得要紧不要紧？咱带孩子去瞧瞧吧。"受伤的家长：“没事没事，我给他上点二百二，一会儿就好了。孩子哪有不淘气的，您甭往心里去。”背地里嘱咐孩子：“别跟他玩儿！”大人白说，伤口擦完红药水，就又一块儿跑去了。也有抬杠拌嘴，多少日子不说话的时候。会在红白喜事的热闹场合，一笑泯恩仇。赶不上人家办事，就在拜年的喜庆当口，解开疙瘩，哈哈一笑，尽释前嫌。

杂院有不定时的节日：过阴天。阴天下雨，老天爷给的公休日。家家吃“犒劳”，十家有八家包饺子。早茶一过，乒乒乓乓，案板、菜刀打击乐响起。雨声、剁馅儿声、互相喊叫的玩笑声，乱！透着过节的劲头儿。午饭哥儿几个、爷儿几个凑一屋，饺子就酒，越吃越有。难免喝喇嘛（高）喽，只好“家家扶得醉人归”了。阴天打孩子——闲着也是闲着，杂院的歇后语。

北京杂院的礼数，是农村宗族观念的延续。但又不相同，没有强制，没有压力。都居客人位置，都是“客情儿”，都在自我节制的礼仪和客气中。即使您是全院的祖宗，也没有丁点儿特权，有服从是出于对老者的恭敬。“祖宗”对此也明白，说话做事，有分寸，讲尺度，时时注意不能失态不能失和。虽按家族排辈分，分长幼，但大家权利平等，没有高低贵贱。没着力构建和谐，自生和谐。儒家说“刑不上大夫，礼不下庶人”，繁文缛节，就是“下”，老百姓也不习惯。所以自为礼焉！

敬惜字纸

龙应台在《南方周末》发表过一篇关于文化的文章，题目忘了，只记得她写了一个细节：她到台湾一处野外胜地游览，把报纸铺在石阶上，坐下休息。一位老农递给她一块旧毛巾，说："垫这，垫这，坐字纸不好。"她谢过老人，收起报纸。老农不是文化人，甚至不识字，但对文字所含的文化，却是挚爱和崇敬，不许辱没先人留下来的文字。日常生活的细节、漫不经心的举止，表现着文化素养和文明程度。不是有意识地去"做"、去"表现"，是一种无意识的本能，是感情的自然流露，是素质。

咱们北京人，早先也有"敬惜字纸"的传统。虽然不识字，对文字却有敬畏。"圣人传下来的，不能毁！"文字是神圣的，甚至有降魔、镇妖、辟邪、治病的力量，道教的符箓就赋予了这种功能。祭祀、法事的"焚表"，是说人间的文字焚烧后，能上达天听，能沟通阴阳两界，能在人、鬼、神间交流信息。说来荒诞，可60年前，人们仍依此行事。

广安门大街路北，报国寺前街到下斜街（现在的长椿街）这一段地势高。原先比马路和人行道高出一人多。砖砌成台，临街房都在台上，行人走台下。乐培园胡同口外有座庙，不大，修得讲究。庙门临街，面阔三间。汉白玉浮雕拱券门洞，两边窗户也是汉白玉雕的，当然不能开合。两扇红色大门，从未开过。门前一对高大石狮，高台西南角上是一座焚化炉，平面一米多见方，两米多高，顶如四角亭，筒瓦出檐。四面青砖墙，离地一米留洞口，上圆下方。洞口上方刻“敬惜字纸”四字，涂红色，是焚烧有字废纸专用的。同样建筑物，在不远的长椿寺门前也有一座。当时有些专门收集废字纸的志愿者，一手提写有红字“敬惜字纸”的黄色口袋，一手拿小铁钩走街串巷，捡拾字纸，集中到焚烧炉烧化。20世纪40年代，街上常见这样的志愿者。

人们爱惜和敬重文字，是一种感恩、敬畏的心情。敬惜字纸的活动是寄托、是慰藉。认为是积德行善，是功德无量的善事，精神上满足，有成就感——甚至幸福感，因为是主动和自愿的。如果被动，响应什么、执行什么，做得好，是完成任务的轻松；做不好，则是担心受责的恐惧。出发点不一，感受也不一。

尊重文字，就是尊重知识。我们中华民族是有深厚渊源和历史传统的。在鲁迅的文章里、在费孝通的著作中都有记述敬惜字纸的段落。美籍学者王笛在他的专著《街头文化》一书中，对成都旧日敬惜字纸的社会现象也有描写和论述。在当年曾经存在过的这一事实，关于老北京的叙述里提的不多，我把幼时记忆写出，抛砖引玉，就教于方家学者。

“大门张家”旧事

原来的宣武区有广安门内大街、广安门外大街，简称广内、广外。分为内、外，城门、城墙是界线。没了门、墙，还有什么内、外？原来顺城墙挖的护城河幸亏没填平，内、外总算还留了条分界线。广内大街的老胡同，消失了不少，留下的也改变得没了原样儿。位置、走向、名称都没变的是南北线阁街。现在明确为“街”，在先前没有街或胡同一说，人们口头通常叫南北“央稿”，公家钉牌子写南北“线阁”。两广路打通了，南北线阁宽了、平了、繁荣了。称“街”，名实相符。

南线阁街，北起广内，南到枣林前街，和菜园街相连。这个十字路口，抱西南角是座很气派的大厦：中环广场。

中环广场占的地盘，原是私产，是被称为“大门张家”的家产。张氏家族原籍山东，落户北京的第一代老爷子张清泉，军界人士。保定陆军军官学校（或是它前身北洋速成武备学堂）出身，是同乡吴佩孚的部下。吴佩孚任两湖巡阅使，他在武汉巡阅使署当中校参谋。中下级军官钱不多，老爷子谨遵《朱柏庐治家格言》（又名《朱子家训》）的古训：“一粥一饭，当思来处不易；半丝半缕，恒念物力维艰。”节俭自奉，小有积蓄。手里有积蓄，心里有打算。过了而立之年，还不想立的途径？得盘算后半辈子了。

常言说：“千里做官，为了吃穿。”可，吃不能老“埋锅做饭”，穿不能老“顶盔掼甲”。正常的百姓日子，不是骑马扛枪，征战厮杀。头一桩，安稳、太平；第二桩，吃饱穿暖；还有第三桩，课子育孙的时间和本钱。您想：最牢靠是置房子买地，恒产。不出败家子儿，万年牢。北京城是宝地，经的战乱无数，都在城外头。多大的灾害，到北京就化解了。老爷子信这个。买地盖房，得在北京城圈里头！由农村投笔从戎，到城市解甲归田。上上策！

中华民国十一年（1922年），第一次直奉战争之后，直系曹锟、吴佩孚占了上风，势头正足。直系的人在京中办事容易，揣上钱，找个因由，来到北京。住进花儿市的大成店，找熟人扫询：城里头哪里有空地出售？什么价钱？没几天，有了回音。广安门里，有官地，能买，归司法部。三说两说，办事的还痛快，没灶王爷伸手——拿糖。最后，花了4000多块大洋，买下65亩地，就是中环广场这块地皮。没主儿的地，多会儿也是有人祸害没人管，坑洼不平垃圾堆，荒坟野草灌木丛，一片荒芜，凄凉萧瑟。

1920年，广安门箭楼西面（城外）

领了公家发的地契，回了武汉。不久，又筹划第二次直奉战争了。买了地的中校参谋，心思已不在作战谋略，更上心的是自家的建设规划。盖房、修院子，住得宽绰点，讲究点。剩下的地雇人耕种，自己也“躬耕南亩”“亲小劳则身健”，是一乐儿，合于古人的养生之道，更是衣食的来源。暗暗地想，偷偷地乐；得意！

军务紧张，外出机会也多，其间张参谋数次来京。把自家盖宅院的设想，委托给一家营造厂。由他们设计、施工，大包干儿。迁坟除草，平整土地，打井盖房，圈垒围墙。盖了四十来间房，三个院子。住宅生活区，集中在地块的北头，坐南朝北，大门临着菜园大道（枣林前街）。民国十五年（1926年），全家才搬进新宅。当时官方发的执照注明，这所宅院又花费了2000多块银圆。但心里踏实，自己的房子地，有官方给的房契、地契。

第二次直奉战争，冯玉祥抄了吴佩孚的后路，直系大败。张先生离开军界，成了北京的平民百姓。雇工开垦宅院南边的荒地，又打两口井，安装新式水车（铁制，畜力拉动），开沟修畦，种植树木。开始种菜，种庄稼。张先生参与些力所能及的劳动，“种地为业”了。原来死寂的荒野，变成生机勃发的田园。张老先生活得踏实、安闲，与世无争。日本占了北京，他的资历、地位，比吴佩孚差远了，没资格被拉出去当汉奸。在北京这样的都市里，侵略者也会收敛许多。抗日14年虽然受着亡国奴的委屈，生命、财产却保住了。三个女儿，一个儿子，长大了。有的大学毕业，学有专长。有的读完高中，没再深造。在那时能高中毕业，已经很不错了。

光复（1945年8月15日日本投降）以后，老先生想干出点新鲜的事，在自家的地盘上办农场。大门上挂出“广安农场”的牌子。长工短工，按月发薪。添新机具，用肥田粉（化肥）。凡能知道的新“招儿”，都试试。结果，成本涨了，收成降了。失败！逼着换“招儿”。改“承包”，一位外地邱姓农民包下张家的地，牲口、农具、种子、肥料、税赋，所有开销张家负担，耕、种、锄、刨、收，所有劳作邱家包揽。收成四六分成，张家六，邱家四。这状态维持到新中国成立后。

张老先生最小的孩子，是少爷。念完高中，没往上巴结。他实诚厚道，热心肠，不会动心计，好人！性格内向，不擅交流，说话口吃。茶壶煮饺子——肚子里有，嘴上倒不出来。老先生觉得强施硬灌，长不成才。念过书，明事理，能分清是非曲直。当个本分人，就是大出息。离了学校，就得在社会上有个安身立命的营生。“啃老”，在当年，老的、小的都不认可。那叫怎么回事儿！年轻人，没个事由儿占着身子，轻飘空荡，没着没落，能行？老爷子把自家地的西北角划给少爷，给一笔钱，自己闯去。张少爷办起奶牛场，办执照叫“协和奶牛场”。后来公私合营，张少爷成了西郊农场的农业工人。

遵奉父母之命，听信媒妁之言，北线阁于家的闺女，成了张家的少奶奶。都知根知底，也门当户对。过门以后，公公对儿媳说：“我儿子是老实巴交的好人，不会捅娄子。可也不会有大出息，心路少。你得多操心，遇事多拿主意。趁年轻，你想学点什么可以去，咱还有这个力。有了本事，就能独立，有个什么变动，也就不怕了。”可惜，最后也没学成。但对于公公的期望和信任，儿媳铭记在心，没有辜负您的心意。至今提起，都称颂老爷子开通、明理，不护短。1948年老爷子病故。1949年初北平和平解放。

1953年，国家计委的国家物资储备局租用了张家24亩1分地，月租54元6角6分，每半年结算一次。到1959年不许国家机关租用私人土地了，转让给了宣武化工厂，化工厂和张家续签了租约。约定条件、租金，都没有改动。1964年后宣武化工厂就不给地租了。化工厂改称橡胶七厂，不单不付地租，还以地皮主人名义把地给卖了，之后有了中环广场。

在出租土地的前后，北京市商业局盖宿舍，征用张家南部耕地。当时盖的平房，好几个大院子，路东也有。都是青砖墙，水泥瓦顶。不是一排排的，是三间两间一组，组组独立。在一个大院里，分许多组。一户户互不影响，比排房好。也不像楼房，上下左右是他人。这一块的老人儿还会记起。“文化大革命”（简称“文革”）以后大盖简易楼，盖多层居民楼才拆除。征用这地时，商业局是给了补偿的。张家人把补偿金如数给了包地的邱家。没地种了，邱家揣上东家给的钱，回了老家。

1958年，北京市实行房屋“经租”，给张氏三户后人留了八间自住房。街道办“牛街麻袋厂”，张家“支援”出一间自住房。随着生产发展需要，要扩展房地面积。不认可张家自住房的使用权，张家主动腾出住房支援办厂，变为靠工厂照顾、允许继续居住的房客了。1966年，街道工厂和橡胶七厂合并，张家被驱逐、迁出。

1956年社会主义改造高潮，张家少爷经营的奶牛场公私合营。公方代表管理经营，张先生到郊区农场烧茶炉。日渐突出阶级斗争为纲以后，敌我界限分明。张先生自然是“敌”，烧茶炉，负责饮用水，阶级敌人“叶烂根枯心不死”，水里投毒不得不防。农场领导在用人立场上犯错误了。张先生被调去大田干活，参加集体劳动，便于群众监督，利于本人世界观改造！少爷出身，没干过重活，而且“一千只眼睛，看着你一百次小心里的一次不检点”。在惊恐、压抑中活着，他不会说，不能说，不敢说。酒，成了他的命。每月公休回家，都整天腻在枣林前街路南的小酒铺里。酗酒伤身，刚过40岁，不惑之年，竟在惑中死去。

张先生的妻子，带着一女二子，被轰到南线阁路东的一杂院居住。给了一间半房，安顿下来，一住40年。南线阁扩宽，和小儿子、孙女搬到西便门小区的一套楼房。80多岁，颐养天年了。

搬出老宅子，住得窄憋点，可感到痛快，总算离了那块伤心地。愁的是吃喝，生活没来源，张嘴等着天上掉馅儿饼？做梦！推着竹子的儿童车，卖冰棍儿！从南线阁南口往东，到牛街南口往回拐，白广路有电影院、商场，人多好卖。多年以后，她不无得意地说，闹好喽，一夏天挣一年的嚼谷。冬天，找居委会要点家里干的活儿，多少有点进项，走着就比站着强。糊纸盒子、做劳保（布）手套，都干过。

改革开放前，人人有组织管。上班的有单位，上学的有学校，没事由儿的有居委会，都有靠山。凡是有人群的地方，都有左中右。此话不假。居委会里有体现，阶级觉悟高，认为张家是旧社会的残渣余孽，对敌人，要秋风扫落叶，冷酷无情。有的说，阶级路线是有成分论又不唯成分论，重在表现。张家搞卫生、“除四害”，响应号召，都积极。平常老老实实，不乱说乱动，应看作争取对象，给出路。也有的说，老街旧坊的，人在难处拉一把。张家在有时照顾、有时限制的情形下过日子，好好坏坏也都过来了。

女儿是老大，“文革”时初中没毕业，被打成反革命，斗哇，游街呀，把孩子折腾傻了，还被学校开除。一天到晚闷在屋里，不敢见人。院里没有厕所，用街上的公厕。怕见街坊，上厕所都在天亮前和天黑后。坐在屋里，不说不笑不出门。要求上山下乡，学校说已经开除，不管。街道说没有毕业，也不管。这可怎么好？母亲求爷爷告奶奶，死皮赖脸地找，总算找下来了：可以去西南边疆，云南兵团。十四五岁小姑娘，离开了没离开过一步的家，告别了天天守在身边的亲娘。妈妈怎舍得女儿？她明白，被学校开除，就是把你清理出革命队伍。允许你和大家一起走，就是又回到革命行列。不走，没有路！改变环境，才可能卸掉思想包袱，得到解脱。长期自我封闭，抑郁不舒，伤害是致命的。走，成了活下去的唯一道路！远在天边，女儿健康地活着，是安慰，是希望，是精神寄托。虽生犹死地守着，是心上的病痛，是难以承受的重压。走了好！利害权衡，感情割舍。

女儿离开日子久了，时间冲不淡母亲的思念。思念的积累，使人不能自持。曾经认为，不走，断送女儿一生，甚或积郁难排地窝囊死。而今担心，相隔千万里，此生不得相见。又像急着促成女儿离京时，挖空心思要女儿尽早归来。一门心思，郊区农户找婆家。有眉目后，发电报，催促回京相亲、定亲、结亲。力争一步到位，免得往返徒劳。天如人愿，女儿嫁到南郊，虽然没有户口，母女却可常相见。三年后，知青返城大潮，户口回来了，还成了第七机床厂的工人。在南樱桃园上班，几乎在娘家门口。

于家姑奶奶，自进张家门起，不论丰衣足食的当年，还是衣食难继的后来，一颗心，总在嗓子眼儿吊着。那叫过日子？现在，悬着的心放下了。张家后人已经有第五代，第二代健在的，是张老先生的儿媳，85岁，经历坎坷困苦，老来健康快乐。身子骨硬朗，耳聪目明，思路清晰，说话有条有理。她说，悬了一辈子的心，放下了。念《名贤集》，“君子坦荡荡”。现在真坦荡荡，85岁成“君子”了。她笑，坦然地笑。

说不尽的南横街

昨天走过南横街，想起50年前情形。那时我在白纸坊街62号上班，单位叫“北京市第一造纸生产合作社”，就是现在崇效寺街路南“捐赠接收站”那块地儿。每礼拜有两天下班后要到粉房琉璃街小学教夜校，每回三堂课，一堂课给5毛钱报酬，每个月有12元收入，在当时等于四分之一强的工资，跟长两级一样，让人眼热。下了班走到枣林前街和白广路交叉的十字路口，东北角上是一溜等座儿的三轮车，3毛钱送到学校门口。经过白广路、牛街南口，一直往东穿过整条南横街，再往前就是城隍庙了，北拐进粉房琉璃街，不远路东一座大门，到了。

从下班到上课，挺紧，顾不上吃饭，空着肚子站仨钟头，虽然季鸟拿大顶——空着镜（净）儿，可也得喇嘛的鼓——扛着。下了课，累、饿、乏，可舍不得再坐三轮车，走。顺原路到南横街中间路北，有一家家庭饭馆，是一座大门洞里的门房，后墙掏个门，三张小桌“品”字形摆开，南面、东面、西面各一张，都靠墙。卖馄饨、烧饼。花1毛4，馄饨8分，俩烧饼6分。那时馄饨实在，馅儿多汤鲜。不像如今买的，盐水荤油片儿汤，脱鞋下去都找不着肉。虽然是“半大小子，吃死老子”的年龄，可也吃得挺饱。肚儿圆了，腿儿也歇过来了。溜达着从东到西又逛一遍夜色朦胧中的南横街。

我住在广安门内大街，小时候逛天桥，上窑台，也都走南横街，从牛街南口一直往东。现在牛街南口往西叫枣林前街，往东叫南横西街。50年前，都叫“牛街南口外”，往南，道两边明沟，断断续续的苇坑。过了樱桃园，南西门门脸儿两边才有房屋，有住户、店铺，才多少有点街的模样。牛街南口西南方有房屋住户，东南角就全是空地了，坟地、菜园子，乱草、杂树，秋冬以后满眼枯黄。古人说“草枯鹰眼疾”，草枯叶落人眼也开阔，在南口儿站着一眼看到半步桥。空地上耸然独立的是土台子上的万寿西宫大殿。台下东、北两侧有低矮的简陋平房，西侧是几盘大锅灶，大火熊熊，浓烟滚滚，熬地沟油。1956年社会主义改造高潮，党和政府组织这几户成立合作社，紧靠大殿下的土台子。北边，坐东朝西一个院子，门口白底黑字大牌子：废油提炼生产合作社。那时技术落后，人也“傻”，炼不出现在这么透明“纯正”的油，也没想当食用油卖，就都送到肥皂厂了。

牛街南口东边路北是大庙圣安寺，路南是庙的大影壁，和法源寺一样。20世纪60年代初，影壁、庙门、大殿还都完整，是一座小学校，叫圣安小学。现在只有新修的独立庙门和一座孤零零大殿。往东过教子胡同，道两旁也是空地，乱坟头、野草、枣树棵子。奔东就是上坡，南横街地势高，到双槐树、七井胡同，才算南横街。路北胡同，过了七井，依次是烂缦、南半截、丞相、米市、贾家、潘家河沿、粉房琉璃街。再往东不远，是一堵横跨南北的墙，有个大门洞，门里路北高台阶是城隍庙、东岳庙。东岳庙东墙也延长跨街留门洞，车马、行人都穿门通过，这一段曾叫“城隍庙街”。过了这一段，路就向北拐了，又是开阔的空地，往东是四面钟、天桥，往北是永安路、虎坊桥。

南横街路窄，没有便道，行人只能贴墙走。赶上人多不能停步，你一站下，别人就甭走了，逆行麻烦更多，人们老小跑儿着走道儿。汽车极少见，骡马大车就是大型运输工具，多的是人拉的排子车（三轮平板车还不流行）、客运三轮车和自行车。和现在比，车辆、行人并不算多，路窄、心急，老感到这条街挤得慌。印象最深，是夏天逛天桥回来，西边天上的太阳把炽热的光灌满这狭窄的通道。脚下尘土混着马粪，也趁势飘舞，人们眯着眼，一手掩口鼻，一手抹淹眼睛的汗，急匆匆向前。耳边是指挥牲口的“驾！驾！喔！喔！”的吆喝声。借光！北去！劳驾，边儿靠！命令式的客气话。此伏彼起，震耳欲聋。匆忙加上慌乱，老话甚嚣尘上，正合此情此景。一身尘土，一脸油汗，本是信步闲逛，却像奔波风尘。今天的城市人，很难想象那时的情景。

南横街昔日的寻常巷陌，旧时的普通门墙，积存着深厚的历史文化。所谓“宣南士乡”，南横街是中心。步步有故事，院院有逸闻。关乎当年诗坛、文坛、政坛的人和事，不是一篇小文能说全说清的。

只能就个人见闻，大致说说。先说街面上的，西口进街，不远路北是“吴柳堂先生故宅”，是清末“文死谏”的吴可读祠堂，原来也算历史遗迹的。大概因宣扬封建愚忠，早就不提了。60年代初，大门上还横着白底黑字大匾。往前又是一处纪念地——广东会馆（粤东新馆），门上是一块比吴柳堂先生故宅的门上大得多的匾。白底黑字新写的，叶恭绰手笔（时任中央文史研究馆副馆长）。不是简单的名称，是百十来字的说明，此地是戊戌变法“公车上书”召开会议的场所。这不都是政坛的事儿吗？街两边胡同里故事更多。伟人名人故居、活动处所，数不胜数，路北多些。几乎条条胡同都有这样的院子，毛泽东、鲁迅、谭嗣同、康有为、林则徐等等。路南珠巢街，住过孙中山。

珠巢街，曲尺形，不长。进北口出西口，口外是五条胡同会合——北是官菜园上街，南是儒福里，东南是自新路，西北是大小川淀。儒福里和自新路中间有个大高台子，上面是著名的观音院。院东，横跨儒福里是座过街楼，连着街东高台上的观音院（现在位于健宫医院南门，即过街楼位置）。自新路是从官菜园上街南口起，向西南通第一监狱。民国八年（1919年），监狱长叫犯人修的，所以叫自新路。观音院西墙上嵌有碑记，核桃大的字，记述这条路铺修始末，我曾读过。“文革”时用凿子把字凿得坑坑洼洼，无法辨认。有的书上不提这件事，只说自新路是叫犯人“悔过自新”。

东头黑窑厂往南，陶然亭公园北门西边，有个养梅花鹿的鹿圈，东西长南北窄，临街。据说是同仁堂的。大约是公园扩大时给占了。从公园西边往南，原来有龙树寺，是“宣南诗社”经常活动的地方之一。50年代是露天影院，连着的南房是抱冰堂说唱茶馆。现在是收费的儿童活动场。

宣南诗社，原来叫消寒诗社，成立在清朝嘉庆九年（1804年），翰林院陶澍、顾莼等人发起，冬日消寒，休闲，搞“文酒唱酬”的聚会。饮酒、赋诗，作画、聊天。一年后成员多人离京，活动中止。直至嘉庆十九年（1814年），翰林院编修董国华发起，继续活动。有10年前旧成员，有更多的新人加入。诗社直到道光年间，存在20多年。人们熟悉的林则徐、龚定庵、梁章钜等都曾参与活动，留下了许多作品和诗坛佳话，是文化史上的一抹重彩！

街窄，乱，商铺林立，乱也可称兴旺繁华。一间门脸的小铺最多，货物齐全，应有尽有。还有小作坊，五行八作俱全。大买卖家儿，我只记得两个，盆儿胡同把口儿，东侧路南有家大油盐店，门口大明柱子，挺大的廊子，行人、顾客能遮阳避雨、歇脚停留。卖米面杂粮、油盐酱醋，冬天大蓝棉门帘，又厚又沉，力气小都掀不起来。屋里很暗，南房再有廊子，光进不去。路北丞相胡同口上有个大香蜡铺，卖敬鬼神的香蜡纸码等迷信用品，文房四宝纸墨笔砚以及账簿文具。凡生活必需街上都有，井窝子、煤铺、炭厂子、警察阁子。

那时大小商铺都是私人的，一个人经营也是老板。和气，对谁都不怠慢，叫“童叟无欺”。没人上门，你就得关门歇业！敬业，自个儿的买卖，能不尽心？讲信用，一锤子买卖，你长得了？经营者厚道、文明、实在、灵活。街面儿上景象生机勃勃。

1955年开始了社会主义改造，大买卖公私合营。政府派代表，公方经理，原来老板叫私方经理，财产货物折价，算私方的股份。原老板成了雇员，挣工资，股份能分红，“文革”后吹了。小铺子进供销合作社，老板成社员。后来根据需要，合并、撤销、人员调配。商铺少了，旧人也散了。这街显得有点萧条，老的买卖人的品德作风，不受待见了。有些亲切的口号，老挂在氢气球上，飘着，不落地！商铺少了，机关多了。总要管理吧，基层总要和上级有对口的部门吧，条条块块，丝丝缕缕，因人设事，以事添人，重叠庞大在所难免。

开放以后，又是一片繁荣。新的买卖纷纷现身，发廊、美容、足疗、网吧……街上汽车多了，骡马大车没了。堵车、抢行，把妨碍别人不当事，老规矩谁守？吃亏，跌份！幸好，拆！拆了路南，又拆路北。转瞬间，狭窄小街变通衢，平坦宽阔，两旁高楼齐刷刷耸立，不可一世地俯视着埋入地下的旧日陈迹。

1921 年，广安门全貌（西南面，护城河、石桥）

回民学校的来历

路过牛街和长椿街在广安门内大街相交的十字路口，见东北角上回民学校门前立了一块未施雕琢、原生形态的黑色石碑，上面镌刻着：

辽仙露寺故址

始建于辽代，重建于明代，时称增寿寺。清光绪三十四年（1908年），迁至南横街，在原址上兴建了工艺官局所属的商品陈列所。建国初改为回民学院。20世纪70年代后期拆除。

北京市宣武区人民政府立

2005.12

下面是与之对照的英文译文，在中文的左下角还有一方朱文小印："宣南文化"。碑很漂亮，乌黑的底子，灿烂的金字，挺严肃，点缀一方红色小印就又活泛起来了。碑身造型自然又不失庄重，立在绿地里很显眼，又很谐调，是一处有标识的可凭吊的遗址。

碑文受篇幅限制，只能用简洁的文字介绍其历史沿革。

我的记忆中和有关的资料里都有不少可补充碑文略去的背后故事。

我小学在广安门大街小学（先后叫过第三十二国民小学和广安一小）上的，和回民学校是对门街坊，每天四次走回民学校门口。1958年，宣武区成立宣武红旗夜大学，校部就在回民学院，门口两块牌子，一块是回民学院，一块是宣武红旗夜大学。校长是区委书记张旭（后来是以书法名世了）。我是第一期的学员，多次到校部办事。红旗夜大学成立之初，所谓校部，就是一间办公室。每周上两次课，但没准地方，借到哪儿是哪儿，教师也不固定，请到谁是谁。在宣外的五十一中、春明女子中学、麻刀胡同的区委礼堂都上过课。当年回民学院临街的围墙，比现在的大门要长好几倍，青砖柱子矮墙，绿色的铁艺栏杆，整个围墙成凹形曲线，中央是绿色铁艺大门。门和围墙的栏杆都是手工锻打煨制，几何图案的装饰看上去厚重、朴实、稳定。制作上，从材料到工艺都作长久之计。现在流行的铁艺制品玲珑剔透，远看金碧辉煌实际单薄轻飘，从开始就只着眼于一时之需，急功近利，张扬浮躁。这些自然反映着时代的风气。门外有几棵大树，门里一片小树林，林间是一条弯曲的砖路。向北通向办公楼和教学楼，楼是欧式铁皮屋顶，像东交民巷一些旧楼的样式。路两旁的树，一片葱茏。树木掩映下的校园，隔断街上的浮躁喧嚣，使人宁帖平静。虽然没有挂出什么励志的文字，人们却全身心地融入读书的氛围中。

商品陈列所大约20世纪20年代废弃，可广安门大街的人们把“陈列所”当成地名，一直用到40年代。1949年之前，这里是西北中学，也是以回民为主的学校，占地很大，门在广安门大街，后墙到四眼井（现在叫思源胡同），西从现在的大门起，东到广安胡同。西部校园教学办公，东部是操场，中间是一条南北走向的通道，通道的北头是国民党陆军医院。1945年光复后住了不少国民党伤兵，穿一身灰色制服，拄着拐或绷带挎着胳膊，三三两两地在街上转，时有扰民的事发生。在小饭馆、饭摊白吃饭，在烟卷阁子（专卖烟卷的小阁子，如现在的报亭，但小、简陋）白拿烟，张口就是：“老子抗战8年……”街上行人都躲着他们走，没人敢惹。警察对他们也只能好话哄着，转过脸再劝慰老百姓，好在为时不长，为害不烈。东部操场很大，设施也全，临街是水泥的拱形大门，上面横列七个大字——西北中学大操场。广安门大街小学没有操场，常借这个操场上体育课、打球、开运动会。

1949年后西北中学改称回民学院，是在三所回民学校的基础上组建的，即成达师范、西北中学、燕山中学。1963年改称回民中学，1985年定名回民学校。

关于仙露寺，我翻看了陈宗蕃先生的《燕都丛考》，书中引多种古书，说明仙露寺遗址的发现和有关的故事。清朝《顺天府志》里说，广安门大街路北的增寿寺就是辽代的仙露寺故址，但许多志书没有记载。康熙二十六年（1687年），庙里挖出一个石匣子，上面刻有文字说是装着佛牙舍利，在辽世宗天禄三年（949年）埋入仙露寺地下的，这才知道，这儿就是辽代的仙露寺。

在增寿寺院里立有明朝敕建的石碑，是皇帝下诏批准修建的。清朝乾隆二十一年（1756年），国家拨款重修，这里一直是“施赈之所”，免费为穷人提供衣食。开粥厂舍粥，入冬舍寒衣。

仙露寺出土的石匣子是辽世宗天禄三年埋的，就是949年。那么，建寺一定是在这之前。北京辽时称南京，金时称中都，仙露寺都在城里。1122年，金攻取南京。1125年，金南下攻破北宋开封，俘虏了钦宗皇帝，皇帝的父亲著名书画家宋徽宗赵佶，以及他们的眷属。押解北上，到已占领的辽南京，俘虏被“隔离审查”，仙露寺成了“俘虏集中营”。两位皇帝被关到延寿寺（现在厂甸东北延寿寺街），宗室眷属们就被关押在仙露寺，停留一段时间才又继续北上。1151年，金迁都到辽南京，进行扩建，改称金中都。1153年，扩建完毕，划分六十坊，仙露寺所在地段叫仙露坊。

仙露寺始建于辽，经过金、元，明朝重建改名。1000多年来，沧桑几度。“旧时王谢，堂前燕子，飞入人家。”今日人家，又道帝王曾住。

广安门的粪场子

2008年，北京师范大学民俗学系王慧超同学，曾来舍下。时隔一年，近日发来邮件，询及旧时粪场情形。就本人所知说一大概，倘记忆有误，或有遗漏，敬请高明，予以补正。

广安门一带有多处粪场。城外，天宁寺东有一粪场。出广安门城门，过桥往北，沿护城河西岸，有条土道，通西便门（今滨河路）。路西侧，地势很高，至少有两米多，陡然壁立，看去如一道弯曲的黄土墙。上面是一片大平地，粪场晾晒粪干的场地。下面是粪场收集的炉灰，堆积着，晒粪干铺底，也往粪里搀。穷人家的孩子（四五岁到十来岁），挎小竹篮，拿粗铁丝弯的两齿钩子，半扒半蹲，在炉灰堆上，扒拉，捡煤核。从城里到天宁寺二三里地，冬天，露脚的鞋。雪地里跋味，小手冻得肿、裂、渗血。在雪下头寻找，捡拾没烧透的炉渣。现在70岁以上的老人，有的会经历过或见过这情景。

城墙里头，现在的槐柏树街东半部的一南一北，范家胡同、高八岗这块，粪场子多。粪场主多为山东人，有自己的“粪道”，对固定的街巷、厕所有淘粪专权。不许旁人动，独家占有，可以继承、转让。记忆里，广安门大街是南线阁张家粪场的粪道。

他家在南线阁路西，南线里东口北边。绿漆大门，没有门楼，门上头横着一溜花轱辘钱，门道放粪车。门道北一间棚子喂驴，四五间北房住人。院外西边是空地，沤粪的坑，晾粪干的场子。老家山东，没雇人，一家子自己干。老是爷俩一块儿，赶个驴车，在早饭已过、午饭未到的时段，出车入户。屋外人少，不招烦恶。父亲40来岁，儿子十二三岁，说话京腔，至少是二代移民了。小毛驴拉辆排子车，上头是盛粪的木箱子，刷绿漆，长1.5米左右，高、宽80厘米上下。顶上靠前是个方窟窿，有盖，往里倒稀粪。箱子后头下边，是卸粪口，有插板控制。箱子上横放粪桶，车帮上顺着放粪勺、粪斗。走到街门口，停在马路边，儿子守着粪车。老子背粪桶，拿粪勺、粪斗进院子淘茅房。桶放蹲坑边上，左手扶桶梁，桶口斜向坑口，粪稀，用斗——能下到坑里的小铁桶儿，吊在细木棍儿上，汤汤水水都淘得上来；粪稠，用勺。到坑底，用勺才淘得净。

粪桶，没有盖。木板条箍的，上口直径40来厘米，下口30厘米左右，桶底离下口四五厘米。侧面固定有细木棍弯成弧形的梁，手臂穿过去，扛上肩膀。桶壁贴脊背背着，轻、稳，粪汤子不外溅。

他包的街道，没大户人家，只是些铺户、杂院儿。铺户有些没厕所，至多有尿桶，大便去官茅房（公厕），或就近去有厕所的铺子。那时挨同福厚茶叶铺有个华清池澡堂，院里有男厕，四邻都去。“广行方便”。带家眷的铺户、小杂院有厕所，一个，男女合用，简陋到无法再简。砖砌蹲坑，容一人，高不及两米。门，只为遮掩，可开关，不能闩。使用时，为免突然闯入的尴尬，把烟袋或芭蕉扇，立门旁，做警示。没东西，方便的同时，则侧耳静听，脚步声近，轻咳，对方闻声不入。听来似多不便，用时习以为常。

淘净粪便，用小笤帚，扫净桶沿坑边。单肩背起粪桶，粪勺把儿从另一肩插入桶梁，单肩背成双肩背了。眼前和鼻口相距不足60厘米，就是带粪汤的勺。有时粪车停在一处不动，背粪桶就要走一段，路上居然吃东西，热烙饼卷排叉，举着，咔嚓咔嚓吃得香着呢。现在的人，连想都想不出。

有些文字说那时粪霸的霸道，说淘粪工的苦难，有这情况，但不是普遍现象，任何时代都有阴暗处。总的情况是大家能过日子，不然5000年的历史没法子延续至今，甭说还有灿烂的文化了。“攻其一点，尽量夸大，不及其余”，是手法，不是实际。分段负责、分片包干、独自经营、自负盈亏，承包制。

记忆里，淘粪工和居民关系融洽，不给工钱，也不给粪钱。过年过节，住户会送点礼，意思意思。杂院不是每户都送，人家也不上赶着要，淘走粪也是钱。南城都穷，谁都不容易，互相体谅。也有不愉快的时候，淘粪的不满意了，好几天不来，冬天粪便冻硬成坨，蹲坑冒出老高。夏天黄汤子满地，没地儿下脚。如果是有人得罪了，就找粪场子掌柜的，说和说和，至末末，提溜瓶酒，拿包茶叶。掌柜的道歉说客气话，就过去了。当然也有闹大别扭的，不是常态。用不淘粪勒索钱财，会有，怕是内城，对富户。穷人没得可勒索，不能上茅房，自己淘，自己卖。出力吃苦，难不住人。

拉粪车大部分是驴，骡马少见。我记事儿时已没有人拉的粪车了。

粪便是肥料，可不能直接上地里，生粪烧死庄稼。要上熟粪，要沤，发酵。拉回的粪，卸到大粪坑里沤。沤好，淘出，平地铺一层炉灰，半稠不稀的粪摊上面。铺成六七厘米厚、直径一米多的圆饼。晾到快干时，用月牙形小铁锄，剁成块。两头尖，跟压扁了的饺子一样，叫粪干。粪干码垛，一米来宽，两三米长，两米来高，上窄下宽。用席苫好，怕雨浇。这是成品，可以卖了。粪场子占地大，没围墙。

讲卫生的俗语，记得不多。早的，《朱柏庐治家格言》，第一句就是：黎明即起，洒扫庭除。起床就先扫院子。有出戏《老妈儿开嗙》，现在说，该叫“保姆吹牛”。上得台来，唱：“小老妈儿在上房，打扫尘土吧您哪！”是搞室内卫生了。“剃剃头、刮刮脸，有点倒霉也不显。”个人卫生。后来20世纪50年代，搞爱国卫生运动，口号多了：三洁四无六面光。翻盆倒罐堵树洞。把茅坑、痰盂、粪桶都配上盖。从抗美援朝反对美帝细菌战开始，成立爱国卫生委员会，开展爱国卫生运动，轰轰烈烈多年。人们长见识，懂了好些卫生知识，养成卫生习惯，卫生水平普遍提高。

广安门大街第一所公立小学

清末民初，京师学务局筹划，并于民国元年（1912年）创办了广内第一所公立初级小学，叫京师公立第二十初级小学，四年毕业。1915年，改称公立第三十二国民学校。1923年，改叫三十二小学。1928年，改为北平市立第三十二小学。1934年，改为北平市立广安门大街小学。1946年，改为北平市第十一区第四、五、六保国民学校。1949年，改为北京市广安门大街小学。1952年，改为广安门大街第一小学。1998年关闭。存在了近百年，消失得无影无踪。

20世纪50年代初，我在这里念了两年高小（五、六年级）。位置在牛街北口东边，路南，和回民学校斜对门。旧门牌419号，那时门牌不分单双号，顺着排。广安门大街1号，是从菜市口西北角开始，往西排，到广安门城门，拐到路南，往回数。

这学校按现在标准，办学不够条件，就当年看也太狭窄局促。三个相连的院子，都不大，临街东西长占四间铺面。西头一间校门，东边三间勾连搭，木板隔断，两三间，实际的是六间的数。开间大，进深长，间量不小。校门，两个青砖垛，上头拱形铁架，木头板子对开门扇。进门西边，是邻居菜籽铺的东墙，东边是临街房和前院北屋的西墙。头间房掏开门窗，传达室。十多米甬路，顶西屋北墙，左拐前院。墙抹白灰，冲门挂白底黑字校名牌子。

前院狭长，四面有房。北屋三间，把西头儿一间总务办公室，后面连着临街房、仓库。一个事务老师，管全校所有用品的采购、保管、发放、记账等。剩两间北房，五年级教室。西屋三间，六年级教室。东屋三间、两明一暗，会议室和校长办公室。南屋两面有窗户，门开在第二个院子，西头有小夹道，夹道墙上贴壁报。留一小门，一长条房，教师预备室。预备室东边，一、二年级教室。这院只有南北房。南房也两面有窗户，门朝北，三、四年级教室。西边是露天过道，通后院。

第二个院子是学校最大的，每天早晨朝会升旗，放学前降旗，全校开会，都在这里。300人站得满满的。西墙上抹一块大黑板，出黑板报，写标语。黑板北，靠墙立一根杉篙，旗杆，有滑轮、细绳。每天专人（优秀学生二人）升降国旗。唱国歌，行队礼，降旗只行注目礼。早操分在三个院子做，体育课也在这里，简单活动，有时借用回民学院操场。音乐、美术、手工都在教室上。后院一窄条，东西房，成绩室，摆放学生的绘画、手工作品等。西房隔一单间，家在通县（今通州区）的杜师成老师的宿舍。南边，厕所。这学校就这样简陋，这样逼仄，这样不尽人意。它存在了近百年，赢得周边百姓的信任和赞许。人们说："三十二好（名字改几次，就记住了三十二，新中国成立后，广安门的百姓还这么称呼）！管得严，风气正，出息孩子。由着性儿疯，能有出息？"

1951年，校长姓刘，老头，高个子，不久调到区里，当领导了，听说曾是地下工作者。后来是宋继美，一位慈祥和蔼的老人，原来教美术。脸上没有过严厉，教师、学生都服她。住西砖胡同，娘家开糖果店，阶级成分得算资本家。可对穷孩子特别好，尽量照顾。甚至毕业以后，找她都管。学生韩文林，父亲久病失业，母亲家庭妇女。生活困难，勉强念到初中毕业，无力求学。宋校长帮忙，介绍到蜡烛芯小学代课，直到韩同学参军入伍。韩到晚年提及此事，不忘旧恩，常念叨宋校长的好处，叹道："现在，没这么好的人喽！"

工友老赵，在学校干几十年，任劳任怨。那时不兴保安，前后、里外、日夜，一个人儿。住传达室，寒暑假回家，通县。上下课，手里摇大铜铃，从前院走到后院。烧茶炉，供300人饮水。拾掇、养护甬路两旁的花草。一度还在传达室炉子上熬豆浆，卖给学生。看着60岁往上，中等身材，头发掉光，下巴老刮得干干净净，衣服也整洁舒展，精气神儿足。跟学生不太接近，孩子们尊敬他，也怕他。有点事儿，能镇住。

印象深的是杜师成老师，我们班主任，语文课讲得好。他讲故事跟看电影一样，事后回忆，你分不清是他讲过还是看过电影。他是回民，一个人住学校，在离学校几步的回民饭馆包饭，一天三顿。他高个子，浓眉大眼高鼻子，说话鼻音很重，瓮声瓮气的。皮肤毛孔粗，络腮胡子，刮得一脸青楂。不到30岁，长得显老。课上一次讲电影《带枪的人》，黑板前走来走去，模仿人物动作、表情、口气，活灵活现。都睁大眼睛盯着，不敢出大气儿，不敢走神儿，像怕少看一个画面一样。同学大多住在附近，有时吃完晚饭，三五同学相约，到杜老师住处，串门聊天。无拘无束，谈笑风生。师生之间极融洽。

杜老师讲课，和讲故事一样精彩，讲起来出神入化，对他自己是快乐，是享受。外界都感到他忘我的陶醉，孩子被感染，融入其中。潜移默化，没有训诫，没有训导。自我感知，追求道德的满足，人性的发扬，精神的享受。老师真情实感，学生感受得到，乐于接受，教育成功。不投入感情，照本宣科，自己本昏昏，要学生昭昭，讲课只为酬金，不及其他。学生也能感觉出来，再花言巧语，也难打动人心。要日复一日，老一套，就连听也不听了，心里还问：烦不烦?

1954年，我休学，谋得去通县西集小学代课的机会。途经通县，拜谒杜老师。独门小院，留下四壁皆空印象，更敬重钦佩我的老师，而且说了课堂上不会说的话。课本上的道理，社会上不一定行得通，要懂变通，多观察思考，少妄言妄语。与人为善是前提，相见以诚须慎重。1956年，他在永定门附近教学，通过电话。50多年断了联系，50多年时在念中。

广安门大街小学旧址盖成了公寓，踪迹皆无了。

新中国成立后的第一座大楼

广安门是历史上重要的一座城门，进出京城的咽喉。可广内大街，老是灰头土脸。门头沟的煤面子，永定河岸上的沙土，掺一块儿，在街上爆腾。街两边，铺户、住户的门脸儿、街门，老么咔嚓眼，都不定传几百年了。赶上连阴天，甭有大雨，小雨儿，润物细无声，雨水没糟践，落哪儿都渗进去。黄土泥碎砖头的墙，糟朽的房架子，怕闷着泡着。来阵子暴雨，轰隆一声，墙堆了（碎砖黄土泥，水一泡，就地滩，不会整个倒），顶子趴了架。为补漏屋，春天屋顶薄薄地（不足1厘米）抹层麻刀灰，刷遍青灰。年陈日久，房顶子都半米厚。房顶断面，千层饼。这一带像样点的房，数得过来的几处。

20世纪90年代中期以后，两广路扩建。这条大街，算抖起来了，变了个底儿朝天，阔了。鲁迅说："一阔脸就变。"街跟人似的，广内大街，没了祖宗们的灰头土脸。拿新的脸蛋儿，跟人说："您别认错喽，我可是老彰义门大街。"

从新中国成立后就开始建设，1949年前，广内是柏油路，次。夏景天儿，老爷儿一晒，化了。人走，粘脚，圆口布鞋能掉喽，自行车轧一溜沟。沥青往两边流，跟马路牙子平了。一阵大雨，一吹凉风，沥青随坡就洼，硬了。热了化，冷了硬。没好走的时候。大概是1950年，改成水泥路面。断交通，路面用木板隔成一个个格子，打混凝土。人工炒盘（拌和），人工振捣，没机器，就人。修不少日子。孩子们欢实了，又宽又平，没行人、车辆，撒开了折腾。盒子板外头流出来的砂浆，用小罐儿弄回家，铺地补墙。之前，住家户，没用过水泥，沙子难找。修修补补，黄土白灰，茬灰泥，没见过水泥。

50年代初，在干面胡同（登莱胡同）的空地上，盖起了煤建公司大楼，现在还好好的。原来是普通的红砖楼，后来外墙装修，贴了好些欧式花饰，洋派了。这楼是新中国成立后最早建成的，广内第一座。人们只见过私人盖住房，看公家盖大楼，是头一遭。北京人好热闹，有人冲电线杆子发愣，都能招一帮人围着。甭说盖楼了，刚有信儿，就不断有人到干面胡同口里转悠。盖这座楼，占的是空地。光迁走点坟，就腾净了。头几年，楼孤零零无依无靠，孑然独立。周边空了二三年，开辟白广路之后，这一大片才被楼房填满，现在都挤得慌了。那年开春，来人勘探测量，钻孔，架仪器，立标尺，东西南北定位。撒石灰线，钉木桩，拉铁丝网。四角儿，杉篙支老高，搭小阁子，四面留窗户，岗楼。三道铁丝网，四座警卫楼。占的地圈起来了，门留西面。跟着来了当兵的，带着家伙（枪）。门口俩人，岗楼上也俩人，摆的阵势瘆人。

在这儿干活的是劳动改造犯人，得拿枪看着。那会儿没囚服，穿自己的衣服，隔铁丝网看得见，穿草绿旧军装的多。干活没人看着，和普通建筑工地一样。有时也拉小车到门外，当兵的跟着。铁丝网外有流动巡逻的。大家伙儿知道是劳改的人盖楼，开工后，两三天新鲜劲，站外面瞧瞧。新鲜劲一过，没人注意了。

楼质量很好，北京市煤建公司用着。80年代，煤炭设计院也在这儿办公，现在是写字楼。在登莱胡同，路东。往南是一住宅楼，再往南是广安体育场的足球场，白广路头条。路西，文物保护单位：宝应寺。楼北边是德源胡同，净饭馆。这楼之后，是广义街的义利食品公司，运输公司的建筑。

1954年，开辟白广路，路旁建黑色冶金设计院、总参、轻工部、水利部、民政部，靠枣林街。西边，建了白广路商场，传统形式，大屋顶。东山墙临街，

1930 年，广安门箭楼西面（城外）

开仨门，设橱窗。商场后（西山墙）有北门开饭馆南正兴，上海馆子。南门卖副食，鱼肉鸡鸭。有路直对枣林街。1956年，开张营业。商场对面是广安门电影院，这是南城，虎坊桥往西头一家影院。

50年代，广安门一带，“地多空旷”，建起不少楼，工厂、机关、学校、住宅。但是，大街没怎么动，还老街面儿。是改革开放后才改动，90年代中期大改动。彻底没了老旧的灰头土脸的彰义门大街。

四眼井改称“思源”

下斜街路东，长椿寺斜对面，有条胡同叫思源胡同，原名叫四眼井胡同。大概是进行阶级教育，忆苦思甜时改的。饮水不忘打井人，饮水思源，四眼井改“思源”，大伙儿思甜，别忘了恩人。老革命歌曲里有一句歌词：旧社会好比那黑咕隆咚苦井万丈深。不改名，想想深井，可以忆苦，也没离阶级教育内容。

20世纪50年代，胡同路北有座四合院，是宣武区税务局。我那时在工厂上班，拨拉算盘，常往这院跑，送报表，取文件。普通四合院，一溜南房，靠东头一间，门道、街门。进门一长条院子，没有垂花门。进二门，有屏门，没走廊、甬路。院子全方砖墁地，有几进院子不知道，没往里去过。现在向右转了，门朝西，盖成洋楼了。电动不锈钢伸缩门，牌子是宣武区财政局，跟长椿寺对门。重修的古庙，新建的洋楼，文化单位，财政机关。“中学为体，西学为用”，文化搭台，经济唱戏，建筑形式，社会功能。从形式到内容，最佳体现，绝妙芳邻。

清末不少文人笔记，写到过四眼井，因为祁家在这胡同住过。这祁家，广安门老街坊，名气大。近几年，几乎是学术界研究热点。祁家是山西寿阳的望族，在北京的第一代老爷子，祁韵士，户部郎中，住铁门胡同。第二代祁寯藻（1793—1866年），住四眼井，在宫里南书房，教过道光、咸丰、同治。清史说他："自道光中论洋务与穆彰阿不合，至是文宗锐意图治，罢穆彰阿，寯藻遂领枢务，开言路，起用旧臣，寯藻左右之。"后世称三代帝师，寿阳相国。他的故事拍了连续剧，叫《天地民心》。他有个兄弟也是清朝重臣。他儿子祁世长（1825—1892年），住四眼井老宅，官至工部尚书兼顺天府尹。清史关于他的记载："世长清操自励，累世官卿贰，家如寒素，时以称焉。十八年，卒，优诏赐恤，谥文恪。赐其孙师曾员外郎，子友蒙主事。"他清廉节俭，有好名声，是死在任上的，所以"优诏赐恤"，格外照顾。

祁氏家族，从祁韵士到祁世长，三世显达。他们家在国子监有好几块进士碑，祁家是：一门四翰林，三代帝王师。《燕都丛考》里有四眼井祁家的事。

祁世长大儿子祁友慎，娶了李鸿藻的闺女，19岁结婚，29岁就死了。三年后，祁世长跟小老婆生了个儿子，减轻些丧子之痛，起名叫友蒙。这孩子10岁，祁世长死的。皇上赏他个主事。后来入民国，祁氏后人命运不一。据说，祁世长一个后人，生活困难，跑到天津，求他的学生华世奎周济。华世奎给他200块大洋，又带他去找徐世昌（民国总统，也是祁世长的学生）。徐世昌说："你（华世奎）的字价码高，卖得快。你掏200，我只能拿100。"华世奎又添了100。后来徐世昌跟人说，一定要好好练字，当过总统，也不如字写得好。

祁友慎的儿子祁师曾，祁世长的长子长孙，当过礼部侍郎，跟他姥姥家（李鸿藻）关系密切。他四舅李石曾去法国就带了他儿子祁彦孺。李石曾在法国开生产豆腐的公司，还找祁家人帮助介绍引资入股（没听说回扣多少）。

祁世长在下斜街北头路西，集资建了山西会馆（云山别墅），撰写了《云山别墅记》。也是这一年，光绪十八年（1892年），会馆竣工，他去世。

祁世长后人按字排辈，是友、师、式字辈。有共产党员，一位在近代史研究所工作，死于"文化大革命"。1978年，举行骨灰安放仪式。

祁家的故事不少，以后有机会再说。是想老彰义门的人记着——咱有家老街坊，祁家，住下斜街四眼井。这该叫思源。

引祁世长的一首诗、一副联，算结尾：

题法源寺

趺坐松根屏万缘，茫溪曾踏乱山巅。
名缰利锁都忘了，要证楞严第四禅。
转角楼空花木深，洞明三藏总虚心。
我来随意云堂坐，不听车音听梵音。

集林则徐句

松声、竹声、钟磬声，声声自在；
山色、水色、烟霞色，色色皆空。

后街　一得阁　广安戏院

原先，一进广安门，路南第一条胡同是南马道，进口正南是空地，菜园子。西侧贴城墙是一条人走出来的小道，顺着走，能到右安门。东侧是一条大道，通南线阁、干面胡同（登莱胡同）、德源里、香儿胡同到糖房胡同，贯穿广安门内大街临街房的后身儿，牛街迤西的人们习惯叫它“后街”。那时候是徒有其名，本不成街。现而今登莱胡同往东叫德源胡同，过了白广路叫德泉胡同，起了新名字的老路，真的成了名副其实的街了。餐馆、旅店、发廊、商店，一家挨一家，热闹非凡。赶上饭口儿，也是熙熙攘攘，入夜霓虹彩灯一片，通明如昼，谁知曾是坟场？三十年河东，三十年河西。而今“后街”比大街也毫不逊色了。

南北走向的南马道、北马道都没有了。广安门城墙拆平以后修成马路，叫南北顺城街。修立交桥把南北马道拆除，马路拓宽，现在叫广安门南北大街了。南马道还保留着东西走向的一段，北马道就什么也没留下。

港中旅大厦占去的一段后街上，路北有三个门：（从西边排）一得阁后门、顺兴大车店后门、广安戏院后门。

一得阁是老字号，出墨汁，在琉璃厂，北京人几乎都知道。要是广安门大街也有一得阁，知道的人就不多了。

一得阁在广安门的老门牌该是326号，三间门脸和一个狭窄的过道门，是西洋风格的样式，盖得挺讲究。磨砖对缝，拱券门，五个砖柱直通房顶连着女儿墙，上面是砖雕装饰。三间门面预留的拱券门口是砌死的，上方留有小窗，下面贴地面是安着铁箅子的通风口。过道门上头是砖雕的五个字：一得阁堆房（仓库）。院里住一户人家——仓库的管理人和家眷，还养了一只大狗。主人随和，跟街坊四邻都说得来，常坐在房前的石阶上闲聊，邻里的关系十分融洽。后门出入车辆，并不经常开。起拱的大门洞，两扇黑漆铁门，门上两个铁门环，门常关着。有一年，一个乞丐老头儿在门环上吊死，双腿叉开，倚门扇站着。挺吓人，人们都贴南墙根走。后来很长时间，都躲着这里走。

广安戏院是公共娱乐场所，知道的人怕也不多，也不会有什么记载。在南城，菜市口附近居住着众多的梨园行人士，但附近并没有他们演出的场所，最近也要到珠市口的华北戏院（现在的丰泽园饭庄）。

广安戏院存在的时间很短，又非常简陋，地点在现在港中旅大厦东半部，登莱胡同西边一点。原是棉花店，关张以后改成戏院，时间是1950年。棉花店有个大罩棚，加工、打包、存货，比周围的房子高出两米多。一圈的玻璃窗，豁亮，又遮风挡雨，搭个舞台，安放座位就可演出。一个写着“广安戏院”的大牌子挡住棉花店的牌匾，开个售票窗口——拆去拦柜装上隔扇，留个小门，能检票入场。演出结束撤去隔扇，便于散场。没怎么改动，棉花加工车间就成了演出场地。

当时，北线阁一进口路西就有棚铺、家具铺[1]。请棚铺搭舞台，向家具铺租条凳，戏院就开张大吉了。后门是演出人员出入的通道。每天日夜两场，中

[1] 旧时家具铺只租赁，不卖。红白喜事所需用品：桌椅板凳、茶具、餐具、炊具、香炉蜡扦、被褥孝衣，应有尽有。老北京有句俏皮话：“破被窝——不赁！”

午一过开始“敲通儿”[1]，三通儿之后，演出开始。坐在我家后院，连道白都听得一清二楚。孩子们不甘心只闻其声，于是我们上房，临街房都是连着的，三拐两拐就到了正对舞台的房顶上了，俨然是隔着玻璃窗的二楼包厢。但时时要防备“纠察”上房检查。新中国成立初，治安巡逻的武装战士戴着纠察袖章，老百姓叫他们纠察队。戏院设有“弹压席”，请几位纠察坐镇。观众席的最后，放张八仙桌，四个条凳，他们坐那儿喝茶看戏，有事出面解决。他们时不时地上房轰人，我们就和他们“捉迷藏”。我们爬在黑暗处，躲过他们，再继续看戏。

戏院的座位是条凳，当然不能对号，看戏人多时只好站着。座位上的观众离开时，得先和邻座打招呼，你一抬屁股，他没准备，条凳打天秤，就许摔了人。舞台呢，棚铺搭的，铺的地毯指不定使了多少年，吃足了尘土，赶上武戏，演员就在红尘深处了。前几排的看客，也只好起身后退，远离红尘。武打过后，台上偃旗息鼓，台下尘埃落定，各就其位，兴致如初。虽然如此，广安门的人们也乐在其中。

京城流行的剧种京剧、评剧、河北梆子都在这里演出过。天桥的梁益鸣、唱梆子的李桂云和唱评戏的一些名角都曾在这里献过艺。这一带的孩子们都成了戏迷，模仿演戏成了日常的游戏。

戏院关张以后，这片房子就闲置了，直到公私合营以后才利用起来。

广安戏院是广安门一带的第一个公共娱乐场所，该是值得一记的。

[1] 旧时剧团演出前擂鼓，召集观众，叫“敲通儿”。敲一阵儿，停一会儿，叫头通儿；再敲一阵儿，停一会儿，叫二通儿；三通儿后就开戏了。在下外行，倘有误，望指正。

从干面胡同到登莱胡同

广安门东桥下，大街路南，港中旅大厦和北京市残疾人活动中心之间的楼间通道，是登莱胡同。胡同里有文物保护单位宝应寺，健身活动的广安体育场，还有餐饮业扎堆的德源胡同，饭口上，车碰人挤。正南体育场北墙外，东西大道，东是白广路头条，西算登莱胡同，通南线阁。路北是宝应寺，登莱小学占着，对面是体育场大门。这片楼挨楼，没宽绰地儿。体育场里地广天宽，可被铁栏铁网罩着。

登莱胡同原叫干面胡同，从大街进来路窄，走一辆骡马大车，弄不好就蹭墙。胡同短，走半分钟。这段就一户人家，道东，凹进一块，朝北的门。过了卡脖子这截，是一片低洼大野地；有路没街，东西大道，包括现在德源、德泉两条胡同，往西穿港中旅大厦，过南线阁，接南马道。道北有几家住户，大部分是大街门脸房的后墙。路南就是断续的住户，断续的坟地。叫后街，并不成街。西南一条斜着的大道，贴宝应寺东墙。东南也是一条斜道。两条道，都和庙前的路相连。西通南线阁，东到老君地、枣林街（白广路二条东南一带）。当年宝应寺地势高，为安全，庙前路南边上是一米高的矮墙。墙外直上直下，两米多深。一块洼地（现在的体育场），庄稼地。东、南边缘处有些坟头。一家农户，住在地的西北角。西南角是个水塘：孟家坑。附近孩子、大人，夏天嬉水冲凉。庄稼地西边也是高坡，坡上虎皮石墙的大坟圈子；靠北有座东开的大门，门北墙上嵌着一米多高、一米来宽的石碑；竖刻“寄骨所”三个大字；上面横刻小字“登莱胶义园”。北墙顺庙前道路，西到南线阁南拐，西墙留有一个门。门里靠北几棵树围着几间房，住着看坟的一家。坟圈子里，有坟头，有丘子（坟头，棺材埋地下，地面土馒头；丘子，棺材放平地，砌砖包起；尖顶圆顶，清水露砖，抹光刷青灰。都有）。坟间杂草高过人。现在是体育场的一个馆。南侧是白广路二条大马路；原先是大华窑业公司（烧瓷器）北墙；是那片庄稼地的南上坡。

宝应寺东，人少房稀坟头多，野草丛生，处处宽绰；近庙处，道路旁，几棵大柳树、老槐树，孩子们的乐土：拔草摘花、捉虫扑蝶、撒尿和泥、扬土造烟，撂着蹦儿地淘。树荫下乘凉，庙门前晒暖，神聊乱侃，大人们歇歇儿的好地方。

这里人鬼神三界杂处。神在庙，鬼在坟，人在家；家在庙后坟间。

宝应寺特殊的地方，是义园与寺庙合一。奥运会前，宝应寺大修；庙门、院墙是新建，头层大殿是翻建。庙门上石刻横额，三个简化字：宝应寺。洁白粉墙，青瓦盖顶，崭新漂亮。有文物保护单位的气派。传说庙是唐朝建的。庙里有明朝万历年间的重修碑记，建庙该在明朝以前。清朝乾隆时，山东登莱义园就和宝应寺合伙了。庙里碑记说：“登莱义园之附于宝应寺也，自乾隆壬戌始。”道光五年（1825年），山东黄县贾东愚等在京为官的同乡集资，添盖殿宇房屋，增置田产土地。花钱不少，权力就大。庙的前部归义园。门上石刻横额“登莱胶义园公所”；头层大殿三间，供奉关公，高大的关羽塑像，端坐当中，周仓、关平侍立两旁；西边地上站着泥塑赤兔马，东面架子上平放青龙偃月刀。院门两旁，白色墙壁。义园突出，佛寺色彩全无。以至于几次寺庙登记，都没有记载。居民从来不认“登莱胶”，直到今天老人还叫宝应寺。20世纪50年代以来，嫌弃寺庙神佛；庙里办小学，躲开宝应寺，叫作“登莱胶”；多少年后去了“胶”。和胡同名字一致。近两年，改称“宣武师范二附小”了。

道光五年投资，到光绪十二年（1886年）发现：“不得其人。僧人无赖，窃将田产售典殆尽。而善举之废弛，且数十年矣！”山东京官，福山县牟朵珊，提出审计整顿，没开始，他“出守柳州”，调动工作去了外地。国子监祭酒，福山人王文敏，“继之；检查契册，追究已失之公产”。重立章程，延聘人员；规定“二郡值年京官及四市会首，随时督察之”。王文敏尽力而为，取得成效。得到同乡们的拥戴。光绪二十六年（1900年），“庚子之乱，都城失守”。“文敏公暨其夫人率孀媳，投井以殉。”“洋兵据城，经年始退。”“乱既定。二郡绅商感念弗忘（王文敏）。”所以一进门的院子西部，修一新式门楼（完好保留），单独一小院。院里西屋“立文敏公神牌，并追立倡与义举之先达诸公各神牌。岁时荐香酒，以申景仰”。这段故事的依据，是光绪二十九年（1903年）庙里《重整山东登莱义园宝应寺公产碑记》拓片文字。撰文是监察御史潍县陈恒庆；书写是国子监祭酒莱阳王垿。碑文里说的“善举”，在另一块碑《宝应寺增置庙产记》有说明；乡亲患病居此调养，客死京师埋葬浮厝；“贫无力者，悉得归骨于故乡”。

我小时候常在庙的前院玩耍，夏天每日必到。大方砖墁地的院子，都是树阴凉儿。东边也是一小跨院，东南角房顶上盖一个四角亭子，露在院墙上头。是山东乡亲们登高临远、诗酒流连的地方。“门虽设而常关”，没进去过。记忆深的是进门右手，南墙下的盆景。类似中山公园唐花坞摆的几盆；大浅盆，水里放能上水的山子石；石上绿苔，小树、茅亭、敞轩；石下小桥、扁舟。立体山水画。院里放着。没人动。墙上不贴“须知”类文字；更无保安值班。心里懂：毁东西，缺德。这门西边有大门道，可以走大车。进门西侧是排房，单间，屋门都在中间。停灵用的。人死后，入殓（遗体放进棺材），送到这里停放，运回老家埋葬。一间房停一口棺材，俩高脚条凳支着，棺前放供桌，香炉蜡扦儿。棺材两旁，放烧活（纸糊的人，真人大小。冥衣铺做），一对或两对。是死者的使女、仆役。逢年过节，清明节、十月初一，家属晚辈前来祭奠。打开房门，烧香上供，焚化纸钱，叩头跪拜。有的没机会回老家，停放多年。如有家回不得，长期饭店包房一样。大门道连着的一排房，后墙临街。和宣武体育场大门对着。赛事频繁，人多热闹。停灵小房拆去后墙。全是餐馆。火爆了不少年。

庙的大修早就竣工了，门锁着，没看见里头。学校走原来的大门道（当然是新建的），庙的后部还归学校。新建的庙门，比原来义园的门，高、大、宽、厚。院墙围起来的地方，比原来大多了。往西没动；往东可扩展一大块。比原先又大又好。没有花钱的不是！

有的文章说宝应寺曾叫“寄骨寺”。误传，没这一说。有的说是“登莱会馆”，也没这一说。登莱义园公所和校场口的山左会馆有关系。义园和会馆两码事；瞎叫乱改，混淆历史，误事。说宣武体育场足球场是坟地（山东义地），也是凭空想象。虽然是义园门前，可没埋死人。前面已有交代，是庄稼地。只边角处有零散坟头。年陈日久，又无记载。后人没见过当年情景，写文章多捕风捉影，难免错讹。原始状态越说越是乱。

西砖胡同多名人

著名的法源寺在广安门内路南的西砖胡同里头。进北口不远，路旁已是残砖断瓦一片，正在拆迁。报上、书上、网上，常提到这条胡同。往南连着七井胡同，通南横街。跟它相交的醋章胡同，东到烂缦胡同，西通教子胡同。再南还是东西向的簪儿胡同，有南宋遗民谢枋得祠。再南法源寺后街、法源寺前街，七井南口。法源寺使这胡同出了名。明清近代住过名人，加上会馆、庙宇，前人文字中就常见西砖胡同了。

当代名作家韩少华早年在这儿住，旧门牌13号，路东。韩先生仙逝，多人写文章追忆纪念，多次提及韩先生故居，希望能予保留。醋章胡同南北已经拆了不少，断壁颓垣，残砖破瓦。簪儿胡同往南没动，韩先生的老院子还在。

路西37号平房院，住过虞愚（1909—1989年），大师级人物，佛学院教授。后来是佛学研究所研究员。祖籍浙江山阴，生于厦门。1924年入武昌佛学院，太虚上人弟子，在厦门曾从游弘一法师。早年研读佛教哲学有所成，著《因名学》，执教厦门大学。20世纪50年代初，为编纂斯里兰卡佛教大百科全书，奉调来京，任佛学院教授。在西砖胡同37号的三间平房安家，直到去世（去世前两年回厦门治

光绪十六年（1890年），文廷式成进士，当编修。珍妃在光绪皇帝面前常提到自己当年的启蒙老师。光绪二十年（1894年）大考（殿试），皇上亲点文廷式一甲一名，升翰林院侍读学士。甲午战争，主张打，反对议和，说李鸿章“辱国病民，莫此为甚”。第二年（1895年）出面赞助康有为的强国会。受到参劾，被撤职下放，回了老家。康梁戊戌变法失败，慈禧下通缉令拿嫌犯。文廷式流亡日本。光绪二十六年（庚子1900年）回国，在上海参加唐才常召集的“中国国会”。唐才常组织自立军起义被镇压，失败。清政府对文廷式下了“严拿务获，即行正法”的严打令。他只能逃匿躲藏，在萍乡、长沙、南京、上海等地颠沛流离。抑郁忧伤，以文酒寄怀。《纯常子枝语》四十卷，就是这时期写的。1904年，虚岁49，文廷式死在萍乡故里，葬在故里的杨枝山。

文廷式的先祖是妇孺皆知的文天祥。1856年，文廷式出生在这个有着忠烈血性基因的家族里，7岁时从塾师李禹九就学，10岁学作律诗，17岁投身番禺学者陈澧门下。从小聪敏好学，孜孜不倦，学养深厚。他居过庙堂之高，更处过江湖之远，怀了救世的志向和愿望，在抗争中奔波终身。身后的声望却重在诗词作品上，他生前也颇以此自诩，在《云起轩词钞》的自序里说：“志之所在，不尚苟同。”强调独有的特色。同代的词人朱孝臧（1857—1931年）认可他的“自评”，赞他“拔戟异军成特起”。

我少时喜诗词。龙榆生教授编选的《唐宋名家词选》和《近三百年名家词选》当年在学生中很流行。我是在《近三百年名家词选》里知道文廷式的。最爱读他的《水龙吟》：

> 落花飞絮茫茫，古来多少愁人意。游丝窗隙，惊飙树底，暗移人世。一梦醒来，起看明镜，二毛生矣。有葡萄美酒，芙蓉宝剑，都未称，平生志。
>
> 我是长安倦客，二十年、软红尘里。无言独对，青灯一点，神游天际。海水浮空，空中楼阁，万重苍翠。待骖鸾归去，层霄回首，又

西风起。

叶恭绰给这首词的评语为“胸襟气象，超越凡庸”。这首词以春景开头，写暮春就“飞红万点愁如海”了。诗人失望，找不到出路。而且“二毛生矣”头发花白了，还“都未称，平生志”。独对“青灯一点”时，“神游天际。海水浮空，空中楼阁，万重苍翠”。他要“骖鸾”上天，飞到中途“层霄回首”，俯视人间，“又西风起”，一派萧瑟。失望、不甘心、无可奈何，诗人表达得通透，用富有魅力的画面展示了他的情怀。

他的词多感时忧世，豪放追苏、辛，也有婉约近花间的“艳词”，诗人情感，自当如此。

他的《好事近·湘舟有作》：翠岭一千寻，岭上彩云如幄。云影波光相射，荡楼台春绿。仙鬟撩鬓倚双扉，窈窕一枝玉。日暮九疑何处？认舜祠丛竹。

有人评“秾绝”，也可说“艳绝”！

他病了，写了《南乡子·病中戏笔》：一室病维摩，且喜闲庭掩雀罗。煮药翻书深有味，呵呵！老子无愁世则那？莽莽旧山河，谁向新亭泪点多？惟有鹧鸪声解道，哥哥，行不得时可奈何！

这是他最后的叹息。

拆城墙及赵四和朱五

北京明城墙遗址公园有两个。内城崇文门东边东西横着一段南城墙，宣武门西边原城墙拐角往北，南北竖着一段西城墙。面对高大、雄伟、壮观的历史遗存，不由得惋惜感叹：当初拆它干吗？

是谁亲手拆下北京明城墙的第一块砖的？那是100年前的旧事了。1915年6月16日，当时的内务部总长朱启钤，在正阳门上拆下旧城的第一块砖。正阳门改造工程开工典礼，拆砖，破土奠基。工具是一把银镐，袁世凯大总统为朱总长特制的，上头还镌着字："内务部朱总长启钤奉大总统命令修改正阳门，朱总长爰于一千九百十五年六月十六日用此器拆去旧城第一砖，俾交通永便。"

第二年（1916年）袁世凯要当皇帝，朱启钤当了登基大典典礼处处长。袁一死，朱启钤被通缉。他先逃天津，后跑唐山。下海办煤矿公司、轮船公司，北戴河疗养度假区的开发也是他的功劳。当时（1918年）一些外国人在北戴河买地盖别墅，组织会社，处理小区事务。朱启钤不忿："外国人管中国地面儿上的事？"他串联上层人士（如张学良），在北戴河成立地方自治公益会，他任会长。管理当地事务。不许外国人插手。维护国人尊严，扼制海滨被

1912—1915 年，广安门全貌（西南面）

蚕食的势头。

1918年冯国璋代总统赦免朱启钤，撤销通缉。8月徐世昌当选总统。11月派朱启钤当北方总代表去上海，和广州军政府的南方代表唐绍仪举行南北和谈。1919年2月才开始谈，5月谈崩了。

朱启钤辞职，和政界渐远。只于1921年做专使，代表徐世昌到法国接受巴黎大学授给的文学和法学博士学位证书，随后游历了欧洲、日本。回国后离开体制。

朱启钤参加南北和谈去上海途中，在南京江南图书馆发现《营造法式》一书，就迷上建筑。离了官场，着手筹备成立中国营造学社，1925年个人出资创立营造学会，正式启动中国古代建筑历史的研究。1929年得中华教育文化基金会资金赞助，即于1930年成立中国营造学社。朱先生是我国古建筑研究领域的开拓者和奠基人，中国营造学社汇集了梁思成、刘敦桢等建筑界精英，推进了古代建筑的研究。中国营造学社在北京存在了8年，其间考察了137个县，测量了1823座古建筑，制作了1898张图（包括照片），最后给了清华大学。

1937年日本占领北京，抗战爆发，中国营造学社流亡后方。经武汉、长沙、昆明，最后在四川宜宾的李庄停下来。在艰苦的条件下，坚持对古建筑的调查研究，出版了多种专业书籍和集大成的七卷《中国营造学社汇刊》。抗日战争胜利，学社回到北京。经费拮据，学社只能在朱先生私宅办公。1946年宣告解散，学社资料分给了清华大学营建系和文物部门。

抗战期间朱先生留在北京，没有和学社去后方。日本人叫他出来当官，他装病不出门。日本人强买他的住宅，撵他搬家。他搬离旧宅，也不当汉奸，有自己的操守，保持民族气节。蒋介石尊重他，请客拉他挨着坐。周恩来敬仰他，到家里给他拜寿。

他为北京做过许多事。社稷坛改为公园，叫“中央公园”或“稷园”，就是现在的“中山公园”，是北京城内最早的公园。当年建设了不少景点，像四宜轩、唐花坞、水榭、来今雨轩、习礼亭、格言亭、投壶亭、迎晖亭和兰亭八柱等，今天还在。公园成立董事会，负责管理。创办古物陈列所，用20万元美国庚子退款，在故宫里新建文物库房，给后来故宫博物院准备了条件。

他对北京的交通、市容也做了不少事。南北池子是条明河，他改成暗河，修成路。中南海正门原本没门，袁世凯住进去出入不便。他出主意，把原宝月楼南边的墙扒豁子，修八字墙，宝月楼成新华门。路南不整齐，有碍观瞻，他砌了一道花墙挡上。现在的花墙也还在，都是朱老留下的。

最后说说朱老的五女儿，她在旧时传闻多。

朱老两任夫人，育五子十女。他阅历广，思想开阔。他的女儿们不受束缚，社交活跃。五女儿朱湄筠，是交际界名媛，由于一首诗她名声大噪。

1931年“九一八”日本关东军入侵，人们指责张学良在北京不守国土，光图个人风流快活。报纸发表广西大学校长马君武的打油诗《哀沈阳》二首，其中一首流传很广。诗云：“赵四风流朱五狂，翩翩蝴蝶最当行。温柔乡是英雄冢，哪管东师入沈阳。”朱五即朱湄筠。

诗中涉三位女士：赵四（赵一荻）、朱五、胡蝶（电影明星）。当时认为马君武揭发张学良在国难当头的危急时刻，却在佳丽丛中穿梭来往，过分。三位佳人自然是误国的祸水了。

这是冤案。张学良晚年对采访者唐德刚说：“我最恨马君武的那句诗了，就是‘赵四风流朱五狂’……她小的时候，我就认得她（朱湄筠）……我跟她不仅没有任何关系，我都没跟她开过一句玩笑！”少帅风流，女友多，他自己也认可。把没见过面的胡蝶和没开过玩笑的朱五小姐都扯一块儿，他就耿耿于怀了。朱五小姐的丈夫是张学良的秘书朱光沐，结婚的主婚人是张学良。她姐姐朱洛筠是张学良弟弟张学铭的夫人。她和赵四是天津华西女中同班同学。朱、张两家交往有素，关系有根底。

日本投降前后，朱五和丈夫移居香港，周恩来曾派人联系。1962年她不负厚望，转给张学良一封周恩来的亲笔信。晚年随子女居加拿大。1991年张学良定居美国，在夏威夷她与张学良及夫人赵一荻相聚，60年岁月消磨，重逢异国。苍苍白发相对，件件往事堪哀。

至于马君武的诗，就是“诗”，出于对家国的热爱，出于对不作为官员的愤恨。他指斥，他谴责。当年的敏感事态、敏感人物使这首诗合了国人心中的主旋律节拍，但它毕竟是“诗”，不是判决书，可实可虚。“白发三千丈”能测量吗？诗人无误，读者误。

旧诗词，受格律限制，常是得一句妙语，苦思冥想地凑，够数了，写下来，一首。有时难免与事实不符。

诗，夸张、夸大，不顾情理。岳飞“壮志饥餐胡虏肉，笑谈渴饮匈奴血”下得去嘴吗？诗就是诗。

1920 年前后，广安门城楼北面（城里），城墙下的驼队

第二部分

商家铺户

SHANGJIA PUHU

顺兴馆　顺兴店　顺兴楼

现而今广安门大街被誉为“南城餐饮一条街”。先前这条陆路是进出京城的要道，客流大，又有城门开关的时间限制。前一天赶到城门脸儿住一夜，第二天起个五更，头拨儿出(进)城门不说，精气神儿也足哇！歇脚打尖的多，经营餐饮的就少不了。

就说说六七十年前，我耳闻目睹的，或是曾经亲历的一些事。

当年卖吃食的挺多，档次高的没有。饭摊，现在叫排档。王子坟(广义街)口外西边支着蓝布棚子，一溜案子铺着蓝布——餐桌；外边大条凳——座位；案子里边是操作间，以小米粥、窝头、贴饼子、咸菜(大腌萝卜、水疙瘩、切丝)为主，也有馒头，吃主儿不多。报国寺前头，卖锅饼，炸鱼，半斤来重。黄花儿鱼，一双筷子从嘴里伸进去，一拧一拽，内脏全出，整条下锅，现在没有了。煮白薯。石虎胡同(巷)口两边，也支着布棚子，卖莜面卷，卖荞面饸饹。这是全天营业的固定摊。

早点摊也固定几处，广安小市儿一拨，北线阁口、下斜街口的切糕，回民学院门前烤白薯，王子坟大宽的油饼。烧饼铺有六七家，回民经营的，除早点外卖快餐，全天供应。

品种有老豆腐、素丸子、炸豆泡、烧饼、牛舌饼、螺丝转儿、墩饽饽、豆沙烧饼、脆麻花、糖耳朵、排叉、烫面炸糕、黏面炸糕，冬天会有羊肉包儿、蜂糕。切面铺，兼卖馒头、糖三角等蒸制品和硬面饽饽，一般是汉民经营。那时人规矩，虽无专利保护，绝不串行。馒头铺不烙烧饼，不做墩饽饽，烧饼铺也绝不卖硬面饽饽。小饭铺有几家，在原来的广安市场（早没了，最早的菜市场，在狮子店和夹道居之间）。东边有两三家，路南教子胡同和牛街中间有两三家，回汉都有。再往西就是报国寺前和王子坟口西，以斤饼斤面多。卖面食的小馆，面、饼都论斤卖，四两面，半斤饼。大一点饭馆是论碗、论张的。

北京卖主食从1960年下半年开始要粮票，不论火烧、烙饼、馒头、面条、米饭，一概论斤论两了。斤饼斤面就没了特色。饭馆小，服务周到，公私合营以前，可以记账，即使买一碗面，也管送。小伙计骑车，一手扶把，一手托木盘，一碗面，一小碟面码，一小碗炸酱（小碗干炸），或一小碗卤。送到家，放桌上，伙计走人，待会子，再来收碗筷、结账。要是买几碗，就用提盒，椭圆形，分几层，有盖，有提梁。一手扶把，一手提溜提盒，面码就好几样了，酱或卤也改大碗了。那会儿，买面条吃，不论浇麻酱、炸酱、肉卤、汆儿都是单盛一碗里，顾客自己浇。没有一碗面端上来，不管口轻口重，跑堂的都给你放齐了浇头、菜码，筷子一搅和，咸了咸吃，淡了淡吃，透着卖主儿霸道——这是自公私合营以后直到而今的“服务”方式。为了人家省事，您就得将就。

广安门大街没有高档餐饮，可有久负盛名的馆子——顺兴馆。它有名是因为“久”，开业于清初，延续200多年，日伪时期的1943年实在支撑不下去，才以“暂停营业”名义关张。按当年分类，是茶饭馆——“二荤铺”，属中档偏低类。卖茶，卖酒饭。进入民国后，生意清淡，只好打破旧章程，设单间雅座，添女招待，包办酒席，承接喜庆宴会，曾短暂兴旺。

七七事变之后，日本占领北京，市面日益萧条，关张歇业，结束了200多年的勤苦辛劳的经营。当时规模不小，地点在大街路南，南线阁街和登莱胡同的中间偏东，现在港中旅大厦大门通道处。占6间铺面，进深7间，40间房的面积，有30来个员工。老门牌330号到332号。门开在330号，平面布置是北京二荤铺的标准，一进门左手灶间，右手柜房。往前一面大镜子影壁，挡了街上行人的视线。镜子后边东西一长条罩棚，高出两米多，南北可开关的天窗，通风排烟。往左是过道儿通单间雅座，右边是冷藏室，里边有冰柜，放生肉、生鸡、鲜鱼什么的。

冰柜当然不是现在的电冰柜，厚木板做的大柜子，门是横插的厚木板，放进取出，都一块一块拿下来，完事再一块一块插好。柜子里放天然冰，冰上放肉、鱼、鸡等要冷藏保鲜的原料，根据需要，也许放一层冰，也许一层冰一层料。柜子底下有排水孔，冰水随时流出。每天冰窖送冰，牲口拉的大车，一米见方，半米来厚。一车拉十多块，按订货户头送。冰窖在现在宣武门西大街路南，国华商场一带。当年没马路，路北是城墙，墙外是铁道，铁道南是护城河，护城河南是野地，挖有冰窖。冬天从护城河取冰，存入冰窖，转年儿出售。夏天制冷保鲜都是用这种办法。

罩棚南边是卖散座的大厅，有20张方桌，配条凳。一早儿就营业，卖茶。大厅南是一长条院子，东南角上是个花轱辘钱的门楼，后头还有个院子，是掌柜的住宅。大厅南面是糊纸的大窗户，上半部可以支起，檐下可挂鸟笼，厅内也有挂笼子的木杆，客人多是早晨遛鸟之后到此喝茶，聊天儿。大厅有门通院子，迎门是一砖影壁，灰砖四框，上边一条花轱辘钱，中间白灰抹面，写着一个大“福”字。影壁后是露天男厕。

上午10点以后，喝茶的客人，有的站起身，拱手作圈儿揖，点头开口：“诸位歇着！我告便了。”回家吃饭，走了。有的叫过跑堂的，点菜叫饭。茶壶推到边上，吃完饭，拉过来接着喝，不换茶叶不加钱。走的客人，如果留下话儿：“我回头来。”跑堂的要单放着茶壶，客人回来，接着续水，也是不换茶叶不再收钱。

大厅东北角有个小柜台，负责雅座的收款、服务。雅座单有一拨跑堂的、女招待。雅座占两间铺面，临街，有窗无门，但占个门牌332号。木板隔成单间，挂半截白布门帘，房顶开天窗，也挺豁亮。多是为办事才在雅座请客，饭后“写字儿”——商业合同、房屋契约、借贷字据、过继单、分家单，甚至买卖人口的卖身契。话剧《茶馆》不就有吗？各方都得在场，当事人、中人、旁证人、代笔人，“空口无凭，立此为证”之后都得签字画押。客人离开时，伙计、掌柜要站在柜房前躬身相送，重要客人要送到大门外。

那时点菜不写单子，结算也没单子，全凭跑堂的心里记，还绝不能错。点了菜，口喊通知厨房。菜炒好，大师傅铁铲敲炒勺通知服务员，端菜。吃完了，结账。跑堂的要看空盘子报菜名、单价，一个个心算相加，报出总价。脑子不好使，不专心，都会出错。客人也会算，错了人家干吗？客人付大票子，找零，也许就不要了，算小费。不找零也单给小费，不给的少。跑堂的要高声唱出钱数，其余伙计要齐声谢赏。收的钱，当时就投进挂在柱子上的竹筒里，1米来长，10厘米粗。晚上关门后，大家围一张方桌，竹筒子底儿朝上，钱倒在方桌上。清点，按比例分，赶上多时，能超过工钱，这是每天的外快。

赶上办喜事，雅座、散座就都不卖了，大厅布置成礼堂，张灯结彩，喜气洋洋。四周挂满红色的幛子，说起幛子，得多说几句。当年红白喜事，兴送幛子，就是送衣料。喜事，过生日、过满月、娶媳妇、聘闺女，送红色的，深红、浅红、桃红、枣红，丝织、棉织都行，尺寸要够一件衣服或一床被面。上面要有祝福的话（四字成语），上下款。一大横幅或竖幅，礼堂内外挂着，红火气派。在专用的纸上写字，别到幛子上。香蜡铺、纸铺都卖，叫“幛光儿”。上下款是长条，中间用四张方的，红色，周边金粉印的龙凤之类图案。上款写受礼人，称呼按关系，如朋友的儿子结婚写“某某仁兄令郎结婚之喜”，下款写“愚弟某某敬贺”。写法讲究挺多，几句话说不清。方纸一张一个字，别在当中，上款放右上角，下款放左下角，不能错。“白事”送蓝色、黑色、灰色，“幛光儿”白纸印蓝色图案。现在不兴这个了。

顺兴馆的名吃是：烂肉面、肉皮辣酱、干炸丸子。七八十岁的老街坊还有记忆，说一份丸子21个，外焦里嫩。买一回吃两顿，舍不得。由于年代久，出了名，别人就借这个“仙”气儿，西邻开大车店，起名叫顺兴大车店。掌柜的姓陈，人称“草陈店”，一间大门，长过道，大方院子，四面房屋。院里停放大车，西房五六间，靠北两间是柜房，剩下几间通铺大炕。南、北、西三面是单间。西房外接出棚子，一溜马槽，大车卸牲口，拴在棚子里喂草料，后来大车少了，单间出租，成了大杂院。西房还是旅店，陈掌柜死后，寡妇老太太，小脚，能说能干，不愧是店家。说话的口头语是“攀个大”，左邻右舍的当家人，多比她小，“我攀个大，兄弟！”是她常用的客气话。带了三个孩子过日子，开店。大儿子死在她前头，二儿子有点智障，老跑乐培园下处，招了一身病。嘴、眼边上红红的，鼻涕、眼泪流着，傻呵呵地笑，冷天爱站在韦驮庵庙门前晒太阳，人们看他也躲他。三儿子在韦驮庵于老师门下念过四书。这店开到1956年公私合营。那时只剩老太太和老三娘俩了。

顺兴馆对门街坊，一间铺面开了烧饼铺——顺兴楼。回民，连家铺，也是开到公私合营以后。顺兴馆掌柜是山西文水人，原来只男性在京经营，每年回原籍探亲度假。民国以后，才接来家眷，成了连家店。不想竟落户京城，他乡变故乡。

瑞德堂的郝氏金丹

广安门城墙、城门楼子没拆的时候，一进城门，马路两边各有一排平房。北房守城官兵，南房敛捐收税。房前挺宽的空场，守城兵丁操练，交钱百姓排队，都方便。房西侧靠城墙连着座大门，门里是城砖立着砌的礓礤坡道，骑着马可以登上城头，叫马道。房东侧，南北胡同就叫南北马道。现在南马道还剩一截，往东通南线阁，剩一段路，留一个名。北马道就全没了。广安门城门楼子1956年拆的，"深挖洞，广积粮"的时候就连城墙都拆平了。城墙改成马路叫南北顺城街，开办了一阵子农贸市场。修立交桥，扩两广路，拆除顺城街、南北马道之间的建筑，两条路合并，叫广安门南北街了。

北马道那会儿，土道，不宽，能走骡马大车；不长，往东奔善果寺，往北不通。道西是城墙，道东是大街商铺房。房后有条人走出来的小道通北线阁，道北一片下洼子平地，有一米高的土墙圈着，北半拉种了竹子，围着三座青砖盖的院子。院外是种植中药材的药圃，药圃上坡是那条小道，道南是瑞德堂药铺后墙，正门在广安门大街路北。这20亩地（13000多平方米）和药铺，都是郝家的产业。

郝家发家有个靠不住的传闻，常被人印证为"人不得外财不富，马不得夜草不肥”的依据。说是光绪二十六年（1900年），义和团闹事，八国联军进北京，老佛爷带皇上跑的时候，不叫老百姓带东西出城。带单刀、花枪什么的，说是“保驾”去，才叫出城。一个推独轮车的人，在城门口被守城兵勇拦住。人出城，车留下，要不人车一块儿回去。郝家老爷子郝善卿，北马道住家。推车人扭回头进了北马道，见一家院子门虚掩着，就放下车进了院。郝善卿正在院子里转磨，兵荒马乱的日子口儿，谁坐得住？见有人进来，“您什么事？”“我有个事，求您帮个忙。推着车不叫出城，想把车寄存您这儿，也就搁三五天。”“这么乱，丢了毁了的，都保不齐。我怕对不起人。您找找别人吧。”“别价了，您守家在地，我放心。这年头谁也虑不了后，有闪失决不讹您！”说着一揖到地，“虽是萍水相逢，可人在难处，求您发善心帮个忙！”随即撩衣襟行大礼，郝善卿一把搀住，“别！别！”推车人把小车推进院子，喊了声“后会有期！”走了。没留下姓名，没说清车里的东西。郝家原封不动地把车放到存放杂物的棚子里。大清国改成了中华民国，十几年，小车的主人没露过面。郝家人也没动过这辆车，不碍事，用不着，连窝儿都没挪。这年连阴天，半拉月没露太阳。郝家堆东西的棚子漏得稀里哗啦，没要紧的东西，天晴了再说吧。

好容易盼到天晴了，把淋湿的东西摆一院子。小车还没散架，挺沉，连抬带推弄到院里。车上俩铺盖卷，落满了土，漏上水的地方成了泥。手一碰布糟得跟豆纸似的，一块块掉。一搬，死沉死沉，像裹着大砖头。一提溜，滚出来一堆大元宝，俩铺盖卷都是。郝善卿蒙了：怎么办？本主不来，还没地儿找去！别人的肉，能长到自己身上？先收起来再说吧。万一哪天有人找来呢。交回本主，完璧归赵，人家满意，咱心里踏实，两全其美。

这么一大笔钱，放在家里，不能动，不能跟外人说，还怕出事吃挂落。“外财不富命穷人”，别再招出什么娄子！好一阵子吃不好睡不好。把炕面子方砖揭开，元宝填进去，一块一块铺好，黄泥勾缝。哪天人来，刨炕，现掏！好在单门独院，插上门干什么也没人知道。郝善卿渐渐塌下心来，平复如初，但没动心思用这笔钱。

民国五六年吧，在茶馆里传话说，万春堂夹道东边有两间门脸，想出手。郝善卿动了心思，买过来，开个药铺。在胡同里也有生意，可那是等食吃，跟在大街上开门脸差远了！元宝在炕洞里，孵不出小的来。用多少记账！本主来，咱不赖账。赚了，如数归上。赔了，有账在。暂借，不昧良心！不缺德！他想通了。来人儿跑了几趟，说成了。买下门脸，内外装修，筹备药铺开业。跑合拉纤的人，号起了郝善卿的脉——一定得了外财，发了。买房子置地，是头等大事。产业是大树的根，根深才能枝繁叶茂。这帮人撺掇郝善卿，他也就坡下驴，一不做二不休，买下西隔壁的大车门院子，又买下房后的20亩地。盖住宅，修作坊，雇人打墙平地，栽竹子，种药材。民国八年（1919年），瑞德堂正式开业。

瑞德堂经营得法，颇具特色，很快打开局面。参照古方，酌加增减创制郝氏赤金丹、郝氏养肺丸等中成药。刊登广告，开发邮购，当时都是创举，也使郝氏金丹驰名全国。郝家委任乐（岳？）先生为管事掌柜，负责全盘。他精心敬业，改进制药作坊的工艺装备，设计新颖包装，设立邮购、业务（跑外）、财务（账房）、后勤（杂务）等机构，生产、经营、生活都有专人负责。当年私家铺户极少懂管理学问，更不用说这么做了。

郝善卿的儿子郝际云，京城四大名医之首施今墨的弟子，华北国医学院出身。和打磨厂大夫董德懋是师兄弟儿，私人关系较密切（董大夫曾任华北国医学院副院长，后是广安门中医研究院专家，有不少译著）。郝际云在广安门一带几乎尽人皆知。1949年前后，在牛街北口东侧路南（现农业银行处）曾开设“郝际云诊所”。

郝家虽发了财，家运却不顺。用人得力，生意兴隆，郝老爷子心闲了。有了闲心，娶房姨太太，家里有了不稳定因素。郝际云正当年，光有闺女没儿子，向父亲学习，理由充分，也娶姨太太。天天打架怄气。郝际云在牛街口买房，带着如夫人开诊所，躲了。如夫人作脸，还真给郝际云生了个大胖小子。

郝家雇的厨子，河北农村的，老家没亲人，光棍。在郝家干20多年，工钱在东家手里存着。1950年老家捎话，叫他赶紧回去，回去晚喽，就分不着地了。他跟郝善卿说算账回家，郝家不放，让他接着干，不给算账。老汉想不开，上吊死了。郝善卿难过后悔，太对不起人了。给他料理后事，把他存放的工钱，一分不少地塞进棺材。

新中国成立后私人商铺的雇员，经过学习，觉悟提高，对资方的剥削本质认识清楚了，谁养活谁的道理明白了，自觉地靠拢组织。乐先生举报郝善卿逼死工人，资本家历史罪恶严重，又犯新罪，抓进监狱。没等到宣判，郝善卿瘐死狱中。

婚姻法公布实行，有俩媳妇，只能留一个。郝际云和小老婆离婚，儿子小，跟妈妈走了。

20世纪80年代中期，听说郝际云还住广安门，大车门院子把门东首小南屋。他坐屋门口小板凳上，我问："您还认识我吗？"他摇摇头。我自报家门，他木然："呃！呃！"不再说话。一个老女人从门里探了探头，没说话。不认识。单方面表示告别，没回应。不知道他离婚后，几十年来怎么生活的。听说他大老婆早死了，现在的老伴是唱大鼓的艺人，不知怎么到一起的。还收养了一个女儿，其他亲属没有来往。老街坊找上门去，还给看病。号脉，开方，不少收钱。没了笑脸，不说一句近乎话，没一点热乎劲儿。老了？新老伴儿管的？

郝际云，北京早先中医社团里有一号。北京中医圈内也是数得着的人物。生在天子脚下，住在闹市街头。小铁炉子，煤球，劈柴，笤帚，簸箕，围着小板凳，板凳上是他，不说话，也不抬头看人。20多年前的影像还在眼前。

从药铺张家到同春堂

广安门内北线阁街，民国初年定名北线阁，是街是胡同没提。老住户不按字面念，叫“北鹰皋儿”或“北洋稿儿”。近年在南北线阁和大街交叉的东南角（南线阁把口儿）建了一座小石牌坊，写着辽代燕角楼故址。张清常《北京街巷名称史话》里介绍了南北线阁的历史。辽代南京皇宫的东墙和北墙拐弯处有座“燕角楼”，金灭辽，拆了。留下地名“燕角儿”。口口相传，音转字变。街头挂着北线阁的牌子，口头叫着北鹰皋儿。近年新移民涌入，按牌子对号入座，口头称呼消失。

北线阁原先多少年是土路，往宽里说也就6米。道中间是骡马大车轧出来的“车道沟”。赶上下雨天，行人跳跃前进，躲闪泥塘水坑。大街把口，路西是家绸布店，修成抹角弧形，大玻璃洋式门。一到春节，停业不上板，大玻璃挂白布窗帘，画着工笔人物历史故事。伙计们在店堂里敲锣打鼓狂欢。20世纪50年代后改成小吃店，生意兴隆，到两广大街扩建才停业关张。人们会记得小吃店，知道布铺的就少了。

路东是一间门脸的小剃头棚儿（理发馆）。隔壁是同春堂药铺，三间门脸，老买卖老派头。老板姓张，住家在北线阁路东，门牌16号，挨着教堂。人称“药铺张家”，掌柜的张德华，中医，在家里应诊。院墙上一行大字：张德华大夫诊所。院子格局不标准，坐东朝西一小门楼，迎门是和南墙连着的小影壁，转过去是一长条院子，南面是别人家的后墙。北面一溜并排的几个院子，各有各的门。西头第一个门是张大夫，小四合院。往东的院子就简单了，是出租房，住户是房客。

现在的北线阁街，道宽路平，高楼林立。同春堂、绸布店拆光铲平，成了辅路。中医研究院广安门医院斜对着北京小学走读部，中间有公交车站。每天这里车辆大集会，接学生，送病人，公交车进站、出站。学生放学时间，正公交高峰，路上车辆增加，家长们团团围住校门，截断马路，如果有人举面旗子，会认为是发生群体性事件了。家长和熟人寒暄，看到孩子呼喊，忙不迭跟老师套近乎，孩子们哭的笑的都有。乱、嘈杂，人行道至马路中间没消停地儿，每天得折腾一个多小时。学校门前的这一景象，也是现代色彩的街景。

同春堂老式门脸，房檐是有浮雕图案的挂檐板，檐下是黑底金字“同春堂”匾。窗台外头是很粗木方拼的栏栅，一人来高。檐下挂药铺幌子。店里“一”字形拦柜，靠东头有块活板可出入，拦柜外一水儿红木家具。东墙下一张八仙桌，两把太师椅。窗台下是春凳，客人能坐着休息。那时候常用的小药儿是万应锭，黑色长粒，去火的，内服、外抹（用水化开）皆宜。拔毒膏，小膏药，七八厘米见方白布，上面用黑色药膏涂成直径有两三厘米大的圆形，烤热贴患处，治各类疔疮。还有小儿用的至宝锭。抓汤药，药方交给伙计，一般俩人一块儿看，没疑问，药方铺在柜台上，镇尺压住。按药味的多少铺包药的纸，按药名、分量，拿小戥子称，顺手从盛药的小抽屉边上拿一张说明（叫仿单？），5厘米见方，印有草药的图，简单的说明，品名、药性、功用。称好的药倒在铺好的纸上，放上说明。抓齐了。还是俩人一块儿，药方、说明、实物，一一核对无误。包包。小包包好，用大纸包上，下大上小，见棱见角四边锥体。一剂一包。用纸绳捆好，别上药箅子、药方。结账，交钱。热情招呼：“您慢走。有不明白的地方，您再来问。”

药铺柜台上还有设备，一是固定在拦柜上的切刀（类剪子），遇到药料长，不好包，也不好熬，剪短。一是捣药的铜臼子、捣杵。臼，和家里用的蒜臼子不同，铜铸的，大肚、收颈、敞口。捣杵，跟家里砸蒜的木槌子差不多，比蒜槌子长，细，底下一样，大，球形。药料大，硬，不粉碎药劲儿熬不出来。药放进去，一手扶臼子，一手拿杵在臼内转着捣，杵把和臼口撞击有声，清脆中听。该说的还有打算盘，药柜台上的算盘长、位数多，汤药得一味一味地先乘后加。从开始到算完，噼里啪啦，算盘珠子不带停的。如果只听，您会以为一直在运算。药铺学徒在学打算盘时，练就了手法，除计算用拇指、食指、中指扒拉算珠外，不管算不算小指不停地拨动算珠，闲扒拉着玩儿。要这个装饰音！只要动算盘，小指自动加入合奏。同春堂也有坐堂大夫，都在下午。

药铺张家，广安门一带负有盛名。1956年以后消息渐缺，情况不甚了了。

广安门的茶叶铺：同福厚

喝茶是老北京人的普遍嗜好。开门七件事：柴米油盐酱醋茶，茶排最后，生活里，茶占最先。“早茶、晚酒、饭后烟”嘛！先前从达官贵人到市井小民都喝茶，普及率高于烟酒，区别仅在名茶和茶叶末儿。东西次，名字好——花三角。喝茶叶末子？丢份。咱喝花三角。平房时代，起床第一件事坐壶烧水，沏上茶闷着，洗脸、刷牙完毕，坐在桌旁，从壶里先倒出一杯，打开壶盖，高举茶杯把茶倒回，叫砸一砸。稍停，才能喝。

北京人只认花茶，汤色重、有花香、杀口（发涩），认为好。不少人好喝茶，并不真懂。

新中国成立，前，从广安门门脸儿往东到菜市口，有5家茶叶店，都在路北。西头靠北马道口是广聚隆，不远是协力，过了北线阁是同福厚，快到菜市口是正兴德和洪裕茂。都是三间门面的大买卖，都写“茶庄”（批发兼零售），人们一律叫“茶叶铺”。商店的店员叫“买卖人儿”，在这一带是受尊敬的。穿戴整齐利落，懂礼数，会说道，比“手艺人”“卖力气的”“引车卖浆者流”要高看一眼。说谁家的孩子学买卖了（商店学徒），如考上高校一般，算有了出息。

我家和同福厚是对门，父亲常年失业，每天都到茶叶店聊天。掌柜的叫朱济川，京郊昌平人。写一手好字，练过中国功夫，文武双全。店堂北墙正中挂着张裕钊写的对联：业精于勤荒于嬉，行成于思毁于随。上面还挂一成亲王写的横幅，记不得内容了。东、西两面墙上，一米多高、两米多长的木框里，是主人的书法作品。内容常有更新，有时是胡大川幻想诗，有时是格言。“无聊一作非非想，适意真堪栩栩然……生不愿为上柱国，死尤不愿作阎罗。阎罗点鬼心常忍，柱国忧民事更多。但愿百年无病苦，不教一息有愁魔……大地有泉皆化酒，长林无树不摇钱……”

有时朱掌柜酒后会把大褂下摆撩起，塞在腰间。长衫变短，以柜台作舞台，蹿上蹦下，露几下功夫，尤其客人多时。串门常客还有：修鞋皮匠黄瘸子、前警察老刘、收破烂的穷张、开澡堂子的梁树林等。赶上阴天下雨，不能干营生，他们就打平盘（AA制）喝酒。喝到微醺，该出洋相了。文雅的是京剧清唱，警察刘拉二胡，能哼几句的，都喊两嗓子。扯下脸时，就玩打屁股，一人坐，一人躬身埋脸坐者腿间，撅起屁股。众人环立，一人伸手打一下屁股，抽回，若无其事。被打的指认出来，由打人者替换；指认不对，继续被打，直到找到替身。不论认得对不对，都会哄笑得人仰马翻。若有人喝高了，昏然睡去，就会是恶搞对象，用墨笔勾脸。十有八九勾不成，笔走如虫爬，醉者梦中伸手拍虫，满脸狼藉，而酣睡不知，众人哄笑云散。

还有个娱乐项目——抽签儿，不是求签问卜，是抽签玩赌。一是卖糖葫芦的，胳臂上挎个带提梁的木制椭圆形托盘，摆放一二十串糖葫芦，做得很精致。山楂横一刀，掰开如张开的大口，去籽，填豆沙，抹一层山药泥，贴瓜子仁、青红丝组成的图案，罩上水晶般的冰糖液，三到五个穿一串。边走边吆喝：“冰糖——葫芦！”价钱很高，他不是真卖，是幌子。上衣盖着的腰里掖一竹筒，一头绷着罗底，筒里装竹签。竹签上刻和骨牌相同的点，签子数也和骨牌同。筒子底有弹性，用手捻动着向上提，签子跳动像孩子在蹦蹦床上。在签子跳动中抽两根，和牌九同，两张一副。点儿大小定输赢——赢，白吃；输，掏钱。

都是在店里，拦柜外面，几个人围着看。孩子们等结果，赢了吃，输了也吃。输了，卖的赚了，送糖葫芦，显得仁义还拉住关系。另一是卖卤鸡的，挎一提盒，木制椭圆，分几层，有盖。实际只最上一层一只鸡，幌子。这二位隔三岔五被叫进店来，抽上三把两把，大家乐和一阵子。

我说的都是50年前的事了。

拦柜是所有店铺都有的，有的是直的，如当铺、药铺，顾客被拦在柜外。同福厚是“L”形的，从西墙起在店堂的三分之二处往北拐顶一道木隔扇，隔扇做工精细。有门通后面，隔扇外靠东墙是一套红木家具，条案、八仙桌、太师椅。门两旁窗下是红木春凳、小方儿，案上、地下很恰如其分地放置三五盆花草，店堂大气典雅。附近熟人在顾客少时，冬日上板儿以后，会来这里坐坐。那时商店下班后，门窗都挂护窗板（木或铁），上班取下。每天开始营业叫“下板儿”，结束叫“上板儿”。从隔扇门进去是个通道，西面木隔扇隔出一间屋，叫柜房（经理办公室），里面一水儿硬木家具，书桌、多宝格、书柜，陈设比店堂又考究多了。再进去是个小院，北房是库房和加工茶叶的。东房北头是砖砌的高灶，有温罐，24小时热水。火口旁是一大铜壶，加工茶叶筛出的茶梗，泡在里头，老是热的。员工和客人都喝它，倒少半杯，兑满白开水，色浓、杀口，还不乏茶香。大约一天换一次茶梗。客人喝，是伙计给端来，并不知就里。

记忆中对茶叶铺印象深的几件事：一是茉莉花，每隔一两天有人送来半开的花朵，直径一厘米，很小，很娇嫩，白色双层花瓣，绿色托儿带半厘米长的柄，摊在拦柜上。人们围着，左手把花托下的小柄轻轻捻一下双层花瓣就分开，右手轻轻一抻，一朵分成两朵。放到柜台下，湿布盖好。买一两以上，称好包包，捏上一两粒分好的小白花，叫客人看着放进去。不仅说明是茉莉花熏的，还送两朵接着熏，买主高兴。二是定价钱，都是在上板儿之前，把没定价的茶叶分别沏在小饭碗里，一二十个碗在拐过去的拦柜面上摆齐编号，朱老板一一上口。喝半口，张嘴吸气，茶水在舌两侧上下动，发出“嘶、嘶”声。据品出的香气、味道，当时定价。

伙计记下，新货售价出台！还有当时的“包装”，都是印好字号、广告语、茶叶种类介绍的大小不一的方块纸，按量使用，不用袋子。最小是老秤二钱，合6.25克，能沏一壶。家里没茶叶了，“去，上茶叶铺买包去。”临时救急。送礼，半斤茶叶，拿不出手。包成小包，8两40包（老秤16两1斤），捆一块儿，一大嘟噜，看着也过得去。穷人的没办法的办法。老北京人挑眼（一般对小辈）说：“俩手指头夹包茶叶，我不嫌少，表个心意。”一包茶叶，再菲薄不过了。

新中国成立后，广安门大街红火了一阵子，新开店的，歇了业重新开张的，修理门脸（外装修）大干的。同福厚就大修门面，四根砖柱涂朱红漆，朱掌柜龙蛇走笔，题写了当时保护工商业的四句口号：发展生产，繁荣经济，公私兼顾，劳资两利。他想日伪时期、国民党时期的艰难日子熬过去了，此番可要一展宏图。确也兴旺一时。他用人少，又都是相处几十年，东伙（劳资）关系好，有的是至亲晚辈，“三反”“五反”没受到大触动。公私合营后，他和大儿子就到别的店上班了。同福厚作为茶叶公司的一个点儿，撤销了。原址改成“人民理发馆”，一直到20世纪90年代，两广大街扩建改造才拆除。

1921年，广安门瓮城上箭楼北面，北望外城西垣

旧时的澡堂子

从中轴线上的珠市口往西到广安门，大街上的澡堂子，六家。清华池、西柳树井、汇泉池、同华园、四顺、华清池。后三家集中在牛街以西。新中国成立后，教子胡同里头，开过一家国营的淋浴室。新式的，干净，不设休息床位，洗完就走。20世纪五六十年代兴旺过，房子还有，早干别的了。同华园在牛街北口迤西路南，90年代才关张，最后是麦饭石矿泉浴。名字改了，带个“寿”字；四顺在广义街对面，路南，也开到改革开放以后。华清池在登莱胡同斜对面，路北，关得早，没到新中国成立就歇业了。

这三家都是定兴人开的，都在30年代初就开张营业了。也都是进了门，走一长过道，才是营业厅，细脖儿大肚儿。四顺最窄，推着自行车走，刚够宽。还是穿堂门——前门是广安门大街路南，后门是德源胡同路北（当年叫后街）。本人最熟的是华清池，对门儿，掌柜的梁树林。在京多年，乡音不改。老拿他开心，学他：“修脚不？还有个蜡头儿呢！”那时修脚，蜡烛照明。业者和走街串巷摇煤球的相同，多来自河北定兴。

华清池一大间铺面，比那两家阔。门面是西式的，清末民初，北京流行的那种。两边一对儿砖柱子抹水泥，有几道装饰线和凸出的框。顶上蹲着狮子，也是水泥塑的，一雌一雄，雌狮一只前腿踩一仰卧小狮，雄狮是踩一绣球，两狮歪着脑袋对看。柱子中间门口上方，弧形矮墙，水泥抹凸边，浮雕莲叶荷花。下面抹一长方形匾，白底黑字，华清池。从顶上狮子到地面，油漆彩画。门厅两扇绿色大门，地铺花砖。后墙当中一面落地镜子，人走两旁。过门厅是露天通道，四五米宽，有十几二十米长。炉渣白灰锤的泥鳅背儿路面，路旁排水明沟。两侧粉墙上，两米见方大字——温热三池，洁净卫生。盆塘雅座，舒适幽静。尽头是个院子，小门楼，影壁。门里有洋槐树，浓荫笼罩，散放几把藤椅供顾客休息。西、北两面营业厅，北屋散座，池塘；西屋雅座，盆塘。西屋南边，露天厕所。东房茶炉、杂物，有门通后头院。

北屋进门右首“账房”，靠窗平台，高出屋地。三面柜台围起，坐在里头能看到大厅的犄角旮旯。管收钱，保存贵重物品。大厅西北角，两扇玻璃门，浴室。40厘米高的矮墙，包瓷砖的大水池，占三分之二的面积。池子外头有喷头，搓澡的大宽板凳。水池隔三段，烫的、热的、温的。每段水通着，上头分三格，两米来长，七八十厘米宽，水深一米上下。人泡在里面，头枕池边，脖子以下，都在水里。四肢搭上格子边，仰卧水面，闭目呼吸，舒坦、舒服、舒适。快意之余，有高声呼喊叫唱，也有默然享用，表现不一。搓澡，没现在好，大板凳宽不及50厘米，人骑坐，搓澡师傅，搓上身，放平，搓腿，完事。

大厅里，除去柜台，全是一排排顾客歇着的床铺，一人一铺，木板隔成两铺一档，当间茶几二人共用。那时没有可上锁的箱子，脱下衣服，茶房伙计（服务员）把外衣用长竹竿挑起，挂在你头顶对着的钩子上。里头衣服放在铺里枕头边。你进堂子洗，伙计拿大浴巾，连衣服带床铺都罩起来。新中国成立后才在铺头上安柜子加锁。再后来洗澡人多，不等位子的，您“脱筐”。甚至脱筐都排队，洗个澡跟打仗似的，紧张好多年。

那时洗澡难、吃饭难、住宿难。在饭馆，站人身后看嘴，吃的人也不敢四至（北京方言：从容），扒拉完最后一口，赶紧站起走人。后边还罚着站呢！住宿难，旅客说：想北京、盼北京，到了北京看星星（露宿）。现在方便了，以人为本了嘛！

家里穷，大人去不起澡堂子，孩子就没人带着去。都十二三岁了，头回上澡堂子。同福厚少掌柜的，朱立仁，比我大两岁。当人面儿脱光，没有过，害臊，磨蹭。请客的急了："不等你啦！"下池子去了。这才不顾别人看不看，脱光，跟着跑去。参加工作以后，把洗澡当一乐，有工夫，就去泡。

北京市民，以此为乐者众。早先有闲的，泡一整天。一早就进去，喝茶，洗；中午，叫饭馆送饭；饭后，忍一觉；醒来，进池子泡；出来，铺上半躺半卧，和别的客人，甭管熟不熟，搭讪聊天。嘻嘻哈哈够了，太阳压山，这才穿衣、结账。跟周围人，点头躬身："您歇着，我先行一步了。"溜溜儿一天，至少涮三四回。改革开放后，20多年前，也有一帮闲人，一般是下午，在澡堂子集合。米市胡同北口东边路南，汇泉池，改名菜市口浴池，是个活动点。比当年热闹，粗话、脏话、骂人话，不绝于耳。喊叫大笑，声震屋瓦，旁若无人，肆无忌惮。不论内容，只言方式，比上一代就逊色不少。客气、讲礼貌，不妨碍他人，是公共场合的尺度。旁若无人，还有什么尺度？没了尺度的风气，怕人！

四顺和华清池，相距不到半里地。近邻又是老乡，情分不比平常，可同行是冤家，狭路相逢不相让。近在咫尺，更是难容。四顺东家联系上了华清池的房东。租期快满，房东想卖，三说两说，四顺把房买到手了。租期一满，华清池关张，四顺得胜。按说房东卖房，承租人有优先权。四顺下手早，房东虚让了让，华清池拖了拖，房丢了。

华清池的梁树林咽不下这口气，这步棋输得窝心。你想挤我走？死活不离这块地儿。对门顺兴馆，关张多年，掌柜的当起二房东，房子成了杂院。梁树林想用这片房，华清池接着干。对门街坊，一天到晚低头不见抬头见，人熟好说话。直接说，万一不行，不好拐弯儿，就请顺兴大车店女掌柜陈小脚当中人。顺兴馆是铺底房，租给住户行，开买卖就得惊动房东，二房东不能做主，可二房东能说上话。房东姓王，清朝时代给宫里办事，广安门街上王家房多。据说管事儿收房租，坐洋车来，房折子（租约）一麻袋。住家在西四牌楼四条，这街上叫他"供王四"。见房东不易，胡同里路南大宅门。门老开着，门道里两条懒凳，门房有听差。找人得请听差回禀，你在懒凳坐着等话儿。“我们老爷说不见。”你就得再跑腿。跑两三趟也没见到房东，跟门房的人熟了，就问：“您什么事儿？”一说，“嗐，这事跟管事的说就行，甭找东家。我看看在不在。”“那敢情好，您费心！”管事的来了，“屋里说，屋里说。”让进门房，“坐，坐。”挺客气。把事儿说一遍，留下地址。“您等话儿，我跟东家提提，再说。”“那就给您添麻烦了，您多费心，多帮忙吧。”

这位管家热心肠，把事儿办成了。铺底房房客，花了了的钱就买下房，倒手卖给梁树林，赚了钱，还帮了忙。华清池关张，在新址筹备改建。时局变得紧张，人们在观望，在等待，眼看一场大变动要来，筹备停止。闲场地，临时办起纸料行，收购废纸书报，收购印刷装订下来的余料，纸边，卖给造纸行业。是个可大可小、能攻能守的行当。广安门街上有好几家。不到一年，北京解放。四顺没开第二家澡堂，梁树林的新澡堂也没开起来。四顺公私合营以后，一直开着，直到改革开放。大概到90年代，修桥扩路，给挤没了。现在这街上，牛街北口东，路北有家便民浴池，只是洗澡、搓澡。老澡堂子的风光，消尽了。大厦、宾馆、洗浴中心，有。百姓花不起钱，不习惯那种休闲放松的方式。不耽误大买卖的生意，人家不稀罕穷汉的小钱儿。抱着老习惯活着的不多，而且在寻求适应。老的老去，新的更新，只是记下以往的曾经。

毛厂子和合信

毛厂子这个行业，消失50多年了。老人渐渐淡忘，年轻人更不知道。在广安门地面上，曾经是兴隆一时的生意。有资料说，民国时期，广安门内有122户毛厂子。在大街上有40户，其余在胡同里，石虎胡同最多，23户。大街上的毛厂子是集中在糖房胡同到德源里这一地段（现在广内大街202号到京粮大厦），人们习惯叫毛厂子，其实都是家庭作坊。不要铺面厂房，没有什么技术设备，人多人少都行，用不着大资金。开张不费事，关张没损失。保本儿的买卖，创业的上选。

穷人多的广安门，毛厂子就多了。收集宰猪煺下的毛，加工梳理，猪鬃是产品，猪毛是下脚料。我推想早年大部分供刷子市，小量给（戏曲）行头作。清末“门户开放”后，猪鬃升为出口商品，这行业才发起来。最火时期是20世纪二三十年代，有同行没同利，有发财的，也有干赚吆喝的。毛厂子的脏臭，比粪场子更甚，泡毛的汤子黄黑浑浊，泛着动物尸体腐烂的臭味，闻一鼻子三天不想吃饭。梳毛的手，虎口和指缝，渍满黑泥，手掌子叫臭水沤得雪白。洗了又洗的两只手，臭味儿去不了，身上衣服也是味儿，洗都白洗。臭水里满是蛆，爬上缸沿，滚到地下，到处鼓涌（蠕动），一踩一脚。可人们就在这环境里吃喝坐卧。生存条件的恶劣，今人极难想象。

毛厂子的主要设备是水缸，泡猪毛用。铁齿儿梳子，梳理猪毛。小板凳，坐着操作。筛子，晾猪鬃用。如果两口子干，一样一个就够用。人多再添。

猪毛泡透，捞出，坐小板凳上，左手抓一把猪毛，右手拿铁梳子梳，绒毛梳下，猪鬃留在手里，根梢理顺，根朝下墩齐，平放在筛子上，晾干。泡毛的汤子，黏糊糊的，梳好的猪鬃粘在一起，不会散开；晾时做成扁片，像一块黑色的小瓦，一排排码在筛子上。干了以后，一搓，全部散开，又黑又亮。按尺寸分类，捆成直径六七厘米的小把儿，梢儿朝上、朝外，根儿墩齐，捆结实。摆放整齐，像一样高的黑蘑菇，就是可以卖出的成品了。

梳下的猪毛也糟蹋不了，论斤卖给种菜园子的做肥料。卖前，要做进一步“加工”——缸里剩下的稠汤子，加上些青灰、筛过的细炉灰，调成稀糊。猪毛平摊开，扫地笤帚沾稀糊，甩洒在上面，晾干。按重量计价自然多卖钱。青灰糊子，结在毛上，状如猪表皮，带皮的毛，肥效高，质量好，好卖。南京到北京，买的没有卖的精。造假，不自今日始，但仅仅图财。倘若害命，则是强盗行径，神鬼不容。当初相信“暗室亏心，神目如电”，心里总有个怕头儿，不会跌破底线。

毛厂子，有字号的、没字号的都有。没有铺面门市，都是住家户一样的街门。门上也不挂牌子，讲究的在迎门影壁上写某某毛厂。大多是从柜房（老板办公室）挂的营业执照上，才得知厂子的大号。但包子有肉不在褶上，进账好像可观。我接近过的两户毛厂子，老板都是两房太太，家底儿不厚哪行？石虎胡同刘家，一度是同院，买卖不甚景气，搬进杂院。如夫人病故，大太太理家，三个男孩，一个女儿，还有老母。刘老板吸鸦片，大儿子在育华中学念高中[广安胡同东边，私立。在这一带，穷人堆里，就是蝎子屎——独（毒）一份了]，三儿子是庶出，没了亲娘，大太太往日的积怨泄在他身上，成了受气包加使唤小子。女儿是大太太生的，又最小，成了众星捧月的公主。虽然营生又脏又臭，可吃喝饭食日常开销，在全院拔头份儿。不景气比干别的都强，瘦死的骆驼比马大。

和合信毛厂，在糖房胡同把口路东第一个门牌，北房后墙临广安门大街，原是两层院子，打通了。一溜北房七八间，外三间，商用。里边住宅。老板山东人，姓滕，两位夫人。10个子女（8男2女），长子寿夭留下孙儿，与幼子年龄相仿。老板没有不良嗜好，身板硬朗，周旋在生意场上和成员众多的家庭中，还老是悠闲从容的神态。公私合营前这行业就不行了，滕氏家人四散谋生，都有了各自的单位。子女多，关系融洽，争着尽孝，在安乐快活的氛围里滕老爷子走完最后的路。

毛厂子消失在20世纪50年代中期。

1922—1924 年，广安门西南面全貌，护城河、石桥

“小鞍儿杨”的鞭子铺

以木头为原料，进行加工制作，是木工，也叫木匠。这是笼统地说。要细分，就有建筑、家具、包装、模型、广告等专业木工。先前纯手工操作，分得就更细。原木破成板子、方子，做房子的柱柁檩椽，叫大锯匠（木材加工）；做家具门窗镶贴的花边，叫牙子匠（木线）；还有模子匠，旋匠，小车匠、轿车匠、大车匠，以及和车辆有关的鞍子匠（做马鞍、小鞍、驮鞍）。都是木匠，可隔行，隔行如隔山，谁也戗不了谁的行。

早年广安门有个鞍子匠，姓杨，人称“小鞍儿杨”，河北省河间府人氏，光绪年间带着妻子来到京城。在广安门大街路北一杂院，租房住下，用自己的手艺谋生。这一带拴大车、养骆驼的多，杂院对门是家大车店，地方合适，用户扎堆。手艺好，东西地道，“人叫人千声不语，货叫人点手自来”，一年多的工夫，就成了“小鞍儿杨”。能够成为品牌，料，用最好的榆木，不将就。鞍子板和鞍子梁，拼装结实，不开不裂不皮楞，角度合适，平。放在牲口腰上，左右鞍子板严丝合缝。两道鞍子梁中间的四根鞍子轴儿，转动灵活，使着不伤牲口，轻便耐用。销路好，四九城鞭子铺找上门定他的鞍子。

宣统元年（1909年），得了头生小子，杨木匠的日子过得蜜里调油。有小不愁大，孩子很快到了十二三岁，就不让他念书了。子承父业，在家摸索干活吧，十五六岁，锛凿斧锯全活，满顶！模样儿行，高鼻梁，大眼睛，身材是长虫吃扁担——细高挑儿，小伙子招人待见。小井张家，有个姑娘，长得秀气，可左腮上，别人有酒窝，她有一块红色的胎记，据说克夫，所以待字闺中。小井还有一家种香椿出名的香椿段家，常进城送货，跟杨家熟，当起了媒人。说媒拉纤两头瞒，职业习惯。一头街坊，一头熟人，就没法瞒。家无恒产，说上媳妇不易，机不可失。说到克夫的缺点，小伙子不以为然，“俺家信教，主耶稣不讲那个！”于是换八字、合婚、放定、过礼，亲戚成了。坐花轿，拜天地，娘家不信耶稣，女家那是抬头亲戚，不依甭过门！小伙子一家也并不拘于教规——主耶稣度量大。

老杨木匠福薄，有了儿媳妇，沏茶倒水伺候着，想吃什么给做什么，他倒没精神了。幸亏儿子起来了，顶门立户，全家有主心骨。他卧床不起，皮里抽肉地瘦下去，汤药吃了无其数，神佛、上帝求个遍，就是不见效。躺了一年多，主耶稣把他接走了。

儿子杨春庭，有心计，会盘算。父亲死后，他按自己主意发展，在老深的院里，鞍子作坊能出息到哪儿？路南有闲下来的铺面，租一间，后头勾连搭好几间，门市、住家、干活，都有地方。房东是父一辈子一辈的老街坊，一说就妥。写字儿，立折子，没要铺保。旧房原是饭馆灶间，门窗墙壁，处处油泥，得满见新（全部翻新）。自己动手，叫个小工，铲墙拆灶，掏门口，打隔断。忙活半个月，全家从路北搬到路南。临街一间房是门市，开鞭子铺。后头三间，住人。进货，摆放，筹备开张，又忙十多天，才正式营业。杨张氏（春庭媳妇）在门市上卖货兼做饭，杨春庭做鞍子兼跑外，老太太帮着点家务，各司其职。小媳妇街头一坐，聚拢人气，何况顾客又都是常年在外，奔跑四方的车把式。内掌柜来到柜外，生意兴隆是意料之中了。买卖好，心气高，冲淡了新丧的阴影。

美中不足是没有孩子。向人讨教，服用偏方，就是怀不上。有人说，上中顶娘娘庙，拴个娃娃，许个愿。子孙娘娘，特别灵。庙里挂的净是还愿的匾：有求必应。近，一出南西门，草桥北喽。六月初一开庙，连逛热闹，带办事。他心里知道：耶稣教，不能拜偶像。可求子心切，再说娶媳妇时，拜天地，已经有过。一不做二不休，去！

过了一年多，真生了个男孩。为好养活，起小名叫“和尚”。到上学的时候，又随教，起学名“约翰”。等这孩子娶媳妇的时候，正搞土改，分田分地；改名“子田”。也许中顶的子孙娘娘真灵，和尚两岁，还添了个妹妹。

杨春庭夫妇能干，不惜力，又能钻计。先是改鞍子，鞍子轴，木辊铁轴。他给轴眼里加细铁管，铁磨铁，转得快，还带响，受欢迎。卖的货，凡是琢磨能自己做的，就做，不去批。钱能叫别人赚走？他从汤锅买回刚剥下的牛皮，刮净粘连着的油膜肉屑，煺尽牛毛，擦上硝。经处理后，皮子干了，也柔软，有韧性。按尺寸下料，做皮套、皮缰绳等，算计好，没糟蹋。这本来是皮套做的活儿，鞭子铺代销。该别人赚的，拢进自个儿怀里了。每进一张皮，刮下的油膜肉屑，都洗净，下大作料，架大锅，煮。满院牛肉香，街坊家家都能分点。穷人擎时（平时）见不到荤腥，吃得香，解馋！肉少皮多油糊嘴，借着肉味吞着吃。院里有呛鼻子的味儿，走道碍事，也就忍着不说什么了。

天道酬勤，二代“小鞍儿杨”的鞭子铺起来了！不说过年过节，平常一家人的吃喝穿戴，比院里街坊都强。杨春庭闷头干，夏天中午不歇晌，冬天晚上，挑灯夜战三更后，日夜不识闲。面对一双儿女和日益兴旺的买卖，累，高兴，劲头更足。春庭媳妇，有点瞧不起院街坊，出来进去的扬着个头，凡人不理。说话高声大气，街坊老头病重，怕吵，大晌午她在院里嚷，老头孙子说：“您小点声，我爷爷睡觉呢。”她不干了：“吆，没你们家净街，还不过皇上了呢！”日子好，老太太认为是主耶稣的福佑，常去西便门营子跟教友聚会，祷告、唱诗。也有时在家里聚会，五六位教友，围坐炕上，挂出白纸写的赞美诗，祷告一阵，按纸上的诗句唱一阵。当然也劝街坊邻居信主。

虽然杨春庭得到他想要的——家庭儿女、比周围人生活好，可体力过分透支，他病了。肺痨，人们说这病是：紧七慢八，十个月到家。最长活十个月。多方寻医问药，终于不治。不到40岁的壮汉，死了。两只略突的大眼，睁着，过早离去，心有不甘。老娘亲一遍一遍摩挲他的眼皮，一遍一遍哭诉："孩子，你放心走吧。闭上眼吧。我们娘俩会把你儿女拉扯大的！"说是入殓时，眼都半睁着。

还好，他留下些家业，鞭子铺私人经营到1956年以后。和尚16岁，就娶了媳妇，是门头沟的娘家，也16岁。17岁生个男孩。丈夫本是孩子，一切听从大人安排，决不敢向着媳妇。婆婆、奶奶婆、小姑子，都得伺候，而且都难伺候。说媳妇做面好吃，就一天吃几顿，奶奶午睡醒来，小姑子玩儿累了回来，婆婆高兴起来，都叫她随时做面吃。她老在小火炉子前站着。孩子不到1岁，她就死了。街坊心里都明白，小媳妇是一家子给折磨死的。娘家没人出面，别人不是仨鼻子眼儿——多出一口气儿吗？薄皮棺材，拉出城一埋，完事。

抗美援朝，为粉碎美帝国主义细菌战，搞爱国卫生运动。和尚是积极分子，参加街道活动，和一女积极分子搞对象，结婚。不到20岁，一个儿子，两次婚姻。之前奶奶就死了，寡妇妈跟和尚一家，一起生活，一直住在原鞭子铺的房子里。20世纪90年代中期，两广路扩建，才拆迁搬走。

老舍先生在《老张的哲学》里，说到老张的宗教观：钱本位，三位一体。

一位外国作家说：人生两大目标，一是得到想得到的，一是享有得到了的。第二个目标，只有极聪明的人，才能达到。

杨家的人，怀了向上的心，自信、勤快、节俭，也算驾驭生活的强者。

从大栅栏茶馆说起

有朋友提到大栅栏小吃店，就想到了那里的茶馆，在20世纪60年代。1955年下半年，掀起社会主义改造高潮。1956年1月，北京市宣布进入社会主义，完成三大改造。没有了私有制，街面上的茶馆跟着见不着了。大栅栏留（开？）了一个，国营。位置在大栅栏和煤市街交叉的十字路口东北角，路北三间门脸。楼下清真小吃，楼上茶馆。旧式楼房，木楼梯，木楼板，上楼走路噔噔响。地方窄憋，摆五六张旧八仙桌，条凳。便宜，每位水费5分，管够。用他的茶叶，5分、1毛两档。自带只交5分钱，坐一天。

下楼往东没几步，就是前门小剧场。60年代前半期，专演曲艺，相声大会，大鼓、单弦、快板书。计时收费，记得是10分钟3分钱。门里摆张办公桌卖票，进门撕给你一张票，填上时间几点几分，出来按时间收钱，不足10分钟四舍五入。大栅栏逛商场买东西的多，听段相声，歇歇腿。小剧场好地方儿，听众出来进去不断。

在茶馆沏上茶，闷着。茶碗扣在壶盖上，跟茶坊说："闷会儿，我下去遛个弯儿。"下楼看小剧场门口的节目单，正好是想听的段子，进去，听完回楼上喝茶。估摸想听的段子该出场了，再下来去听。茶给您留着。叶子乏了，跟茶坊说换茶叶，光交茶叶钱。闷上新茶，回来喝酽的。听两三段，在楼下吃点东西，回楼上，溜缝儿。要是有两三个对劲的熟人一块儿来，就上来下去地神侃，热闹一天。

1956年，社会主义改造高潮以后，这样的茶馆保留得极少。别的地方有没有不知道，宣武区怕只此一家，到“文革”，就一家也没有了。

那时公园里都有茶馆（茶座），常去的陶然亭、北海、中山公园。就近，进了园子直奔茶座。绿树、红墙之下，藤桌、竹椅之间，二三知己，一壶浓茶，“又得浮生半日闲”。独自闲坐，低头书，抬头景。看风景里的人，也被风景里的人看。物我两忘，直入化境。洗去一周的心烦意乱，静神清心。

陶然亭四个茶座，各有特色——窑台、陶然亭、云绘楼清音阁、抱冰堂。前两处都供应酒饭；云绘楼只卖茶；抱冰堂演曲艺节目，不另收费。老舍写的匾“抱冰堂说唱茶馆”。

北海三处，堆云积翠桥旁的双虹榭，白塔后边的揽翠轩，湖北岸的五龙亭。冬天双虹榭生大洋炉子，落地窗，暖和敞亮，雪后最佳，喝热茶，看窗外一片白，团城、金鳌玉蛛，桥上的行人、车辆。夏天揽翠轩北面门外，平台搭席棚，三面铁栏，摆桌椅卖座。凭栏下看，整个湖面都在眼底。揽翠轩，多贴切。高处风大，暑气全消。友人小聚，海阔天空，极目看去，天空海阔。

中山公园三处，来今雨轩、后河、西门一带。来今雨轩、后河，夏天好。冬天就是靠西门的平房了，大长条屋子，光线不足。暖和，放唱片，递纸条点曲子。轻声播放，不碍聊天不吵人。

1956年，公私合营以后，北京街面上大格局没动。旧门面都还在，内里头彻底变了。大买卖合营，小铺儿合作。人的关系变，地位变，思路、活法儿都变。“文革”又一飞跃，老的根儿，都是“四旧”。砸烂的砸烂，斩断的斩断，一闹10年。现在说传承，就是接上茬口。哪儿断了哪儿接，续香火。可大都重新打鼓另开张，不接旧茬儿。拿建筑物说，拆是真拆了，想再恢复原样，可就难了。经过见过的知道是仿盖的，没经过见过的以为是真的。北京文化，在保护和恢复中引人深思。跑题了，本来说茶馆，成了茶馆说。茶馆也“莫谈国事”，掌嘴！似乎不是国事，街上的事，没娄子。

菜市场的来历

广安门菜市场是公私合营（1956年）以后，合并、撤销、调整为副食品供应点。把油盐店、酱园子、羊肉床子猪肉杠，都搁到一块儿开办的。改革开放，农贸市场兴起，这菜市场生意清淡，供应票证的取消，更没了仗势，不得不关门大吉。位置在港中旅大厦西半部，消失也有20年了。港中旅大厦一座楼，从南线阁街到干面（登莱）胡同，这一大截子先前有30家商铺，都是平房。

从西到东，挨着排儿数：药房、羊肉床子、猪肉杠、白铁铺、修排子车铺（曾是豆腐坊）、同兴纸店、大和行粮店、大车门、德利长油盐店、金巴儿羊肉床子带烧饼铺、山货店（已关张）、一得阁墨汁堆房、糖房、顺兴大车店（草陈店）、震远布店、瓷器店、全福兴山杆子铺、杨家鞭子铺、修大车铺、联升鞋店、电料行、棺材铺、锡镴铺、棉花店（广安戏院）、剃头棚（理发馆）、张记洋车厂（杂院）、万顺斋鞋店、文具店、小茶叶铺。

干面（登莱）胡同口，整30家铺户，门面大小不一，一间、两间、三间都有。这一段街，别看不长，地势高低不平，房屋高矮不一，抬头看去高的高，低的低。临街门脸，里出外进，不是整齐划一。从德利长往西到同兴纸店，东

1937年，广安门大街。七七事变后，开进城的日本兵坐在店铺外面吃饭休整，路边停满插着日本国旗的军车

到一得阁，打通了墙，开了广安门菜市场。市场里头“回”字形，靠墙一圈摊位，中间一圈。有个后门进货，是原一得阁的后门，拱形门洞，黑漆大门。东西挺全，东南角上卖牛羊肉，俩摊儿。其中一个挂白漆牌子，写着“汉屠牛羊肉”，透着对回民习俗的尊重。现在标明的，不多。

新中国成立后实行粮食统购统销，私营粮店取消，都是国营了。1956年公私合营，所有私人经营的都没了。下街推车卖酱油醋，也是国营商店派的。油盐酱醋、鸡鸭鱼、挑挑儿推车吆喝卖菜、打梆子卖油、羊肉床子猪肉杠都进菜市场。不是租摊位，是市场的员工——售货员，有了铁饭碗。茶叶店归茶叶公司，山货铺、盆儿铺、瓷器店归杂品公司，绒线铺归百货公司，锯盆锯碗、修车补带（胎）、焊洋铁壶进修理公司。五行八作全部归口入公司。广安门大街的小铺子成了大门市，闲下的铺户成了大杂院。

统购统销以后，居民住户过日子离不了至少仨本儿：粮本、煤本、副食本；还有票：面票、米票、粗粮票，油票、肉票、点心票。当然还有随时发放的、节日发放的各类票。无票凭本供应，和菜市场有关的也不少：豆腐、粉丝，节日的花生、瓜子，鸡蛋、白糖、芝麻酱，以及随时或随意的指定无本不卖的日用品。国营有权，个人有义务。

改革开放，办农贸市场。广安门护城河边，北线阁，报国寺东夹道，好几个。买东西方便，便宜，菜市场就萧条了。后来又改，摊贩进场。不是国营，个人租摊位了。又兴超市，买东西的渠道多，不再有限制。物资丰富，供应充足。“80后”的人，不知当年的匮乏、困苦、饥饿。书上没叙述这段历史，经历过的不说，就忘了，好像阳光一直灿烂。

白纸坊印刷局

北京印钞厂，广安门的老住户叫“白纸坊印刷局”，简称“局子”。“在印刷局上班”“在局子上班”，都知道说的是印钞厂。这厂子历史老，清朝就有了，叫“度支部(财政部)印刷局”。老北京话里把有些行业的作坊叫“局”，如印书局、装订局、皮局（子）（加工皮毛）、果局（子）（水果保鲜、存放、销售）等等。“局子”专指公安局，是后来形成的。

北京印钞厂，是从1988年才这么称呼，之前叫“541厂”。1955年以前叫“中国人民印刷厂”，1949年前叫“中央印刷厂北平厂”。1945年日本投降以前，8年里，改过几回厂名。1937年叫“财政部北平印刷局”，再往前是“财政部印刷局”（1912—1928年北京还没改成北平）。甭管叫什么，一直印票子。

这座印刷厂历史悠久，清朝末年，外国在中国开银行，还印制、发行纸币。造成币制混乱，金融无序，极大地损害了我国权益。洋务运动兴起，人们有了货币制度新观念。1902年，直隶总督袁世凯派银圆局总办周学熙到日本考察工商币制，详尽地考察了纸币制作流通的过程。1906年，朝廷派财政部局长（度支部郎中）萨阴图到日本考察，回

1902—1905年，广安门全貌（西南面）

来奏请建立官办印刷局。1907年再奏，阐明办印刷局印纸币的意义："统一圜法，挽回利权。"皇上准奏。派人去美国，买设备，请专家，并决定照美京国立印刷局式样建造。委托美国米拉本公司设计制图，发包给日商华胜公司承建。机器设备的购置，则由美国老旗昌洋行包揽。

1908年6月开工。这地方原是工部火药局，八国联军占北京以后，就废弃了，利用了旧地方。工厂全部完工，是在1911年辛亥革命之后了。按计划还得管邮票、税票、公债券和各种国家凭证的印制。清朝纸币叫"大清银行兑换券"，以元为单位。票面为1元、5元、10元、100元四种。上面都印着溥仪生父，监国摄政王载沣的像，为易区分辅以四种不同的图景。1910年8月完成雕刻制版，送度支部审察。9月皇上批准。1911年3月开印，10月辛亥革命，没发行就废了。袁世凯改中华民国为中华帝国，印了一套纪念邮票，也胎死腹中了。

在建厂的同时，搞招聘，培训技术人员。招一批干过印刷的熟练工和有相当文化的青年学生进行培训，学凹版雕刻技术，6年结业。结业后，至少在本单位6年，才准跳槽，否则赔偿培训的费用。

从美国请来以海趣为首的5位专家。他们制订培训计划：头两年学西洋绘画，到厂外写生。最后交6张作品（油画、炭笔画各3张），教师通过，才能学刻板，要求严格。专家待遇很高，年薪6000到10000多美元（当时黄金20美元1盎司，1盎司合28.3495克）。最初印制的钞票、邮票，设计、制版都出自这几位专家之手。特别是“大清银行兑换券”，四种票版，图案美观大方，线条清晰分明，色调艳丽醒目，是上品。据说海趣为画载沣像，还特地穿上清朝朝服，拜见了这位王爷。

北京印钞厂在我国印刷史上，占有独特地位，有过杰出贡献。1914年，中国技术人员制作出第一套纸币的钢凹版（手工雕刻技师格兰特参与指导），这是我国印刷史阶段性的进步标志。这套纸币（殖边银行兑换券）已是今天的稀有藏品。

北京印钞厂的不少制品，1915年国货展览会上获得奖励。同年，获奖制品送到美国旧金山世界博览会展出（常说的巴拿马赛会），有雕刻制品、印刷品、印刷材料等。分别获得特等奖、一等奖、二等奖。获奖作品的制作者、技师吴锦堂，新中国成立后领导徒弟们设计、雕刻了第一套人民币。无论历史还是现在，北京印钞厂的贡献都功不可没。

北京印钞厂厂门外东侧，新中国成立后，盖了座礼堂。20世纪五六十年代，“白纸坊大礼堂”非常著名。开大会、听报告、演节目，宣武区的都在这里。北京市一级的活动有时也到这里进行。那时公共活动场所少，这里活动多，就无人不知无人不晓了。礼堂旁还有个大操场，常有室外集体活动：运动会、球赛、消防演习等等。也有人叫“541大礼堂”。

在541厂上班，被人羡慕，都高看一眼。待遇好，工薪高。新中国成立前也比一般工厂的工人挣得多。现在厂门外有很大改变，原先白纸坊西街是条不宽的土路，厂大门对着的南北向的道路，比现在长，在路口看不见厂子大门。两侧都是小饭馆、小杂货铺，卖吃食的摊子摆满喽。斜对过是白纸坊胡同，一进口儿，也是烧饼铺、饭馆、茶馆、饮食摊子。都是给印钞厂的人预备的，上下班时间这一片热闹得跟赶集一样。白纸坊纸坊人也不少，可是穷，没钱，舍不得吃，和厂子的人也掺和不到一块儿。白纸坊胡同北半拉，就冷清多了。走到北头，崇效寺庙门前，丁字路口，把口西南角只有一家酒铺兼杂货铺。服务对象是纸坊人和附近居民，是枣林前街南边唯一的酒铺，生意不错。

541厂是保密厂，外人进不了厂区。厂门外有接待室，办公事、谈业务，家属有急事来找员工，都是接待室见面。

和印钞厂有关的一条街道是枣林斜街。在白广路开辟之前，去崇效寺，去印刷局，只能走牛街或南线阁。走牛街抄近道，穿枣林斜街，近便好走。牛街礼拜寺南边路西，有个很宽的路口，新中国成立初路口立过一个木头牌坊，贴路边立两根很粗的杉篙，上头横大木牌子，白底黑字："人民印刷厂"。杉篙柱子和牌子四框刷的蓝色。当时到那里人多，路不好找，做个引路的标识。这条路曾一度被称为"印刷厂路"。本是东北到西南走向，但进口先是往西北一段路，正北大上坡，路更宽。这路西侧是吴家桥一至四条，路东一条窄胡同通礼拜寺大影壁，再往北牛街四条西口，正北糖房胡同到广安门大街。这里路分五岔口，过了这儿，路就拐向西南。过老君地到枣林前街，再向南向西。到崇效寺门前照直奔南，印钞厂大门。

和印钞厂是邻居的造纸厂，捡过印钞厂的"漏儿"。当年是不可外传的，而今是"段子"。1958年，白纸坊造纸机械化了，造纸合作社改名宣武造纸厂了。541厂有残破废的钞票、布票、粮票等票证需要销毁。就派人押车运到造纸厂，监督着把销毁的东西投进打浆机，看着打烂，来人才离开。一年总有几次。打浆机是1米高、2米宽、三四米长，两头圆弧的水泥槽子。中间有一道2米多长的水泥隔板，和外面的水泥槽梆，三道水泥板，是安装打浆刀辊、排污水木笼的支架。槽内盛满水和废纸，刀辊、木笼，电动机带着转，水和废纸随着转。废纸打碎，脏水排出。那些票证，进了水槽，不会立刻就碎。打浆机的人会趁监督销毁的人不注意，抓一把扔到犄角旮旯。晾干后能挑出些完整的使用。每次销毁，只要有机会，他们就弄。还没犯过事儿。当然用手抓一把两把，能有多少？再说淘汰的比能要的多得多。现在看，顶着雷贪点小便宜，没劲！

白纸坊杂忆

白纸坊地处京城西南一隅，是北京城的“边陲”。和王府井、东城、西城、皇城根周边，这些内城中心地带比，白纸坊有些落后。最大的特色是“穷”。辛勤劳作，也只混个温饱。能有些许积蓄者，寥若晨星。社会主义改造，手工业作坊掌柜的，分两类：业主和资本家。这里百多户手工造纸作坊，只有苑家一户，定为“手工业资本家”，实行公私合营。其余算“手工业业主”，走合作化，入合作社。苑家挂了公私合营造纸厂的牌子，在陈家胡同增寿寺庙里设厂部，公方代表坐厂部办公室“办公”。手工纸坊担不起开销，不到一年，维持不下去，合并到造纸社了。纸坊整体穷。念不起书，文盲多。闭塞，不开化。娶不起媳妇，饥渴苦闷。饮食、服饰、开化程度，比城里其他人群落后一些。

食欲、性欲，“饮食男女”，两大生物本性本能。勉强维持温饱，娶媳妇难上难。造纸合作社成立时，终身未娶的老光棍社员10位以上。正在婚龄而无配偶的男性有几十位，还有家在外地人在纸坊打工的。当年单身男性社员得占一多半。

业主陈长业，30多岁了娶不上女人。母亲死了，和老父亲一起过。他跑乐培园，跟一位叫吴淑香的混得挺热，她偷着跟陈长业说愿意跟他。陈长业也答应攒够了钱把她赎出来，这样说为的是叫她高兴。他心里明白：一辈子也攒不够。除非得外财，天上掉个大馅儿饼。

北京解放！不到一年的工夫，查封妓院，窑子都抄了。有先前的话儿，陈长业想撞大运。四下打听，人被弄哪儿去了。他跑虎坊桥韩家潭收容妓女的教养院，一说姓甚名谁，真打听到了。可是不让见面，得等些日子。过了阴历年，他又去，还没见着，好事多磨。可是有准信儿：她们还在学习。学习完喽，她本人愿意，甭花钱，就能领走。他高兴，一个子儿甭花，来个大活人！睡着觉都乐醒喽，偷偷地乐，可也怕人笑话：娶了个窑姐儿！

三天两头儿去打听，没白跑腿，五月节前两天，事儿办成了！那儿的人挺客气地把他让进屋里，给他倒水、让座。一个穿制服的女干部，问他姓名、年龄、住址，记在一张表上。还把吴淑香叫来，问认识不认识，愿意不愿意跟他。吴淑香挺痛快，说认识，愿意跟他。女干部跟陈长业说，你们俩都愿意，这事儿就定了。你得上派出所开个介绍信，证明你没家小。你再来，办个手续。你们俩就一块儿走了。陈长业没回家，直接去了派出所。找到负责民政的干部，一说情况，当时给他写了介绍信，盖了公章。拿到介绍信，心里还是没底：这事儿能办成吗？凭这张纸，领回个媳妇？

第二天，他换了身干净衣裳，拿着派出所开的介绍信，早早地就到了韩家潭。还是昨天那位女干部，看过介绍信，跟院里一个人说，“叫吴淑香，接她来了。”吴淑香提溜一个柳条包，叫她的那人挟一铺盖卷，一块儿进了屋。女干部拿出一张表，说你们俩在这上头签字、按手印。俩人都不会写自己的名字。女干部替他们写上姓名，他俩在名字上按手印。又给吴淑香写了上户口的证明，说到家先去派出所报户口。手续办完了，陈长业叫吴淑香在这里等着，他去雇三轮。叫了两辆车，一人一辆，连东西带人，回了白纸坊。

陈长业早晨去的时候，心里还打鼓，所以家里没安排。到家中午都过了，大喜的日子，进门没饭吃。放下行李，吴淑香见过公爹，喊声爸，鞠个躬。老爷子高兴，笑得合不上嘴，花白胡子颤动着，说话都不利索了。家里没饭，上饭馆吧。仨人走到南头，印刷局门外好几个小馆。找了一家干净点的进去，老爷子坐上首，点菜还非叫吴淑香拿主意，说："你想吃什么要什么，以后在家也你拿主意。"头一顿饭，公公、儿媳都拘着，没吃好。老爷子说这档子喜事，怎么也得有点举动儿。至末末，也得请街坊四邻吃顿打卤面，跟吴淑香见见、排排辈儿。大爷、大妈，大叔、大婶的，以后好张嘴说话。老爷子说找沈家大门老二操持，他热心肠，肯帮助人。回去就找他，叫他买东西、落作。你们俩人一块儿，挨门儿请人。明儿就办。

这吴淑香是香河县人，她那年26岁，比陈长业小7岁。他俩跟街坊说，在香河办过事了。在北京招待老街坊不算"办事"，到不到的多担待。第二天在陈家院子里，八仙桌，一桌8位，摆了3桌。沈家二哥还真能张罗，冷荤热炒是那么回事。客人都挺高兴——又一光棍有了家。酒喝得不少，面条也剩得不少。

吴淑香年轻，心也灵，几天的工夫，学会晒纸了。跟晒纸的女伴混得挺熟，人缘好。把谁都不当外人，她热心"外场"、爽快爱说。毕竟"混过事儿"，比没出过门的白纸坊大姑娘、小媳妇，经得多，见得广。大家也愿意听她"白话"。爱说就言多语失，再者，会说的不如会听的。她想瞒着的就瞒不住了，不过都理解她、体谅她，没人细打听，也不当个事儿。

到1956年，都成了合作社社员，吴淑香融入了新社会。1958年，造纸合作社改成了宣武造纸厂，社员变工人。"文革"时，造纸厂迁到通县扩建成造纸七厂。白纸坊盖简易楼，盖单元楼，抹净了、擦没了自元朝就有的白纸坊老痕迹。吴淑香有幸分到一间简易楼房。平时上班的日子住通县的单身集体宿舍，公休日两口子回白纸坊简易楼，城内繁华地面上的休闲别墅。老爷子是1961年闹浮肿亡故的。

陈长业40多岁了，吴淑香不能生养。俩人抱养了一个女儿，捡的。派出所片警老蒋是戏迷，和吴淑香熟，俩人过"俚戏"（见面就开玩笑），知道他俩的底。正好派出所有个被遗弃的女婴，小被褥裹着，有张纸条，孩子刚满月，请好心人收养。老蒋找吴淑香："你不是说要小孩吗？要就抱走。"她给抱回来了，上了户口。造纸社发展成了造纸厂，有了托儿所，孩子全托。公休日接回来，三口之家，比两个大人温馨多了。有了逗趣的对象，有了说笑的话题，付出是大快乐。

贫困的白纸坊人想娶媳妇，又怕娶媳妇，说："娶个媳妇儿是美事儿，有了孩子是玩意儿，要吃要喝是难事儿。"陈长业有美事儿，有玩意儿，吃喝早不是难事儿。他守着吴淑香和女儿，暖融融，乐呵呵，神仙样。

女儿大学毕业，嫁了公务员，有个儿子了。老两口退休后还住白纸坊。老吴保持了旧爱好，穿流行款式衣服，颜色要艳丽；化淡妆，红唇膏不得少。早晨跑陶然亭，和票友们清唱京剧。唱够，聊够，回家和老陈对酌，都不多喝。老陈养鱼、种花，和几个熟人交换、交流；常到街头花园晒太阳，不太聊天。老吴硬拽着，他才肯去趟陶然亭。女儿带儿子回来，是他最大的乐事。

第三部分

庙里庙外

MIAO LI
MIAO WAI

韦驮庵和于氏私塾

记述老北京的文章，说到广安门，就会提到韦驮庵，又都没有详细介绍。这座庙在20世纪二三十年代就成了大杂院，到90年代扩建两广大街才拆除。它建于清朝康熙二十二年（1683年），不是官方的寺庙，所以《日下旧闻考》中没记载。民国以来，北京三次寺庙登记，都有韦驮庵（寺）。（见北京市档案馆编《北京市寺庙历史资料》。）广安门的老住户都管它叫“韦子庵”，有一定的知名度。因为于老师两代人都在庙里办私学，教四书五经，许多住户的子弟都是于氏的弟子，笔者就是。韦驮庵在路北，我家路南，和它对门。我每天进进出出，对这庙是熟悉的。

先说位置，韦驮庵在广安门内大街路北，老门牌212号。在北线阁街和广义街的中点偏东，就是现在路政局那块。再说规模，庙门临街，被两边店铺挤着。东边贴着一间门面的邢记马掌铺，西边是伸出一块的益兴楼香蜡铺。益兴楼东墙和庙门的墙，正好是90度墙角。背风向阳，冬天晒暖儿的最佳处，老是挤着人——老头、孩子。砖石结构的山门，不高大，可坐实。下部条石，上半部是磨砖对缝；拱券门洞，镶着汉白玉浮雕；青灰筒瓦的顶。三层大殿，三进院子，后院东西还有两跨院。一进门，西边是益兴楼东墙，东边是马掌铺的荆笆墙。往前七八米下两层台阶，院子往东宽了，靠西和山门正对着，是第一层大殿，供大肚弥勒佛。和大殿前脸平着往东一道墙，东头是四五间东房。东房和大殿之间是二门。二门里铺着青砖甬路，通往后院，通往二层大殿和东西配殿。这中院就方方正正了。从一层大殿后边往西宽出去了，二殿三间正对前殿，殿两边是两个拱形小门通后院。东西配殿各三间，配殿还都有厢房。后院就大了，一进小门是一溜儿平房，连着配殿三间，东西一样。正面是五间大殿。正殿和配殿之间是门，通东西跨院。西跨院很小。东跨院挺大，有男女厕所，一溜北房，一个后门，出去不远，正北是皈依寺、核桃园。资料上说占地4亩，合2600多平方米。

后说跟这座庙有关的人和事。1947年的资料表明，当时的住持（代理）叫拭恒，我知道是一位老年女士，是不是叫拭恒，就不知道了。她收住户的房租，住在后院五间大殿最北头的那一间。有一个女佣，住东配殿南边一间东厢房，当时两人都有70岁开外。但穿戴不一样，女佣和当时一般家庭妇女一样，房东女士不同，并未削发，脑后发髻，同于常人发式。上身穿长及膝盖的宽大的褂子（不是僧衣），一般是毛蓝色，罩件青色长坎肩；夏天则是白色褂子或竹布，款式不变；无论冬夏，都是长裤，脚腕系腿带；白布缝的袜子，黑色尖口布鞋。二人都是天足。房东女士逢年过节发髻上要戴朵小绒花，平时也有簪子之类首饰。女士从头到脚，从早到晚，都那么刷利，头上油光水滑，身上纤尘不染。天气晴和，大殿阶上站会儿，有时走到庙门外看看街景。老是一脸秋霜，几乎没有过笑容，瘸子的脚面——绷着。每天按时烧香拜佛，烧香时，女佣站在佛案旁敲磬。不是尼姑，庙怎么归她了？孩子们乱猜，说是老和尚跟她相好，死时庙产留给她了。大人、孩子都怕她，她也不和别人说话。这个老女人是个谜。一到春节，她请配殿于氏私塾的于老师给写春联，黄纸黑字，二门的对联横批，老是什么“一尘不染”“色即是空”之类。二殿后墙对着她住的五间大殿，要贴四个大字：佛光普照。大殿门上也都贴横批对联，一律黄纸黑字。

后院的东配殿，是于氏私塾。1943年春节过后，母亲带我去见于老师，给我开蒙。三间配殿，前脸儿都改了：南北俩窗台都加高了，人站着里外都看不见；中间一间原是几扇木隔扇，寺庙大殿常见，下部木板，上部是挺密的小方格。可全打开，多人同时出入，也可只开一扇。那时留一扇进出，其余几扇也开着，外面加了一层玻璃窗，屋里明亮又不进风。于老师的写字台摆窗下，他在门后面朝北坐在椅子上。屋里早没了神案和佛像，地上铺的砖石，也因学生走动，被踏得坑洼不平了。进门右首顺窗台，一张条桌，两条长板凳，学生对面坐，容十来个人。这张桌叫一桌。二桌就顶后墙和南山墙平行，两边有长板凳，对面坐，一直到五桌都这样。六桌是顺北边窗台，坐女生。北墙挂一块大黑板，黑板前一小块地儿，就是讲台了。

进门抬头，东墙正中挂着彩色印刷的孔圣人全身像，下面架了一块木板，摆着牌位和香炉。入学时，先向孔子像三鞠躬。转过身，再向老师三鞠躬，仪式完毕，典礼告成。家长退出，孩子留下，正式录取。于老师当时有60来名学生，资深的念《诗经》，刚来的学《百家姓》。早晨，温书，坐在条凳上，大声念当天要背的段落。有的左右晃动着身子，声嘶力竭，全屋乱成一片。

念一阵后，开始背，老师喊："一桌！"一桌就依次拿了书到老师跟前，把书扣在老师桌边上，深深一鞠躬，转过身去，高声背诵。老师闭目，斜倚靠背，他烂熟于心，有错即知。依次二桌、三桌，直到全部学生背过。背不上来，念熟再背，三次不会，打一板儿。老师攥住学生手指，把拇指、小指摁住，手心突起。老师拿一尺多长、一寸多宽的竹板，抡起来打手心。虽只一下，疼得跳脚，手掌立即肿起，烧灼胀痛。忍不住时，把手掌贴到台阶的青石上，凉凉的缓解些。可书还要背。已经背过书的，就学新书，或教别人。当时是这样安排：一入学念《百家姓》，然后是《三字经》《千字文》《弟子规》《名贤集》《六言杂字》《大学》《中庸》《论语》《孟子》《诗经》《易经》《左传》……

老师不直接教新生，而是旧生带新生。念《千字文》的教《百家姓》，念《六言杂字》的教《千字文》。念过《六言杂字》，念四书就没什么生字了，遇上一个半个，问问就行了。老师只听背书，掌握学习情况。一本书背完，还要从头到尾通背一遍，老师用朱笔在书的末页写上：中华民国三十×年×月×日温通。背不通，当然要重念重背，背通为止。然后上新书，认字念书，就这么个过程。背整本书费时间，又得检查是否背通，老师就随意打断随意提一句，能立即接下句接着背，再提再背，很快就背完了。

每天上午就是温书、背书、上新书，中午放学回家吃饭，下午是写毛笔字：描红模子、写仿影、临字帖，按各人情况定。纸墨笔砚自备，但不许带墨汁。写字前都到院子里，蹲在地上研墨，然后端着砚台，回屋写字。写完在放学前由老师收走，有时简单讲评几句。在写字时，老师走动查看，随时指点。初学的要把住小手一笔一笔地教，直到能握笔，能自己描笔画为止。

写完字，放学前，穿插些别的内容。珠算，每周一次；讲故事，每周一次，忠孝节义之类如《三字经》中的故事，讲完编成三字句的歌谣，写在黑板上，带领学生大声念，在黑板上保留几天，要求背会；讲《论语》，以《二论典故》为据；讲《孟子》。滚动着讲，不分新生、旧生，一齐听。懂不懂先听，接受多少算多少，又不考试。因为温通一本书，等于一科结业。学得快和学得慢，差距很大。也许一年念几本书，也许一本书念几年。如果算成本，比熬年头儿合算多了。

规定不许用墨汁，老师发现会没收，甚至被责。一次，老师举了一小瓶墨汁，厉声问大家："谁带的？"没人应声，激怒了老师，顺手扔去，瓶子撞到窗上，碎了，墨汁洒在老师雪白的汗衫上。学生不敢笑，老师感到失态，气氛尴尬。后来，师娘居然把墨渍洗去，汗衫洁白如初，老师当众给自己解嘲："看！一洗不就没了。"

于老师叫于朝宗，我入学时他就六七十岁了。他上一代老于老师，就在韦驮庵教书，那该是清朝的事儿了。如果不是时代变化，还会传下去，那时大师哥（于老师的儿子）有时就来帮着给学生背书、判大字，有接班的意思。于老师住北线阁路东，独门独院。我读老舍《四世同堂》，老觉着祁老爷子那不合格局的长条院子，跟于老师的院子一样。北房为正，三间一明两暗，跨一间东耳房。北屋西山墙临街；一溜南屋，西墙正冲街门，算是影壁。南房四五间，做厨房、杂物间、客房用。尽东头一溜东屋，三四间吧，住于老师三弟一家。北房是于老师一家。房外和街门之间是棵大槐树，树荫盖了半个院子。夏天一把藤椅，一张小桌，一卷书，一壶茶，一把芭蕉扇，是于老师在家时的享受。

于老师头发掉光了，留着八字胡，白多黑少。春秋穿灰色大褂，冬天棉袍或皮袍，也罩件灰大褂，偶尔套件青马褂。无论冬夏，都不戴帽子，可围一条黑色毛围巾。白袜子，黑布鞋，冬天是黑毛窝，也是几十年不改变。头面总修得光洁可鉴，衣着、鞋袜也老是整洁利索。每天四趟走过大街，目不斜视，走得又快又稳。遇上熟人，点头微笑，略致寒暄，不失礼，也不耽搁，都不远不近，于老师做到了人和。

于老师伉俪情笃，每天早晨安排学生二人，到他家去，叫打茶。去时给5毛钱，在北线阁口上买切糕，嘱咐："要豆沙的。"这是师娘的早点。也有时叫人在路过顺兴楼烧饼铺时买墩儿饽饽。师娘早沏好茶，一把铜提梁的茶壶，套着棉套，一个茶杯。一人提茶壶，一人拿茶杯，带回来，放学前再叫学生送家去，下午还要去打茶。学生上学自带水喝，玻璃瓶子、铁水壶，什么容器都有，都放在院子里的大树下，屋里没处放。

1949年以后，他改用规定的课本，成了一至四年级的复式班。于老师只好自己举着课本开讲，不过他教得井然有序。那时每个街道都有工作队，教唱歌，教扭秧歌，教打腰鼓，教打花棍儿。也到学校教，于老师跟着学，还带领学生大唱《没有共产党就没有新中国》等必唱的歌曲。真难为老先生，他能迎合，也能适应，还起名叫"至善小学校"，一直坚持到50年代中期，才关闭停办。于氏私塾在韦驮庵存在了两代，延续近百年，而他的住处正是现在的北线阁小学，也许是个暗存的因缘。

善果寺中的记忆

我每天都要从原善果寺门前走两三趟，遛弯儿、买菜、接送孙子。庙没了，庙门前的路还在。位置、走向基本没变，还能大致辨认先前建筑物的方位。我的一位姨表姐，从20世纪50年代初就离开北京去外地工作了。她世居北京，广安门生人。退休前，每年回京探亲，和家人相聚老嫌时间短，顾不上别的。退休了，身闲心也闲，回北京小住，就想走走看看。特别愿意到小时候常去的地方，不是说老年人生活在回忆里吗？回首往事忆当年，是情感上的享受。她来京住在西便门那边，我是住在报国寺那边，近。一次，我们在槐柏树街的饭馆吃饭，饭后，溜达到宣武艺园。她没进去过，我是每天两趟。进门，她停在门内立的牌子前看介绍文字，回过头对我说："这哪儿是善果寺原址呀？不是胡说吗！"我说："可不是嘛，太没谱儿了。"管他呢！反正知道的人也不多了。我们转了一圈出来，她说："我记得你在善果寺念过书，带我找找庙门在哪儿，上回路过，没找着。"出东门往南拐，穿胜利巷，走到善果胡同。我指着路北一号楼，"楼的东南角，就是庙门的位置。"我们俩不由得忆起了许多陈年旧事。

我们的外祖父家，在営子西北二条，就是现在槐柏树街北里靠西边那块儿。那会儿南里、北里，20条小胡同：西北五条、东北五条，西南五条、东南五条。南北走向，中间东西走向的宽街，即现在槐柏树街西半截。善果寺周边是时常跑跳玩耍的地儿。善果胡同是庙门前头的一条大道，1949年以前，这里没有形成街巷，大道南边对着庙门是一座石桥，过了桥是菜地。桥是旱桥，没水，下面可走骡马大车。这条大道往西到城根和北马道连着，路南有三三两两的人家，路北地势高，空旷一片，坟地、水洼、菜畦、野草。现在走向没变，但已经是热闹非常的街市，起了雅号，以北线阁为界，唤作核桃园东、西街了。

据传庙前桥下是放生池，原是有水的。我见到时，早已成道路。常言说“多年大道熬成河”，这儿是逆向发展了。这条大道从西来，在和王子坟（广义街）交叉处一分为二：一条爬上坡，靠庙门走；一条下坡钻桥洞。到庙东墙又合二为一，往东北走，斜着，上坡下坡，坑坑洼洼，通到护城河边（国华商场）。庙东墙外，现在宣武艺园南门外的居民楼（算胜利三巷），是和尚坟，塔院，没有围墙，残存十几座塔。庙的西边，有条路跟王子坟连着，往北到营子宽街。道儿西就是核桃园东街北边那块空旷地。

地上靠东南角（北线阁菜市场位置），有几统碑，还有一座汉白玉牌坊，并不高大，四柱，一门。门两旁是嵌在柱间的两块浮雕，宽一米多，高两米多。上面盖有整块汉白玉雕成筒瓦模样的屋顶，三座，中间的高大些。是明代的东西，我看过碑上的文字，有年代。较高大的一统碑是墓碑，盘龙碑额，好像是御赐的。墓主姓刘，是太监。小时候听《法门寺》，知道了刘瑾，就联系到一块儿，所以印象深。“文革”前这里搞绿化，去高填洼，平整以后种树植草，成为一片小花园，受到居民称赞，人们称为“善果寺公园”。后建居民楼，小公园才没了。

有的文章说，宣武艺园曾被叫作善果寺公园，不对。宣武艺园，是跟市府大楼同步修的，没有围墙，四面通行。人们叫“花园”“宣武公园”。1983年大修，盖了亭台楼阁，水塘回廊，俨然江南园林，砌围墙，起门楼。楚图南给写了匾，里边也是名人题字，匾额楹联。起了好几个高雅动听的景点名字。改称“宣武艺园”。开始收费。2007年又大修，改成节能型园林，确实比原来好，几乎有口皆碑。但是硬说是善果寺原址，不妥，知道底细的人，不好接受。

善果寺小学在庙里第三层院子，庙门挺高挺宽，没台阶，地上铺条石，和门外大道一平，进出车辆方便。门西侧是一座大殿，两个雕花的石头窗户，中间一座门，老锁着。头层院子正面大殿，不记得有配殿，有几间南房住着人家。院子里挺乱，到处是破木头、杂草。有几棵松树，两棵老槐树。我们在这里捡过“松塔儿”，能剥出米粒样的松子，薄的硬壳，可吃，和买的松子一样香。还捡槐树角，在台阶上砸烂，很黏。沾着细土团成球，一根小线（瓦匠拉线用的那种），把线的一头团进球里，等球干了，就可以玩了。提溜小线抡、掷远，当武器链子锤。男孩子玩的。

这正殿两侧是通二层院子的门，只开和庙门对着的一个门。斜坡的石头台阶（类似而今的无障碍通道），门上有一红色球形灯——二层院当过派出所（外四区警察署第五分驻所），是派出所遗留下的。院里整齐、干净多了，也大。正面大殿在高台子上，台下边有石碑、松树。大殿两边是通往三层院子的门，只开西边的门，我们上下学都要斜穿过去。

学校的院子比前边的院子都大，正殿是校长和老师的办公室，也是建在台子上，比二层殿的台子大。南、东、西三面有石头台阶，台上立旗杆，朝会升旗。校长、老师讲话也站在台子上，学生在台下列队。我记得学校占院子的东半部，只有一到四年级，一个年级一个班。念完四年级，发“初级小学”毕业证书，再去别的学校考“高小”。东配殿南北廊子，都往西拐跟大殿连着，安了门窗，隔成教室。门窗糊纸，没有玻璃。我在东北角上的一间，后墙是秫秸秆扎的架子，架子上糊着纸。我们偷着撕开小缝看里面，是泥塑的山川、树木、亭台，岭上白云、山间溪水，其间是姿态各异的罗汉塑像。后来看书才知道，这是和北海小西天齐名的五百罗汉。

从正殿西侧的门绕到后头，是南北很窄的院子，靠西是女厕所，东边是男厕所。靠北墙是长方形粪池，学生们站在边上小便，北边墙下有几个沟眼，也往粪池里排屎尿。北院是日本军队的一个机关，我们老边解手边偷偷地骂日本。这个院子应该是善果寺的“浮屠”和藏经阁，当时已经都没有了。后来是国民党军队用，再后来，就是解放军机关，直到现在。

我在善果寺小学只念了一个学期，我叔伯哥则持有善果寺小学“初级小学”毕业证书。新中国成立初，这里办“识字班”，免费教那些不识字的孩子，我妹妹是当年的学员。不知哪年西墙开了门，学校直接走广义街。庙的前边的两个院子办了工厂、住了居民。20世纪80年代的时候，庙门里外，放着锅炉零件，锅炉厂的露天工作场地。后来工厂迁走了。到1993年庙门才拆。南北盖起了居民楼，开起了旅馆、饭铺。庙前的小胡同，现在挤挤擦擦，收废品的，和城管打游击的游商、舞厅、棋牌室，凡当今胡同里有的，一应俱全。上下班（学）时段摩肩接踵，热闹非凡。

说记忆里的善果寺，让没赶上那会儿的人，大致知道当年的情形。用电视主持人白岩松的话，也算“捍卫常识”。

善果寺这座庙当然不同寻常，建在后梁开平年间（907—911年），明清两代都有复建、重修、扩建。清朝顺治皇帝五次到这座庙里来，说是“京师第一胜地”。这是拿皇上说事，“皇上说好，能不好？”大家会记得鲁迅先生的文章《记念刘和珍君》，被杀害的刘和珍和杨德群的遗体，停放在善果寺。装殓、告别、追悼等丧仪都在此庙举行，这是就红色记忆说事。不单有皇家故事，也有革命烈士的遗迹。善果寺在历史、文化、宗教、艺术等方面都有非同凡响的价值！虽然已经荡然无存，也应据实记载。假借、伪托或移花接木，都不是实事求是，是对历史的强暴，是对平民的欺骗，是极为有害的不妥当做法。

土地庙看热闹

北京城圈儿里头原有5个庙会，分别是：土地庙，逢三；花市，逢四；白塔寺，逢五、逢六；护国寺，逢七、逢八；隆福寺，逢九、逢十。当年有一拨人，摆摊做买卖的、撂地说书唱戏的、算卦相面的等，在这几个庙会转，哪个庙会都是这些人。那会儿，人闲肚也闲，剩两天没庙会也不能饿着呀，就奔天桥或天安门了。这一大批人是靠赶庙会为生的，小生意人、江湖艺人、江湖术士。

土地庙原址就是现在的宣武医院，庙门坐西朝东，位置是现在马路的东半部。据说原来庙的规模挺大，我能看到时就只剩一座大殿了。庙门和大殿也都残破不堪，香火不衰，逢庙会的日子上香求签的人不少。大殿后靠北是个跨院，院子西头就是后门。后门外头是个很大的空场，是土地庙餐饮、休闲、娱乐的场地。靠门的路两旁，是饮食摊子：煎灌肠、炸豆腐素丸子、羊霜肠、豆汁、豆腐脑、茶汤、炒肝、油渣儿、烧饼、火烧、锅饼、硬面饽饽，应有尽有。还有酸梅汤、汽水、冰棍。俩洋铁桶一大一小套在一起，俩桶中间放天然冰，小桶装净水白糖。一根绳子绕小桶一圈，来回拉绳子，小桶就来回转。天然冰里撒点盐，一会儿小桶里就凝结了，土冰激凌做成了。吃的喝的、凉的热的，全有。

过了饮食摊子，是鸟市。种类很多，最多的是麻雀，大笼子里关着几十只，是卖给行善放生用的。再往前就是娱乐摊子了，那种利用太阳光照射放映的电影，一个封闭的长条布棚，两旁有几个小洞，下面有条长凳。坐在上面，歪着头，两眼凑到洞口，双手捂住两侧，斜着看前方银幕。放的都是残缺的胶片，有完整情节的少，只是看点儿动作连续的画面。那时也算是开眼，比拉洋片只看放大的彩画强多了。也进过布帷子围起来的“戏院”，评戏化装彩唱，也有“出将”“入相”的幕布。当然只有立席，只能抬头观看。

还有打把式、摔跤、变戏法，有时候有耍猴、耍狗熊的，玩“巫的丢”的。印象深的是说竹板书的“小蜜蜂”，当时也有50多岁了，满脸细碎的褶子，光说《刘公案》（刘罗锅的故事）。表演滑稽，把竹板分开顶在头上充当满族妇女的两把头，扭动腰肢，捏着嗓子学女人说话。再有是唱京剧的“大妖怪”，父女二人，女儿也就10岁出头，唱老生；“大妖怪”有40岁出头，是女儿的琴师和配角，需要什么行当他就唱什么行当，边拉边唱。演出时嘴上用大白横画一下，上下唇都是白的。眼睛很大，布满血丝，不时做出怪异的表情，眉毛、眼睛、嘴都能派上用场，以吸引观众，唱一段打一次钱。

在广场的边上，分布的是卦摊儿，测字、占卜、算命、相面，预测月令流年、吉凶休咎。相士牛乐天，我极熟。逢三的日子，一放学，背着书包直奔牛乐天，听他侃。他人气很旺，老是围着许多人，讲些幽默的故事招人。也当场相面，一次1毛钱，说得很快，先问多大年龄，然后告诉你：“今年你走××。”然后如背书一样讲你下一年将走哪个部位，如你是30岁，他就31岁、32岁……数下去，一年一个部位，一直数到60岁。部位的好坏，决定运气好坏，他当场都说明白。但是简单、简略、简洁，不细说，要求细看就约到家里。当然，收费就高了，大约是2元（当时白面每斤是0.18元）。他说：“1毛钱是批发价，不能细看。”他还说相面是“社会经验统计学”。他从不蹲下或坐小板凳，总是站着说，一身中山装，三接头皮鞋，是当时知识分子的打扮。后来，取缔庙会和算卦以后，人民政府安排他到王府井百货大楼看自行车。当时的《北京晚报》有过采访他的报道：他原是职员，失业后没辙，看了点相书，跑到天安门谈相谋生，下海成了江湖术士。还说相面是靠蒙人吃饭，应予取缔等。

土地庙本身不大，但市场范围大，经营者固定，摊位分布固定。逛庙的以城外人居多，西边是广安门外，南边是右安门外。西边的人走报国寺，进乐培园，向东向北，到庙后的广场，就是现在宣武医院院里。南边的，出牛街，进下斜街，走土地庙正门。逢三，广安门大街客流量大增，一过广义街（王子坟）就是市场了，路北是菜籽儿、耙子、扫帚等农用品的摊子。路南是布匹、鞋帽的摊子，别的摊儿也有，少。拐进报国寺口以后摊儿就不多了，一直到小广场才热闹起来。

下斜街是从街口就热闹了，把口儿总是站着几个卖山里红的，他们把山里红穿成朝珠样的一挂挂挎在胳膊上，嘴里吆喝着："来一挂，来一挂！"所以有句俏皮话叫："卖山里红的回家——就剩这一袍一挂了。"进把口儿以后是日常用品：鸡毛掸子、麻绳子、竹筛子、马尾罗等。进了庙门，就是"高档商品"了：梳头油、雪花膏、沤子、胭脂、刨花（泡水之后给头发定型用，如摩丝的功能），头上戴的绒花、绢花，以及梳子、篦子、抿子、镜子、梳头匣子，还有花样子（薄纸剪成的各种图案贴在面料上，如鞋面、枕头等，用彩色丝绒按纸样绣出）。还有点痦子、拔牙等摊儿，拐到跨院又都是卖布的了。土地庙往北到长椿寺南墙也都是售货摊，长椿寺在高台儿上，贴南墙往西是个窄胡同——妙光阁。不长，也就二三十米，这里是鸽子市，光是鸽子交易。往前出胡同就是土地庙后面的广场了。

"大兵黄"曾多次光临土地庙，所以我有幸领略他的风采。天桥"八大怪"之一的"大兵黄"是以骂人出名的，他总是站着，拄根漆得很光滑的拐杖，如京剧《钓金龟》中老旦拄的那种，一根直棍儿。骂起人来，狠狠地用棍子戳地，兴起时棍子横过来双手高举过头，重重地摔到地上，双脚跳起老高。他骂的都是贪官污吏和一些不得人心的举措，在明令"莫谈国事"的当时，他的骂虽然极粗野，但也颇得人心，总是聚很多人。人多时，他开始卖药糖，是一种黄色的粉状物，包小纸包出售。每包量很少，厚薄大小如指甲盖儿。“八大怪”里“蹭油的”，也到土地庙来。卖的那种东西很小，2厘米长，1厘米宽，厚不过3毫米。衣服上有油渍，吐上吐沫，用它去蹭，就可以去掉油渍。不论什么人，他拽住人家大褂下摆，吐上吐沫就蹭，口里怪声怪气，不停地喊着：“蹭蹭蹭啊，蹭油的呀！蹭油的呀，蹭油的！”他以这种怪异的举止出名，也以这种怪异的方式卖货，所以成了天桥“八大怪”之一。北京宣南文化博物馆里的塑像，作者是想当然设计的，和实际相去甚远。

1937年8月1日，广安门箭楼门洞外（瓮城外），门洞为五伏五券式拱券。七七事变后，日军占领北平，首先控制了广安门，有警察和翻译在替日军把守城门

中元节和宝应寺

农历七月十五中元节是传统节日。看过《水浒传》的，会记得第五十一回《插翅虎枷打白秀英　美髯公误失小衙内》。朱仝抱小衙内到寺里“盂兰盆会”看灯，孩子先丢了，后又被杀了，逼得朱仝上梁山入伙。从书中的描写和以诗为证的赞叹，可见宋朝中元节的盛况。这天是鬼的节日，可折腾的是人。宗教法事，世俗祭拜。街上灯游走，河里灯流动。还要烧法船，“纸船明烛照天烧”。祭奠先人，超度怨鬼，人们从中得到心灵的慰藉和道德的满足！

这个节日，道、佛两教都有内容。道教认为这天是天庭派神下界，巡视人间，考核善恶的日子。道观要迎接年度期中检查，斋醮荐福，表达着敬畏和感恩。佛教传为目连救母的日子，起“盂兰盆会”诵念经文，做水陆道场以超度亡魂野鬼。在民间祭祖上坟、烧法船、放河灯，孩子们晚上提着、举着莲花灯、西瓜灯、荷叶灯、蒿子灯……“结伴呼群，游乐于月下，更尽乃归。”当年是很像样的一个节日！

20世纪40年代末，中元节的习俗还保留着一些。我十二三岁，是热心的参与者。宝应寺是中心，每年都烧法船。从糊法船到烧法船，孩子们围观到底。干面胡同北口对着的艾家冥衣铺，每年都承包这项业务。十来米长的船，分几截糊，屋里转不开，便道就是工场。从开工孩子们就盯着看，糊完了，一截截搬运，孩子们也来回跟着跑，组装完毕更是招人。白天，法船在庙门外东侧墙下放着，陈列展览。大人、孩子围着，上下里外看不够，指指点点说不完。半夜，搬到孟家坑边，和尚们围着法船敲法器，诵佛经，然后点燃。孩子们守候到法船“樯橹灰飞烟灭”，才散去。

冥衣铺的工匠用高粱秸秆（香蜡铺卖用煤油灯烤直的，100根一捆，光秆、缠纸两种）扎架子，糊彩纸或白纸彩画。船头是虎头，船身两面是蓝色水波，莲花、荷叶。船头甲板上站着开路鬼，举着钢叉，探着身子，像是瞄准目标，即将插去。身后站着一对无常鬼——白袍、白色高帽，拿着哭丧棒，是白无常，也叫活无常；黑袍、黑色高帽，拿着勾魂牌，上写“你可来了，正要拿你”，是黑无常，也叫死有份。挨着无常鬼的就是船舱，舱顶一卷一殿的宫殿形式，门窗可开合，能看到里边的陈设和人物。宫殿上方有桅杆，挂一面旗，正面“盂兰盆会”，背面“慈航普度”。甲板两侧有几名拿桨的水手，船尾一名扶舵的舵手。船身不高，一米上下。船上人物不成比例，开路鬼大过人，无常鬼略小，水手、舵手只有五六十厘米高，船舱里的就更小了。

这一天，孩子们白天到宝应寺西南的“寄骨所”，钻进没人高的野草中，寻找合适的蒿子。拔下，扛回，砍去根，劈去根近处的枝杈，绑在凳子腿儿上，成了能立着的“圣诞树”。每个枝头用纸条、糨糊缠上一段线香，大功告成。除了莲花灯在街上买，别的都是自己做。把西瓜两头片下掏净瓜瓤，用铁丝在下边固定个插蜡烛的座儿，上边安个可提着的梁，就是西瓜灯。荷叶可以河里采，街上也有卖的，叶子当中插上蜡烛，就是荷叶灯。灯备齐了，急不可待地吃晚饭。一擦黑儿，点着各种款式的灯，大点男孩举蒿子灯，小点孩子提着、擎着莲花灯、荷叶灯，簇拥着蒿子灯出发。大男孩是当然的领队和监护人。这一天忙在做灯，乱在看船，都围着宝应寺转。

学者夏仁虎先生写过一组题为《旧京秋词》的诗，其中一首写莲花灯：“小队儿童巷口邀，红衣蜡泪夜风摇。莲灯似我新诗稿，明日凭扔乐此宵。”诗后说明：“中元夕，里巷小儿结队，持莲灯以嬉。齐歌曰：‘莲花灯、莲花灯，今日点了明日扔。’”

俞平伯先生看后写了一段文字，“词颇隽美，……中元节夜之莲灯不论制作精粗，次日必须扔去，云留则不吉。……若彼时东安市场等处出售之莲花灯，则五彩斑斓，玲珑精巧，下垂流苏，其价有甚穹者，亦只供一夕之玩耳，亦旧俗侈糜之一也。”俞先生又引清朝诗人查初白（查慎行）的诗：“万柄红灯裹绿纱，亭亭轻盖受风斜。满城荷叶高钱价，不数中原洗手花。……荷叶价高以比洛阳纸贵，彼时九城光景之盛可知矣！”邓云乡先生在《燕京乡土记》一书里提到这两首诗，还写了一首词，特别描绘蒿子灯；“‘青光荧荧，若磷火然。’《京都风俗志》所谓‘于暗处如万点萤光，千里鬼火，亦可观也’。试想在黑黝黝的小四合院中，在飘着夜来香的七月之夜，廊檐下，垂花门边，甚至在偏僻的小胡同中，这该是怎样的情趣呢？其趣味就在‘青光荧荧’上。如果在上千支光的电灯照耀下，光同白昼，便索然无味，又哪里去觅莲花灯、荷叶灯、蒿子灯的朦胧之美呢？”

邓先生又说：“‘凉风起天末，游子正徘徊。’在北京玩过莲花灯的人，如果客居异地，逢上这样的节令，哪能不思念这轻盈、美丽、朦胧的莲花灯呢？……有一年初秋在京，凉得很早，匆匆数日，已过了中元节。不禁想起幼年玩莲花灯的事来，便写了一首小词《念奴娇》云：‘新凉数日，又匆匆过了，中元佳节。檐下清阴清几许，树上月华迟发，院落居邻，绳床小坐，意趣何幽绝。渐忘漏永，似疑鸳瓦霜泼。京国几度繁华，枝巢老子，唱出秋词咽。荷叶荷花灯儿好，惹得孩童歌叠。绛蜡焰轻，明朝扔了，故事凭谁说。未宜重问，趁凉倚枕安歇。’”

白云观一则旧闻

现在电视、电影都爱用旧片子重拍新片，我也追一回时尚，把旧闻当新故事说说。60多年前，1946年刚入冬，白云观出了个叫人心惊胆战的大事。庙里两位头头儿，一把手、二把手被庙里的道众捆起来活活地烧死了。北平各报都在头版登了这条消息。随后，北平市地方法院审理此案，法院在西交民巷。每次开庭，白云观的道士都全体到庭，排着大队步行。那些日子虽不是天天，也是常常，广安门大街上过老道队伍。引得沿街市民夹道观看，笔者当时10岁，每次也都以注目礼迎送他们。人们看到他们的队伍一进城门，就喊："过老道喽！"号召街坊四邻快出来看。蓝色道袍，黑色道冠，面无表情，默默前行。是不是有警察押着，就不记得了。

当时流传的说法，俩人不正经，外头靠着女人（情人），克扣道众，飞扬跋扈，违犯教规，激起众怒，引发这场惨剧。实际是各种矛盾交叉，积累日久，积怨日深。道众联名多次控告，没能告倒。在"衙门口朝南开，有理没钱莫进来"的旧社会，没钱、没门路的讨不到公平。有钱，花不进去，或花的不是地方，也讨不到公平。穷人、没门路的人，找不到说理的地方。反动当局不给说法，他们就以极端方式

用绳子套住安的脖子，拖出屋外。门外聚集多人上前连拉带拽，到院中安已昏迷过去。同一时间，马至善与李至慧闯进白全一住房，白素有武功，可猝不及防，未及施展，脖子就被套牢，猛然一扯，断了呼吸。

按照决定由田恒义点火，院里堆了柴垛，把二人扔上去，身上浇满煤油。火种投到浇满煤油的人肉上，轰然火起！白已死去，安则突然坐起，翻滚呼救。很快肚皮烧穿，内脏流出，火势熊熊，人则气绝身亡，其状惨烈。

许信鹤等领头人物，打香板召集全观道士，宣布：为整饬教规，按太上家法把安、白火化。列出二人八大罪状，并让道士们签名、按指纹，表示一致同意如此处置。当时签名的有36人。

向南京政府、法院等机关发了说明情况的呈文，许信鹤带领30多人到警察局自首。

消息传开，成了各报的头条新闻，一时举国轰动。警方查封了白云观。北平市政府要求整顿道教的混乱状态。在和平门内吕祖阁成立“道教整理委员会”，负责人是孟广慧（鼓楼广福观住持、书法家，至今他写的“正兴德”匾还挂着）。1946年12月中旬，北平市地方法院结案，被告30多人，18人被判，其余取保释放。

又在吕祖阁成立“白云观保管委员会”，道教居士、书法家潘龄皋任委员长，孟广慧任副职。警察局启封，委员会进驻接管。半年以后，白云观有了新主持，委员会完成任务，解散。

新中国成立后，人民法院对被判刑的道士进行甄别，改判释放。杜信龄，核心人物之一，释放后不宜回白云观，就到下院关帝庙了。他通晓医道，擅长针灸。关帝庙，历来就施医舍药，在广安门、西便门周边早有名气。人们称关帝庙为“老道馆儿”，几乎无人不知。穷苦人家都跑“老道馆儿”瞧病，不花钱。我小时候就曾去过，记忆中是个幽静所在。庙不大，四合院的格局，木结构两层老式小楼，木雕楼栏杆，说不上精致，也挺雅气。大门坐西朝东，门外一大片空地，临内城护城河拐角，河水从北来，流经门前然后向东流去。岸边是排成行的大柳树，都一米粗细。柳条儿垂到水面。一抬头，枝丫稀疏的地方是内城西南角楼的身影（不是现在新修的这个，地方不对，样子也不对）。河上还有铁路桥（东西走向），是从前门东站（货站）修过来，走庙南边，穿西便门大街，外城西墙掏了豁子，通过去。这铁道20世纪90年代初才拆除。这庙，绿树罩着，青草、野花围着，门前流水潺潺，鸟鸣蝉噪，去尘绝俗。除却记忆，今日京城无处可寻了。

“老道馆儿”看病也挂号，等于现在排队发号，分个先后，不要钱。当年确实造福一方。

虽然没挂写了送温暖、献爱心的横幅，杜信龄安顿下来，济世怀仁地为百姓义务治病，深受赞许。1960年，不允许私人行医，“老道馆儿”并入广内居民医院，他当了内科大夫。“文革”中当然免不了劫难。1967年，“老道馆儿”被拆，没了栖身处。他命大，挺着、坚持住、熬。挺过来了，等到了落实政策，从医院办了退休，还分到宣武门西大街20号楼两套房。1982年，在自己的寓所安详地羽化。杜是1907年生人，原籍山西文水，1937年来京。经历有些奇特，本质是善良的，有个善终的结局，很完满。

烧老道事件，过去60多年了，今天当然不会有这种事了。也发人深省，我想向社会的管理者进言，切莫眼光只穿方形孔，应该有所担当。伸张正义，秉持公道，听取弱势群体诉求，化解矛盾，构建和谐社会。倘掩盖推脱，终酿后患，有负百姓付托，有失自身职责。

张之洞祠：抱冰堂

陶然亭路，从西数，路南第二条胡同，是龙泉胡同。走到底，进陶然亭公园朝西的小门，进门道北就是抱冰堂。张之洞的别墅，生前，公余之暇，常来此休息。死后，人们纪念他，抱冰堂里挂上抱冰老人的画像，成了他的祠堂。高台上，坐北朝南，几间大房。房前有空地，一米来高的矮墙圈着。房檐下一块横匾，白底黑字——抱冰堂，民国大总统徐世昌写的。20世纪50年代，这儿开茶馆。高台靠东边有砖砌的阶梯，台阶口上立一木制小牌坊，横额是“抱冰堂说唱茶馆”，大作家老舍的手笔。花三四毛钱，连喝茶带听玩意儿（表演曲艺节目）。现在改建了，空地盖满了，也现代化了。铁管焊的弧形扶梯，铝合金毛玻璃门窗。挺气派！这片房后头是卖门票的儿童活动场，修得更时尚。这一大块地儿，原本是龙树寺。

有人说是龙泉寺，弄差了。学苑出版社出版的《北京宣南寺庙文化通考》有图有文字，说得很清楚。龙泉寺在龙泉胡同和龙爪槐胡同之间，靠北；龙树寺在龙泉胡同尽南头。2003年，宣武区档案馆出过一本《龙树寺与宣南诗社》，两位上海人李明哲、李珂编写的，资料不少。书的扉页印着《龙树寺宴集图》，作者吴儁，画于清朝道光二十六年（1846年）。画的左上方，是龙树寺高台上的敞轩，隔水相望的右下方，是陶然亭和永定门西城墙。敞轩里几个人聚会，书的作者说是蒹葭簃。后来是张之洞的别墅，再后来是张的祠堂“抱冰堂”，最后是现在的铁扶梯、铝合金毛玻璃门窗新房子。

张之洞，清末四大名臣之一，洋务派首领，“中学为体，西学为用”的倡导者。任过山西巡抚、湖广总督，西太后死时还以顾命重臣晋太子太保。可惜溥仪刚登基，他就追太后去了，空辜负重托心意。张之洞一辈子办过不少好事。一，兴实业。毛泽东都赞许：“提起中国民族工业，重工业不能忘记张之洞。”二，办教育。在湖北、江苏，开设武备、农工商、铁路、方言、普通教育、师范等学堂，并多次派遣学生赴日、英、法、德等国留学。三，练新军。当然，为封建社会秩序稳定，制止动乱，也卖过力气。四，爱国心，图自强，御外侮，挽利权。他有过贡献，人们认可、不忘。编剧本、写传记、立塑像、修纪念馆。在湖北，近年刮起“张之洞热”。

他在京为官，公休日都到龙树寺放松小住，请朋友，宴宾客，诗酒流连。他在诗里说：“此地曾来一百回，荒坡败絮苇花开。”张之洞对龙树寺有特殊的感情，在他的《广雅堂诗集》中，许多诗篇都和这庙有关。这庙建于宋朝，明朝叫兴诚寺，庙里有300年的老龙爪槐，“遂以名其寺”。道光年间是龙树寺鼎盛时期，当时名流都在此留下踪迹，常有聚会。这里曾是宣南诗社的活动基地，清人诗文每每言及这座庙。

张之洞在这里的别墅起名“抱冰堂”，有说辞，“矢抱冰握火之志，持匡危扶颠之心，冀挽虞渊之落日。”他毕竟是官，歇着，也没忘政治。他住这儿，也有躲开政敌监视的意思。

给百姓办过好事，百姓不会忘。没有上头布置，不发号召，人们也会用各种法子表达自己个儿的心意。张之洞死了，不能给办事儿了，给他建祠堂，没有巴结的成分。清朝政府、国民政府也不会下令拨款修纪念馆。老百姓心里有数，硬叫忘的，记死了；硬叫记着的，心里没地儿搁它。

白纸坊祖师庙

北京的白纸坊在原北京外城的西南角，名字来源于造纸行业。元朝时，这里就是手工造纸作坊集中地，延续800年，直到1958年手工造纸才从这里消失，但白纸坊这一地名保留下来了。汉朝蔡伦改进了造纸术，发明了“蔡侯纸”，被奉为行业的祖师爷。白纸坊有祖师庙，是供奉蔡伦的庙。

我曾是造纸作坊的“业内人士”，有幸得入蔡老师门墙。1958年以前，我曾多次拜谒祖师庙，对这里有直观印象，后来也颇留意有关的报道记述。

中华民族的四大发明——造纸、火药、印刷、指南针，是对人类进步的巨大贡献，在人类文明史上占有无上地位。特别是纸的发明，加快了知识的传播速度，加快了人类前进的步伐，这是中华民族的光荣和骄傲!

蔡伦是湖南桂阳（现在的耒阳市）人，汉和帝时的太监，负责御用器物的监制。105年，他把用树皮、麻头、破衣做的纸，献给汉和帝，人们称作“蔡侯纸”。蔡伦做造纸行业的祖师，是顺理成章的，是当之无愧的。

祖师庙，没有宗教意义，体现的是中华民族敬祖崇贤的优秀传统，寄托的是我们慎终追远的感恩情怀。在京城众多的庙宇中，居于白纸坊一隅的祖师庙不见经传，但蕴含的道德伦理的人文内涵，深邃而悠远。我国各行各业都有自己供奉的祖师，或家中自设神龛，或集资修建庙宇。所以白纸坊有了供奉祖师蔡伦的祖师庙，是人们对自己文化传统的传承和发扬。

白纸坊祖师庙原址在白纸坊西街路北，坐北朝南，和印钞厂北门隔路相望、遥遥相对（庙门略偏西）。拆除于1976年，盖起了白纸坊百货商场大楼。后经多次拆、改、建，现在是一处娱乐场所。

1958年时庙门、正殿还完整。院墙多处坍塌，从街上就一览无余地看清整个院子了。院子地势低，进门大下坡。大殿锁着，透过窗间破纸，可以看里面。屋角蛛网、案上灰尘、满地“鸽翎蝠粪”，神像神案、香炉蜡扦还在。神案东侧地上堆放着几面大鼓（跨鼓），是民间花会用的。它是白纸坊著名花会之一。老话说：“白纸坊两头翘，狮子跨鼓莲花落。”就是指这个。大殿阶前有两座石碑，长方碑座，碑身不高，材质也不好。庙不是“敕建”，是私人集资，形制规格，档次不高。

在北京地面上，辽代建立国都，叫南京；金取代辽在南京基础上扩展了城池，叫中都；元朝没再继续使用金中都，在东北面修建大都城，叫新城或北城，原中都城叫旧城或南城。《日下旧闻考》引《隩志》说：“南城诸坊，白纸坊最大，元于此设税副使。”元朝时，白纸坊就已经纳入城市管理范围了。明朝嘉靖年间，修筑外城，白纸坊分成两半，砌在城墙外头的改了名——鸭子桥、椿树馆、白菜湾等；城墙里头还叫白纸坊，而且名实相副，还是连成一片的造纸作坊。

祖师庙曾叫古林院，据《北平庙宇通检》记述：“古林院建于明代，清乾隆时重修，即祖师庙。”民国十七年（1928年），北平特别市政府寺庙登记里记载：“（祖师庙）坐落外四区白纸坊街二十九号。建于乾隆七年，属私建。本庙面积四亩，房十五间，管理和使用状况为纸行合行管理。庙内法物有：泥塑三尊、铁磬一口、铁香炉一个、铁蜡扦一对，另外石碑四座，水井一口。”

在首都图书馆网上有祖师庙石碑的拓片图片：清朝乾隆五十四年（1789

年）、六十年（1795年）和无年代三幅。乾隆六十年那碑叫“重修古林院大殿戏楼碑记”，我20世纪50年代去时已经没有戏台，石碑还在。读过，内容是不是和拓片相同，已经全无印象。

蔡伦的生日是农历三月十七，是纸坊人的“纪念日”。一家老小是日要穿戴齐楚，到祖师座前祭拜，焚香叩首。台下看戏。改善伙食，为祖师爷庆生，也犒劳自己。自然还有花会活动。全行业同欢同庆。

新中国成立后，取缔封建迷信，纸行不再祭拜蔡伦，断了他的香火。改革开放以来，记忆复苏，我们要接续传承、弘扬光大民族的优秀传统，要用感恩和自豪的情怀追念往圣先贤，用仁爱和宽厚的心境回望先前、高瞻未来。

想附带说几件事：

一、50年代还有“造纸业同业公会”存在。

二、白纸坊手工造纸是1958年被机器生产代替的，而且当时还有个别产品是手工生产，不是1949年以后就消失了。

三、祖师庙拆除是1976年。

四、原白纸坊街巷零乱，住户分散，除白纸坊胡同外，无正规街巷道路。白纸坊胡同以西到菜园街，崇效寺街以南到白纸坊西街，无论南北向道路，东西向道路，统称白纸坊街。那时没有楼房，空地多。晒手工纸的“墙道”、轧纸浆的石碾、洗纸浆的水井、菜地布满了现在的白纸坊北里、中里和南里。中里是一条低洼地带，“白纸坊，两头翘”，指的是南北地势高。

五、1958年以后，造纸合作社改称宣武造纸厂，后迁通县叫北京市造纸七厂。

牡丹花开崇效寺

顺白广路往南，过枣林前街，路西白纸坊小学是原先的崇效寺。庙门在南边崇效胡同路北，正对白纸坊胡同。早拆了。庙门前的一棵老槐树还在，树身空了，靠铁架子支着，树冠倒生机勃勃、枝繁叶茂。

崇效寺这座庙，历史久，名气大，故事多。唐朝贞观元年（627年）幽州节度使刘济，舍宅建的这庙，叫崇孝寺。元朝至正初年（1341年）重修，皇上赐额崇效寺。明朝嘉靖年间建造藏经阁，种了上千棵枣树。清朝初年，被人叫作枣花寺。庙后头的街叫枣林街，庙前头叫陈家胡同，20世纪60年代改叫崇效胡同。这庙比全国文物保护单位法源寺还早18年，法源寺是贞观十九年（645年）建的。

崇效寺素有“宣南第一名寺”的美誉。著称于世的是花木，枣花过后是丁香，到清朝末年就是牡丹花，培育的绿牡丹、墨牡丹令人叫绝，说是：“以牡丹冠绝京师。”30年代每当暮春花期，铁路部门特开观花专列，运送京外游客，可见当时的盛况。各个时期都有不少达官显贵、学者名流前来赏花。新中国成立初，党和国家领导人，朱德、林伯渠、徐特立、黄炎培等也都视察过。50年代初，原北洋政府交通部部长叶恭绰应邀从香港回来，任中央文史研究馆副馆长。他见到庙里的牡丹管理不善，建议移栽到中山公园。1954年以后，就没有牡丹了，到60年代还有慕名而来的游客，英国首任驻华代办柯棣华的夫人就曾专程前来寻觅牡丹。

寺庙的出名，除去规模、历史、特色外，善于经营的主持和著名的僧人是重要的条件。名庙不一定有名僧，名僧却能带出名庙。名僧不外是有高深的佛学造诣，或有广泛的社会交游，或有文化艺术成就，或是躲进空门的末路英雄。历代都不乏这样的僧人。现代，远点的李叔同，即弘一法师；近点的身边的当代画家朱国良。当然出家比在家还忙，了却红尘又钻到红尘深处的高僧，也代有传人。

崇效寺，明朝的名僧是了空和尚，山西大同人，俗姓郭，是朝廷镇守边关将领的后人。五台山天成寺出家，托钵云游四方，最后来到京城，结交王公贵族，名重一时。主持重修崇效寺，竣工剪彩，杨继盛出席。杨当时是部级官员，后来遇害，他的故居就是达智桥松筠庵，杨椒山祠。还给庙里题词，写了“无尘别境”四个字。庙里立有“了空上人行实碑”，记载这位高僧的事迹。

清朝初年，拙庵和尚画了一张《青松红杏图》，后来成了镇寺之宝。拙庵俗姓张，扬州人，是洪承畴手下的武将，一同驻守辽宁。崇祯十四年（1641年），在锦州南边，松山、杏山一带和清兵会战，大败。拙庵逃到盘山，在盘古寺出家，盘古寺是崇效寺的下院。他来到已是清朝的京城，不忘决定命运的大败仗，对故国的恋念，对失败的不甘，对情势发展的无奈，以青松、红杏隐喻松山、杏山。怀念旧国的前朝遗老，钟情这幅画，是心有灵犀一点通的默契。

康熙年间的大官，大名家王渔洋给这幅画写了“青松红杏”的题头，朱彝尊给这幅画题诗写跋。当时称“南朱北王”，足见当世对二位的推崇。他们开了头，人们就题跋不断，但心照不宣，都不提松山、杏山的事。《青松红杏图》名声、地位不断提高。庙里和尚拿它当了摇钱树。想看，掏钱（施舍）；想挤在名人缝里题字，就不但要钱，还要看社会地位。题字接续装裱，到清朝末年，这幅二尺长的画已经长到几十丈了。后来画丢失了，其实是贪心的和尚监守自盗，拿到当铺当了。

光绪二十六年（1900年），闹义和团，八国联军占了北京，市面上乱。趁乱抢当铺，洋兵、有奶就是娘的败类都干。抢着东西要变钱，这幅画在琉璃厂露面了，被杨荫柏买走。入了民国，这事被崇效寺妙慈和尚打听出来，想买回来，据张次溪《燕京访古录》记载："寺（崇效寺）僧妙慈，致意家君（张次溪他爸）请商诸杨氏。杨氏欣然归之，妙慈以牡丹十本为谢。"和尚请张先生跟杨荫柏协商，杨先生很高兴地把画还给庙里。妙慈给了杨先生十棵牡丹花。那会儿人厚道，讲面子，不像现在，属刘海儿的——老在钱上站着。

古庙、奇花、名画、题跋手迹，崇效寺名满天下。自清朝到民国，到新中国成立初，不少政府官员、学者名流到崇效寺里赏花观画、礼佛用斋。像林则徐、康有为、鲁迅，40年代张中行都来过，也都留下了有关崇效寺的文字。

1949年7月，印钞厂（541厂）职工子弟小学，迁入崇效寺。

新中国成立时，庙里的方丈叫云安，知客叫泉峰，监院叫惟明。云安、泉峰离寺他往，管事儿的只有惟明和尚，他把房屋地产都交给了人民政府。民政部指示，庙里的藏品要交由政府保管。惟明雇了一辆人力车把包括《青松红杏图》在内的字画拉到民政部，开了收条。惟明认为庙已全部归了学校，校长是领导，就把收条交给了校长。经过60多年的变动，还有"文革"那样的大动荡，怕是不好查找了。惟明后来还俗娶妻，据说是以开餐馆为业，前几年才故去。

崇效寺是在1979年以后，学校为解决教师住房，改善教学条件才逐渐拆除。盖楼房，修操场，成了设施良好齐全的学校。所幸校园还留下藏经楼、老楸树（已列为文物保护对象），还有旧的石刻匾额，嵌在墙上的碑刻。学校当局非常重视这些文物，用实物对孩子们进行爱国、爱家、崇贤敬祖的教育，传承有物，育人有范。还把崇效寺的庙名融进了校训——崇真、效善、尚美，还以楸树为题，举办楸树节，编印校刊《楸韵》。活跃孩子们的生活，追求真善美的理念。在这种氛围的熏陶中，真诚、善良、美丽的新一代健康成长，一定会带来我们憧憬的真善美的时代！

张中行笔下的报国寺

张中老的文集中，有一篇记述广安门报国寺的文章，题目就叫《报国寺》。旁征博引，感悟的哲理，吊古的情怀，还不乏一丝浪漫的色彩。文章一开始列出报国寺“值得说说”的五大理由：“是因为一，得地独厚，辽、金、元、明、清五朝，除元大都以外，都在城里；二，寺内殿前双松大，毗卢阁高，窑变观音像精美，清朝文人笔记多谈到；三最重要，是清朝早期，每月初一、十五、二十五有书市，从而就流传不少文人雅事；四是寺西南隅有清朝晚期何绍基、张穆建的顾亭林祠，因为顾亭林曾在这里寓居；还有五，经过‘文化大革命’，北京的佛寺已经毁坏殆尽，这报国寺，也许因为堂庑特大吧，却还有遗存，并且据说，有意修复，以保存旧迹云云。”

张先生引孙殿起的《琉璃厂小志》介绍了寺里的双松，又引孙国敉的《燕都游览志》介绍毗卢阁和阁内的窑变观音像。写了报国寺的书市——书市的事和逛书市的人，为诗人王渔洋写了许多，也引了不少当时文人的诗文。并且引明末清初余怀的《板桥杂记》中的文字，叙述了关于美女的掌故。清初，秦淮河旁的名妓顾媚，死后在报国寺毗卢阁停灵。余怀的书中为20多位秦淮河的“校书”（妓女的雅称）立传，顾媚是其中之一，着墨较多：“顾媚，字眉生，又名眉。庄妍靓雅，风度超群，鬓发如云，桃花满面，弓弯纤小，腰支轻亚。通文史、善画兰，追步马守真而姿容胜之……归合肥龚尚书芝麓（名鼎孳，高官兼大名士）……嗣后还京师，以病死……吊者车数百乘，备极哀荣。改姓徐，世又称徐夫人。”除了描写顾美人姿容的句子，这“归”字，是说女士脱离了原来的职业，从良嫁人，跟了龚鼎孳尚书。从南京来到北京，病死了，向遗体告别的，光有车族就几百人（现在的报国寺可没那么大的停车场），风光十分。尚书夫人的丧事这么排场，不知是对顾女士的追星表现，还是拍尚书的马屁。

文中说：“我到过报国寺，而且不止一次。早的，大概是三十年代初，年轻，精力旺盛，喜欢到各处看看。广安门一带有几处有名的寺院，内是法源寺、崇效寺、长椿寺、报国寺，外是天宁寺。崇效寺看牡丹，天宁寺看塔，去的次数多；报国寺即无花又无塔，可是有顾亭林祠，所以每次从寺前大街过，也想拐进去看一看。祠在寺西南角，门不大，向南，像是总闭着，所以只能望望门楣上的匾额，‘顾先生祠’，发一点点思古之幽情。寺已经残毁，也许连僧人也不再有了吧？只记得没进去过，但环绕院墙向内望望。仍感到有庄严肃穆之气。”

“于是想到不久前进去过的一次。是1990年春天……看见围墙有个大豁口，往里看，正好对着寺的大雄宝殿。”“问里边的人，说正在修整，想恢复原状。”“出来，北行不远，左方有两座民居的楼房……我审度地势，推断这楼房是占用寺的最北部……或者就是昔年的毗卢阁。沧海桑田，虽然并不新奇，失去的总是太多了。”

当天张先生把报国寺（报国寺的全称是大报国慈仁寺）写进了日记，还写了一首诗：“慈仁废寺夕阳中，旧阁名存迹已空。金粉玉楼随梦去，只留华发对春风。”又自我调侃说：“复看一过，想到发已华，还不能忘玉楼中的金粉，人生难道就是这么回事？但总是皆往矣，不禁为之惘然。”

本人是守着这座庙长大、变老的，现在站自家院中依然抬头见庙里的殿角，出门撞庙外的红墙，所以张中老这篇文章读来兴致格外浓厚。近年，报国寺几乎名满天下，不因它是文物保护单位，只因它是城内仅次于潘家园的收藏品市场。人气旺盛，热闹非凡。日遇双休，庙内人满，庙外路塞，绝无张先生说的庄严肃穆之气了。

民国以来寺内就没有宗教活动了。先是在这里办知行中学，日伪时期又成了日军的军需库；1945年日本投降以后，成了河北田粮管理处的粮库；1949年后粮食部在这里办公；1969年归了高熔金属厂，1982年迁出；1990年着手修复，1995年完工；1997年开办收藏品市场，至今。

报国寺前街虽然很短，却一直是广内大街的繁华地。街口两旁原来有两个高大的砖柱，如同广场上立的标语塔，尖顶，出沿。顶和四框暗红色，中间白底上有黑字，50年代初才拆除，现在街口上是修了一座仿古牌坊。当年路两旁茶馆酒肆、饭摊饭馆林立。路西书茶馆，每晚灯下开书，风雨无阻。东夹道乐培园胡同，以前是低级妓院集中地，1949年查封时有8家。西夹道是旅店、鸡毛小店多。庙后部是个小山一样的大土堆，孩子们常爬上去玩耍，就是张先生文中提到的居民楼的位置。这个土堆是这一带最高的，上面修有工事，站在顶上俯视四周，真有"一览众山小"的劲头。庙东北是和长椿寺相连的浙寺、妙光阁、浙江义地。西北是善果寺，正北是一片高低起伏的空旷地带，一条土路从西南斜向东北到宣武门护城河边上。天干气燥的季节，爆土扬烟，风起处，黄烟滚滚。现在是宣武艺园，50年代初和市府大楼的修建同步，开辟了这个小公园。利用原地势的起伏，随高就低修整得错落有致，种花植草，栽树育林。80年代初挖池塘、叠假山、建亭台楼榭。现在，花木葱茏，回廊曲径，步步是景，处处怡人，已成宣南一景。

报国寺前街两侧听说要建街头公园，以使报国寺突显在广安门大街上，那时报国寺将更风光更气派。唯顾亭林祠的门楼及匾额没能保留。张中老倘能重游则会一喜一憾了。

身后的安置

而今提出“以人为本”的口号，据说是科学发展观的核心，体现了管理者对人的尊严的注重。生前有尊严地活着，身后有尊严地被安置，善始善终。身后的遗体安置，体现着对生命的敬畏和对死者的尊重。对死者的尊重是传统，不是常说死者为大吗？以前，汉族的传统习惯是遗体装进棺木（入殓），埋入地下（下葬），上面修坟。现在的火化，人们已经接受。这是20世纪60年代中期后才形成的新俗。

北京成为国都（从辽南京算起）1000多年了，政治、经济、文化中心，国人心向往之。元、明、清以来北漂一族，从未间断。赶考为官，经商致富，从艺成名，北京提供着机遇。现代的事例也不胜枚举。著名的北洋军阀、上一代的革命干部、艺界名人、学界泰斗虽无精确统计，想必是京籍少而客籍多。趋利避害是习性，北京外地人士多，并不奇怪。他乡异地，生老病死也都会发生，也不难应对。日常生活，不外衣食住行；老有所养，或告老还乡；病有所医，或回籍疗养；客死京城，遗体安置，则是大事。常言说：入土为安。可叶落归根，入葬祖茔才合礼制。在异乡草草掩埋，生者不忍，死者难安。路途远，耗费多，又是实际。即使

1880 年，广安门全貌（西北面）

打算埋葬在京城，看风水、置地选址，也要假以时日。也许还有不能下葬的其他缘由。死于非命的“外丧鬼”，遗体不得入本宅。或亲属未见，都要“暂厝”待葬。“入土为安”之前的“后事”，并不省事。

停厝、停柩、暂厝，一个意思。棺材不埋，先找地儿搁着。搁的地方一般是寺庙、义园、会馆。

寺庙，是神佛驻凡尘的办事处，是天上人间的中介，是天堂、地狱、尘世三者交流沟通的平台。在庙里办丧事，停厝灵柩，就成了最佳场所。名人在名庙办理后事，停放棺木，在当时是新闻，到后世是佳话。

广安门的法源寺，在教子胡同和西砖胡同之间的小胡同里。现在庙门前开辟成广场，安放石雕，铺石板路，植树种草，是附近居民流连的街头花园。一片开阔绿地，衬托着红墙灰瓦的大影壁，使佛门圣地更加庄严。法源寺虽在小巷深处，可名声遍天下，名人后事办得多。太早的甭说了，清末民初以来就不少。

戊戌变法失败，六君子在菜市口就义，为首的谭嗣同，后事是在法源寺料理的。毛泽东的老师兼老丈人杨昌济的丧事，也是在这庙里办的。不少文章都记述毛泽东在法源寺守灵尽孝的故事。当过末代皇帝老师的陈宝琛，死后也是在法源寺办丧事停厝。那气派大，隆丧厚葬。

陈宝琛名气大，学问、人品都让人佩服。时代所限，忠君爱国。忠君不可取，爱国则可钦。一辈子事儿不少，活了87岁（1848—1935年），福州人。13岁中秀才，21岁中进士。27岁就成了内阁学士兼礼部侍郎（副部长）。35岁因“荐人失当”，受降级处分。赶上“丁忧”（他母亲死了），要回家守孝，就回了福州。在老家待了25年，也没白待，兴实业，办教育，都有可圈可点的绩效。

1909年朝廷想起他来了，叫他当山西巡抚。没到任，留在北京，当了皇上的老师，陪着溥仪玩儿。溥仪跑到天津，他也常去。可他反对溥仪上东北当傀儡，主张“复位”——回北京当皇上，他也为此卖过力气。骂郑孝胥那帮人，还写诗责问跑到关外的汉奸：“试扪此局称心无？”他回天无力，在北京写字吟诗自娱。对日本人的行径，对“满洲国”的前景，都有想法。1932年朋友吟集，限“中、日”二字；他的诗“日暮那堪途更远，中干其奈外犹强”看穿了敌伪日暮途穷、外强中干的本质。他的民族感情受到称颂。

他1935年3月5日病死北京井儿胡同。在家停了49天，4月移灵到法源寺。祭奠仪式后，停厝在悯忠台北边的东庑殿内。11月福州坟茔修好，灵柩还乡安葬。起灵前，诵经祭奠。雇彩子行把卡车用白黑黄三色彩子扎成宫殿型棚罩。运棺木到前门火车站（西货站），上火车到天津。经水路，回福州。在京办丧事期间，众多人士中，引人注目的是朱益藩、陈三立二位。都七八十岁的老头子，齿德俱高，名满海内外。执弟子礼，极为恭谨，徒步送三，行跪拜礼。尊师重道，不以名高位重稍懈。

朱益藩送走老师不久，1937年3月，在秦老胡同寓所辞世。在法源寺祭拜老师，也在法源寺受祭拜了。本来也定为在家停放49天，他夫人不幸急病故去。改变了原定日期，夫妇一并移到法源寺停厝。七七事变，日本侵占北京。无法回籍，后来葬在广安门内的江西义地。

朱益藩（1861—1937年），江西人，给光绪皇帝、宣统皇帝当过老师，当过北京大学校长。书法家，北京不少大商店请他写牌匾，挂笔单卖过字。精通中医。有几件事被人称道。他和张勋是同乡，过从较密。张勋进京搞复辟，事前在宣武门外江西会馆举行宴会，向各界人士吹风。他在座。张勋讲话鼓吹复辟，他即席反对，力陈不可。张不听，他未终席。溥仪去东北前，他到天津，跪溥仪脚下，苦苦劝阻，声泪俱下。溥仪就任"满洲国"首领，他极气愤，把溥仪给他的字画物品，通通从客厅撤下。几件小事，顾民族义，有是非心。

法源寺办丧事、停棺材，是业务，做买卖，谁来都得应酬，不能挑拣。1941年，日伪统治下，汉奸伪陆军总长蒋雁行死了，在法源寺办的事。

在广安门大街路北，离法源寺很近的广惠寺，也是出名儿的大庙。1929年，梁启超逝世，在广惠寺办丧事，在庙里停厝3年。1931年，才安葬到现在的墓地——北京植物园里的梁启超墓。

梁启超的名声，始于1898年百日维新的戊戌变法。当年9月，变法失败，逃亡日本，13年后回国。先支持袁世凯，参加内阁。袁世凯当皇上，他反对，跟蔡锷一块儿倒袁。袁世凯死后，参加段祺瑞内阁。孙中山发动护法运动，段祺瑞下台，梁启超也从此退出政治舞台。1922年，到清华国学研究院当导师。著作很多，涉及许多学科，有《饮冰室合集》传世。当年他影响很大，感染力、号召力风靡一时，是一位伟大的社会活动家。

1926年患病，尿血。协和医院诊断为一个腰子病变，须切除。切除后依然小便带血，3年后，再次住进协和医院，竟然不治。1929年1月19日下午，死在医院。当晚遗体运到广惠寺，20日在广惠寺大殓。2月17日在上海静安寺、北京广惠寺，同时举行追悼会。军政界阎锡山、冯玉祥等，文化教育界胡适、钱玄同、陈寅恪、丁文江等，众多著名人士参加大殓、追悼吊唁，白马素车，轰动一时。天津《益世报》，还出了《梁任公先生纪念号》专刊。徐志摩在上海筹划出纪念专辑，向梁的至亲好友约稿。收到些文稿，但没能出成。

下斜街的长椿寺（宣南文化博物馆），李大钊牺牲后，遗体在此暂厝。后移到浙寺停厝6年（1927—1933年），在浙寺公祭，移到万安公墓安葬。这座浙寺，是建宣武医院时拆除的，位置在宣武医院北部，和长春里交接的那一带。地名叫妙光阁，是清初大官龚鼎孳给他小老婆、江南名妓顾横波修的念佛处。按现在实际说，贴长椿寺南墙往西，跟报国寺东夹道连上，是条小胡同（妙光阁）。道北，一溜红墙，长椿寺南墙和浙寺连为一体。道南是全浙会馆，会馆后面，是一片空地。看老地图能知道。浙寺占地不少，庙门在妙光阁西部，道北。很宽大，没台阶，石头礓礤，坡道，进出车方便。很早就成大杂院了。浙寺东北是浙江义地，人们称作老馆（胜利巷、宣武艺园一部分）。在长椿寺、浙寺办丧事、停厝灵柩的也不少，长椿寺比浙寺生意火。

浙寺正西，不远就是善果寺。这座庙历史悠久，出名。据传清朝顺治皇帝，五次到这庙里来。1900年八国联军占北京，善果寺挨过炮弹。这庙应的丧事少，办的善事多——开粥厂舍粥，舍寒衣，周济穷人。入民国，办平民小学，贫苦居民免费上学，课本、文具白给。1926年“三一八惨案”，段祺瑞政府镇压学生运动，死伤不少人。鲁迅先生《记念刘和珍君》一文的主人公，刘和珍、杨德群就是惨案的牺牲者。文章收入学生课本，读者众多，知者众多。刘和珍、杨德群遇难当天，遗体运回学校，第二天就移灵到善果寺停放。各界在善果寺祭奠、吊唁二位烈士。石评梅（教师、作家，烈士同时代人，陶然亭公园有高君宇、石评梅墓）当年著文说过追悼烈士的情形。

1926年3月12日，日本军舰掩护奉军（张作霖）舰队进攻天津大沽口，炮击国民军。国民军还击。日本联合英、美、法等八国公使，以维护《辛丑条约》为由，向北京政府发最后通牒。各国的20余艘军舰在大沽口聚合，恫吓北京政府。北京各界不满这种强盗行径，群众一万多人，3月18日在天安门前举行抗议示威大会。会后，部分人到段祺瑞执政府门前请愿，和卫队冲突，卫队开枪，致47人死亡，199人受伤，史称“三一八惨案”。当年京师地方检察厅、有关警察署都留下详尽文字资料。伤亡人员的姓名、年龄、籍贯、伤情，尸体的认领、停放都有交代，使后人有比较翔实的研究材料。

善果寺西南，有宝应寺，市级文物保护单位。这庙特别，寺庙跟义园的联合体，山东登莱胶义园公所在庙里办公。义园承办丧葬事宜，停厝灵柩。庙的前院归义园使用，第一层大殿供奉关公，突出“义园”的“义”。庙的西院，有大车门，便于棺材进出；盖排房，小单间，屋门在中间。专供停放灵柩，便于祭奠。庙前土路南侧，虎皮石院墙围起一座大院，是义园坟圈子。墙上嵌砌石碑，凿刻“寄骨所”三个大字，里面都是“丘子坟”。这里是山东登州、莱州、胶州同乡暂厝遗骨的地方。清末停放过王懿荣的遗骨，民初停放过徐镜心的遗骨，二人都是山东人引以为荣的同乡，都是可歌可泣的人物。

王懿荣（1845—1900年），山东福山（今烟台市福山区）人。中国近代金石学家、甲骨文的发现者和爱国志士，《清史稿》有传。读书勤奋，过目不忘。好金石，喜收藏，书籍字画、铜器印章、钱币、残石片瓦都玩儿。光绪六年（1880年）中进士，三任国子监祭酒。光绪二十五年（1899年），他第一个发现甲骨文，并将其时代断为商代。此举轰动了中外学术界，把汉字的历史推到公元前1700多年的殷商时代，开创了文字学、历史学研究的新局面。

他极重乡情。同乡推举他业余代管登莱胶义园，热心服务。审核账目，健全制度，改善管理，卓有成效。对家乡关心、思念的感情，有诗流露：

碧桃花下清明节，底事家书惯不来。昨梦乘风破浪去，满山灯火是烟台。

更痴迷收藏，也有诗为证：

廿年冷臣意萧然，好古成魔力最坚。
隆福寺归夸客夜，海王村暖典衣天。
从来养志方为孝，自古倾家不在钱。
墨癖书淫是吾病，旁人休笑余癫癫。

光绪二十六年（1900年），八国联军占领北京，他受命任京师团练大臣，担负保卫京城的重任。7月20日，联军攻东便门，他寡不敌众，在家里墙上写了一段话："主忧臣辱，主辱臣死。于止知其所止，此为近之。"和夫人、儿媳一起，跳井殉节。时在7月21日，地在锡拉胡同21号。王懿荣殉难后，侍郎张英麟将三人遗体捞出装棺入殓，停放在王宅东院，后移到宝应寺停厝。9月，光绪下诏，王懿荣谥曰"文敏"，长孙福坤以恩荫赐主事，王懿荣附祀国子监韩文公祠。第二年，事态平息，王懿荣的儿子王崇烈，扶柩还乡安葬。

徐镜心（1874—1914年），字子鉴，山东黄县（今龙口市）人。1903年东渡日本，入福田大学法律系。1905年加入同盟会，任山东主盟人。1906年回国，从事革命活动。1907年到奉天（沈阳）任《盛京时报》主编。后北上吉林与宋教仁一起，以办木植公司为掩护进行革命活动。被当局发觉，幸亏有人通风，躲过一难。

1912年8月，同盟会改组为国民党，徐镜心被推选为国民党山东支部理事长。1913年1月，徐镜心当选参议院议员，赴京就职。4月，宋教仁遇刺，徐镜心首倡弹劾袁世凯，要求查办国务总理赵秉均。之后陆续发表文章，反对袁世凯向国外银行借款，反对袁世凯增修《临时约法》、派人出席宪法起草工作等。在《顺天时报》发表《驳有贺长雄共和宪法持久策》，痛斥袁世凯及其顾问有贺长雄。这些种下了杀身祸根。

1914年1月10日，袁世凯下令解散国会。3月15日（农历二月十九），指示军法处密造伪证，加害徐镜心。当时，徐镜心借住在北京西城兵部洼中街，《顺天时报》职员下平清次郎所租住宅内。3月14日晚上，京师警察厅侦缉队接到总监吴炳湘抓捕徐镜心等人的命令。次日早晨，侦缉队分队长高凤林率队到徐镜心住所。徐镜心外出，就把和徐住在一起的日本人仓谷箕藏抓走。搜查徐镜心的房间，也只检出与案情无关的"实业证券"一张。

徐镜心坐洋车回来，见门前有生人，没停车。侦探毛伟雄发现，追上去，徐镜心被捕。3月16日，京师警察厅把徐镜心等人移交给京畿军政执法处。4月14

日清晨，徐镜心被枪毙，薄皮棺材盛敛尸首，拉到万人坑掩埋。消息传出，惊动在京老乡、同为社会活动家的周树标、丁佛言，他俩委托隋永超以亲属名义找执法处，要求把徐镜心遗体移到宝应寺停灵祭奠。执法处批准了要求，还开介绍信（执照），叫去找外右四区警察署。警察署派巡官、巡长二人跟随监视。隋永超到万人坑，刨出徐镜心棺材，运到宝应寺。另换一口好棺木。徐的三四位日本朋友也到场，更换棺木时，还照了相。徐镜心停厝在宝应寺后，周树标、丁佛言等山东同乡好友，择机追思、悼念，香烛、纸马祭拜。后来，灵柩被运回了山东。1936年，南京国民政府追授徐镜心上将衔，现在埋葬在济南千佛山辛亥革命烈士陵园。

徐镜心一案，抓捕了三人。二人被害死，另一死者林英钟，也是国民党议员。林的遗体，被亲属领走，停厝在广惠寺。

几位名人，有寿终正寝的，也有死于非命的，都曾停厝在广安门左近的寺庙。当日新闻，今朝闲话。

1940 年前后，广安门大街俯瞰，列队进城的应该是伪军了（日伪时期）

清明随想

一

清明节，扫墓上坟，赏花踏青。严肃和轻快同时，绷着脸行礼，敞开怀大笑，该是生活的常态。变化的过程，是一切的本质，是生活和生命的本身。忧愁痛苦，过程而已。一次情感的体验，一种超常的情绪享受。庄严肃穆过后，轻快放松来到。其他不快，也都是风吹的浓烟稠雾，极快，消散无影无踪，还你个神清气爽！

到墓地追思凭吊，去郊外踏青野游，心灵净化，精神升华。身与心的大放松、大享受。愿意多想想，“把至理一星星参透”，悟透世间。有出世的洒脱，一切得失荣辱，甚至是非曲直，都超越地看，得到的是轻松。以出世的姿态，担当入世的责任和义务，会热情地、尽心竭力地为众生做善事。尊重生命，享受生命，得大自在，大解脱，大欢喜！

自古名山僧占多，名胜之地坟不少。杭州西湖，岳飞、苏小小、胡雪岩、李叔同等等；南京紫金山，朱元璋、孙中山等；洛阳坟墓更多，北邙山是古人理想的埋骨处，刘秀、关羽、狄仁杰、白居易、范仲淹、“二程”（程颢、程颐）等。咱北京也多，京西的风水宝地，著名的和不著名的墓数不胜数。何况后来的万安、福田、八宝山等公墓，更加聚拢集中。

想提的是园林名胜的坟。颐和园有耶律楚材墓，玉泉山有名墓，陶然亭有几座，古老的牛街礼拜寺内有筛海坟。也不乏坟墓胜地，明十三陵、清东西陵等。这些坟有深厚的文化积淀，无声地传播弘扬中华文化，有的是园林胜地的灵魂。抽去灵魂，没了精神，空壳子，犹如人老耷拉着脑袋，穿戴齐楚，只是衣裳架子。

一种观念，使我们短视，没气度，缺文化。毁了宝贵的，留了不值钱的。到一心想挣钱的时候，能挣钱的资源，给毁光了。可惜，到而今，还没醒透。

一座坟，文化的蕴藉、积淀，广博厚重；思索、思考、思念，无尽无休。人们精神能得到的、获取的、享用的也无穷无尽。在西湖，岳飞和苏小小，英雄美人，各有千秋。人有议论，不妨存在。历来如此，为什么我们不许？死后还清理阶级队伍，还按级别高低，待遇不同。想想，有点可笑。

二

崇先敬祖是中国人的传统，千百年来定期祭奠、缅怀先人，形成了“鬼节”。一年三个鬼节，是普遍认可的。春天的清明，夏天的七月十五（中元节），秋冬之间的十月初一（送寒衣）。不论贫富贵贱，这天都要纪念亡故的亲人。扫墓，上香祭拜，摆供品，焚纸钱，敬礼如仪。只是礼仪繁简、供品多少有不同。

专家写民俗，多重皇家贵胄、名门望族，平民百姓涉及较少。生活在市井，耳濡目染的人和事，离不开市井。市井百姓对故去的亲人感情更重。“穷人的孩子早当家”，父母长辈谋生的艰难，养育子女后代的辛劳，互相依赖的生活命运，使亲情率真深厚。对亡者祭奠不徒为仪式，是内心的感激和追念。

京城没有亲人坟墓，也要给埋葬在故乡的亲人“寄”去心意——“烧包袱”。在香蜡铺买“包袱”，白纸糊的，横式大信口袋，对开报纸那样大，一面印着比纸小一圈的黑色长方框。方框中间竖着印一个牌位图案，是写亡人称谓的地方。

祭奠父亲写“先考某（姓）讳（写小些，在旁侧）某某（名字）府君　收”。母亲写“先妣某（父姓）门某（母姓）氏太君　收”。祭奠双亲，则并列牌位当中。和竖写信封一样，方框右边，顶框写老家地址。左下方写在京住址和自己的辈分名字，如：子某某，媳某氏，孙某某。写好后装烧纸（纸钱），要一张张团着装。使包袱暄起，容易摆放，容易焚化。头一天或当天上午写好，装好，糨糊粘封好。供在屋里正面桌子上，摆供品，烧香。按辈分顺序，跪拜，磕头。晚上，当家人捧着“包袱”，率领全家，到街上大路中间或十字路口。用木棍儿或树枝儿，在地上画一个不封口的圈。豁口冲家乡方向。包袱放圈里点着，口里还要说：“爸、妈，给您送钱来了。”圈外另烧一两张纸钱，算汇费。包袱烧完，用木棍儿扒拉，没有火星子了，放心回家。

一般的百姓人家，生存艰辛，理性在先，感情多屈服于谋生。营生顺当，就多花费些，借上坟机会，全家人出门走走。营生不景气，就办事从简。在家里请出亡人牌位，供上饺子、馒头，上香，磕头。口头念叨今年不顺，请长辈谅解。派一人代表全家到坟上烧纸，也就过了节。穷人没有必定要的礼数，看事儿办事儿。“上供人吃，心到神知。”先人福佑后人，不会计较供品多少。后人不忘先人，看的是行事为人！为先人增光，对得起祖宗，不辱没先人，就是贤孝子孙。生前不尽孝，死后瞎胡闹，那是作秀。一年中，三个节，清明是重点。祭奠从简，是万不得已的个例，常例是家中供奉牌位。全家出动，坟前祭拜。

当年南城坟地多，广安门大街两侧，临街房后头，大面积的坟地。清明时节，穷人有个临时营生——“添坟”。带一把铁锹，站胡同口上，见有人上坟就跟着。上坟的摆供品，点香，烧纸。添坟的人（一般两三个）用铁锹除坟头的草，挖周围新土，培在坟头上。上坟的磕完头，把几张留着不烧的纸钱，用砖头压在坟头顶上。礼毕。掏出些钱给添坟的。没有不给的，也没有争竞多少的。一般是半大孩子，不少是牛街的孩子，回民没有鬼神忌讳。

这些坟地大多是义地，也有私人坟地。有矮墙围着，或一圈松柏树围着，

1950 年初，广安门护城河桥（北向），外城护城河床都挺深的，更像条河。可见天宁寺塔，桥上的公共汽车应该是 1 路，过了桥右拐就是终点站了

界线明显。义地也有圈起来的，但坟头排列成行，如现在公墓。由会馆或义园管理，没有费用，没有期限。但年代久远，无人祭扫，坟头成了平地。会馆会在原地埋新坟。新中国成立后大规模迁坟时，就有一座坟两层棺材的。那时城里的农户不少，种菜、种粮都有。1955年农业合作化时，南线阁、菜园街、白纸坊一带成立农业生产合作社，组织起150来户农民。农户的田边地角，也有坟头，多是亡故的亲戚朋友，或做自家坟地。贫苦人家多重生者的生存，常因时因事制宜，不要花架子。不是鲁迅说的："大家去谒陵，强盗装正经。静默十分钟，各自想拳经。"

北京旧时的端午节

北京人管端午节叫五月节，中秋节叫八月节，加上过年（春节），仨节。穷人把节看得挺重。草根百姓的男孩子，长到十二三岁，就送去当学徒。学买卖、学手艺，都三年零一节出师。学徒成了伙计，就挣工钱了。节，关乎钱，能小瞧？平时粗茶淡饭，过节吃口好的。能不盼？多住杂院，邻居之间，难有隐私。大人过不起节，啃窝头、咸菜，关上门，谁也不知道。孩子行吗？干瞧着别人家过节？多少好赖都得预备点，孩子不能不过节。冲孩子，也得重视节！

孩子就更把节当事儿了。拿五月节说，一过二月二，就惦记上了。男孩儿看苇塘的苇叶，井台的马蔺，为包粽子物色材料。女孩儿更忙，不兴上学，女红、针黹必修。五月节，能大显身手。在土地庙买花样子，极薄白纸，剪成花草虫鱼、人物鸟兽，买回贴在布上。五彩丝线，按样绣出。五月节绣五毒：蝎子、长虫、蜈蚣、癞蛤蟆、蝎虎子。给小孩绣兜肚绣鞋面，自家的、亲戚朋友、街坊邻居，有求必应。不求也送，又是人情，又显手巧。再就是缠五彩粽子——纸胎缠丝线，串起，坠玻璃珠、穗子。节日里佩戴，饰物。常缠好拆开，重新缠，反复到节日当天，才算完成。

街上、胡同里，节前热闹。过节的必需品，送到门口。

红樱桃，黑桑葚；绿蒲叶，带白茸的艾子；朱判儿，倒灾葫芦；包粽子的原料；串好的五彩饰品粽子、琉璃葫芦、“五毒”绒花。也有推独轮小车，大圆笸箩盖白布，筷子上顶个粽子，插笸箩边上。吆喝“小枣大粽子”！闹腾好几天，初五过晌，节日的市声才消停下来。

五月节的来历甭说了，祛毒驱邪是一项主要内容。吃桑葚，不招苍蝇；蒲叶形状像剑，称蒲剑，利器挡妖邪；艾叶香气馥郁，去污秽。挂门框上方。“朱判儿”，纸上朱砂画判官像（捉鬼的钟馗），挂门正上方，驱逐妖魔鬼怪。剪纸葫芦，有的复杂，有的简单，口朝下，斜贴在门楣上，倒栽，谐音倒灾，灾难倒干净了。过了五月节消灾解难，毒净邪除，平安到明年端午。

朱判儿，提的人不多。别处不知道，北京兴。香蜡铺卖，也有下街的。木版印的，红色单线，说是钟馗。文官的打扮，武将的姿势，双眉倒竖，二目圆睁，手舞宝剑，作格斗状。昆曲著名剧目《钟馗嫁妹》，讲的就是这位。他是唐朝人，科举中了状元，可长相奇丑。皇上在金殿召见，上得殿来叩头谢恩。引起议论：“状元太难看了。”钟馗受不了这羞辱，“士可杀而不可辱”，一头撞向大柱子，当场死亡。后来，皇上病了，久医不愈。一天睡梦中，见一人着新科状元衣冠，在殿角墙边逡巡。问：“谁人？”“臣钟馗。”忽见自殿角拖出一小鬼，惊醒。病愈，遂叫画工画出梦中的钟馗像，悬挂辟邪。后来民间挂朱判儿。

千百年来的节日传统，寄托人们对平安美满的向往、企盼。代代相传，统绪不断。早已成为人们生活的固有内容，如同白天工作，夜晚休息一样。无须特别提醒，认知久，自觉守，是为传统。

土地爷的兵丁将士们

北京城圈儿（现在的二环路）里头原有五个庙会：逢三土地庙，逢四花市，逢五、逢六白塔寺，逢七、逢八护国寺，逢九、逢十隆福寺。逢一、逢二歇工。当年一拨人：流动摆摊做买卖的、撂地说书唱戏的、算卦相面的，在各庙会轮流转，庙会基本是这些人，随时退出和加入的，少数。剩两天没庙会，人闲，肚子不能闲，饿着哪儿行？奔天桥四面钟（北纬路西口）、北纬路一带，或者天安门前，那时中华门（纪念堂处）和相连的红色高墙还在，南面中华门，东、西两面红墙，北面敞着。墙外是马路（现在的中国国家博物馆和人民大会堂前的马路），墙里是集市，跑江湖的谋生，市民们闲逛。这些地方是江湖艺人、江湖术士、跑单帮的小生意人，生活生存的土壤。有活跃市场、传播市井文化、促进社会沟通交流、维持平稳和谐种种功能。

土地庙原址就是现在的宣武医院，庙门坐西朝东，在下斜街路东。但不临街，缩在一条又宽又短的胡同里。我家离庙近，上学的学校离庙更近。1958年建宣武医院，这之前的几年，我几乎逢庙会必到。放学背着书包，在土地庙待到人散尽。1955年参加工作后，就看机会，不能必到了。那时庙门破旧，长方形院子挺大，东西长，南北窄。院子西头有四五间房，住着看庙的庙祝和房客。房前空地正中，是供奉土地爷的大殿。每逢庙会，庙祝在殿里支应上香求签的人。烧香布施，求签付费。磕头跪拜，庙祝敲着神案上的铜磬，在低沉的嗡嗡声里，他不断地提醒：“烧香撂香钱！”大殿后北边院墙有道门，通北跨院，跨院西头是庙的后门。后门外头是个很大的见方的广场，是土地庙餐饮、休闲、娱乐的场地，是土地庙的必逛核心。不逢三，前后门也是摆设，不关。人们穿庙而过，走路近便很多，从下斜街能通石虎胡同（巷）、乐培园、报国寺。

只有一层大殿、两个院子，庙不算大。可逢三庙会，商业交易的面儿很大。广安门内大街从广义街（王子坟）往东，过下斜街南口，都是卖东西的。进下斜街往北到长椿寺门口也都是货摊。土地庙院子里更甭说了，逢三，大街上人多车多，铺户的生意比平时兴旺得多。下斜街的交通就断一整天。那时没有城管，也不见增加警力，没听说出过意外。

摆摊做生意的，守规矩，不乱摆乱放，听劝，不争竞。入乡随俗，都守习惯“秩序”。按货物分类分地段摆摊，很少“越界”。广义街往东路北卖菜籽、筛子、筐、麻绳之类，过报国寺，改旧鞋为主；路南卖布、布头、估衣。摆到糖房胡同口，再往东没摆摊的了。

下斜街里头，路西卖农具，耙子、扫帚、鸡毛掸子、菜板、搓板、擀面杖、布掸子把儿；路东穿成朝珠般的山里红，一挂一挂地挎在胳膊上，吆喝着卖。自制的玩具“屎壳郎拉车”，十来厘米长、四五厘米宽的“轿车”，秫秸插彩纸糊，活的屎壳郎用线绑在车辕里，放到地上拉着车走。一根粗竹棍，横着固定细竹竿，小车车辕朝上挂在竹竿上，屎壳郎腿朝外，几只脚不停地动。买主可挑选，免得买到死的。还有泥制、木制的简单玩具，有的现在的庙会上还能见到。从土地庙那个口儿往北就是卖花儿的了，推车的、挑挑儿的，都是丰台草桥的花农。鲜花市场到妙光阁口儿。口儿北是长椿寺，在比平地高一米多的高台上。这儿是鸽子市了，光卖鸽子，妙光阁胡同里也是鸽子的地盘。街上商品分布大致如此。

庙里的商品就“高精尖”了。前院顺院墙南北两溜摊位，当中背靠背两溜。

一家挨一家，一字长蛇阵。四溜儿摊子，两条通道。大殿前两三米不设摊，空着。跨院靠墙两溜货摊，清一色布料、绸缎，没别的东西。院里的商家都扯上布棚，蓝色的多。通道上拉白布，一进庙门就见不了天日了，减少些风吹日晒，也能挡毛毛细雨。

前院商品杂，妇女用品多。靠北墙的摊料器、假首饰（铜质）、头上饰品：发卡、发网（网发髻）、绒花、绢花；绣花的花样子等。那时姑娘们梳辫子，结婚后梳纂儿。头发拢向脑后盘成圆髻，套上黑色细丝的网子。插簪子（玉、银、铜、骨等），插绒花或绢花。剪发算“摩登”打扮。那时见到不梳纂儿的老女人，贸然喊大妈，会招一顿骂。要叫“大姑”，喊老处女“大妈”，她认为是被“辱没”，能不骂你？纂儿上插花有讲究，年节红色吉祥花或小绒花；嫁女儿，红色单“喜”字；娶儿媳红色双“喜”字；庆生做寿，红色“福”“寿”字；等等。“花样子”是极薄的白纸剪刻的花卉、动物、山水、吉祥物和词语，女士做绣花用。买来用糨糊粘在布料上，绷平。搭配彩色丝线，一针一线把花样遮盖严实。鞋上用的花样子最多，别的，如兜肚、枕头两头的方堵、门帘、窗帘、幛子等，用的样子都有。深色的布挂在墙上，花样子一一别在布上，得看得选。

靠南墙的商品：玩具——木头的刀枪剑戟、京剧脸谱的“假脸儿”、圆鼓长鼓拨浪鼓、吹的喇叭敲的镲，铁皮飞机、木头车，挺全；五金工具——剪子、镊子、刀，瓦刀、抹子、锤，手使的应有尽有。

院当中两溜摊位，经营化妆品、梳妆用品。梳头油、雪花膏、沤子、扑粉、胭脂、刨花（泡水之后给头发定型用，如摩丝的功能）；镜子、梳子、篦子、抿子、梳头匣子、梳妆柜，名目繁多。还有一两个“点痦子”的摊，挂起一张“大脸”，两米高、一米多宽的白布，只画一张放大的五官脸面。用小圆点标着痦子位置，注明此痦子的危害：克夫、妨亲、折寿、伤财之类，去掉才能好转。摊主专“点”痦子，能叫你时来运转。他配制粉色药膏，点在痦子上，火柴头大小。你稍坐片刻，火柴头干了，轻轻一拨，痦子连着肉皮掉了。嘱咐你：“三天别着水。”给钱结账。

土地庙院里的经营项目大致这些。十天一轮，到土地爷麾下报道。

土地爷的食客帮闲们

土地庙后门外的广场才是庙会的“逛”点儿——吃喝玩乐。

出后门往西，一南一北两溜条桌条凳，顺着排开，当中隔出一条路。饮食摊子聚在这儿，回汉两族，荤素兼备。北面灌肠、炒肝、凉粉、扒糕、硬面饽饽大火烧。南面油茶茶汤、老豆腐、羊杂碎，芝麻烧饼墩儿饽饽。往前走是凉的了：刨冰、汽水、酸梅汤；现做现卖的“冰激凌”。

有些吃食，现在没了，有的变了味儿。炸灌肠，滚刀块儿一边薄一边厚。现在切大薄片，火大，锅巴；火小两层皮，撕不开咬不断。你不吃，有人吃，一点不耽误买卖。糟践东西毁手艺，可和国计民生没关系，谁管！土地庙的灌肠有一种吃法，不常见。炸好以后不浇蒜汁，有个佐料碗，跟吃爆肚一样，蘸佐料吃。还有汽水，瓶子没盖儿，瓶颈里有个玻璃球。对瓶嘴喝，球转动，水徐徐出来，不断不呛。这种汽水早没了。

冰激凌土法自制：俩洋铁桶一大一小套在一起，夹层中间放天然冰，小桶装净水、白糖。一根绳子绕小桶一圈，两手来回拉绳子，小桶来回转。天然冰里撒点盐，一会儿小桶里水成冰糊，开卖“伏地”冰激凌了。

两溜摊子20来家，这片儿吃的喝的、凉的热的全有。过了餐饮排档，是鸟市。品种不多，大路货是麻雀。大笼子关着上百只，在里头挤着，卖给行善的放生。卖鸟的没几家，到石虎胡同北口，胡同通广安门大街。把口儿卖“虫儿”：蝈蝈、蛐蛐、油葫芦、金钟儿。还有季鸟（蝉），绿叶裹着，缠细线，论个卖；活蚂蚱，都是喂鸟用的。

过了这块儿，往西往北，地方宽绰。一圈一圈的人群，娱乐场子。孩子们多的摊子是套圈、“抓彩”。套圈，春节庙会上还有，“抓彩”（博弈）也有，就是规模大、机械化、电气化了。那会儿一个人摆摊儿，很原始很简单。“转彩”：木板儿画个圆圈，中间支根可转动的横棍，手一扒拉就转。横棍停下，中彩拿奖品；没中白花钱。“投球儿”：一条窄木条，钻三四个孔。孔上安铁皮漏斗。下头斜坡铺木板，木板上不规则地钉些钉子，最下头是小木格子。把玻璃球儿放进漏斗，掉到斜坡上往下滚。有钉子拦截，不断改变方向，最后不定滚进哪个格子。格子里放奖品。向摊主买球儿，投完，你拿奖品他收球儿。“捅娄子”：一个扁的大纸盒子，里头纸板儿分成小格。格里头放小玩意儿，一张大纸糊严。2分钱捅破一格，玩意儿归你。这东西是从批发市场批来的。

娱乐摊子位置不固定。拉洋片、唱小戏、变戏法，来得早的，挑好地方占。一般唱小戏儿的占先，圈地也大。要搭演出的戏台、留化装的后台和容纳一二百位观众的席位（立席）。栽桩子拉网子（安全网），网子里头拉一圈布围子。留门儿的地方布围子错开，挡人视线，不进圈子看不见。有人把门收钱。小戏班子唱评戏，管事儿的、场面（乐队）、演员，都算上有十来个人，开场前的准备都得上手。杉篙绑架子挂“出将”“入相”的幕布，条凳木板支舞台铺地毯。收拾停当，演员化装，乐师“敲通儿”，观众门口交钱入场。三通儿鼓罢，演员挑帘登台。只演折子戏，一会儿一出。观众随来随走，演员轮换赶场，流水作业。小戏儿不是每庙必到。还有耍“巫的丢”（木偶戏）的，不占地方，在北边靠住户的墙支起扁担，开演。

广场上打把式、摔跤、变戏法、耍钢叉、拉洋片，偶尔有耍猴、耍狗熊的。

一圈人，一个表演场子。随时打钱，随时人散人聚。

有利用太阳光放映的“小电影”。黑色厚布缝制长条布棚，严实遮光。前头有案子装收集阳光的镜子、手摇放映机等设备。机头伸进布棚正面，对着“银幕”。布棚两侧有带帘的小洞，下面条凳，坐着歪头，顶起布帘。两眼凑到洞口，双手挡住外面的光，斜着看布棚里的银幕。放的都是残缺的胶片，没有完整故事情节，只是动作连续的画面。也算是开眼，比拉洋片只看放大的彩画强多了。

庙会上常来天桥“八大怪”的两怪——“大兵黄”和“蹭油的”。“大兵黄”仗着骂人出了名。在土地庙，他一个人，没任何道具。人高马大魁梧，穿着打扮引人：黑缎子瓜皮帽，蓝缎子长袍外罩紫色马褂。黑套裤，白布袜子，双皮梁缎子面鞋。胸前花白长胡子，肩上斜挎大书包（装药糖）。往那儿一站，人围得里三层外三层。山东口音，拄根很光滑的拐杖，如京剧《钓金龟》中老旦拄的那种，一根直棍儿。骂起人来，狠狠地用棍子戳地。骂到兴起，怒不可遏，把棍子双手举过头，狠狠地摔向地面，双脚跳起老高，重重地跺着地面。天够不着，地在脚下。他发狠的动作，是在责问大地：“你为什么养这些人皮畜生？”他挂在嘴上的粗口“他妈的”“小舅子”！骂贪官污吏、伤天害理的举措以及社会丑恶。他骂得粗野，但有板眼，听着顺理成章，得人心受欢迎。人聚多了，他开始卖药糖，说是去火、润喉止咳。浅黄色薄片，易碎成粉状，包成小纸包，量不多。吃起来凉丝丝的，顺嗓子眼儿往下凉，喉咙立刻清爽。卖一阵药糖，找个话题，又骂起来。他说是带着“殃榜”来的，没想活着回去，表示豁出命去了。“大兵黄”，姓黄名才贵，年轻时练过八卦拳，后来当兵，说是在甲午战争中立过功。1917年，他跟着张勋，复辟失败，离开军队。他流落北京，在天桥卖艺，转为骂军阀，卖药糖。日本占北京，他耳闻目睹鬼子、汉奸们的罪恶残暴，也高声大骂。被外五区几次关押，每次出来该骂还骂。人们听着痛快，对他也佩服，更愿意买他的糖。

“蹭油的”卖的“去油皂”块很小，蓝色，2厘米多长，1厘米宽，厚不过3毫米。衣服上有油渍，沾点水，用它去蹭，就可以去掉油渍。他发现你衣服上有油印儿，拽住，往油渍处吐吐沫，拿他的“去油皂”来回蹭。一脸傻笑，不停地喊：“蹭蹭蹭啊，蹭油的呀！蹭油的呀，蹭油的！”招人围观。蹭完，一擦，油没了。他边喊边蹭边卖。还有红色的，专蹭皮癣。他卖的东西独特，方式独特，出了名，成了天桥“八大怪”之一。他叫周绍棠，据说官场失意，流落江湖，装傻充愣成名，“学到如愚始见奇”。

庙会各方各界云集，是各门各派宣扬自己的平台。常有“劝善的”，站在那里照本宣科讲述经文，有说有唱。免费听，发放“善书”、传单。讲“吃亏是福，还账是便宜”，讲因果报应。有一位佛教信徒每庙必到，在固定地方“普度众生”。广场最南边住户墙外，白布，毛笔书写佛经、佛号，铺在地上一大片。中间靠墙根留块地儿，他盘腿打坐，穿僧袍、披袈裟、戴佛珠，飘一把长胡子。他慢条斯理地讲佛教故事，讲素食的意义和好处。中间穿插佛偈：

愿以此功德，庄严佛净土。上报四重恩，下济三涂苦。
若有见闻者，悉发菩提心。尽此一报身，同生极乐国。

有人围着听。不要钱也不卖东西，盘腿一坐一天。他不是僧人，顶上没有受戒的疤痕。不知道他的底细。

新中国成立后，宣传队也来，打花棍、扭秧歌、唱“解放区的天是明朗的天，解放区的人民好喜欢……”抗美援朝时期文艺界人士来此义演。开着大卡车，车头朝北停在广场中间，打开槽梆就是舞台。曹宝禄的单弦、关学增的琴书、马增芬的西河大鼓都在土地庙唱过，当然是新段子。

常来的，表演又说又唱竹板书的“小蜜蜂”（艺名），当时50多岁了，方脸大汉，黑红脸膛，满是细褶子。光说《刘公案》——刘罗锅的故事。把竹板分开顶在头上，充当满族妇女的两把头，摇摆伸着兰花指的粗手，扭动腰肢，捏着嗓子学女人说话，人们笑得前仰后合。

唱京剧的“大妖怪”，父女二人，女儿也就10岁出头，唱老生。大妖怪有

40岁出头，是女儿的琴师和配角，需要什么行当他就是什么行当。垫一句唱、一句道白，使女儿能接下去。坐在矮凳上，操琴、“垫活儿”。双眼、嘴上都用大白横抹一宽道子，眼、嘴周遭都是白。金鱼眼努着，很大，布满红红的血丝。嘴大牙齐，有白色相衬，都更突出。手拉着胡琴，脸上眉毛、眼睛、嘴都不闲，扬眉、瞪眼、咧大嘴，引人发笑，招人围观。老生戏《甘露寺》《二进宫》《空城计》等，唱一段打一次钱。爷儿俩转庙会，一直唱到庙会取消。

庙会撂摊表演，无须报批，凭的是胆子大、脸皮厚。十四中一个姓韩的学生，爱评书，迷连阔如。那时连阔如还没成“右派”，每天电台都放他说的评书。韩同学来回地重复听，居然把景阳冈武松打虎给背下来了，按自己的想法还设计了动作，在学校的演出受到好评。赶上庙会的日子，一放学，过马路就是土地庙。他也拉得下脸，在土地庙撂地演了一回，听的人不少，叫了好儿，还挣了1块多钱。怕学校知道挨说，没敢再去。几经周折，他当了大学教授，不知道还记得不记得土地庙说书的往事和故人。

当年土地庙，“预言家”大集会。从大街起到报国寺前街、乐培园胡同往北，到土地庙广场西头，住户墙外，不远就一个卦摊儿。测字、占卜、算命、相面，预测月令流年、吉凶休咎。那年月，如意的人少倒霉的人多。常言说“色迷看相片，倒霉上卦摊”，卦摊的生意多。这一行门类多、差别大。对阴阳五行、周易八卦一套理论，有造诣，有传统文化底子，层次高，设门面开命馆，像连阔如，开“连阔如命馆”。和坐在书斋等朋友一样，悠闲优雅挣大钱，不会到土地庙来。有点算命的常识，没有吃饭的门路，才到土地庙蒙哄骗地混饭吃。倒霉的找他，他也正倒霉。吃这碗饭不容易，察言观色，揣摩推断，能说会道，巧言善辩，缺一不可。至末末，“黄雀叼帖”还得把小鸟驯熟，嘴头子也得顶得上。庙上卦摊摊主，多是就地铺一张纸或一块白布，简单写上自我介绍的词语，摆上“道具”。在墙根蹲着或坐小板凳上，一脸江湖风尘，堆着苦笑，面目洁净、衣着整齐者不多。

相士牛乐天，每个庙会都来。他与众不同。从不蹲坐，不靠墙，在四不靠的空地儿，站立始终。一身卡其布中山装，灰色、蓝色，夏单冬棉，款式不变。皮鞋、凉鞋，牛皮三接头，样式不换。是当时文化人的标准打扮。地上铺一张4开牛皮纸，取中写5个字：第一行，“谈相”二字，较大；第二行，“牛乐天”仨字略小。字遒劲有力，排列匀称受看。他很会讲故事，缓缓地说，不急不高声，讲得滑稽幽默。人们感兴趣，被吸引，不肯离去。众人兴致浓时，他张罗给人相面：“谁想相个面？1毛钱，批发价。”“您给我看看。”“好！你今年多大？”当然他看人发问，需要客气的，他会问：“贵庚？”有年纪的问：“高寿？”如29岁，他说：“今年正走左‘山林’，明年走右‘山林’。”相面的书，把脸上分许多部位，每个部位有特定的名称，从1岁到100岁，和年岁相对应，决定你对应年岁的运气好坏。他按部位从29岁说起，部位的好坏，决定运气好坏。如背书一样，运好运坏，数到60岁止。说得很快，一两分钟结束，收1毛钱，也简单回答询问。声明1毛钱批发，不多说；细说，约时间到他家——南横街××号。可给书面文字，酬金2元。

1949年以后，全民皆学唯物论，批判唯心论。他强调：“相面是‘社会经验统计学’。古人看人多了，记载、梳理、汇集，成书。后人继承应用不断补充，发展到如今。”

他讲的故事多是相面算命的典故，说三国时的管辂，曹操请他，预备“安车蒲轮”，他给曹操相面，也出主意当参谋。讲诸葛亮会相面，所以看出魏延的反骨。讲刘伯温、纪晓岚，都是相面的。拼凑情节，连说带讲地背诗背对联。有老书底子，掺和搅和，讲得绘声绘色。

常说的俗话谚语，他跟相面挂上“仰头老婆低头汉”，都不好共事。“走道儿扬着头，强势，占上风头。不容人，有理不让人，没理搅三分。这娘们儿您躲着。走道老低头盘算，心重多疑，工于心计，不是善茬儿。”说到寿命长短，他说，有人说人中长活得长，不对。彭祖活800岁，人中还不拖地？没法走道儿了。说刘备“目能自顾其耳”，不照镜子能看见自己的耳朵。是说耳垂长，手抻着，能看见。也说些“狼行蛇步”“鹰鼻鹞眼”之类，看人的例子。他对相书熟，滔滔不绝边背边讲边说。

江湖市井，草根草民，不乏奇艺奇才。入编体制，学历、职称惊人，反而缺常识少文化，酒囊饭袋。这是常态。

后来，取缔庙会，取缔相面算命，他被安排到王府井百货大楼门前看自行车。配合形势，《北京晚报》刊登采访他的报道：新中国成立前，他是职员，失业没辙。看相书，相面谋生，成了江湖术士。有两个儿子在上大学，生活很好。没有再说相面是唯物主义的，说相面是蒙钱骗人。

庙会谋生的人，杂。有如春秋战国时的“食客”，有混饭吃的，也有“身怀绝技”的。土地爷无力“养客”，不用帮闲。“食客”“帮闲”是说“鱼龙混杂”。

1980 年，广安门护城河桥上（东向）

花卉大观园里想先前

位于丰台区的世界花卉大观园，以花卉文化为突出特色，是现代型新园林。但就地域而言，此地的花卉文化源远流长。历史上著名的丰台“花乡十八村”，正是花卉大观园一带。

丰台迤东，樊家村、纪家庙、草桥、潘家庙、黄土岗一带，土壤沙疏透气，渗水溶肥，最宜花卉栽培、生长。而皇城近在咫尺，需求广，要求高，推动了花卉业的发展和技艺的提高。花卉大观园传承着花乡的历史，前人留下的文字以及残存的遗迹见证着花卉文化的发展历程和光辉成就。这些应是研究者的专业题材，也会是爱好者的兴趣所在。

丰台地区早在元朝就有了种植花卉的花农，城里的官员也在这里建别墅，休闲度假。有座别墅叫“远风台”，传到后来成了地名——丰台。清朝孙承泽的《春明梦余录》说：“右安门外西南，泉源涌出，为草桥河，接连丰台。为近郊养花之所，元人园亭皆在此。……向时亭台极盛，今亦荒芜矣。”“各村地亩，半种花卉，半种瓜蔬。”“京师花贾，皆于此培养花木，四时不绝。而春时芍药，尤甲天下。”“春芳秋实，鲜秀如画。”从中可以看到古时丰台地面上，有断井颓垣的凋敝，也有花繁叶茂的繁盛。于是来此赏花观景的“四时不绝”，留下文字、诗篇也数不胜数。

明代文学家袁宏道有不少写京郊景致的散文，也有诗《游草桥别墅》：“郊居绝胜午桥庄，南客行来眼亦忙。马上乍逢蒲苇地，梦中疑入水云乡。”

清朝龚定庵有首长诗《西郊落花歌》，非常著名，就是写的这一带。摘引几句：“西郊落花天下奇，古人但赋伤春诗。西郊车马一朝尽，定庵先生沽酒来赏之。”龚先生游兴大发，这里落英缤纷，“如八万四千天女洗脸罢，齐向此地倾胭脂”。龚先生把花乡暮春的景色写绝了。

清朝的竹枝词，写到养花、卖花，都和这里有关联。说嫁接技术：“黄菊枝枝接野蒿，花儿匠又试新刀。”写春日赏花热闹：“不信看花推杜曲，春来游骑尽城南。”

现代的不少文化人，和这里依然有割舍不断的情结，写了不少花乡十八村的人和事。

老报人、香港专栏作家周简段，戏曲大家翁偶虹，红学家周汝昌，以及许多不见经传的作者，从不同角度记述着花乡的来龙去脉。

周简段先生是老北京人，曾和张恨水一起办报纸。抗战时期，到香港办《星岛日报》。新中国诞生，马上回内地，干老本行。1957年当“右派”，“文革”蹲牛棚。1976年以后，到香港继承遗产，定居。在报上开专栏“京华感旧录”发文章，写了十多年，说是要让海外华人了解祖国，为祖国自豪！

他写丰台花乡十八村，提到赵家楼的牡丹、樊家村的月季、潘家庙的玉兰、马家楼的佛手。慈禧太后喜爱佛手，派李莲英到马家楼卢家选购，一斤佛手5两银子。

那时的年节、红白喜事，达官贵人、富商大贾们都不惜重金买名贵花卉。装点自家，求个吉利遂心；送礼行贿，图个人情方便。春节，单株梅花，“喜上眉梢”；松、竹、梅植于一盆，“岁寒三友”；玉兰、迎春、牡丹种一盆，“玉堂春富贵”。结婚，石榴，“榴开百子”，人丁兴旺；办丧事，松柏枝、白色花扎成“松鹤”“松鹿”“松亭”。治丧期间，摆放灵堂前，出殡时“打执事”

的或抬或擎，列队走在仪仗前头。到坟地下葬后，焚烧。

清末，北京外国人多起来。十八村的花农紧跟形势，培植洋花草。种郁金香、石竹等，编花篮、捆花束，卖给花场子（花店），供外国人购买。东交民巷东口外，崇文门大街上，花店有六七家。

茶叶铺熏茶叶，用茉莉花、玉兰花、玉簪花。黄土岗、白盆窑以这些品种为主。中药铺收购芍药、枇杷叶、藿香等。点心铺收鲜玫瑰花。

市民的房间、庭院，要点缀花木。北京城的情趣、吃喝玩乐，和丰台花乡十八村的花卉相关。有旧诗句说："种花事业无人问，惜花情绪只天知。"在北京，种花事业花乡问，惜花情绪人人知。

花乡的种花人，一家一户经营，销售也费心思。冬天赶庙会卖鲜花，天寒地冻，滴水成冰。花卉娇嫩，吹弹得破，抵御严寒成第一要事。荆条编带盖儿桶形大筐，里面糊双层高丽纸，筐底中间放炭火小炉，四周码花。最近的庙会是土地庙，至少十多里地。一条扁担俩大筐挑着走一个多小时，摆摊卖完就不定几小时了。在保温供暖的筐里，花卉们安然无恙。用"暖洞子"种菜、种花，没电、没仪器设备。玻璃、油纸采光，蒲帘、草苫保暖，火炕烧煤提温。凭眼睛、皮肤测温度、湿度，断定植物生长态势。又土又笨，实用适用。和露天保护成品鲜花一样，是创造！是智慧！是成就！北京人的骄傲。

戏曲大家翁偶虹先生（1908—1994年），北京人，中国剧作家。翁先生爱花成癖，他尤其喜爱"掌"类花卉。为买新品种，他从护国寺追到隆福寺，盯上卖花人草桥张先生。二人成了朋友，他应邀到张家做客，结识了草桥多位花农。写文章深情地回忆了这段友情，给了花农很高的评价："当年庙会花摊之繁，骈列鳞比如长龙。摊极简，或两高筐横以木板，或一小车架以木条。上列小品盆栽，旁置大盆别品。售者均为丰台、草桥之花农，自养自售，斗胜争奇，以诱花客。予自十八岁即选花……猬务丛集，足迹渐疏；然偶得半日闲，仍访花农，买花话旧。此十余年中，得识花农数公，皆朴实敦厚之长者，尤与花农张老，结忘年之交，得其别品甚多，获其养花艺术亦甚多。其养花艺术之所以醉于心者，既涵美学，更有卓识。慧心别裁，自娱娱人。因悟美学之于人生，非知识分子所专有。花农，农也。农亦有其生活美学，且有倍于所谓文人墨客者。”

翁先生还提到“花肆”租花的情形：“花肆主要营业：一为租花取利；大富之家，附庸风雅。既不谙栽培之术，更欲炫豪华之风，一年四季，租花于花肆。应节送花，置于套盆，点缀客厅。花肆估计花时，花绽即送，花萎即换。不爽时日，按年统收租资。……一为代客送礼；不必自己挑选，只消言明品种，成双成对，花肆搭配。先付花价，即由肆中花佣，担暖筐、持送礼者名刺，按所开地址径送至受礼之家。送者节时、受者坐享、花肆牟利，一举三得。”

翁先生到草桥，受到欢迎，“众花农以予为花之知音”，“各出酒食，宴予小坐。古风可感，众情难拂”。翁偶虹先生在草桥有“粉丝”，有朋友圈子。

当代红学泰斗周汝昌（1918—2012年），天津人。红学家、古典文学研究家、诗人、书法家、新中国红学研究第一人，享誉海内外。周先生从“北平”时就成北京人了，多半辈子在北京住，熟悉北京，爱北京。“文革”期间，他在湖北“五七干校”，想北京。“每依北斗望京华”，这句杜甫的诗，老在脑子里转。后来您出了一本说北京的书《北斗京华》，书里说到丰台十八村，题目叫《花·木·城池》。从聂绀弩写榆叶梅的诗说到龚自珍（龚定庵）的《西郊落花歌》，后者诗有序：“出丰宜门一里，海棠大十围者八九十本。花时车马太盛，未尝过也。三月二十六日，大风；明日，风少定，则偕金礼部应城、汪孝廉潭、朱上舍祖毂、家弟自谷出城饮而有此作。”序里说郊游后写了这首诗。丰宜门是指右安门，出右安门就是草桥一带。周先生说海棠招人喜欢，赏海棠花会流连忘返。龚自珍写的是海棠，贾宝玉怡红院光种海棠。陆放翁，“绿章夜奏通明殿，乞借春阴护海棠。”李清照，“试问卷帘人，却道海棠依旧。知否？知否？应是绿肥红瘦！”苏轼，“卧闻海棠花，泥污胭脂雪。”诗人们爱花，尤爱海棠。周汝昌先生文章的着眼点在惋惜北京古城整体旧貌的消失，就城外说，丰台十八村漫野锦绣，护城河插天老柳，循河望去城堞巍峨，河水抱城折流处，角楼高耸。那气势气象，高爽、浑厚、雄深，气息亲切感人。叫人惊叹难忘的风物，是岁月陪护养成。锋利的铁器朝夕间铲平荡尽，欲寻无处！

虽然毁了很多，但零星的遗存还有，如东南角楼、一段残城墙，比咸阳阿房宫被烧光强。文后有诗：“古城千载幸零痕，不似咸阳三月焚。数尺遗砖如石重，移来垒砌护阶�。”

周先生意不在花事，可花事，十八村的花事，是旧时风物，余香犹在。而花卉有生命，有品格，也有灵魂。栽培、欣赏、品评、赞叹，是文学艺术创作的一脉源泉。世界花卉大观园，该介绍旧时的故事人物、文字诗篇，生发花卉的内在美。

丰台大井官道上的砖石牌坊石匾额“荡平归极”（现仅存此额）

第四部分

草根列传

GAOGEN LIEZHUAN

德宝峰

我记事儿起，就认识了德宝峰，德爷爷。他在旗，住在广外财神庙一带（六里桥附近），以“写字儿”跟“跑合儿”为生。老穿灰布大褂儿，罩一黑坎肩。花白胡子，戴平顶黑色编织帽，每天在街上都能看到他。写一手柔美中看的“馆阁体”字，广内大街路南香儿胡同西边，乐培园对过，德义号麻刀铺，白底黑字的匾，就是他写的。

那会儿，从菜市口往西到城门口，没有像样的饭馆。最大的就是二荤铺顺兴馆，二荤铺的格局是进门左手灶间，右手柜房。为挡住灶间的油烟、灰尘，顺兴馆是一面白墙，上面有德宝峰写的字，有一句是：花气袭人衣。刚上学，我不认识“袭”字，大人告诉我念“西”，这字是德宝峰爷爷写的。认识了这个字，记住了这句话，知道了这个人。

他原来在村里教私塾，有了新学堂以后，招不来多少学生，收的学费不够开销，就改行了。种地，没那股子力气；耍手艺，没学过。还得靠孔圣人吃饭，给人写字儿吧。跟街坊四邻、亲戚朋友撒出话儿去，找写字儿的，给费心张罗着。业务开展很顺，后来就找上门了。再后来是增添“跑合儿”项目，从老虎吃蚂蚱——碎概搂，到小脚踢球——横划拉，反正老天爷饿不死瞎家雀。德宝峰也发过小财，可外财不富命穷人，最终是没发起来，因为他太本分。这一点古今相同，今天不也如此吗？但只能认命，这样，心里舒坦、宽绰。干吗跟自个儿较劲？

“写字”和“写字儿”可不是一个意思。北京话里，写字的，是够写家资格的书法家；写字儿的，是字漂亮，靠给人代笔挣钱，德宝峰老先生是后者。写过匾，是偶然露一手；过去民间写字儿的事很多，凡“空口无凭”，需要“立此为证”的，就“那得写个字儿”。比如，房产、土地的租赁、典押、买卖，分家、过继、收养、借贷、赠予等。

写字儿是比较隆重的一道程序。一般在饭馆，找个单间雅座，事主约请有关人士，摆个一桌两桌。房产的买卖，要买主做东，买卖双方以及重要关系人、中间人、铺保人、代笔人出席。人齐后，买主或中人，简要说说，说两句道辛苦的客气话。跑堂儿的拿来文房四宝，写字儿的多是自带毛笔，不用饭馆的。一书两份，写完之后，代笔人大声念给众人听，没有异议，签字画押。铺保人掏出铺户的印章盖上，那时都是长方形竖排的。除了在铺保人名下盖章，还要把两份文书的重要处斜盖骑缝章，买卖双方各拿一份。至此礼毕事成。开宴！

在官方没有房地产管理机关的年代，这“字儿”就有法律效力，“私凭文书官凭印”。民国后要拿文书到管理机关办所有权证（执照），交税。但文书是必有的书面依据。那时没有公证处，写字儿就是众人给写个公证书。分家、过继一类事务，也要请客写字儿。主宾就是舅舅、姑姑、伯伯、叔叔了。尤其是舅舅，权限大，舅大娘亲。父亲的大哥也是不可慢待的，说话的分量大，占地方。

“跑合儿”就是中介，房地产当年有不成文的规矩——成三破二。买房的出3%，卖房的出2%，按房价提取酬劳。“说合儿”的德宝峰，看似无固定收入，但衣食不愁。一年成一号买卖，按现在看就进几万。以此推算，大略可知房地产中介的情形。新中国成立初期，街上还常见到德宝峰，后来就见不到他的身影了。1949年，他就70多岁了。风烛残年，会时有不测。半个多世纪过去，大概能记起他的人也不多了。

“包儿”文子

“包儿”文子姓文，脖子后头有个大包（肉瘤），人们就送他这个雅号。他是瓦匠，住干面（登莱）胡同里头。虽是泥瓦匠，可不在营造厂（建筑公司）供职，也不是有执照的瓦木作。他单挑儿，用不雅的老北京话说：屁眼儿插棍儿——耍人儿的。但在这一带草根社会里是知名人士。

广安门内胡同里，不论杂院群居，还是小院独处，住的没好房。碎砖头的墙，麻刀灰的顶，每逢雨季，墙塌顶漏，常见。人们对生活的期盼是“干柴、细米、不漏的房屋”，烦心的是“漏房、湿柴、病老婆”。每年雨季之前必须做的是修房。

“有钱难买五月旱，六月连阴吃饱饭。”农历五月前瓦匠最忙，常说：过了二月二，瓦匠来了事儿；到了三月三，瓦匠上了天。年年如此。“包儿”文子守家在地，一天到晚磕头碰脑，老街旧邻能不熟识？街坊熟人，干活实在。一间房子半间炕的，生人进进出出，不方便也不放心。年年“包儿”文子都出了这门进那门，他当然成了“知名人士”。

着急的主儿，旧历年前就安排修房，跟“包儿”文子垫话儿：“过了年，我头份儿啊！”要是前边没人提过，他就应下：“一定先给您做！”要是已经应过别人，他按先来后到顺序排："您还真晚一步哩，李家、刘家都先说了。这两家一交工，您那就进档儿，绝不误事。放心吧您！"

北京瓦匠砌碎砖头墙，是长项，核桃大的砖头儿都能给你用上。一面墙，就四框用点整砖，全是碎的。砌墙的泥，新墙，买车黄土（街上常有拉黄土卖的，用于摇煤球的多），土性不黏，掺点石灰或麦余子（麦粒的壳）；旧墙，把旧土过筛，掺石灰，叫插灰泥。不拉渣土，不运新料，两省。碎砖还得平点的面朝外，缝儿也要尽量直。墙的整体要平，就仗着泥了。泥厚3厘米以上，碎砖找平顺直，卧进泥里。齐不齐一把泥，就这么来的。墙是里外两层皮，中间要用泥和更小的碎砖填实——填陷。不少用料，外头不显眼。花了钱没见效果，北京人说："这钱填陷了，白淹浸了！"

砌这种墙，得随时留心，太快，填陷过多，鼓肚子，返工。要是上了架子，上下有人，出事更不得了。伤着人，赔钱吃官司。一上高儿，就得老盯着。

屋顶补漏就是抹层麻刀灰，刷遍青灰。和旧的一色，好看。厚不过1厘米，大面积抹，就叫苫背了。漏了就抹，看拆的老旧房，就知道抹十几层灰的常见。万不得已才挑顶。

活儿不大，"包儿"文子到菜市口铁门胡同人市（劳务市场），叫俩小工，搬砖、和泥、打下手，就开工。活儿大，旧房翻建，盖新房，就得上人市找大工，或找手里没活儿的熟人、师兄弟。开工前还要上茶馆或饭馆，一块儿坐坐，商量商量。他把活儿交交底，大家研究个方案，分分工。定个日子（要和房主先说，挑好黄道吉日），找够小工，"包儿"文子准备绳杆架木、锹镐耙筛等工具。他"脱产"荣任包工头儿。"工码"按市价走，由他发。那时社会风气实诚厚道，除非发生意外，没有干完活儿不给钱的。工头当然要多"吃"，但没猫腻。现在是四个馒头他先掖起仨来，剩一个还掰半拉，嘴里念叨咱一般多。不是见利忘义，是根本不知道什么叫义！

他没干过太大的活儿，订单也不是年年排满。守规矩，不贪不义之财。混个肚饱，没能怀揣。好喝酒，菜不讲究。酒铺，3分钱一个羊脑，一块咸菜，照喝。

瘾来了，要个碗，一仰脖酒（二小两一碗）下去，一边掏钱，一边张着大嘴“哈”！抹着嘴跟掌柜的说：“回头见您！”在家独酌，一把花生米；和人对饮，加菜：榅桲拌白菜心，啃心儿里美。萝卜就酒——嘎嘣脆。

他脾气好，不伤人。见着有钱的，和气，不巴结；遇着穷哥们儿，三句笑话两句哈哈，不说不笑不热闹，可不过什么（没有更深的交情）。街面上混，低头不见抬头见，谁也不伤。嘻和蔼和凑合，穷忍着富耐着，睡不着眯着。反正没窝头不行，生存至上。市井小民有自己的处世之道。

1949年后，手艺人归了口，成了国家的领导阶级，当上了建筑工人。他长于修缮，砌大墙，跑长趟子活儿，真不如别人。“反正没窝头不行”，也得干哪！听说他“忠诚老实”，学习以后，叫他去料具库管料了。再后来，干面胡同占地，盖煤建公司大楼。他搬家走了，断了消息。

1924—1927年，大井牌楼正面。丰台大井官道上（卢沟桥东）的砖石牌坊西侧额书“荡平归极”，坊东额书“经环同轨”。乾隆四十年（1775年）为表彰平定大小金川御书立坊。1954年被拆除

皮匠黄瘸子

摆修鞋摊的黄瘸子，在我的文章里出现过。还想更细地写写，是社会史的市井记录，不妨用些笔墨。使后人对前朝世象有片段了解，就单列出一章。

黄瘸子在清顺斋堆房墙外摆了几十年修鞋摊儿，远近驰名。至今提到他，还有人记得，人缘儿好。他右脚放不平，走路点脚儿，落个绰号，名字倒没人知道了。他手艺地道，为人实诚厚道，出了名。和周围环境也有关系，也算“时势造英雄”吧。这一带，到20世纪50年代初，人们的穿戴，衣服鞋帽，和民国初年比，变化有，不大。穷啊。从里到外，基本是“家做儿”。大褂儿，礼服；短裤褂，常服；汗褟儿，大裤衩，休闲装。脚底下，布鞋天下。修鞋、补鞋，就是常事了。修鞋摊是经常光顾的地方，修鞋匠也就常留在人们的心目中了。皮匠黄瘸子在这一带久负盛名，就不足为奇了。

布鞋种类多，女鞋除外。按款式，小圆口、大圆口、双梁、单梁、牛鼻子洒鞋、摔跤练功的靴子等；按材质，皮底、千层底、毛底等；面料：缎子、大绒、礼服呢、冲服呢、帆布等；做法：反绱、正绱等。年轻爱美、有点地位（如掌柜、账房先生、跑外的）的选小圆口；岁数大点、干活的一般穿大圆口；卖大力气的，赶大车、脚行、拉车的就喜欢洒鞋了。

修鞋的项目：鞋帮，补窟窿、打包头、包后跟、挂弯子；鞋底，打前掌、后掌（分缝、钉）。修鞋匠选料和做法上，要因鞋制宜。要手艺，也要眼光，还得因人制宜。黄瘸子深悟其道，能使鞋漂亮、人满意。

鞋面破个小洞，一般是按洞的大小，配块圆形、椭圆形皮子，缝上去，完活。老黄是按鞋主的心思、鞋的档次，把薄皮子剪成梅花或蝎子、青蛙等形状，细线细针脚，缝上。补了窟窿，添了装饰，显摆手艺。鞋主满意，给他传名，一而二，二而三，三而众，找他修鞋的多了起来。唱戏穿的"粉底官靴"、摔跤穿的"薄底快靴"都找他修，有名的好手艺！

那时候，没有粘鞋的胶，都靠缝。鞋底打掌，有时用球皮钉钉，多用在后掌。根据鞋底的薄厚、结实程度，决定缝或钉。礼服呢面，要细皮子，细线密缝，讲究样儿。帆布面，要厚皮子，粗线，针脚不妨略大，要求结实耐穿。也有新鞋"加固"的——双梁鞋，前脸深，有两道皮梁，穿上不露脚面。前些年绝迹了，现在好像又有穿的了。没到内联升或步瀛斋看过，不知这个品种是不是恢复生产了。买这样鞋的，爱"加固"，前后包皮子，两块皮子之间，贴着鞋底往上，缝一条新布，和前后皮子连成一体。一般用浅色布，竹布常见。这叫挂弯子。鞋底打前后掌，加一层皮子，一般是钉上去的。为了经穿，可能也为了美。

黄瘸子会功夫，能摔跤，轻易不露。夏天收了摊儿，要是有人起哄："玩儿会儿，玩儿会儿！"他会找把铁锹，挖暄一片儿地，穿褡裢，蹬靴子，跟人撂几跤。街坊四邻围着看热闹，不论输赢，哈哈一笑，决不红脸。观众兴起，会喊着："走趟拳吧！"他只是摆个花架子，比画两下，不扫别人兴，也不动真格的。但是，街面上有人犯浑，耍胳膊根儿，欺负人，黄瘸子不容让。他仗义，好打个不平。街上的浑小子们，在他跟前，不敢犯刺儿。老实巴交的，他护着。他在街面上的威望，比为富不仁的大掌柜要高得多。

1949年前，他就有50岁出头了，夏天常光膀子，晒得挺黑，一身瓷实的肌肉，看着就筋道。脸庞棱角分明，修剪整齐的八字胡，一口白牙在黝黑的脸上特别

盖京西

60年前，广安门内有一位人称“盖京西”的女士。在这一带的妇女界，几乎无人不晓，那时年幼，曾对此绰号做过多种揣测：她罗曼蒂克的风流韵事多？还是如《水浒传》里的镇关西，打遍广内无敌手？近日与一位80多岁的老太太聊天，才知道这个美名的来历，她不过是当年的“街花”，年轻漂亮，追求时尚；爱逛街，高回头率；美貌出众，盖过京城西部。引人注目，遂获美称。

她住广安门内路北近城门处；临街三间铺面的大杂院，中间门道，两边门房；原是驿站的马厩。据传广安门是清朝皇华驿。取消驿站，成了杂院。院子地势高，进门大上坡，北头比马路高一米多；门里道西是几个小独院，盖京西一家住一个院。

1949年前，大人带我去过她家，并且叫我喊她“干妈”。60多岁，年轻时底子好，又不断下功夫护肤养颜，所以不显老：“望之如四十许人。”许多比我大的孩子也都称她“干妈”。人们受钱限制，有了病不找大夫，更不会去医院，先扛着。找找街坊里的“高人”，问个偏方，用个土法子，还许就好喽。拖到最后才肯花钱求大夫。“干妈”就是高人，孩子病了，找“干妈”；有点妇科病，跟大夫都口羞，也找“干妈”。她是集服药、针灸、推拿，甚或巫术于一身的妇女、儿童“社区保健医”。

医疗效果还不错，不然就不会出名了。医德高尚，没打过广告、没找过医托，不收费，服务热情亲切。喊声“干妈”，年节送包茶叶，她会笑得前仰后合：“这是干什么呢？可别价！来看看我，就领情。拿东西就见外了。”坚持再三，收下礼。千恩万谢地送你到大门外。治了病，省了钱，还成了干亲。所以人缘好。她给你看好病，你没送礼，也没口头道谢，有事你还去，她依旧热心如初。决不叫人觉得有点挑眼或不快，“来，就是看得起我，信我，敬我。看不起你，请人家，还不登门呢。”

她给人看病，先问症状，有时也号号脉。婴儿，看看食指内侧若隐若现的一条青色筋，她认为严重，会叫你赶紧找大夫，别耽误。能治，她也不推。她常建议一两味草药熬水喝，或叫吃什么成药。不会写，口头说几遍，让你记住。出大门西隔壁就是瑞德堂药铺，自己买。如果她说不用吃药，就下手给你治了，扎针、放血、刮痧、拔罐、推拿，有时她告诉你穴位、方法，叫你回家自己做。

小孩儿惊吓着了，她会问在哪儿吓着的。叫你回去哄孩子睡觉，拿上孩子的衣服，到吓着的地方，提着衣领子展开，衣服里儿朝下，在地上扇动三次。边扇边喊着孩子的小名，说：“跟妈回家喽！”然后卷起衣服抱在怀里，继续不断重复说过的话，一直回家，打开衣服盖在孩子身上，被吓掉的魂收回来了。有时一觉醒来，孩子的病居然好了。这似乎是近巫了。

她治病的法子，我印象最深的有两种。

一是放血。用一根布条从手指根儿缠起，一道挨一道，到指甲下，把血挤到指尖，黑紫黑紫的。用一根大粗针，在指甲根两侧各挑一下，憋着的血流出。手指松绑。血要是发黑，火盛；色淡，寒重。十指依次处置。疗效快，显著。颇受称道。

一是搓“羊毛疔”。病人脱上衣，赤背俯卧。和荞麦面，做成小擀面杖形状，在赤裸的脊背上滚，几遍之后，揪断面团，断裂处会有羊毛样的东西，清除后继续搓滚。最后能不见毛状物。我只记得这过程，症状和疗效已全忘光。“疔”，

起名叫嘎子。老掌柜的长孙，心尖子、活宝贝。前边柜上，跑堂的、掌勺的、伙计、徒弟，看佛敬僧，哄着捧着，能叫老掌柜不痛快？顶着怕吓着，含着怕化喽，要星星不敢给月亮。六口大人围着一个孩子转，不知怎么宠着好！怀抱儿，就你手倒我手的；会走了，牵着手上街，到亲戚朋友家串门，除了没銮驾，跟护着皇上一样。都喊他“少掌柜”，开玩笑的长辈喊“孙伙计”。

老掌柜“在理儿”，戒烟酒，吃素食。卧室设佛案，每日定时烧香、磕头。还印宣传品，派俩伙计，上街发。宣传“吃亏是福，还账是便宜”“诸恶莫做，众善奉行”。一家人都厚道，几辈人的老住户，嘎子一个人上街串，街坊邻居也都哄着。赶上头一回见的，还会一缕白线拴个红包，套在他脖子上，给个见面礼。

可嘎子命不济。7岁，亲妈死了，当年就有了后妈。转过年，最护着他的爷爷又去世了。撑着面子办丧事，老爷子后事一完，亏空一堆。日本人控制米面油糖，买卖难做，百业萧条谁还上馆子？铺子就关了。11岁，父亲病故。他从善果寺初级小学（小学四年级）毕业，继母不再让他念书。“连窝头都吃不上，还念书？”“你也不小了，该出去奔了，大小子，家蹲儿？谁养活你？”她冤枉了孩子，嘎子从爸爸得病以后就变了，脸上没了笑模样，为家里省钱，提溜篮子到天宁寺庙外头，粪场子的炉灰堆里捡煤核，也捡过烂纸。

当年穷孩子，八九岁找营生挣钱，不算新鲜事。现在叫什么“创业”，不用启动资金的——背筐捡烂纸；吃冰窖。冬天，护城河拉冰；夏天，冰窖里头捡碎冰，下街吆喝着卖：“冰核儿多给！”要做辆车，两根木棍儿，横几根板条，钉成三角。尖上安个小轱辘，后边叉开是车把，放上盛碎冰的筐，盖几片蓖麻叶子（能找个大荷叶更好）。推着穿街走巷，买主端饭碗出来，拿5分钱的！给一大碗，讲究的，化成冰水，冰里的泥沉到碗底，喝清亮的净水，凉，解暑。小孩子嘴急，不等着，纳鞋底的锥子，慢用力，稳稳扎。冰块大块裂成小块，不管里头有没有泥，放进嘴里，凉。价格优于所有冷饮。

还有拉小襻跟推洋车。排子车拉货，一个人拽着走，道路随高就低，遇见坡，拽不动。拉小襻可以“该出手时便出手”，拿一条绳子，头儿上带个铁钩，把钩子钩在车上。绳子的另一头，是个套，套在肩上，紧跑几步，到拉车人的前头，低头躬身向前拽。此时车辕里的拉车人，只需掌握方向，省力多了。步入坦途后，摘下钩来，接受酬金。返回起点，再伺机出手。拉洋车赶上上坡时，你紧走两步，双手推车的靠背，踮起脚，使劲蹬，虽是几步，拉车的省了大劲，也能挣俩钱儿。

给人添坟，是短期营生。春节、清明、七月十五、十月初一、冬至，都是上坟的日子。拿把锹，胡同口一站，见带着纸钱、金银锭、香烛供品进胡同上坟的，跟着。人家在坟前摆供品、点香烛，你用铁锹铲净坟上和周边的野草，铲些新土培在坟上，加大增高。然后垂手侍立于上坟人身后，待焚化纸钱纸锭，祝祷祭拜完毕。不必开口，人家掏出钞票分发小费，多少都不争，道谢，回胡同口，盯下一拨。那时大街路北下斜街长椿寺以西，妙光阁以北，现在的长椿街两侧，槐柏树街南北，都是坟地。路南白广路本身和两旁，德源胡同、德泉胡同以南，枣林前街以北，大面积坟地，边缘散落些人家。牛街南口东边，教子胡同南头也是坟地。天地广阔，上坟的人比不上今日八宝山那么集中，但也陆续不断。

也可以去打工，吃杠房、轿子铺。红白喜事的仪仗队，都现抓人“打执事”。十二三岁半大小子，精神、欢蹦乱跳。本家儿满意，揽活儿的头儿省钱，孩子也多少挣点。到了十五六岁，腰里系块包袱皮，天蒙蒙亮，铁门胡同口上一站，等活儿。那儿是“人市”（劳务市场）。有技术的工匠，要带件工具当标志，腰里别个瓦刀，带把斧子什么的。不带家伙什儿，围块包袱皮——壮工（小工儿）。瓦匠师傅过来：“跟我走！”搬砖、和泥、运料、拿工具，杂活。整天跟大老爷们混，算步入社会。干长喽，拜个师傅，三年零一节出师。正牌瓦匠，拿大工的钱。干几天，撂了，另攀高枝，就不定出息到哪儿呢。

少掌柜嘎子，背筐捡烂纸的时候，原来的六口大人，剩下三口了——失明的奶奶和叔、婶。娇哥儿成了舍哥儿。继母向婆婆、小叔子提出条件，丈夫死了，孩子小（他亲生的女儿才两岁），无依无靠。怎么办？得给拿个主意。要是想不出法子，她可自己想辙了。小叔子闲居在家，老母亲、病妻、一双子女，五

叫骂一阵。狗肉在肚里，人不吭声，骂够气消，就过去了。那时没有“宠物”，只有看家狗。没人当回事。嘎子津津乐道砂石场的趣事，盖不住受的罪。脸上挂着笑，心里流着泪。攥着算下来的工钱，回到广安门。

虎坊桥十字路口西南角，有个卖馅儿饼的小馆“桥洪”，围着一圈饭摊（排档）。往南路西，一个小门楼，门里影壁上挂块白漆木牌子，四个大字：龙兴货栈。老板姓于，有辆六轮卡车。嘎子到龙兴货栈跟车（司机助手）了，挣钱、吃喝、活路儿，都好多了。

货栈，现在叫物流。当时口号是“发展生产，繁荣经济，公私兼顾，劳资两利”。私人经济普遍看好。一辆车，一司机，一助手，货栈全部。油奇缺，车烧木柴，车楼子后边，车槽一角，立个四五十厘米粗、一米多高的“小锅炉”。顶上有能打开的密封盖，下边有手摇的鼓风机。每天天亮前，嘎子打开炉子盖，填瓷实劈好的木柴，压紧、密封。再到下边点火鼓风，加足水，司机一到，嘎子赶紧拿摇杠，插进车前头的窟窿摇车，不出一身汗摇不着。不跑远道，都当天打来回。为赶时间，还得帮着装卸，活儿也不轻。

嘎子在龙兴货栈，多累，都是高兴的，于老板的独生女，和嘎子好上了。于小姐比他大两岁，菜市口春明女子中学毕业。嫁给一个国民党军官，头生男孩不到仨月，部队开拔，军官扔下娘俩，走了。小三年了，没信儿。自打男人走，于小姐就带孩子住到娘家。于家四口，老板、老板娘，女儿、外孙。可吃饭人多，开车的、跟车的、临时雇装卸工，都管饭。做饭的担子就不轻了。姥姥哄外孙，女儿做饭。嘎子闲了，上厨房搭把手，吃也在一张桌。

嘎子20来岁，不像在砂石场，知道臭美了。不出车的日子，一身白帆布西服，白遮阳帽，白皮鞋。腿残疾不明显，走道拿点劲儿，瞧不出来。头发梳得溜光，还没刮过脸，嘴边茸毛，更衬着年少的英俊。丈夫远去日久，消息断绝，思念和孤寂，无法言说的抑郁，于小姐渴望抚慰。嘎子是最佳人选。他们的交往是瞒着人的。嘎子不瞒家里人，拿些于小姐的书回来给弟弟看，把抱着老板外孙的照片也放家里。他们一块儿去门框胡同同乐，看电影，逛中南海，带孩子去三贝子花园，他都跟弟弟念叨。

这事哪瞒得住？老板看出来了。当官的姑爷能不能回来，没准儿，可也不想找个穷小子倒插门。这事不能挑明。月底算清了工钱，还多给了些，跟嘎子说："明儿你就甭来了。你年轻，找个事盘儿大的地儿混。我这小家小业的，干熬着，出息不了。"跟于小姐连告别的话都没说上，就离开了货栈。老板跟闺女怎么说这事，不知道。嘎子保存着她的相片、她孩子的相片。嘎子死后，他儿子翻出来，拿着问叔叔："这是谁？怎么没见过。"

大概1954年，成立"宣武装卸队"。在永安路把角儿，现在前门饭店西侧，挂牌子办公。这块地儿，你站在街口，一片高楼，街树成行，常年有鲜花开着。五六十年前，在这条道走走，恶心死你！土马路，排水明沟，灰顶平房，皮局子（熟皮货作坊），一家挨一家。收购剥下的羊皮、狗皮、兔子皮，清洗、用硝处理后，毛朝里，展开钉在木板上，靠墙立在街上晾。膻骚腥臭，灌满整条街巷，何况路南还有个大屠宰场。现在怎么想，也想象不出了。嘎子在运输行业干过，熟人多，就进了装卸队。

后来北京市组建运输公司，装卸队合并到公司。在马连道建运输公司二场，嘎子当了调度，算是有了旱涝保收的"铁杆老米树"。业务熟，嘻和蔼和的好脾气，领导叫干什么，都没二话。真是群众爱戴、领导放心。常被派出差，带个汽车队，应公安五处的运输活儿。延庆、茶淀，一去几个月。妻子拉扯仨儿子，大的哭，小的叫，操心受累。孩子有个头疼脑热的，顾不过来，病的上医院，没病的得看着，就求街坊搭把手。两口子人缘行，没为过大难。赶上叔伯兄弟在家，叔叔就代理一切了。放羊似的，带孩子们去北海、上陶然亭，他光棍一人，哄孩子也是一乐，算给嫂子放天假。嘎子出差回来，都和妻子讲外头的见闻。嫂子向小叔子学舌，人家被管制的，没怎样，你哥倒受了教育，老嘱咐她："别胡说八道，别惹事。吴大爷、董大爷（都是居委会主任），叫你干什么你就干什么。"

旧话说孝悌，新话讲社会责任，嘎子尽了。父母早亡，和叔父过。从打能挣钱，就一直把叔叔当爸爸孝顺。1956年，弟弟参加工作，他才少了负担。1957年结婚，

是乡下的老规矩、旧做派。衣，长袍短褂，布鞋布袜。从头到脚，由里到外，都是女人手工。有了线袜子（洋袜子），三天两头破，也要女人套在袜板儿上，一针一线地补。常言说男人街上走，带着女人两只手。食，棒子面窝头，咸菜、小米粥，家常饭。炒菜、烙饼、面条，生活改善。炖肉、熬鱼、包饺子，举行家宴。住，睡觉都是炕，砖炕、土炕，热炕、凉炕。砖炕多，都临窗，光线好，做针线活儿方便。夸能干的媳妇："上炕一把剪子，下炕一把铲子。"

住一间房，门在当中，就后檐炕，一间屋子半间炕。剩下的地儿，不论大小，都多功能——做饭、用餐、待客，生活起居，皆在此。如是热炕，炕下一角，还要砌烧柴的锅台。炕里有烟道，屋顶有烟筒。屋门在边上，炕就临窗，多功能改在后半部。住两间房，里外屋。里间卧室，外间多功能。住三间，一明两暗，堂屋多功能。独院，就另有厨房。杂院，檐下就是厨下。杂院、独院，都有柴锅、柴灶。院子角上，自家窗前，碎砖、黄泥。前灶门，后烟筒。孩子、大人，野地玩耍，街上走路，干草枯枝、破鞋底、碎木片，能烧的，顺手拾回；秋冬，也会到野地去搂草拾柴。省钱。行，人人是神行太保，11号、一匹马力、左右制动。自行车买不起，洋车坐不起，公交车少，就算便宜也不如不花钱。上窑台（陶然亭）、逛天桥儿，前门大街、西单牌楼，都安步当车。丁家爷俩有街坊婶子大妈帮着缝补洗涮，出门上街也都干净齐整。

父亲下街收货，以书本、报纸为主。晚上分类收拾，报纸铺平、戳齐、码好，当包装纸卖，摊贩商铺，零散杂货，糖豆、瓜子，都使报纸，跟今天塑料袋一样。没字的纸一类，订书局裁下来的，按宽窄分开，宽的一二十厘米，卖给学生订本子，抄笔记、写作业、打草稿，比买笔记本省钱多了。人熟了，白天也有上门买的。卖不出去的，归纸料行收。

儿子每天跟院里孩子们跑着玩儿，哪儿都去，一群一伙的，丢不了。宣武门西护城河边，二道闸，天儿暖和，脱光，下水洗澡，狗刨凫水。妙光阁西边老馆坟圈里找野葡萄、揪酸枣，逮蛐蛐、油葫芦，带瓶子水灌屎壳郎。也在胡同口骑马打仗，藏幕阁儿（捉迷藏），还喊着："藏幕阁儿，大家伙儿，谁不来小王八儿！”也有消停的玩法：弹球、扇洋画。想进学堂，但念得起书的少。能念，也只求看信、写账、打算盘，居家过日子用不着大学问。

丁叔，独苗，自小没娘，爹格外地疼。虽然没上学，也没老早地出去奔饭。十五六岁上，才跟大人下街收货，分类整理，摆摊卖货。俩人做生意，多一个新生力量，多跑路，开新客户，辟新门路。老爷子当副手，儿子成了顶梁柱。年轻人好交，狗戴帽子都是朋友。交一阵子以后，人性好坏就品出来了，过筛子过箩，留下的不会多。仨发小，加丁叔，哥儿四个拜了把子，换帖盟誓，结了金兰之好。还到顺治门外头华光照像馆照了相，丁叔最小，行四。有了掏心窝子说话的哥们，遇见事有人拿拿主意，帮帮忙。老爷子高兴，三家亲家、仨干儿子，撑腰！

日本人来了，吃混合面，有钱买不着东西，钱也不好挣了。老爷子急气攻心，病倒在床，没几天就归了西。十多年，一个汗珠子摔八瓣儿，攒了点钱，得花在您身上，跟有钱的不能比，也得有多少花多少！得对得起老人，中等偏上的棺材、单棉夹纱寿衣，莲花枕、波罗经被。请了七个钟的一棚经，送三放焰口，超度。还要把老人送回老家。哥仨跟老四说：“兄弟，搂着点儿。依我们说，入土为安，先下葬。缓一缓，过些年再送干爹回去，跟干妈并骨。”他们是说连棺材运，开销太大，不如将来运骨殖。丁叔不干，在外乡那就是孤魂野鬼。死鬼没着落，活人不安生。有人就有钱，我从头来！大伙拦不住，只好依着他，帮着干。买草绳缠棺材，雇骡马大车，哥儿仨陪着，扶柩还乡。和老太太并骨合葬，向乡亲致谢、托付、告别。回到北京，前后用了20多天。回来，又急着忙着找小器作，给老爷子做神主牌位，配镂空雕花的匣子，平时罩着，放屋里高处。逢年过节，请出来，摆放好，烧香上供，磕头祭拜。直到“文革”，才取消。牌位也偷偷地烧了，以后没有恢复。

老爷子的后事，拉了点亏空，债主都过得着，不急。做买卖的本钱，不容工夫儿。把兄弟大哥牵头作保，请了支会，10个人。写红帖，定日子，清茶恭候，地点就在“丁宅”。人齐了，抓阄儿排号。敛齐钱，交到四弟手里，有了

俩大夫

韩永寿大夫

1952年，广安门大街新开一家诊所。教子胡同迤西路南，门上挂着白底黑字牌子——中医师韩永寿大夫诊所。这是韩大夫悬壶济世的开始。有的书上说他是新中国成立前就行医，是想当然，没根据。

韩老先生是我同班同学的父亲，这个同学是我终生不忘的发小。在韩大夫开办诊所前后的几年间，我经常去韩家。韩家原籍山西太谷，晋商，世代在京做粮食生意。住在教子胡同北口。清朝乾隆三年（1738年），在这里设西城平粜局，就跟粮食有关系了。民国时期，这里是北京三大粮食市场之一。农历一、三、六、八日开市。韩家做的是粮食批发，韩永寿是粮栈老板。

1949年之前，韩老板清空库存，关张歇业，手握重金，家居赋闲。语云："不为良相，便为良医。"韩老板拜在崇文门陈慎吾大夫门下，成了入室弟子。已到中年，却进入了紧张刻苦的学习当中。常人做不到，他持之以恒。旧社会转换为新社会，掌柜转换为大夫。

他家住在原粮栈，批发生意，不讲究门面装修和店堂布置。临街三四间铺面，和普通住户一样的瓦房，门板上得严严的，两扇能开合的就是街门。进门有两间房的进深，堆放着桌椅板凳等杂物，又乱又暗。中间通道，走时老得留神，别磕着碰着。走过去是院子，就亮堂了。东西窄南北长。一溜南房，比铺面房、东西房都高大，带廊子，有明柱。靠西一间是过厅，通后院，做了韩家的灶间。

全家五口，父母、一个女儿、两个儿子，我同学居中。前有姐，后有弟。姐姐念高中，肺病休学，一人住前院西屋。后院挨着门厅，两间西房是父母和两个儿子的卧室。门厅东边两间大房，是韩伯父的书房和后来的诊所。

我们学校在牛街北口东边，离韩家很近，有几个同学常去。在后院，家长眼皮底下，拘束，就跑前院姐姐屋里闹。几个愣头小子，招人烦，打不得，轰不走。姐姐咒我们："我是肺结核，把你们都传染上！"冲她做个鬼脸，我们该怎着还怎着。

韩伯父还在跟陈慎吾先生学医，不常见。见也不打招呼，他不理孩子们，也不下逐客令。我们当然怕他。一次他送客人到门外，点头哈腰，笑着，一口整齐雪白的牙。我印象很深，和他儿子有十来年的交往，见到老人家的笑容，只此一遭。在家从来不说不笑。一家之主，主事，但不管事。下令，伯母管事，执行命令。卧室门后挂一小黑板，他布置任务，写在黑板上，买东西，办事情，做饭，吃什么，都是写。夫妻不过话，怪！儿子说只有口头请示，需要立即答复，才说。否则，就黑板上见。家人习以为常，见怪不怪了。没有说笑，也没有吵闹。

伯父长得少相，留小平头，皮肤白皙，眉目清秀。穿流行的中山服，平整挺括，裤线笔直。不苟言笑，但一脸平和，不是恶相。伯母显老，梳老式发髻，一双缠过又放开的脚，自己缝的衣裤，还常罩着围裙，带着套袖。印象中老站在灶前忙活。做山西面食，晋阳饭庄的特色面食，顿顿是。一口浓浓的乡音，难懂。对儿子的同学热情相待，笑嘻嘻地和每个人打招呼，问长问短的。我同学和乃父相反，笑声不住，话题无尽。无论人多人少，都是谈笑风生。

记得是1952年夏天，诊所挂牌开业。两间大屋粉刷一新，布置成诊室，挂

南马道传奇

一、学习班，上山下乡

广安门南马道，南北胡同，进口不远，是个葫芦肚，往东洼一大块，就有了路南、路北。路南院里住着五六户，杂院。胡老太太，守寡多年，拉扯着俩儿子、仨闺女过日子，难。这两年缓过点劲来，大闺女有了工作，是个帮手。去年出阁了，少一张嘴，还照样交钱。二闺女玉珍初中毕业，要能找个工作，哪怕去学徒，就又宽松点。可是得上山下乡，舍不得叫走，没离过家呀。大闺女出门子以后，家里空了多半啦，老觉着没着没落的。好容易才好点儿，二闺女一走，家里又空了。再说，这跟结婚不一样，一走几千里地，能不能回来，多会儿能见个面。心里没底呀！

可学校来五六个学生，在家给你办“毛泽东思想学习班”。天天来，讲去的好处、意义。讲一阵，翻开《毛主席语录》《毛主席最新最高指示》、两报一刊社论，念一阵。一待一天。临走必定问：“您有收获吗？您想通了没有？”天天这么着，家里的活儿干不了，心也踏实不下来，日子不像个日子。第四天，说痛快话：“行！她走她的吧。”表示家长自愿叫孩子走，听从分配。“学习班”结束。家里消停了。

又该说走的事了，在家住好凑合，出去，就不能叫人笑话。讲究不起，也得是那么回事。赶着做里儿面儿三新的被子、褥子，买床单、线毯、绣花枕头。木头箱子贵，买个柳条包。脸盆、牙缸子。没离过家，没有个人单独一套，这回都是新置的。走那天，一家子到车站送。北京站挤满了人，送的比走的多多了。抹着眼泪在人缝里挤，抽抽搭搭，不敢出声，眼泪、鼻涕满脸，顾不上擦。进站，车子动了。泪眼模糊，挥手。号啕大哭，声干云霄。有人挤出站外，不堪悲痛地瘫坐在石板地上。相跟的人，挤着跑出，蹲在身边，说劝慰的话，却哭得比瘫的人更厉害。场面、景象、气氛，撕心裂肺。杜甫的诗句“爷娘妻子走相送”“哭声直上干云霄”，是实感，不是诗人的想象。

寡妇妈，不放心，惦记。16岁大闺女，一人在外，冰天雪地的大东北，谁放心哪？见不着面，那会儿没电话。写信得求人，来信也得找人念。一天到晚地揪着心。心里头，老嘀咕，不踏实。想踏实，就得豁出去——在郊区找主儿，苦点，受点委屈。能常见面，是苦是甜，心里有底。是好是赖，能看得见。踏实。再说了，怎么也比关外强。丈夫生前的朋友，老杨，房山的。路过广安门，常到家里来，看看娘儿几个，也关照点事儿什么的。打定主意，就托老杨：在房山，有合适的，给二闺女张罗张罗。受人之托，忠人之事。老杨真把事儿放在心上了。没几个月，有了回信儿。是个有手艺的，瓦匠。论个头儿、看长相儿，都没挑儿。当然是农民户口，成分还高，富农。比闺女大6岁。不是有所图嘛，就别嫌弃。居民户口的城市姑娘，和农民户口的农村汉子结婚，如同公主下嫁，不是特殊情况，不多。那几年里却不少见。认识的人里头，街坊有，亲戚也有。如同奉旨成亲，有无奈，有不得已，可大家心安理得。30年后，大多数还过得不错，都见隔辈人了。含饴弄孙，快乐安闲。不再想，不再提30多年前的旧事了。

见新来的汪老大，什么都拿得起来，技术好，有责任心。工地的事，都靠给他了。魏工长当了甩手掌柜的。年底汪老大被评为先进，在房管所修建队算有一号了。虽然农民户口不能转正，可站住脚了，一时半时的不会被“开”。饭碗子保得住，心里就踏实，干活儿就更踏实。

魏工长是占地工，北蜂窝有套房，媳妇、孩子，一家三口，日子挺好。老家在城北洼里，父母、兄弟是农民户口，他老想在家盖几间房。备料，最要紧，兵马未动，粮草先行嘛。最近，就老盯着工地的东西。领料或自己采买，都多弄点。对机会，往洼里运。工地分散，房管所，也没大活儿。一星半点的，没人查考。零碎搬搂，不显鼻子不显眼。积少成多，慢慢攒。汪老大能当先进，靠工长。干好干坏，队长听工长汇报。老汪当然知道，老魏的事，先是睁一眼闭一眼装不知道，后来就帮着了。

瞒上不瞒下，日子长了，次数多了，就难免露馅儿。也是该着，几根木料，老魏下班走时，撂下话叫给弄洼里去。他自己不去。那天收工晚，俩壮工，蹬板车，拉木料，汪老大骑车跟着。半道上，联防的拦住不叫走，连车带人给弄到联防办公室，叫去开证明。汪老大蒙了，忘了“光棍不吃眼前亏”的古训，跟人嚷嚷：“我自己的东西，凭什么不叫走！”“自己的东西？干吗黑静半夜地拉？明摆着不是好来的。”“把单位电话告诉我们，问清楚你就走。”电话不能叫打，只好说我们去开证明，东西先搁这儿。

仨人出来，汪骑车去找魏，那俩人走回工地。老魏说木料可以不要，板车得弄回来，队里的车。“你先回家，明儿想辙。”联防的人认真，第二天上午没来取，他们发现板车上有牌子，写着“西城房管局”，查电话号码，给房管局打电话。“我们昨天夜里扣了两辆板车，装着木料。说今儿拿证明来取，怎么没来呀？”接电话的不知哪儿的事，跟领导汇报吧。局领导叫通知修建队，派人去把车先蹬回来，别在外头丢人。

修建队是下属，局里通知如同圣旨，开证明，派人去。搞清情况，好跟局里交代。老魏也紧张罗，小学校办厂的头儿，是哥们儿。校办厂开个证明，带俩人直奔联防。说学校借的车，学校出证明，蹬走了车。修建队的人来晚一步，空手回去，和队长汇报情况。队长急了。局长轻易不问修建队的事，这回这么较真，这事不小。问起来，没法说呀。队里乱，没了东西不知道。外单位通知去取，还叫别人拿走了。怎么管的？一查再出别的漏子，可得当事儿。借车的条子是老魏打的。老魏没在工地，把汪老大叫到队部。队长说："局里都知道了，瞧你们闹得！我吃挂落儿。今儿你得给我说清楚，不然我没法交代。"汪老大架不住吓唬和哄，一五一十地说了，但声明：只此一遭。那也老觉得对不住老魏。队长为有交代，撤了魏的工长，也不叫汪管事了。

四、拆后墙，住上新房

在工地不管事，省心。汪老大干活儿不惜力，上上下下还尊重他，收入没少。这事闹得心里不痛快，没几天，也就过去了。可他贴托儿所院墙支的棚子，人家扩建，拆墙，通知他搬家。他叫托儿所给解决住处，理由是盖的时候没提出异议，就是同意和支持，是没有写成文字的协议。现在是你们破坏协议，必须解决我的住处。再说你们是单位，我是私人，"众不亏一"。咱社会主义国家，能叫老百姓住露天地儿？他当起钉子户，反正不能给扔外头去。他不走，墙不能拆，开不了工。百货公司后勤耗不过他，最后说妥，给他盖房。他提出：不交房钱，水、电白用。也答应他了。

修院墙把他的两间棚子圈进去了。靠北墙，还坐西朝东，道边上，给他划了至少30平方米方方正正一块地。盖了一间半刀把儿房：16平方米一大间卧室，连着七八平方米半间，还留七八平方米小院。有上下水，比原来宽绰、正规。自己按屋里尺寸设计家具，那会儿流行组合柜，做得严丝合缝，漂亮实用。中间摆长沙发，靠墙，两边和上面是柜。两边柜有活板，搬下来放书，放茶缸，不占地方，方便。

改革开放初期，人受单位控制，休息天到外头打工，抄肥挣外快，得偷着。

没人管，他去照应，派活儿，盯进度，安排料。直到老魏出来。他听魏夫人说，老魏外头有了人，一宿一宿不着家，回家就打架。他找原来房管局跟老魏不错的熟人，一块儿约老魏出来，找个小馆，规劝一番。弟妹带孩子、操持家不容易，一块儿打苦日子熬过来。鬉鬃夫妻，可不能对不起人家。好好过日子，斜的歪的没用。露水夫妻，哪有真的？这道走不得。俩人掰开了揉碎了说半天，老魏笑着说："甭听她瞎说，没那巴宗事。"后来夫妻还真和好了一阵子。

六、修立交，住进楼房

汪老大岳母一家，在胡同里吃得开。俩小舅子，膀大腰圆，老二是摔跤队教练，又都正当年。造反年代长大的人，胆大，什么都不论。大批判练出来的，嘴头子硬，没理，也能说得条条占理。何况，胳臂根儿粗，找哪儿办事也都好办。别看像是没职业，不少抓钱。卡车停在护城河边，哥俩夜里把轮胎卸走，藏起来。车主报案，公安一查，哥俩露馅儿。取证，警察到工地搜查、照相。幸亏有人罩着，不然汪老大也得算窝赃。这类麻烦不多。仰仗妻弟，没少得益，无论钱上、面子上，吃点亏，也得咽下去。比如没他们戳着，百货公司不一定给盖房。这一间半房，住了十来年。广安门修立交桥，拆迁。那阵儿，还是按人口、面积给房，一家子三口，五里店给了一套两居室。又过两年算旧楼，花无几俩钱，买下来了。俩肩膀扛一脑袋，进城不到20年，一步比一步顺。俏事儿都赶上了，叫人不得不信：命里该着。

七、托运站，短命夭折

改革开放之初，摸着石头过河。不管不顾没准就发起来，稍有犹豫可能失去良机。撑死胆大的，饿死胆小的。房管所修建队除原担负的任务，大量揽外活儿。工人都脱产当几大员，干活儿全靠临时工、农民工。汪老大打那档子事起，就抡着大铲战斗在第一线。想忍一阵子能过去，累、钱少、别的好处捞不到，没什么。可看不到出头的日子，叫人败兴。

社会上倒腾买卖的多了，到处都是。那些年，珠市口南边路东路西的小旅店，住的外地人几乎都是“倒爷”。一到晚上，北京“倒爷”往这儿凑。甭管认识不认识，见人就搭个。探消息、觅货源、寻顾客、找伙伴。门口路边，过道院里，房间的上铺下铺（那时小旅店上下铺多），到处是人，挤在一起说话。声音低对方听不清，面对面也高声嚷。都是初相识，让烟点烟，是必有的礼仪。外头跑，不抽烟不办事，有多少人就多少个烟筒。声音嘈杂，烟雾弥漫，唾沫星子乱溅。这场合真能做成的极少，胡喷乱嗙，嘴上热闹。

人杂，货也全。汽车钢材、水泥木料、电器服装、吃食香烟，都有买有卖。从黑龙江到广州，从北京到乌鲁木齐，“倒爷”跑着，货运着。北京是集散地，运输忙。托运站，雨后春笋了，广安门火车站是货运站。托运站四周林立，都买卖兴隆。汪老大看得眼热，俩小舅子也想捞一把，仨人想到一块儿了。汪老大的房接出一间，坐西朝东门脸房，南马道进口路西。办执照，挂牌子，开张营业。汪老大辞了房管局，当“站长”，俩舅爷又是股东又是伙计。生意挺好，头一年盈利颇丰。结账分红，汪老大吃了死苍蝇。按他想，自己出力大，至少分六成，舅爷业余搭把手，分走四成就不少。舅爷不干，二哥二哥（汪嫂行二，为显得亲，称姐夫为哥）喊得甜，开玩笑说您吃肉，我们也该喝肥汤呀。并没撕破脸，大家笑呵呵地结了账。落个倒四六分成，一家子的事，和气第一。

第二年过了春节，是淡季，汪老大反倒忙了。二位舅爷管包装送站，干活儿顾脑袋不顾屁股，闹得净是找后账的。有包装不好，损坏货物的；托运时间过期的；没收到，丢的。汪老大柜上坐镇，他得接待应付。解释、说好话、赔礼道歉，受了损失的，误了事的，人家不答应。光拿话甜哏人，办不了。赶上咬牙的，就得掏钱。赚的钱分了，他一个人往里搭，吃进去吐出来。一寻思，

八、闹“罢工”，好事难成

老吴的亲戚是单位劳服公司的经理，也是想帮帮他，给点活儿先干干，再找机会跟上级领导说，成立个修建队。老吴就名正言顺地留在劳服公司，就不用到处打食吃了。可亲戚的单位在双桥，道儿远。城里的活儿没完工，两头跑，道儿远的就去得少。干活儿的人是现雇来的，心里含糊，怕干完活儿不给工钱。几天见不着工头，心里更打鼓。吃饭，单位食堂管，记账，甭掏钱。可干完活儿找不着结账的，就晚了。这天，人趴在被窝里不出工，单位管事的叫不动，工头不来不干活儿了。

亲戚打电话叫老吴：“您快来吧，你们的人罢工了。”老吴跑了去，好说歹说，起誓发愿，这才出屋子干活儿。单位领导当然听说了，就发话：“这班儿人不行；这档子活儿完喽，得换人。”把老吴亲戚的嘴给堵了。俩工地前后脚竣工，干活儿的人没处去。老吴在永定门车站找来的，好办，结账、发钱、走人。不说找不着活儿，说谁叫你们闹罢工？不用你们了。老汪找的人不好办，乡里乡亲，承诺至少干一季。人家撂下手里的活儿，跟你跑来了，三天半，叫人回去，不好说。

老吴找双桥的亲戚：“再给安排一礼拜的活儿，人不好打发。”建筑活儿不能给，到库房去倒料吧。十来个人，到钢材库，圆钢、角铁、盘条都挪了挪地儿。耗了一礼拜。老吴一熟人，在民政局劳服管事，老磨不开脸找人家。这回急了，见面一说，也巧，民政局岳各庄园艺场要盖房，正抓不着人呢。“您行吗？”熟人知道他是外行。怎么不行？干了好几档子了。有人！领工的内行。瓦木油电都有，放心。没金刚钻不敢揽瓷器活儿。

老吴、老汪绝处逢生，从双桥跑到了岳各庄，并且队伍扩到40多人。像那么回事了。这是个正装活儿，市民政干校校舍，半年都完不了。半年时间，还找不着个新活儿？只要活儿接得上，吃喝不愁，心里就有底。汪、吴二人一心扑在岳各庄工地。

民政局劳服公司下边有不少小厂，还有修建队、安装队、招待所、食堂等，红火过很长时间。修建队经营不力，除了营业执照保存完好，活儿早断了。人各奔前程，设备去了废品公司。老吴的亲戚姓刘，因为错案蹲了几个月班房，原来是劳服公司表壳厂的主任，放出来，不好回原单位，就到这里当了第二把手，副主任。新官上任三把火，想露一手。现成的执照，空放着。找活儿！有了活儿，招人、添设备，就活过来了。老吴找上门去，正在当口上。都如愿。虽然双桥的事没成，可挂到民政局，也算有个鸟食罐儿了。

九、同床睡，梦不一样

老吴和老汪名义上是民政局的人，算民政局劳动服务社修建队的，还发了聘书。民政局摊子大，从80年代中期修建队恢复，就在民政局范围里找活儿干。到90年代，企业和机关脱钩止，基本上大小工程没断。二人养活了自己，还保证了几十人就业，给国家纳税，给民政局创收。总之没白吃社会，分担了社会管理者的责任。

老汪毕竟是随老吴进的民政局，而且比他大好几岁，所以很尊重吴。在外头跑，常在饭馆吃饭，都是汪跑腿张罗，吴端坐静等。平时也是以子侄辈待吴，吴很受感动，事事依从汪。在经营管理上汪用心出力，吴管钱，到财务取支票、领现金、交票据，买料跑腿，发放工资。在私事上汪对吴，也周到。一次，二人一同到展览馆看家具展卖，一款单人床，吴说："这不错。"汪没言声。吴晚上回到家，汪雇车把床送来了。吴对汪也尽力而为，汪的女儿上小学，在屯绢胡同补习英语，吴多次替汪接送孩子。小姑娘长得挺俊，"吴爷爷""吴爷爷"叫得亲着呢。人敬人高，好换好。

服务社主任梁国兴，在西安门住，在家请二人吃饭。在饭桌上汪对梁说："梁师傅，跟您说，买卖好做，伙计难搭。我们这伙计搭着了，我跟吴师傅，这辈子就这样（合作）了！"有合作一生的愿望，可见关系的融洽和彼此的信任。

老吴深受感动。

工地到收工时总会有些剩余的材料、器具、生活杂物。汪老大跟吴老头说，这些东西放在城里，要花钱租地方，还得雇人看着。不如拉到房山他家，用的时候也花不了多少运费。每次撤工地，用不着的都拉回房山。第二年收麦子的时候，老汪说，每年麦秋，他的老头都到场里帮忙，记账什么的，挣点零花。东西放在院里，离不开了，跟值班一样，日夜劳神，得发份工钱。老吴一听，也是，皇上还不白使人呢，该出钱。地儿白用，还搭人工？

老汪几次叫老吴到房山看看，意思是拉去的东西没缺少，都保存完好。拉走没清点计数，拉回也没记载。彼此相信对方，良心账。老吴没去过房山，免得认为是去查考，不信任人家。二人生意不错，有时两三个工地，就又添人跑料。老吴干了一阵子，也门门道道的了。分头儿盯工地，有事碰头商量。钱和账，还是老吴管着。

在东大桥，朝阳医院东门对过，马路东，从北头北京假肢厂往南到乳胶厂北墙，都是民政局所属单位。1987年，假肢厂院内拆除部分厂房，量不小。劳服社原主任梁国兴调到建设处，派去管这工地。当然得找自己人干，老吴就常在这里了。老吴已经50多岁，老伴多病，本人懒散。有饭吃就不愁，老自以为有大事业等着，谋生的事无须投入太多。而汪老大全身心放在活儿上，当事业干。基地在月坛，除了报账、领钱、拿支票、发工资，吴老头不到月坛去。接触少，关系疏，渐生隔阂，意见常有不一。

十、遇佳人，爱情迟到

月坛劳服社，坐东朝西大门，长条院子。进门南侧是修建队的工棚，老式活动房，角铁架子，油毡顶，墙是珍珠岩夹心的水泥薄板。四下透风，冬冷夏热，但外地打工的一年四季都住里头，那时（80年代）就这条件，也没提出“以人为本”的口号。打工的不知道有“维权”一说，雇工者也不懂“尊重人”一词，因为历来如此。1987年，工棚拆了，盖成临街两层小楼，开了招待所。楼后是原来条形院子，加盖几间南房。修建队在小楼南窗外，挤着盖个小房，办公。截出一窄条院子，仓库。招待所来了不少女服务员，这个小院由男多女少，变成女多男少。沉闷枯燥的气氛为之一扫，三个女人一台戏，叽叽嘎嘎嬉笑声不断。旧男新女，随时间推移，日久生情难免。曾经规劝朋友的老汪，居然花心萌动，和一位30来岁待字闺中的小冬，私下来往上了。自然做得极隐蔽，想保密，必须说谎。

一次，老吴从东大桥到东四民政局办事，出来，骑车奔月坛，有事找老汪。看库的任老太太说，汪到局里去了，中午走的。吴等到收工，汪也没回来。吴一下午都在局里，没见汪的影儿，去民政局是谎话。后来类似的对不上头的事常常有，加上些传闻。老吴学着汪对朋友的负责精神，也专门凑机会劝了劝。汪说：“我办事，从不后悔。现在这个家，能要就要。不能要，就不要了。”劝不进去，旁人没办法。而办事不后悔，可怕，不知反思，就没有悔悟时。人，怎能没有错？不悔不悟，最为可怕。从新观点看，有个异性朋友，不值得大惊小怪。汪老大生长在农村，男女之防的风气浓。富农成分，父亲做过“伪事”，他不敢走错半步。安分守己，小心过日子；家里老大，长兄如父；父亲在，也要分担责任。是家庭的顶梁柱，是同辈人的领头羊。他肯吃苦肯出力，自我控制能力强。精神上是压抑的，30多岁才娶上媳妇。那个年代的农村，20岁结婚正常，他太晚了。是在父母之命、媒妁之言的情势下，各有所需的生活组合。看上去般配美满，情爱上是饥渴难耐。找个红颜知己，该被理解，甚至同情。

小冬长得不俊，可不丑。圆圆的娃娃脸，老挂着笑，跟谁都合得来，厚道爽快，爱帮助人。好运动练跑步，年年参加春节的环城赛，拿过前10名。背后也传些风言风语，说她30多岁了，不正式搞对象，“零碎结婚”。“人吧，不错。哪样都好。就这一点，给人留话把儿。”

好些事儿，都是巧劲儿。招待所生意好，房不够。领导决定两层小楼顶上，加盖一层轻体房。老汪他们接下了这项工程。小楼不叫穿行，北侧大门，贴着楼是条通道。上下班，外来人员都从这儿走。加层到装修阶段，外面儿窗户刷漆。一个工人失手，油漆罐儿带刷子，掉下来。小冬骑车上班，车靠在楼下。油漆没糟践，扣了一车。刚买的，骑一礼拜，不能要了。工地赔辆新的。老汪安慰小冬："别起急，我跟你一块儿买去，帮你挑。这两天你坐车，我们报销。"说好轮休时老汪去找她，小冬住琉璃厂东南园。第三天小冬休息，老汪骑车去找她。弄脏的车，西单买的，道远。小冬说，上菜市口吧，近。出门往南穿梁家园，到骡马市。往西一过铁门儿（胡同），就是菜市口百货商场自行车部。俩人溜达着，不一会儿到了。老汪挑车内行，没看几辆，选中了。小冬满意，一就势把车牌子办喽，樱桃园交通队也不远。俩人都有车骑了。

办好车牌子，12点，找地方吃饭吧，又扭回头到了菜市口。菜市口百货商场对面南来顺，楼下小吃，楼上正餐。连吃带聊，两点多才下楼。老汪送她到家门口。这档子事以后，就开始了他俩的那档子事。40岁出头，老汪初恋。汪夫人知道了，不依不饶，到月坛大闹，哭骂喊叫。她哭闹得不顾一切了，老汪只埋头坐着，不言声儿。趁她不注意，抬腿出去了。小冬是早从招待所前门走了。哭够了，骂乏了，几个看热闹的围着，有一搭没一搭地劝着。哭骂声停下来，一抬头，本主没了。主要观众没了，停演，喊着："跑了和尚跑不了庙！我没完！豁出去了！日子不过了！"招待所长大周劝着："嫂子消消气，着急没用。两口子没解决不了的。"把胡女士送走了。就闹这么一回，没再来过。待了两天，小冬调走了，到屯绢胡同的表带厂上班了。老汪在北蜂窝租了间门面房，开了个建材门市部。月坛成了仓库。

俩人离开了，关系更紧密了。早晨老汪进门市部的第一件事，给小冬打电话。在门市部睡觉的老金，借吃早点躲出去，有时老金磨蹭半天才回来，电话还没说完。老金背后说："跟十八九的孩子一样，一会儿都离不开了。鳔上了。"小冬是民政局老人儿，认识人多，上上下下有人缘。大男大女的都有个宽容，照顾她，在屯绢胡同还给了她一小间宿舍。后来老汪叫人给她装修，安了上下水，也常住那儿。再后来拆迁，老汪添些拆迁款，在春风小区买了一套房。

和汪夫人怎么妥协的，不知道，没离，老汪两头跑。为便当，买了车，雇个司机。三人相安无事。汪夫人爱化妆、逛街、转商场、买东西、睡觉，上街要人陪着，过日子的心气儿不多。汪先生以挣钱营生为重，能陪夫人的时间不多。回到家里，常是夫人蒙头大睡，他则算账画图，盘算工地的事。接待来访，卖料的、找活儿的、跑活儿的，简直每天都有几拨儿。夫人醒来，一块儿吃饭，饭后该睡的接着睡，该忙的继续忙。孩子自己写作业、玩。汪氏夫妇交流极少。气头上闹闹，心眼子里没看多重。小冬不逛街，好运动，爱看球，不要求老陪着哄着。爱玩，为的健身；上班，一扑塌心；有时找点快乐，可日子当日子过。这些跟汪老大合拍，非常合汪的心意。走到一起，爱，有理由。

十一、暂到此，万事有由

汪老大双手空空，从房山县（今房山区）农村来到城里。扑腾了半辈子，有车有房有“外家”，也算够份儿。更可心的是，胡女士闹一阵，偃旗息鼓，醋意全消。退休工资独自支配，倘或买东西缺钱，找老公就是，他敢说不？她不妄想拴住他，要钱不二愣，就行。小冬安心守分，相依相倚。有工资收入，独立平等。而今老汪已近花甲，仍在奔波，他并非需要，是他的信念。他说：“一个人把挣钱都不放在心上，就完了。”挣钱的心不能死，古今中外的人都一样。古人说：哀莫大于心死，而人死亦次之。他认为：心，是为挣钱跳的。只要心还跳，就得忙着挣钱。

可他胆子放不开，眼界也窄。觉得“悬”，不冒险。老不闲着，老挣着钱。

比人家老魏就差，人家八下里伸手，开餐厅，雇人跑广州、武汉倒腾烟、服装，包建筑活儿，都干。抓着算你的，抓不着就我的。两三年的工夫，进过几回拘留所，也进到大款一档了。过生日摆几十桌，请不少位演艺界人士。老汪很羡慕，也把能和老魏来往当美差，说："人家腰粗。现在跟那会儿不一样了，来往的都不一般。想见他一面，不容易！"

跟老吴合伙前几年还行。后来交上小冬，跟老吴说话、见面，像中间有东西挡着。老吴吃亏上当，不当回事。老汪当面说："你觉得自己厚道，别人把你当傻子耍。"背后说："人是好人，念书太多，念傻了。"俩人合伙，吃亏他跟着。再说二一添作五，不如一一得一，就起了散伙的意。搭伙五六年，没吵过没闹过，也没算过账，月底结当月现金，平分。有多厚家底，没盘过。

想散，老汪对老吴，拉屎攥拳头——暗使劲。蔫挤。先是共有的设备不叫用，老吴派人带车到月坛拉焊机，说正在用，如果急用就买一台。拉提升架，也说没闲着的，租去吧，霸着东西。房山库里的就更拿不出来。再后来，财权把过去了。月底发工资，不做老吴这一块的。说账上没钱，叫老吴自己想办法。最后老吴干出身。亲兄弟明算账，几年都没算总账。拉到房山老汪家的东西，没手续、账目，全凭良心。老吴生闷气，可没账可算，找老汪，总推着有机会再算。最后说："咱这摊，谁出力大？"老吴当然说你出力大。老汪不说话，潜台词是出力大，得多得。接着说："咱这小摊，您拿走的就不少了。"有些工具、设备，还有外头收不上来的钱，归了老吴。因为没总账，说不清吃多大亏。但几年来的积累，都落到老汪名下了。

十多年之后，老汪在民政局包了活儿，遇上点麻烦，想问问老吴，就打电话："吴师傅，您挺好的呀！想跟您坐坐，您方便吗？在广义街大件（运输公司）对面餐厅。我等您。"饭桌上，老汪说："您老被人坑，咱共事几年，我没坑您吧？"老吴笑笑，没说话。知道老汪办事不后悔，不反思，不办自己认为没理由的事。

奇人——二哥康雍

1987年，落花飞絮的春末夏初，中国美术馆举办了“五康书画展”，康氏一门两代五人同时向世人展示他们的才华和成就。这是改革开放以来，我国文运勃兴中的一桩盛事。几十家报刊争相报道，中央新闻纪录电影制片厂拍摄纪录片，放映海内外。五康名声大噪，一时轰动京城。领军人物是康殷（大康），紧随其后的是康雍（二康），依次是康宁（四康），康庄（六康），康默如（少康）。之后，推出了《五康书画》集，逐一介绍了五康。介绍康雍说：

康雍，二康，1931年生，中国书法家协会会员。为人冲淡质朴，孝悌谦和，屈己待人，不慕荣利，与世无争。年轻时学中西画，50年代中改习书法。初学褚河南，兼学瘦金书，可以乱真。后弃去瘦金书而学汉隶、唐楷，临张迁、华山、石门、九成宫、大虞公等。在很多年里都夙夜临池，茹苦不懈，用志不分，乃凝于神，多有心得，尤得曹全三昧，纯茂秀美，临全碑之文，整齐雅洁。又善以曹全笔法作小字，累数千字，一笔不苟，一时无两。因而在60年代已有“活曹全”之誉。习欧书深得李琪本醴泉铭之力，厚重醇润，浑穆含蓄，一如其人。小楷有《黄庭》味，冲淡古朴，无烟火气，惜近年已不多作。

“文革”后期，书坛冷落之际，荣宝斋出版过他的隶书字帖。近年，人民教育出版社印行他临写的《九成宫醴泉铭》作为中学生字帖，发行13万册，盛行于世，对后学有很大影响。他所临的《曹全碑》，收入《汉隶七种选临》，由河北美术出版社出版。他的作品参加全国一、二、三届书法展，以及各种大型展，并多次发表于海内外报刊。他奖掖后学，循循善诱，不遗余力。有不少成材的年青后进，都出自他的门下。现在已近花甲之年，还在不断地刻苦探索。五康书法中以他的临池功力为最纯最勤，远过诸康。有子默如，克传父业，不坠令名。

——见1990年8月北京师范学院出版社出版的《五康书画》。

这两段文字说了他的刻苦精神，他的艺术成就，他的人品气质，特别提到他的书法功力“远过诸康”，这一点似乎没能得到书法界应有的反应和关注。

一

我和康殷是“棚”友，“文革”中有“同棚”之谊，后成挚友。经由大康得识二康，由1968年至他去世，时相过从了几十年。二哥待我甚厚，每每忆起，心存感激，没世难忘。他的人品、他的生活态度和方式，令人钦佩和景仰，异于常人处，比比皆是。我当面称他“奇人”，他笑道：“奇人就是怪物。”

他奇在一生恬淡自处，不事张扬。安于平淡，乐于平淡，终于平淡。新中国成立之初，他有幸步入仕途，是某省级政府的机关干部。当年直至而今，都是叫人羡慕的难得差事。可他交椅没坐热，便挂冠离去。南下广州，照料兄嫂，做了长兄学术研究和艺术创作的私人助手，并且在那里娶妻生子。他依了自己的信念，充实生活，享受生活。一生没有惊天动地的举动，生命的光和热可发挥到极致，得到了生命的大欢乐。1958年，康殷辞去公职北来，私人助手自然相随。回到北京和父母生活在一起，不料薄命长辞，空帏独守。孑然一身，奉双亲，育幼子，赋闲索居。圆满变得不圆满。

那时住在北京南城姚家井一巷，在陶然亭公园西侧，只隔一墙，院门和园门相邻。是新中国成立初建的居民区，平房杂院，一院一排，一排十间，一间一户。康宅也只一间，十几平方米，挤着三代五口——伯父伯母、康雍父子、六弟康庄。靠后墙横双人床，拼加木板成通间大铺，全家卧榻。上吊挂木板罩白布帘，储物间，床下是米粮仓。撩起垂着的床单，拉出粮袋，舀米舀面。有客在座要起立避让，才能开仓。方形小几，铺长方木板，饭时餐桌，饭后画案，两代三人轮换使用。这块板上，康雍“在很多年里夙夜临池”，灯下课子。每入寒冬，取暖的火炉、怕冻的水缸，都得挤进屋来。康殷在农村冬日回京也常住这里，就“座上客常满”。伯母脱鞋坐进床里，方容得主客相向促膝。二哥无暇落座，要忙活酒饭，倾力尽东道之谊。他不饮酒、不吸烟、不喝茶；大哥则酒要烈、烟要呛、茶要浓。每有客，小屋中烟雾弥漫，百味杂陈。二哥从不与客同席。伯父没退休，在单位上班，伯母瘦弱，还是缠足。二哥全职家政，经管料理着狭小空间中五口之家的生活。

平房杂院的嘈杂零乱，仅可容身的狭窄逼仄，琐碎忙碌的家务拖累，二哥临池课子不误。“文革”当中出版自己的字帖，15岁的儿子随廖承志接待日本书法代表团，都风光一时。当你知道了风光的背后，能不叹为奇人奇事吗？

伯母在1999年6月，康殷逝世后三日，老人家随爱子西去。从1958年起，40多年间，康雍在二老膝下尽孝承欢。80年代中期，伯父中风，卧床经年，进汤药、奉饮食、扶起卧，终日围绕床侧。伯父西归后，伯母年事日高，饮食起居需人照料，二哥尽心竭力，须臾不离十数年。语云“久在床前无孝子”，而他是“孝子久不离床前”。兄妹六人，他在父母跟前出力最多，不攀不靠，无怨无尤。他说：“别人自立过日子，我带孩子吃爹妈。多尽点力还不应该？”

从康雍从政挂冠，到后来孝敬父母、友于兄弟，我想到孔夫子的话：“书云：孝乎唯孝，友于兄弟。施于有政，是亦为政。奚其为为政？”社会自我调节的本初功能，在这里得到很好的体现。

二

说他屈己待人，那是别人强加给他的一种揣测。待人诚挚热心，事事顾到别人，在他是习惯，是常态，是自然，绝无“屈”一说。

伯母大人去世以后，家里剩他一个人，家务就简单了。小两居，卧室、书房，紧凑、舒适。时间充裕，空间扩展。楼前是永定门东的南护城河，一天两次沿河岸往东散步。晚饭后，兴之所至也许走到方庄儿子家，看看孙子。一个冬天的晚饭后，兴致来了，在天坛南门买了包热栗子，一下台阶崴了脚，疼得坐在地上。好半天才缓过来，揣着栗子，一瘸一拐，顺原路回了家。我说：“走了多一半了，还回来？”他说：“我去惊动默如一家子，送我回来不说，还得老惦记，添好多麻烦。不如不叫他知道。”康雍对儿子都这样，不麻烦人，没有“屈”。后来病重，我去得较勤，有时他躺在长沙发上和我说话。我劝他搬到默如那里，或叫默如来陪他。他不干，坚持一个人生活。“40到50（岁），正是出成果的时候。我不能当拖累。”病情日重，消瘦得变形。侧面看还是原来的轮廓，正面都认不出了。他说：“写字是我的精神支柱，做饭是我的娱乐消遣。都不能干时，活也没意思。”又过几天，他时有不支之感，跟我说：“我不能等着死，护城河这么近，爬也爬到了。”我说：“那可不行！老天爷叫咱到哪天咱就到哪天。”他说：“是，我不能叫人说儿子的闲话。再说我的事没完呢，答应人家出版社的字帖没写完，怎么也得写完。没什么留给儿子，怎么也得留几张字吧。事都办完死也踏实。”他像平常一样，从容安详，像是谈论朋友的后事。我建议请个保姆，他说：“我是童养媳，不是大家闺秀。干活不如我，我生气起急。找个人费饭劳神，犯得着吗？”此议缓行了。

在“文革”前，他虽然没工作，可有人上门求字，有收入。“文革”一起谁还买字？断了财路。幸有伟大的“五七指示”使他得免断炊，组织家庭妇女参加劳动，他被组织到陶然亭游泳池的更衣室，担任存取衣物之职。每日穿行陶然亭，进西门出东门，月入三十几元。露天泳池秋凉则停，他就成了小工，给维修的瓦工搬砖、和泥。

有一年，一个日本大人物来访问，打听书法家康雍，想见见。一脸灰尘两手泥，如何见得？虽然没有见上国际友人，可领导开了个内部阅览室，叫康雍去了。不再去当小工，不再去更衣室了。“四人帮”倒台后，他开始好转，我从外地回京探亲，到姚家井看他。他送我到自新路公交站，说了一路：“现在好多了（经济上），您要有事来信，别客气。以前不敢说这话，没那力呀。”刚刚缓过来，首先想到的是帮助朋友。还嘱咐：“不许说的时候，咱不敢说；许说了，也不说。不压着就张牙舞爪？显着不值钱，浅。”我市井草民，又在劳改队就业，是准犯人。不被嫌弃我已感激涕零，世人避之唯恐不及，还上赶着张罗？这是比金子贵重得多的情谊！是古道热肠的侠义心胸！

1968年我们相识时，他已是著名的书法家，有“活曹全”的美誉了。见面没几天，我不知深浅地拿着一张玉版宣，请他给我临《曹全碑》。他用朱笔画格，一笔不苟，写了400多字，长长的一卷。这已40年了。在他知道自己患的是胰头癌之后，对我说这是没法治的，一位卫生部部长就是胰头癌死的。他是判了死刑等待执行了。他没有为此恐慌，而是平静地说：“以前一年有个安排，现在得俩月一个计划，免得措手不及。俩月没死再排俩月。”他几十年每天都有日课，每月都有安排，每年都有目标，从无荒废。我不知他的时间安排，原来是上午九十点去看他，为的是错过饭时，不误午睡。他有意见，误了日课，不便直说，就说：“您晚上来，咱们能多聊会儿。”我改晚饭后，坐到九十点告辞。他提出死前给我写张字，“您想好写什么，告诉我。”我想了一副六言对联。他又是画朱格，又是安排布局，写了好几张，才满意。他不满意不给人。他最后几年，是要在书法上创出新意。一直写“魏楷”，他出了几本魏楷字帖，我的对联也是魏楷。

他生活态度认真，对人对事都有自己的原则。业余他曾断断续续教书法课，借书法由头讲为人处世的道理。有心的听讲者记录了一些话，写进自己的著作，是对康雍的钦佩、赞许和支持。书法家孟繁禧在他的书中引述道：“著名书法家康雍先生曾经讲过，越是自己的挚友越是自己所敬佩的人，就越需要我们能够清醒地看到他的缺点，并时时劝诫他，而且尽力洁身自好不受其坏影响。而越是与自己有分歧、有矛盾的人，则越要能够发现他们的优点，并努力学到手。切不可因是自己的朋友，便一好百好，更不能因有成见有分歧，便不屑一顾。总之人要能够正确认识自己，认识他人，认识世界。”这是他的生活态度和原则。

三

二哥几十年都是留平头，近视眼镜几十年也是一个款式。不用说年轻时，就是晚年也那么白净，一脸清爽。多少年里穿伯母缝制的中式上衣，挎在肩上、夹在腋下是手工缝的大书包。衣服非常可体，书包又是最佳搭配。走路不紧不慢，一派绅士风度。遇到熟人，点头欠身，执手寒暄。瞬间告别，礼数绝不稍缺。他老是疾徐有度，从容不迫。话题分歧，争执难下，不急不恼。至多摇头一笑，总没有尴尬难堪，但又绝对坚持自己的主张，毫不退让。面对二康，想到大康，常忆起叶圣陶老先生的一篇文章《两法师》，记述在上海宴请弘一法师和另一佛教人士的情形。文中描写两位法师，说一位像山样凝重，一位如水般秀美。大康像山，二康如水。

二哥不单仪容、服饰整洁得体，居室、书案，直至杂物、炊具，都井井有条，一尘不染。不论姚家井平房，还是后来的楼房，一个人两居室，地面、台面，擦得能照人。写字、做饭、收拾房间，样样都不凑合。

吃东西考究，不是奢侈，是不将就。他楼下就是自由市场，买什么都方便。他只买食物原料，谢绝成品或半成品。肉馅儿自己剁，面条自己擀，主食、熟食就更不用说了。他说外头卖的不干净，也不会好好做，吃着不放心。我把别人看书的工夫，用在做饭上了。二哥做饭有他独到处，讲饮食文化，讲烹调艺术，他可以讲出许多精彩的“段子”。早在姚家井时代，钱少物缺，肉丝芹菜，二哥炒出来与众不同——肉酱红，菜翠绿，入口软烂清脆。前此没尝到过，至今犹念不忘。拌茄泥不放麻酱，用猪油，说是辽宁吃法；炸酱面的酱，要先熬过，炸时油热先放大料瓣，出味捞出放酱，出锅前放葱姜蒜。面团擀成大片，晾会儿，再切，不放或少放干面，不粘，煮时汤清面爽。他在烹饪上有好些说道，诸多生活情趣，极富个性情调。患糖尿病，控制饮食，他把每顿饭都按量分好，放进冰箱，每顿一份。药也在睡前按量按次分好，免得服错。生活小事细致认真，其他就更严谨不苟了。

年轻时学画，我在姚家井看过他当年的画稿，临的《八十七神仙卷》等，线条流畅飘逸，功夫已经颇不寻常。回京之初，曾随长兄画连环画，感觉“不是这里头的虫儿”，就没再继续，把画了一半的稿都交给大哥了。后来出版署名是“康殷”“叔平”，康殷后来出版的连环画有不少都这样署名，是大哥对二弟的一种关照。收到版税后，因为有康雍参与的成分，大嫂把钱交到他手上，他不要。实在推不过，他只抽出一张钞票留下。这是他在钱面前的态度。

四

回京后不久，他感觉自己“不是这里头的虫儿”，放下画笔，一心扑在书法上。每天练字，从不间断。对于名利是淡之又淡，他对自己夙夜临池的解释是：“我笨；就得下笨功、费傻劲。聪明人不费这么大劲。”他对艺术的执着，和许多真正的艺术家一样：不偷奸取巧，坚信艺无止境。练一辈子基本功，锤炼自己一辈子。写字，是生活享受，是精神支柱，是生活本身！这和给钱才动笔的写字匠相比，高下自见。见钱才肯写字，用老北京话说，叫“吃饱了不认大铁勺”。可专会包装，专会推销自己，利用一切机会炒作自己。

一位民营企业家有公司、工厂、宾馆，还办了学校。花钱请人给自己写传记，花钱出版、印刷。卖书，挣钱，卖不出去，送人，出名，怎么都不亏。写手呢，有了进项，还是推销自己的免费广告：“我的书出版啦！”出版社更不亏，有进款，宣传企业家创业史，有社会效益，于国于民，皆有贡献。真是皆大欢喜！这位企业家还为文化艺术界名人提供一展才艺的平台，以各种因由，开业典礼、开业周年纪念、庆贺节日、诞辰忌日等，撒请帖，备酒席，派车接送。先设法结识一位名人，略熟后，求介绍别位，于是一而二，二而三，三而众了。每相招，情难却，况美酒佳肴作诱？各界名流，济济一堂。主人握手言欢，举杯敬酒，但必须拍照留影，这是主人殷勤的根由。与名人的合影，是垫高脚跟的台阶，是广告，是资本，是气势，是声威，只赚不赔的买卖。酒后余兴，自然请名流们当场挥毫，主人的藏品又多了一批。曾向我炫耀，字画有几百幅，得专盖个房子收存，“这笔钱占一半家当。”

客人们也不亏，特别是一心想炒自己的人。先是肚儿圆，后是会旧友、识新朋。点头微笑，握手攀谈，扩展交游圈，提高知名度。最该称道的是主人，推销自己，兼售他人，不一定立竿见影，效益一定不菲，正是企业家的经营理念。

康雍呢，正牌的官办活动，他都敬谢不敏。这类场合就更不去，推不开舍张字，拉倒。日子长了，这种事多了，关系就凉下来。别人感到失掉的机会太可惜，他认为省下的工夫真不少！

1999年6月，长兄康殷逝世，在八宝山举行悼念活动。前一天，我去二哥处，他对我说：“明天我去得早，我先去医院接大哥，跟大哥（遗体）一同去。”可第二天他没去。7月，亲朋好友在国际会议中心举行追思座谈，二哥也没去。事后，他对我解释：“原打算去，一寻思，还是躲好。大康没了，二康要往前挤？还是别凑热闹，露脸跟现眼紧挨着。”

他就是这样躲开出头露面，更不用说张扬招摇了。他努力耕耘，享受耕耘的快乐，至于收成的丰歉，反而关注不多。而今此类傻人几近于无。

五

康雍的老师是包于轨先生，他放下绘画，专一书法，就是听了包老的意见。包先生在前辈文人中名气大，学问好。早年毕业于清华国学研究院，旧学底子深厚，诗、文、书、画并皆佳妙。康雍从游包老，获益匪浅，对包老的尊崇敬重也非一般。在物质匮乏、经济困难的当年，家里做“差样”的饭菜，康雍都要给包老送去。从姚家井到包先生和平门寓所，步行、乘公交都要半小时以上，惹得伯母有几分嫉妒：“比对你老子还亲。”康雍对老师至诚至敬的心，苍天可鉴。

包老恃才傲物，秉性亦多异于常人，他的门生李燕说过一件事：包老对“手谈”（围棋）独有见地，曾当众讲述，学生们希望能形诸文字。老先生写了文章，弟子们传阅一过，他给烧了，大家不胜惋惜。他说：“你们叫写，写了。你们要看，看了。就完了。”聂绀弩和他同戴一副手铐，押解山西，囚于一处。对包先生钦羡非常，诗中多有咏叹，对包先生的学问、才气，都极为赞许。康雍的书法成就也不负乃师。康殷、康雍以至伯母，闲谈中常常提及包老，但直到康雍去世前不久，他才告诉我他是包老的学生。

康雍27岁独守空帏，单身生活到辞世，40多年守身如玉。今天的年轻人会感到生活对他残酷了些，然而何尝不是难能可贵的自胜者呢？多人劝他续弦，为他介绍。对方条件有的十分优越，连个小板凳都不要他的。人过去，就是一家之主。他不点头。退休后，倒认识了一位孀居多年的女士，还是位有职称的知识女性，在科研单位供职。十多年中常去家里找二哥，女士皮肤不甚白，背后伯母叫她“黑丫头”，说二哥“黑丫头早晚缠上你”。伯母去世那年旧历除夕，跑来和二哥过节，有自荐意，康雍断然。他说：“我窝囊一辈子，可有刚强的地儿，别人比不了。”有一次住院，女士去看望，碰上默如，走后，默如说：“我看这阿姨不错嘛。”父亲笑了：“拿你爸爸开心！”最后他还是辜负了女士的美意。去世前几日，他非常欣慰，“这事我办对了，到望乡台一回头，一堆麻烦，孩子怎么办？现在我走，心里干净，没留任何扯皮的事。”又说：“看一个人，看他找什么女的，看他怎么对待死。”也许是至理。

他对书法执着，对京剧迷恋。他留下几柜子的录音录像京剧资料，听、看这些，是他的最好享受。只要聊起京剧，他立即兴奋，滔滔不绝，忘记一切。“文革”时期，他居然偷听过莫斯科电台播的京剧，《探皇陵》《二进宫》《大保国》。可见戏瘾之大。

六

2003年10月上旬，听说他病重，去看他。卧室里，默如站在案前写字，他坐在卧室的沙发上，脸色蜡黄，见我来站起身说：“咱们那屋坐。”到书房，他躺在长沙发里，我坐在对面他写字坐的椅子上。9月29日那天夜里，起来解手，摔倒地上，不知道了。早晨儿子来电话，没人接，跑来一看，还在地上，脉搏有，可叫不醒。999急救来了，一测，血糖是0。他自己打胰岛素过量闹的。打针、输液，总算醒了。说话有气无力，人已很虚弱。我想药过量，平衡之后就没事了。他的字帖没写完，精神支柱就在。

我跟默如说我来陪几天，你缓缓劲。默如说您也那么大岁数了，我掰不开镊子，再找您。又说请个人护理。第二天就住进医院了。10月18日，我去医院，想他会稳定了，能聊几句了。谁知他只睁开眼，看看我，微点头，没说话。在楼道和默如说了几句，已下病危通知，怕是一两天的事了。说为能和老人多待一段时间，十几天来他一人日夜病房守着。

这一关二哥没闯过来。我回病房和他告别，他看着我颔首。我含泪转身出来，我知道再也见不到温和谦恭的二哥了。第二天下午，默如电话，噩耗传来：“我爸走了。”我心乱如麻，出来进去，坐卧不安。明知必然出现，真的出现时依然无法平静，无法接受。我翻开他的字，睹物思人，心绪更加纷乱。他最后给我的那副六言对联，当时的声音、神态犹如昨天：“写什么你定，留个纪念，趁着还能写。”我强忍住泪，走到阳台，装作看窗外。他走后，默如没有让我为他送行，走前见了一面，也算没有遗憾了。

二哥走后一周，我在日记里写过一篇悼念文章和一副挽联。这篇文章是那篇文章的再版，把挽联附在这里，算结尾：

恬淡无争，处处时时事事，关注他人；为子孝，为父慈，友于兄弟，伦理道德典范。

安苦为道，日日夜夜孜孜，不因名利；重寸阴，重传统，志在善美，勤奋敬业楷模。

京张线横跨京汉线的立体交叉铁路桥，位于广安门迤北，京汉线西便门西南方向外城西垣上的进城门洞西侧，离西便门较近，所以当时就称为“西便门跨线天桥”（1909年）

家信的拍卖

2007年2月1日，《南方周末》刊登谢泳先生文章《物归原主》，说到近年名人手札在收藏品市场十分走俏。而老辈知识分子中不少人是喜爱保存信件的，不是囤积居奇，是对朋辈的尊重，对感情的珍视和眷恋。在垂垂老矣的时候，全数奉还给写信人。诚信不欺的质朴，至死不变的情谊都在了。

淘宝者看重的是名人书札，市井小民的来往信也在关注中。君不见潘家园、报国寺的地摊上，散放成堆，绑扎成捆的旧信。不少人蹲在那里翻看挑拣，希图寻得可换人民币的片纸只字。于是草根一族的平安家信，有幸进入收藏品行列了。2007年元旦，闲来无事，学着上网，不料一条拍卖信息，本人大名赫然在目——潘恭可能是“右派”，1966年9月14日信件。并附图片和说明。

我和卖主联系，他很爽快，说是在潘家园买的。他买的十几封收信人都是潘良，有毛笔写的，有的还画着地图，时间是1966—1981年。他从信的内容揣测出我的履历及家庭成员的情况，据此写了拍品介绍，发在网上。卖主慷慨地表示：可以免费取走。只拍出一封，卖到上海了，无法收回。

后来给我送回了10封，说是全部所有。卖主是学工出身，现在专门研究《红楼梦》。网上交易，是想换些能用的书，人极实在。

本人的信都是写给家兄的，本无可取内容，拍卖人硬派给了值得收藏的信息。一封毛笔写于1966年8月14日的信，是说到北大看大字报。一封是1969年战备疏散，我被放逐农村插队，信纸背面画了我所在农村的大致方位。别的就是家事了。所以有人说，要回来没有意义，不如由他拍卖，于人于己都有益无害。他可获利；我，一介草民，或能人以信传，亦非恶事。给人家搅了局，自己并没用，两伤不如两益。

但我从中感受到了世情的变化，感受到了亲情的可贵和温暖。把旧信索回，于我有非同一般的意义。卖主的心中也会感到快慰，尊重别人的感情胜过金钱，物归原主是该有的归宿，我想他会有了却心愿的欢快之感。于人于己都是快意的。

家兄潘良，属鸡，长我4岁，学历初小（小学四年级）。14岁就离家学生意，学徒未满又改当小工，搬砖和泥，挣钱糊口，辛苦劳碌一生。2001年，不到70岁就去世了。我遗憾的是，他没过几天好日子。早年的贫困，后来的折腾，他都赶上了。80年代刚过上消停日子，他病了。十多年中在药锅和病床之间，没得好儿。

我们哥俩，一辈子没红过脸，没算过账。小时候他疼爱我，大了我敬重他。最后几年，他常住院，我去探视，从不带礼品。见面问："想吃什么？"他决不客气，想什么点什么。我更实在，不点不买。我给他的信，他出差，我从北京寄出去。我离京，就由外地寄回来。我没想到他保存着，时间跨越20年的平信，完好无损地集于一处。据说这些信只是部分，更多的留在潘家园。

他死后，旧房拆迁，我侄子们把我哥保存的东西卖了废品，流落到地摊，出现在网上。

我哥把弟弟的只言片语当作宝贝。自己的弟弟在漫长的岁月中，不断地诉说自己的际遇，自己的见闻，自己的想法。他从中得到精神的慰藉，得到思念的满足，享受着兄弟情谊。我写完信，发给他，释怀了，没再记起。

我读着二三十年前自己写给哥哥的信，不禁老泪纵横。生前他没有提过："你写的信，我都留着呢。"这次我才知道他保存着我的信，而且保存了这么久！保存的是人的性情，是固有的亲情，是深深的手足之情。有人会表白："你的信，一封没丢，都好好保存着。"感情是真的，讨好也是直白的。我哥没有！他死后的巧遇，叫我体味，叫我明白他对我的心！良哥！我能说什么？我的好哥哥！

孩子们把你的心裹到废纸里，卖了。如果不是遇到有心人，你的心就淹浸在废品公司了！你弟弟也永远不会知道你的心。我能说什么呢？哥哥。也许更好，勾不起我的思念，引不出我的眼泪。可是，能不想再享受亲情，再感受兄弟情谊？信留在我身边，如同当年在你身边。那是咱哥俩对面坐着，虽然不出声，心在通着。你走的前一天，我在医院床边坐着，你老打盹儿，也许是昏迷。一睁眼就说："你多待会儿，别急着走。"往常你说："我没事儿，要忙，你走吧。"不多留我。后来我回想，那是你走前的预感，能在一起的时间已经没有了。

你走后6年，我更为深切地体会到了手足之间的深情。

2007年3月7日

居庸关关城城楼侧面，酷似广安门城楼。可看清“灰筒瓦绿琉璃瓦剪边”的屋顶建筑格式，戗脊走兽为 5 个，走兽前面加了一个“仙人引路”

第五部分

一路说来

YILU
SHUO LAI

海说陶然亭

广安门和陶然亭近在咫尺，我在它身旁活了70多年。幼时，上窑台，钻苇塘、蹚草丛，逮鸟、捉虫，放风筝、滚铁环，嬉戏流连。目睹了它的先前、它的变化、它的现在。陶然亭所在的慈悲禅林500年了，陶然亭也300多年了。从康熙年间，黑窑厂不烧砖瓦，废窑成了土山丘，就是窑台。我小时候没有“逛陶然亭”一说，都是“上窑台去”。那时是苇塘、野地，坟墓、碑碣一片。可也不是枯骨遍地的乱葬岗子，也不是令人掩鼻的臭泥塘。没人管理，空旷、荒凉，能引人的是野外的情趣和古朴的自然美，是“城市山林”。

1952年4—10月进行了整治，清除淤泥、堆高土山、平整道路、界定范围，拆墓平坟、建亭修桥、种花植草。洁净清爽的新面貌，更吸引人了。使“素面原无粉黛”——甚至蓬头垢面的村姑，出落得妩媚多姿了。后来大兴土木，有些浓艳臃肿，成了不顾形体气质、只求时尚的富婆，是“十三女儿学绣，一枝枝不教花瘦”的做法。

陶然亭地区在明朝属宣南坊，清朝属北（外）城（内城、外城都分为东、西、南、北、中五城），光绪末属外右五区，1929—1949年属外五区，前几十年属宣武区，现在合为西城区了。

陶然亭叫“亭”，不是凉亭的亭，是十里长亭的亭，所以是三间敞厅。清朝康熙年间，工部郎中江藻建的，所以也叫江亭，是海内外著名的风景名胜。这和科举制度、集中在南城的会馆有关。应试举子，三年一次，来北京“报销”单程路费（公车），回程不管。进京赶考都住本乡会馆，考试不利，再等三年。那时交通不便，边远地区要走数月，车尘汗马，费时费力费钱，许多人就滞留京城“复读”。客乡游子，郁闷难排；皇家园林，官禁森严；私人园林，人地两生；陶然亭、窑台这块地儿，就自然成了公共园林。慈悲庵内品茗饮酒，窑台顶上登高临远，碑碣之间吊古伤怀。落寞失意的无聊无奈无告，有了宣泄处所。心绪凝成文字，文字自要传播，陶然亭名满天下了，这和琉璃厂文化街的形成同一背景。从有清一代，直到20世纪三四十年代，有关陶然亭的诗、书、画、文字等艺术品，数不胜数。

刘叶秋（1917—1988年）先生1949年后写有《陶然亭》一文，他说：“这里周围是芦苇，杂树，境界甚为荒凉。但登高极目，可以远眺西山；习静养心，亦为胜地。”他还提到1925年（民国十四年乙丑）3月3日，北京老名士樊增祥（樊樊山）等109人，在陶然亭集会吟咏，还出了一本《乙丑江亭修禊分韵诗存》。大约这是最末一次。

樊增祥是遗老，光绪进士，放过外官。陶然亭南墙上石刻《彩云曲并序》是他的手笔，还有一块线雕的《彩云图》，古装仕女，祥云缭绕，说是赛金花的像。张大千手绘，刻在石上，也是这位名士搞的。不知现在还有没有。

抄点前人对联、诗词，以窥一斑：

对　联

一

客醉共陶然，四面凉风吹酒醒；

人生行乐耳，百年几日得身闲。

二

穿荻小车疑泛艇，出林高阁当登山。

诗

七　绝

溪风吹面蹙晴澜，苇路萧萧鸭满滩。

六月陶然亭子上，葛衣先借早秋寒。

词

浣溪沙·重过陶然亭

山色林光一碧收，小车穿苇宛行舟，退朝裙屐此淹留。

衰柳有情还系马，夕阳如林独登楼，题墙残字藓花秋。

这首词是俞平伯老爸俞陛云的作品，写于1920年。

“五四”以后，也有不少新文学作品，傅斯年就有写永定门和陶然亭的新诗。太长，不抄了。

慈悲庵高台下，原有个院子，门朝东，入门仰望，正对高台上的庙门，迎门墙上镶着一块石刻，王玉树写的“城市山林”。往北往西，才到高台的台阶口。开始迁坟时，有点价值的墓碑，都集中在院子里，我记得有高君宇、石评梅、醉郭、赛金花。还有一块墓碑挺气派，刻着康心孚（1884—1917年），当时不知何许人，多少年之后才得知：此人是社会学家、北大教授；早年留学日本，是国学大师章太炎的门生，参加过孙中山的革命活动；民国之初任过袁世凯大总统的秘书，死后葬在了陶然亭。赛金花的墓碑是黑色金星石的，一米来宽，两米来高，篆字碑额。据说，现在庙里陈列着。

那会儿虽说是野地，也不能随便埋死人。民国年间，姓汲的一家人，由于日本入侵，从辽宁来到北京，不幸老爷子客死京城。儿子们相中了窑台东坡，刨坑下葬时，慈悲庵主持和尚德坤不答应。埋到中途，停不得也埋不得，于是协商，汲家出资重修窑台顶上的三间大殿。德坤有心计，很富经济头脑，借汲家投资修庙的良机，在山下空地筑池栽莲，池边列盆养鱼。由董姓某人承包经营，赏荷花，卖莲藕，批发金鱼。庙穷不穷的，方丈是肥得流油了。

陶然亭的墓冢一直是广为流传的佳话，香冢、鹦鹉冢碑上的诗文许多书中有记载，传说故事，版本很多。醉郭、赛金花、高君宇、石评梅，都有故事流传，当然赛金花最多。怀念、凭吊，是心灵的享受，是美好精神生活。坟墓是人的最后归宿，有着独特的文化价值。即使是“纵荒坟、横断碑，不辨龙蛇”也会引起无限的参悟和遐想。坟墓使死者安息，生者慰藉。

整治以后的50年代，陶然亭公园办的文化活动很多，本人是常客。夏天经常办“乘凉晚会”，花两三毛钱，看露天电影、戏曲演出，参加舞会。有时放河灯，有水上音乐会，可岸边驻足，也可租小船划到台边。三五之夜，上下是圆月，令人陶醉。

园中有四个茶馆：陶然亭、窑台、云绘楼、抱冰堂。陶然亭、窑台是一个档次，都卖酒饭。水资每人5分，茶叶5分、1毛两种。四个人占一张方桌，沏一壶茶，自带茶叶只需2毛钱，可坐一整天。中午，推开茶壶，叫菜点酒。饭后拉过茶壶接着喝，还是那2毛钱。一个人一本书，低头看书，抬头看景。仰看山色，俯视湖光，幽静悠闲，也自可人。云绘楼是楼上，和清音阁之间的曲廊中设座，用茶杯（不是盖碗），每杯4毛，算高档消费了。抱冰堂在西北，和陶然亭隔湖相望，也是在高台上，砖砌的阶梯口冲南，口上立木制小坊，横额是老舍先生题写的：抱冰堂说唱茶馆。房间比陶然亭高大，坐北朝南，檐下一块白底黑字大匾——抱冰堂。大总统徐世昌写的。屋里北墙中间是一个半圆形小舞台，每天下午轮换演出曲艺节目：相声、单弦、大鼓、时调、竹板书等。两三毛钱门票，包括茶水，一边喝茶一边听玩意儿，享受半日。那时不像现在这么多人，早晨除了喊嗓子的，人很少。一个人山坡石头上坐个把钟头，也不会有人，四周没一点声音，静静的，真是一种享受。每忆及此，都非常神往。现在的陶然亭公园，天一擦亮儿就挤着往里走，到半夜净园，才排着队往外走。一天到晚没消停的时候，充满“城市”的豪横，没了“山林”的悠闲。

居庸关关城城楼，酷似老广安门城楼

圣安寺

广安门到陶然亭，有两条路。一条大直角：往东，到粉房琉璃街；往南，过南横街，穿黑窑厂，到陶然亭北门。一条抄近道：走干面（登莱）胡同，奔东南，过老君地、枣林街、牛街南口，进南横街，官菜园上街南拐，在观音院过街楼下头过去；往南陶然亭西门，往东陶然亭北门。这是先前的走法。怎么走，都能经过不少有故事的地儿。

走大街，庙宇、会馆，藏着故事。抄近儿，名人故居、祠堂、别墅、寺庙，也有讲头儿。我小时候，都没少走。

一上枣林前街大道，现在白广路口东边，不远，路南广亮大门，高台阶，门道里挂块大匾——娄海山庄，私人别墅。20世纪50年代中期，派出所辖区小，枣林前街单有派出所。在白广路商场西南角空地上，盖了一座青砖小院，在这里办公。街道群众开会（那时三天两头儿开会），都是在娄海山庄。院子大，房宽绰，空房，没人。进门一片竹子，绕过去，五间大北房，房前又一片竹，不少树。不知谁家的产业。60年代，被新建筑取代。门前走过，常有“旧时王谢，堂前燕子，飞入人家”的遐想。

过牛街南口，路北是圣安寺。牛街南口到教子胡同南口，这段路曾被唤作“圣安寺街”。路南道边，有座长影壁，暗红色的墙面，嵌四个砖雕大字——法轮常转。1949年以前，庙里和尚办了“武训小学”，专收穷孩子，免费念书。1949年以后，改叫“圣安小学”，影壁上，四个大字改成——圣安小学，就是官办了。“文革”破四旧，拆的只剩下山门、天王殿和一座配殿。重视文物保护以后，都重修了。临街的山门，很漂亮，就是孤单了点儿。这座庙，金代天会年间（1123—1135年）建的，大定（1161—1189年）三年（1163年），“内府出重帑以赐”，扩建。大定七年（1167年）皇帝赐名，正式定名大圣安寺。民国期间，北京市有过三次寺庙登记，1928年“北平特别市政府寺庙登记”、1936年“北平市政府第一次寺庙总登记”、1947年“北平市政府第二次寺庙总登记”。从登记内容看，圣安寺不动产，有房132间，房基地15亩9分，耕地45亩，还有佛像56尊，法物、佛教经典，以及雕刻、绘画等艺术品。总之，这庙颇具规模。

由于周边空旷开阔，庙内绿树成荫，明清两代的“白领”，休闲聚会、避暑纳凉，就常到这里来，留下不少诗文。清朝诗人王式丹[康熙四十二年（1703年）状元。有诗名，《江左十五子诗选》他居首。有《楼邨集》25卷行世]，他在《李苍存招集圣安寺纳凉》诗中描绘纳凉聚会的场景、心情和感受。诗的最后说：“他年续入日下记，后世应知吾辈狂。”张狂傲慢，神态如见。

圣安寺800年历史，经历多少风雨，熬过了漫长的岁月，仅仅最后20年，没有挺过去。好在残留的三处建筑（山门、天王殿、西配殿），现今已经焕然一新，述说着历史，见证着历史。

教子胡同南口，50多年前，路两旁是低洼的野地、荒坟。南侧，远处高高的土台子上，红墙灰瓦的大殿，顶上长着野草，一个屋角已经塌下。是荒凉久无人问的万寿西宫。这是建于明朝万历年间的道教庙宇，东侧双槐树，低矮简陋的平房，贫民区。

土台下，坟冢间，支大锅，熬地沟油，处理工厂下来的废油。灶前熊熊烈火，灶后烟筒滚滚黑烟，锅上是腥臭难闻。为了温饱，烟熏火燎臭气蒸。50年代社会主义改造高潮中，组织起来合作化，在原成立“废油提炼生产合作社”，环境日渐改善。那时，技术落后，再生油，浑浊黏稠，都给化工厂再精加工，做肥皂、甘油等。没有炮制得清澈透明、叫人吃的。那时的人们认为：社会责任、道德良心，比钱值钱。

过双槐树，盆儿胡同路西，有岳云别墅。坐北朝南，西式小楼，一楼东头一间，拱券门洞，石头台阶。门南边，野地。门口上方嵌在墙里的匾——岳云别墅。门道做他用，门没开过。院子东北角有个小门，出入走盆儿胡同。院子方形，楼房是南院墙。楼西北，弧形土山，北墙靠门有几间平房，大约是听差、下人住的。土山北和东墙下，种些花木。这楼50年代是宣武区业余学校教研活动的场所。残破的万寿西宫、四边的荒坟野地，还有曾经的“废油提炼生产合作社”，建成了万寿公园。公园中心是恢复了的万寿西宫，重修了关帝殿、吕祖殿，在斗姥阁旧址上，新建两层的楼房。前院保留一块明朝石碑，新盖了前殿、配殿。很完整。双槐树成了双槐里小区。岳云别墅改建为居民楼，是小区的成员了。

继续往东走，大上坡，进南横街。路北是七井胡同、烂缦胡同、半截胡同、丞相胡同（后改菜市口胡同，已无）。

吴柳堂故宅

现在牛街南口往东，叫南横西街；菜市口大街往东，叫南横东街。原本只俩字“横街”，为明确方位，加一字叫南横街。又加一字，就本是一条道，变为两趟街了。从前到盆儿胡同北口，才算进了南横街，街窄，人多，老熙熙攘攘的。路南多铺户，路北多会馆。过了南半截胡同不远，有座大门，悬着白底黑字大匾——吴柳堂先生故宅。吴柳堂的祠堂。

吴柳堂（1812—1879年），名可读，兰州人。先祖是浙江人，明朝初年给一个王爷当保镖。王爷封藩兰州，跟到兰州，吴家成了兰州人。耕读世家。道光三十年（1850年），吴可读考中进士，后来当了都察院御史。在这个岗位上，他弹劾成禄。成禄是乌鲁木齐提督，满人。俄人进犯，他不抵挡，跑到甘肃躲着，杀无辜百姓，谎报军功。吴可读检举后，只撤职、监视居住。吴认为不杀成禄，是重罪轻罚。他不干，说：“杀成禄谢百姓（平民愤），成家有意见的话，再杀我，谢成家。”他的话叫同治皇帝怒了，非要办他死罪，有人力挺，才刀下留人。降级，回老家。

左宗棠在甘肃当头头儿，了解他，请他当了省办大学的校长（书院，山长）。同治皇帝死了，他回北京，当刑部主事。他又捅娄子，说慈禧太后叫光绪当皇帝不合祖制，应该给同治过继个儿子，父传子是传统。兄传弟，是破坏规矩。慈禧理亏，没搭理他。他不死心，光绪五年（1879年），同治奉安（入葬）遵化，他非跟着去。回来道上，蓟州马伸桥三义庙，他不走了，说有事，叫众人头里先走。他在庙里住下，给慈禧写报告，要求必须给同治过继儿子，续上父传子这规矩，指责她破坏传统的错误。然后自杀，“文死谏”了，上吊没死成，说是喝鸦片死的。枕头边留下给儿子的遗书和40两银子，叫儿子快跑，怕株连获罪。

消息到北京，舆论大哗。慈禧怕于己不利，舆论导向，下旨说：“以死建言，孤忠可悯。”“照五品官例议恤。”刑部主事，六品，按五品待遇抚恤，表示从优。有老佛爷的话，别的就甭提了。办丧事，得排场。要对得住耿介忠烈的吴可读。挽联、悼诗无数。李鸿章上奏折，建议在马伸桥给建祠堂，太后准奏。光文武百官、生前友好的“奠仪”，收了3000多两银子。这笔钱，买下吴可读在南横街住过的房子，做他的祠堂，门上悬挂“吴柳堂先生故宅”横匾。

60年代初，匾还挂着，但是早变成大杂院了。大概“文革”时才砸了匾，90年代拆了房。据说兰州吴氏故居，他当过山长的书院，都保存完好，是观光和凭吊的遗迹。

过了这儿，往前几步，粤东新馆。旧门牌不分单双号，挨着数。粤东新馆26号，吴柳堂故宅27号，院墙连着。新馆大门两边八字墙，缩进一块。门洞里挂一大横匾，叶恭绰的题字。等于手写说明书，好几十字，说这里是清末维新派的活动基地，公车上书开会的场所等。字大，站在街上就看了。在北京广东会馆中，这里名气最大，突出的两件事：一是康有为成立全国性维新组织——保国会，在京的各省举人、北京的维新派，200多人参加。康有为做慷慨激昂演说。天津、上海、广东等地，报纸发消息，刊载演说词，影响广泛。随后保川、保浙、保滇，地方维新团体相继出现。二是1912年，广东旅京人士召开欢迎孙中山先生大会，孙中山出席讲话。粤东新馆还办过不少公益事业，出名，有威望。再东走，丞相胡同南口，正对官菜园上街，该奔南了。

官菜园上街南口外，地面开阔。五条路会合：东，珠巢街西口；西，小川淀东口；南，迎面高台上，观音院西院；庙东儒福里，上面横跨“金绳”“觉岸”过街楼；庙西自新路，插向西南，到第一模范监狱（庙、过街楼、自新路，叫健宫医院、菜市口南大街给瓜分了）。观音院西墙上横嵌一块石刻，核桃大的字，刻满一米来长、半米来宽的石头。是第一监狱监狱长，带服刑犯人修自新路的纪实碑，挺好又可贵的史料。“文革”时没砸碎，红卫兵蹬着梯子，用小铁锤，把字凿了。碑在，麻面石板，一个字没留。

去陶然亭，走儒福里，近几步。从现在陶然亭路往东，过了龙泉胡同。道南，原先是铁栏杆圈起来的鹿圈，同仁堂乐家养鹿的地方。孩子们上窑台路过，都停下看半天，那会儿除三贝子花园（动物园），哪儿见鹿去？（后来中山公园有鹿。）50年代修陶然亭公园，鹿圈搬走，迁到北郊了。梅花鹿浑身是宝，鹿茸、鹿胎，鹿鞭、鹿筋，都是珍贵药材。

那时都是说上窑台玩去，没围墙，不设门，没人管理，也没人毁坏。大家伙儿都来玩，自尊自重。名人坟墓不少，墓碑讲究，没看坟的，没偷走的，没砸坏的。搁现而今，难说。当然人也太多，杂！不提这些个了。也许慢慢会好。

骡马市的“救世军”

老北京人对北京的情结是“从来不曾想起，永远不会忘记”，终日都在心头，不会有想起一说，更没忘记的时候。肖复兴先生说，故乡的面貌和母亲的面貌一样，终生刻在脑子里，不会忘记，也不会改变。有人问：高楼林立的大街好，还是先前的平房好？整容，整得叫人认不出了。整得没有了自己，似有不宜。不变有变，变有不变。个性特色，有以保留。当是最宜。

从广安门往东，顺大街走，到粉房琉璃街拐弯，走着去陶然亭，有七八里地。这一路，铺户、庙宇、会馆、名人寓所、逸闻逸事，见于前人诗文者，很多。细述广安门内大街、骡马市大街、粉房琉璃街、黑窑厂，四条街巷的全貌，区区力有不逮，没金刚钻，不敢揽这瓷器活。只能宋世杰告状——走着说着，碰上什么是什么。

按说广安门大街也是闹市，可没前门、王府井、大栅栏那么“纯”。五六十年前，从城门脸儿的南北马道（现在的广安门南北街），往东到菜市口，四华里。一截热闹，一段冷清。王子坟（广义街）以西，铺户基本挨着，各类店铺应有尽有，突出处是菜籽铺多。过了王子坟，有门市的铺户，稀稀拉拉。自制自售的作坊多了，毛厂子，加工猪毛，基本在院里。

绱鞋铺，加工布鞋。大多一间门脸房，10平方米上下，门市部加车间，全有了。两三个人坐小马扎上，围个“品”字形，膝盖搭块布，夹着绱的鞋，右手拿一弯的锥子，在绱鞋的部位扎透，拔出。一根两端有弯形针的麻绳，在锥出的孔上，对穿，拉紧。反绱的鞋，底和帮泡湿，对好，里儿朝外，绷在楦头上，再一针针地绱。有底配帮，有帮配底，帮、底都有，绱好、楦头排。比不上鞋铺，可比家里自己绱，式样多了，正绱、反绱由顾客定。

这一段临街和胡同里，毛厂子上百户，绱鞋铺也有四五十户。过狮子店胡同，铺子多起来。路北广安市场，是明朝开始的菜市。前些年让出临街房，往北移，走狮子店（西门）和夹道居（东门）。这回大拆，要彻底消失了。

那时春节前，父亲带我到广安市场办年货，溜达着去，买上东西，坐洋车回来。必买的是鱼，还有大年三十晚上吃的“杂拌儿”。市场西侧是外四区警察分局，东边隔几间门脸是夹道居南口，斜对着路南是烂缦胡同北口。角铁焊的拱形大门，挂着四块方形白铁皮，黑漆大字——广安市场。门内两旁卖鱼，往里卖青菜。年根底下，除了白菜、萝卜，就是“洞子货”（暖室）。再向前，道儿窄了，两侧海味店的房挤得。走过几家店铺，路宽，场子大。北门外广安东里，东门夹道居，西门狮子店。

这里就进了广安门大街的黄金地段。几家大买卖：正兴德茶庄、洪裕茂茶庄（比正兴德规模大，新中国成立后改成上海迁来的美味斋餐厅）、同达堂药铺（菜市口百货商场占了西鹤年堂的原址，同达堂代替了西鹤年堂），路北这块儿。路南烂缦胡同把口是“黑猴儿”百货店，货全，针头线脑，不怕零碎。好多年前报纸登过这家店的事儿，说是继承传统，发扬老店作风。向东到北半截胡同了，这胡同有名气，住过谭嗣同、鲁迅，钱壮飞在前孙公园“北京医专”上学时也住这条胡同。胡同里的广和居饭馆，从清末就名满京城。已经到菜市口的丁字街头，接上骡马市大街了。当年有一路有轨电车，菜市口到崇文门，这里是总站。单轨，果子巷西，有道岔。东去的车要停在岔道上，等往西的车过后，才再上正轨前行。

总站道北是一间门面的英法大药房（后来也归菜市口百货商场，位置在原西鹤年堂西边），北京人管中药店叫“药铺”，药房专指西药店。清朝末年西药才进北京，这药房属头拨，开得早。门面小，气派大，是唯一装有霓虹灯的。房顶上伸出个铁架子，又高又大，绿边红字：英法大药房。晚上一亮，东到珠市口，西到城门脸儿，都看得见。

往前路南过米市胡同，有“佛照楼”，一间半圆形的门脸儿，玻璃门窗。比两边鼓出一块。特别，就记得死。没进去过，仿佛是旅馆。后来看台湾林海音的文章，她随父母来北京，开始住在虎坊桥东边，买菜到广安市场，买南货到佛照楼。我想该是南方人开的旅馆，带卖南货。曾隔窗窥见，门内东、西两侧，有供人休息的长椅，像接待室。没有拦柜，不像卖东西的铺子。

往东不远，一条没名的窄胡同，宽不足一米，通大吉巷。把口西是登云斋鞋铺，把口东是李福寿笔庄，它们对过是敬记茶庄。东侧日本时期是家烟馆，大烟鬼过瘾的地方。西侧不远是占两间门面的“救世军”，圣徒受教的场所。门口两三个人敲洋鼓，吸引人。门里是布道的讲堂，木架子挂着毛笔手抄的圣诗，还有风琴、讲台，一排排条凳。过往行人随便进入，可坐下听讲，有时发给画片或小册子。

一说这一带的饭馆，都提广和居，大街上的倒不提了。骡马市中间路南，有个庆松园。不大不小，自己独酌，实惠；二三友人对饮，也不显穷酸。跟梁家园南口对着，也是路南，宾宴春，饭庄级的。门脸不起眼儿，一间大门道，走完一段低矮阴暗的过道，豁然开朗。大罩棚，四面天窗，摆个十几二十桌席，宽宽绰绰。南屋五间正厅，南墙正中挂彩色霓虹灯做的大字，可现“囍”“寿”等。是举行仪式的礼堂，专应喜庆宴会，平时也卖散座儿。

骡马市的棺材铺多，路南、路北都有。玻璃橱窗里摆样品，一尺长的各式棺材模型、莲花枕、寿衣、靴鞋、波罗经被等等。有现成的，也可定做。档次全，从火匣子、狗碰头，到杉木十三元儿，都有。

商家取巧，借名店名气，打字号的主意。内联升、步云斋名字响，开鞋铺叫联升（广内大街）、登云斋（骡马市）；大和恒名气大，开粮店叫大和行；王致和出名，开酱园叫同致和；王麻子就更甭说了，菜市口路东一排，都是“王麻子”，前面加“老”、加“真正”、加“真正老”，还有写“汪麻子”的。更有门前贴帖骂街的：“本店无不肖子孙业此，诸君切莫错认。”谁也说不清哪家是真正的了。

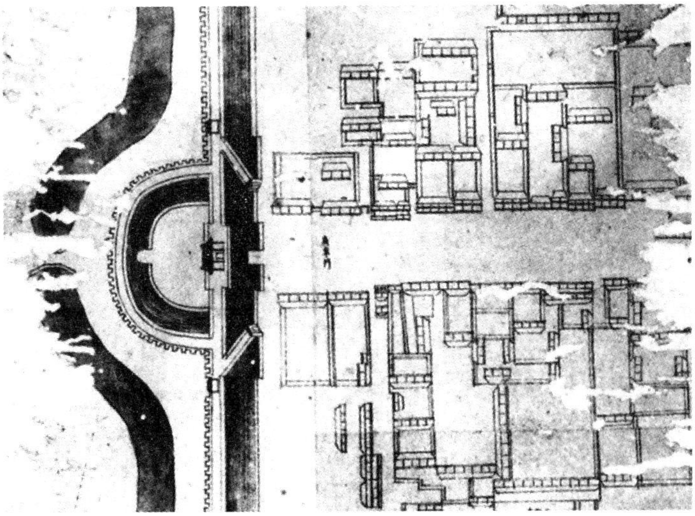

清朝乾隆十五年（1750 年）《京城全图》上的广宁门图平面图

狮子店儿的辛亥老人

20世纪90年代中期，扩建两广大街，广安门内马路两旁的房屋院落，满换成高楼大厦。原先老房，了无痕迹。其中一些和历史、民俗、文化都曾有过关联，仅就我记忆中几处说说，不免有点“白发宫女说玄宗”的况味。

路北，现在路政局那块，有座庙。老门牌212号的韦驮庵，民国时就成大杂院了。庙的主持是位带发修行的老太太，靠房租生活。六七十年代以后这里是挂面厂。这庙清朝康熙年间建的，私建，三进，四院，占地4亩，70来间房。在广安门一带很著名，口头上叫“韦子庵”。清朝道光末年，河北沧州来了位于老师，租用庙里第三进院子的东配殿，办私学。入民国，传给儿子。新中国成立后，以私立至善小学的名义存在，到50年代中期被取消。两代办学百年，桃李满广安。庙以私学出名，私学以庙著称。

路南，广义街对着的马路当中，有被保护的古槐树，这是西晋会馆门前的旧物。我小时候常来会馆，住得近。家里曾是会馆的管理者，有点关系。养着大狗，白天锁着，来人就汪汪大叫，咬不着人。小，害怕，老贴墙走。进屋，再出来，它就不叫唤了。会馆门前，三尺高的矮墙圈个小院，东西有临街房那么长，四五米宽，留一门口。古槐树就在小院当中，夏天树下乘凉、歇脚。矮墙外有饮食摊，门口东是酸梅汤、果子干儿；西边是俩摊：凉粉扒糕、冰镇切糕豌豆黄。

临街五间大北房的后墙，西头街门门道，不宽，门上白底黑字“西晋会馆”。五间房正中一间，南北有门窗的神殿，供奉关公，泥塑神像，金甲绿袍，坐南朝北，面对大街。周仓持刀，关平捧印，侍立两旁。平时锁北门，上门板。祭祀或逢三（土地庙庙会），开北门，设矮木栏。人们在栏外瞻仰、祭拜。

街门对着西屋北山墙，过门道，左拐进前院。东西房各三间，西屋账房（办公室）。院子不大，方砖墁地。当间有花池子，鱼缸。南面是一座大罩棚，里面南头，向北的戏台。戏台后是后门。每年关老爷生日，老乡聚会，唱戏。罩棚东边，一溜东房，单间。旅京乡亲养病，或别的缘故，免费住用。西边，有和罩棚连着的平房，不挨着，就成了俩小跨院。靠北的院里，有棵大桑树，桑葚熟了，院子铺一层厚厚的紫色桑葚。会馆只仨人，不收不管，烂着。我钻进去，双手捧起猛吃，手上、嘴上、身上，都是黏糊糊的紫汁。衣服洗不掉，手也得三四天褪净。挨后门的跨院，有一阁楼，四五层楼高，青砖墙，方形。没窗户，北面留一小门，上头是四角明柱的瓦房。没上去过。是座瞭望台，这一带最突出，鹤立鸡群，大有守望四方，舍我其谁的姿态。后来成大杂院，门前矮墙里搭起临时房，开小饭馆。扩两广路，平了。

向东走，过白广路，菜市口百货商场东半部，和报国寺前街正对着，是座庙。清泰寺，建于明朝，庙门在现在的德泉胡同，在广安门大街的是后门。正门和前院早就租给别人（我印象中是家纸料行，后来是废品收购站），临街的门，被认为庙的正门了。也是规模不小的庙。新中国成立时，还保留着光绪三十二年（1906年）立的石碑。新中国成立后改成学校，“清泰寺小学”，最后叫“广安二小”，没大拆大改。原庙的房屋、格局，没变，直到拆除。地势高，比马路高一米多，门前头一平台，冲北有七八级台阶，东、西两边是慢坡（新词儿叫“无障碍坡道”）。

大门道，门道两边是四五间北房，东边的租给一家南纸店，卖文具。后墙没拆，出入走大门道。店里拦柜、货架，很正规。西边住和尚，庙里自用。影壁是大殿后山墙。改学校后，门道东西墙掏门，门卫、传达。学校只把门窗更新，增盖些平房教室，使用50年，如果不拆，还能挺些年。

过牛街北口，路北西北中学、西北中学大操场（现在的回民学校，早先的商品陈列所、工艺局）。学校北头是伤兵医院（抗日胜利到新中国成立），再北四眼井，这就到广安胡同了。过胡同口，广东学堂，南横街粤东新馆办的。清末的建筑，西式，矮墙砖柱，铁艺栏杆。隔栏望去，花木掩映。东西向一排青砖西式平房，当中门道。砖雕拱形门洞，上面两米来高的装饰墙，正中竖排砖雕大字“广东学堂”，周围雕满花饰。过门道，操场，四面教室，后来是私立育华中学、附设立华小学。我在小学读过几天，就不念了，学费高，交不起。拆除前是广安中学，现在是翔达大酒店。

往前走，狮子店把口有个会馆——贵州西馆，据说在贵州籍会馆中，历史最早。康有为组织保国会，在这里开过会。当过顺天府尹的陈夔龙，在这会馆住过十来年。新中国成立后展宽马路，拆了前脸儿大门、院子大部。剩半拉院子，留下北房和东西房，新砌一道红砖墙，盖个水泥瓦顶的简易门楼，维持到两广路开工。住户姓漆，贵州人，是中央文史研究馆馆员、国务院参事。乐善好施，仗义疏财，每月收入几乎都周济贫困邻居、亲友，资助街道。他外孙，姓王，在十四中上学。间接同学。

老人叫漆运钧，年轻时留日，学政治经济，在日本入孙中山同盟会。1910年回国，应试，中法政科举人，廷试列二等，任田赋司行走。北洋政府时期，任过农林部佥事等职，兼任北京各大学讲师。后在南京政府工商部、监察院任职。1948年退休，闭户专研经史。著有《四书集字说文钞》《十三经集字》《春秋左氏传人表》和多种读书札记以及清史研究笔记，译有《日本史要》《日本地理要论》等。此外，在文字改革上也有贡献。1974年，96岁的漆老，与世长辞。

回到牛街，说说路南。现在把口是座高层居民楼，原来的福兴面粉厂。东邻是天主教堂，成立很晚，利用商店旧房改建，浅咖啡色水刷石墙面，大玻璃门窗。屋顶矮墙上，油漆画的十字架。北线阁17号，一座小洋楼是这教堂的，住修女，街上常见黑袍白帽的修女身影。新中国成立后，教会在这里办铸新小学（后并到广安门小学），北线阁是分校（北线阁小学前身）。

教堂东邻，是成立于民国元年（1912年）的广安门大街小学（曾叫第三十二国民小学）。学校据说原是座祠堂，三进院子，前院四面房，院子一窄条，中院北房即前院南房，中院南房即后院北房。中院最大，每天朝会升旗，全校师生都在这院集中。全校就6个班。体育课常借西北中学大操场。冬天跑步，出校门往东，进教子胡同，穿麻刀胡同，走牛街，出口往东回校。学校条件差，名声好，都愿上“三十二”。

从此向前，教子胡同北口东，河东烟行会馆。再前西砖胡同、烂缦胡同，基督教福音堂，信仰耶稣教的人们，在此聚会。听布道，唱圣诗，做祈祷。一座平顶大门，门上横写一排字，什么什么福音堂（记不起来了）。这些基层宗教活动场所，50年代中期，都烟消云散，不知所终。

走到菜市口了，前边骡马市大街，路北有座三晋会馆，是建两广路时拆除的。路南有马神庙，道教的，正式名字叫玄帝观。前面果子巷、粉房琉璃街。先到这儿，该说粉房琉璃街跟黑窑厂了。

饮冰室和云起轩

从骡马市大街路南的粉房琉璃街向南走，一直走，就进了陶然亭公园北门。在先，没建公园时，也这么走。没大门，有土路，到窑台土山下，“步入园林”。

粉房，生产粉条，跟琉璃不相干，愣搁一块儿了。据说姓刘的在这儿开粉房，粉房刘家，叫成粉房琉璃。粉房琉璃街叫开了，约定俗成。这是条街，不宽，不长，南到南横街一里多地。庙，一座，路东，福庆寺。私建，占地二亩，房40来间。另有庙产，地一亩多，房20多间。为继承这些不动产，民国二十五年（1936年）还立了一块碑，叫《福庆寺住持承嗣记》。庙里这类碑不多见，是刻在石头上的公证书。

这一带会馆扎堆，相邻的潘家河沿（胡同）、贾家胡同，都有。光粉房琉璃街，就有12座。广东、福建、江西、四川、山东、山西、河南、天津都有。广东新会邑馆，住过“康梁变法”的“梁”。梁启超，到北京会试，住这里，还在这里结了婚。变法失败，亡命日本。夫人留在粉房琉璃街，从日本回来，还住这儿，前后10年。是梁启超在北京最早的住处——饮冰室。

江西萍乡会馆，也住过“人物”，江西萍乡的文廷式

（1856—1904年），字道希，号芸阁、纯常子，云起轩主。考中榜眼，先后在国史馆、会典馆任职。戊戌变法的积极分子，帝党，跟翁同龢、光绪一头。是清末的清流，“翁门六子”之一。皇上赏识他，让他当珍妃的老师。事败，逃日本，保条命。人还在，心不死。1900年回国，在上海参加唐才常“自立会”，参加“中国议会”，决定暴力推行变法。唐才常被杀头，文廷式被通缉“严拿”。隐居著述，不久病逝，有《纯常子枝语》传世。

会馆扎堆文人聚，留下东西不少，真该条分缕析地梳理，给后人个交代。浮着，老凑热闹，正经东西少人问。

出粉房琉璃街南口，过马路，就进了黑窑厂。这条街更短，没会馆，有庙，路东、路西各两座。路东三圣庵、清慈庵，路西关帝庙、伏魔寺。最有名的是三圣庵，是因为赛金花。她死后，在三圣庵停灵、办丧事，又埋在陶然亭。当时媒体争相报道，火爆一时，在京城妇孺皆知了。

赛金花当过大清国驻外使节的夫人，在应酬场合，结识德国军官瓦德西。他在庚子年，成了八国联军总司令，进了北京城。赛金花见到旧相识，据说在司令面前进言，使北京市民少遭点祸害。她办了好事，也算有功。一提“赛二爷”，挑大拇指。清末民初，她成了“闻人”，公众人物。出席宴会、招待会，报纸、刊物时时爆料她的行踪，如今日狗仔之追逐明星。她的丧事，岂能不张扬？她死前，就出了写她的小说《孽海花》，剧本《赛金花》。

三圣庵是南城生意最好的殡仪馆。新中国成立后，1954年，谭派传人谭小培病故，也选三圣庵办的丧事。那会儿，民政局殡葬处没包揽这档子事，不知道这买卖赚头大。最末一位住持，法名图善，曾是宣武区人大代表。

这庙属私建，宋朝就有了，清朝光绪十年（1884年）重修，有碑记述，陆润庠写的。占地8亩，有房150多间，还有土地100亩，不小。现在又修饰一新，成为佛教徒喜爱的素菜餐厅。节日里，红灯高挂，彩旗招展。佛门清净地，生意热闹场，字号叫：菩提缘。临街山门殿，檐下是黑底金字的饭馆横匾。门两旁墙上，单个大字，佛光普照。字是老规矩，饭店是新章程，无论什么，都能说事儿。三圣庵，多了个新街坊——庙后头，坐北朝南，一座新庙。门上嵌旧石刻匾额“京都都城隍威灵公庙”，大概是异地重建。西隔壁是黑窑厂居委会三层办公楼。

城隍庙，多半是从南横街东头搬迁过来的。南横街东头有一截，叫城隍庙街，黑窑厂北口东边就是。街东、西两头是高墙，留门洞，车马、行人得穿门而过。门上头有砖雕的横额，东门外“崇光帝里”，门里“表正天衢”；西门外“庙隆南界”，门里“泽比西成”。城隍庙街路北三座庙，当中城隍庙，东边东岳庙，西边三官庙。每年清明、中元、十月初一，三次庙会。鬼节，烧纸上坟的日子，庙里超度亡灵。人们赶庙会，商贩设摊（没听说拍卖摊位）。城隍庙里摆一顶红色喜轿，说是大官的闺女，做梦当了城隍夫人，说完梦，死了。大官顾不上悲痛，赶紧备齐嫁女的轿子、仪仗、妆奁，送进庙来。这套东西就成陈列品了，也是城隍老爷显灵的物证了。

跑题了，还回来说黑窑厂，三圣庵往南，没几步，就到清慈庵。不大，建于明朝，清朝同治年间重修。属募建。有4亩地，48间房。1947年，北平市政府寺庙登记，还在册，新中国成立后拆了。

黑窑厂路东两座庙，一是关帝庙，没了，现在是黑窑厂西里。一是伏魔寺，没得更早。南口路西，把角，现在是商店。

看景不如听景

陶然亭在海内外名气都不小，中国四大名亭里的老二。老大是醉翁亭，在滁州，欧阳修《醉翁亭记》，流传后世。老三是爱晚亭，在长沙，“停车坐爱枫林晚，霜叶红于二月花”，亭以诗扬名。老四是湖心亭，在杭州西湖，占了位置的便宜。陶然亭名气的由来，复杂，一言难尽。

陶然亭公园主体是陶然亭。公园北门是正门，门前的街命名陶然亭路。进门偏东，正南，有桥，名“榭湖”。过桥，直走，过土山，或绕着走，顺湖边。南头，一座高台，台上有庙。庙门上石刻横额“古刹慈悲禅林”，慈悲庵或慈悲院，就是这儿。院里西屋，就是陶然亭。曾是茶馆，庙随便进。翻建后，要4块钱门票，才能进去。陶然亭的大名，传古今，扬四海。名气大，可看景不如听景。听景，值得看！也许是广告，商业广告，前有明训“老王卖瓜”，可信度值得怀疑。政治广告，可信度更低。美国总统的国情咨文，老百姓看得一愣一愣的。

当年，陶然亭也是名大诱人智者晕。鲁迅先生1912年从绍兴到北京教育部任职。5月5日到京，19日就到陶然亭来玩，急着看这座名亭。他住菜市口北半截，离这儿挺近。后来搬到西城，也不远。前后在京15年，上陶然亭，只此一遭。

俞平伯先生，慕名来游，在《陶然亭的雪》一文里，表示失望，说“只见拙钝的几间老屋”。名声，不一定和实际相符。

在原地新修的陶然亭，当然气派，比“拙钝的几间老屋”高大壮观，与立在西岸的云绘楼、清音阁，两座皇家建筑相较，毫不逊色。民间和皇家一字并肩了，这合于人们心理——人往高处走。陶然亭，从老百姓爬到贵族的高度了。

能有陶然亭，是江藻的功劳。他是清朝康熙时的工部郎中，被派到黑窑厂监管烧砖。当官，什么时候都差不多。人说一杯茶、一支烟，一张报纸看一天。康熙那会儿没报纸，更闲在。他看上这块地儿了，不用投标，也甭报规划局。在慈悲庵庙里盖起三间敞厅，休闲、健身、招待宾朋，多功能。起名陶然亭，姓江的盖的，也叫江亭，这是康熙三十四年（1675年）的事。从康熙三十三年，黑窑厂停止烧砖。时势造英雄，也造名胜。陶然亭成为名胜，时势使然。

清朝规定，内城满族居住，不许建会馆。从明朝开始，北京有会馆，明成祖把全国科举会考的考场，从南京搬到北京。南七北六十三省，应试的考生成千上万，都聚北京，睡觉、吃饭，就是大事。40多年前红卫兵到北京，住得可街可巷，家家借被子、送吃食。60岁以上的还能记得。赶考的没红卫兵多，也不好办。会馆，解决考生食宿，各省、道州府县在京建立会馆。民间办的，不是驻京办，都在外城，菜市口、南横街，会馆最多。三年考一回，考上的少数，有着落。考不上的多数回家，等下次开考。路途远的，光走就得半年，费钱费力费工夫。就选择在北京复读，自学，准备下次会试。这是当年北漂一族，异乡异客，寄身会馆。人同此心，心有灵犀。失意、寂寞、思乡、念亲、怀人，各样的情思。“一片芳心千万绪，人间没个安排处。”现今流行说法叫郁闷。要排遣，要发泄，要稀释。去花园散心，找人聊聊，到清静地儿发呆。都要有个地儿，去哪儿？

皇家园林，禁地不许进。私家园林，两眼一抹黑，不让进。有关系，也是主客，相待以礼，客客气气，郁闷加拘束，更苦。陶然亭，苇塘水潭，野花杂树，登高临远，寄兴怀人。荒坟义冢，凭吊追思；公共场所，无顾忌，不拘束。春秋佳日，风晨雨夕，这里成了互动沙龙。京城里衣食无忧的闲人，要消遣；官员们休暇，要娱乐；文人墨客要抒发，各色人等在这儿聚齐。饮酒赋诗，抚琴作画。“一醉一陶然”之后，踌躇满志，悠然自得。说得意的事，夸见到的景，力争叫人羡慕，叫更多人分享。陶然亭被美化夸张。

形诸文字的作品，传播开来。东西越传越少，话语越传越多。陶然亭经过几百年的积淀，当然名满天下。清朝道光以后，陶然亭和相邻的龙树寺、龙泉寺，是宣南诗社的活动基地，京城名流咸集。中华民国以后，清朝的遗老遗少们、梨园行的朋友们成为这里的常客。陶然亭、窑台，以及这里的活动、动态，常常见诸报端，所以盛名不衰。盛名之下，其实难副。看景不如听景。

赛金花身后事

多年前，陶然亭周边，坟冢多。虚实都有，大有名的两座——香冢、鹦鹉冢，是虚的，没挖出东西。存在过的坟头、石碑也不起眼，在慈悲庵东北土山（叫锦秋墩，有过花神庙）的南坡上。新中国成立后修了一小块水泥平台，3米长，2米宽，两个水泥墩，高不足半米，直径约80厘米，相隔一米。香冢在东，鹦鹉冢在西。墩前立原碑，高六七十厘米，宽20多厘米，厚六七厘米。普通石头，字刻得好，“文革”前无丝毫损伤，清晰可读。民国以后有几座新的名墓，也分布这附近。西边半山坡上是高君宇、石评梅二人的墓，正面朝西，并排的汉白玉方锥形墓碑，很突出。南边山脚下有赛金花，她旁边有醉郭、康心孚。这都是实的，埋着死者遗体。人们常常停步凭吊，迁坟后，这些墓碑，在慈悲庵台下院子里靠墙立着，放了很长时间。

底层民众的坟墓，乱葬岗子，景区外多。东北上一片，叫南下洼子，荒坟野冢，青楼怨鬼。西南一片，梨园义地（今陶然亭地铁站南出口间的马路），戏剧界前辈孤魂。再南，姚家井西，也多为坟地。20世纪50年代初，姚家井修建居民排房，有了一巷、二巷、三巷。盖房工地，还发现大唐信州刺史薛府君墓，出土了墓志、石雕，还有壁画。

后来公园里只留下高、石两座墓，从西山坡移到山北脚下。建陵园，树塑像，复制墓碑，添汉白玉石栏。常组织青少年在此活动，进行革命传统和爱国主义教育，媒体多有报道。前年“六一”，外孙加入少先队。队列整齐，神情严肃，面向烈士陵墓，小拳高举，大声齐喊：“时刻准备着！”

赛金花是尽人皆知的，她的故事，版本不少，情节差不多。妓女，当过公使夫人，跟八国联军总司令、德国人瓦德西认识，劝他少祸害人，瓦德西接受劝告。北京人感谢赛金花办了件好事，得到社会公众的赞许和认可，出了名。她的坟，只一座，在陶然亭，也家喻户晓。岁月消磨，实物消失，记忆消退，人们生疏了。

陶然亭的坟墓，都是义冢。所谓义冢，就是死者无人埋葬，社会人士出资出力，将尸骨埋葬。对生命的尊重，对死者的敬重和抚慰，是善事，是义举。义举的坟冢，义冢。赛金花的坟是义冢，她旁边的醉郭墓、康心孚墓，都是义冢。墓碑只有赛的高大气派，黑色花岗岩，里面含闪光金色颗粒，说是叫金星石。打磨得镜子样光滑，高有2米，宽约1米，厚20来厘米。字刷金粉，黑底金字。上部碑额阳文，篆字喻长霖写的；下头碑文，潘毓桂撰、吴炳麟写的篆字。碑额的字有10厘米大小，碑文就只有核桃大小了。密密麻麻，又是篆字，没仔细看过。碑额8个字：“姑胥赵灵飞之墓志”。据说还在，放到慈悲庵里陈列，不花钱，看不见了。

老北京的市井小民，都知道“赛二爷”。有知识的文化人，对赛金花也极热衷。她去世前，写她的诗文、小说、剧本就风靡南北。最早的，金松岑写小说《孽海花》开头第一、二两回，发表在日本东京出版的《江苏》杂志第8期，时间是1903年。后来，曾朴续写到第三十五回合刊成书，是1931年。樊增祥的《彩云曲》，发表于1913年。苏曼殊小说《焚剑记》，1915年问世。李伯元写的《南亭四话》有《公使夫人》一篇，记述赛金花事。汪瞭翁编《上海六十年花世界》有《赛金花事略》一章，1922年印行。

赛金花还得到著名学者刘半农的关注，打算给她写个传。1933年冬至1934

年春，刘半农先生采访了赛金花，谈了十几次。1934年6月，先生到张家口一带考察方言，7月传染上猩红热，回北京4天就与世长辞了。空有资料未成书。

采访时，作为学生的商鸿逵随侍在场。商先生当时是北大文科研究院研究生，导师是刘半农。导师去世，伤痛不已。睹物思人，面对赛金花口述资料，无心动笔，几个月后才被迫动手。在采访过程中，交通花费，餐饮开销，给赛金花的捐赠，算起来好几百块大洋。本来说好成书后交星云堂出，采访经费由星云堂垫付，最后结算。没书，就得还账。知道底细的人，争着访问赛金花，刘半农写不了，咱写！星云堂掌柜急了，别人抢了去，钱就打水漂儿了！老师死了，找学生，跟商鸿逵要钱。穷研究生，没辙。不还？您将来在社会上站得住吗？整理资料，写书还账！研究院有的导师反对，堂堂学术机构的研究生，给妓女写传？丢份！商先生找院领导，主任胡适之先生，怎么办？主任说："欠账还钱，天经地义。文人写书，近情近理。不夸张，莫渲染。如实记录。"按领导意图，写出一本《赛金花本事》。为了好卖，封面印了：刘半农初纂，商鸿逵纂就。

1935年春，熊佛西写话剧《赛金花》，请知名演员排练，贴出海报在长安戏院公演。北平市长袁良、社会局长雷嗣尚，认为"妓女挽救黎民，有玷官府体面，并有碍国际观瞻"。被禁演。1936年，赛氏亡故，上海，沈端先（夏衍）编导新版《赛金花》，谢添、顾而已、崔嵬等名演员都曾参加演出。后来拍过电影。还出过一本《赛金花的故事》，一本《续孽海花》接着曾朴的小说，讲赛金花的晚年。

鲁迅先生对这些另有看法，记得是说："连义和拳时代和德国统帅瓦德西睡了一些时候的赛金花，也早已封为九天护国娘娘了。"大概是一时的激愤。一个妓女，做点好事，也是好事，该记着的得记着。念完经打和尚，那叫什么事儿？

醉郭的生前死后

赛金花坟旁边，还有“醉郭之墓”和康心孚墓。人们熟悉醉郭，常念叨他的故事。他是咱北京人，家住丰台老庄子，大名郭瑞，号云五。光绪二十六年（1900年），闹义和团，西太后利用它反洋人。洋人借口保护侨民，八国联军进北京。义和团反洋教，杀信教的中国百姓；洋人打义和团，杀中国百姓。两头儿都杀老百姓。西太后把火点着了，怕烧自己，跑西安躲了，扔下老百姓不管。入了民国，北洋军阀把持北京，走马灯似的换人。时政日非，陷民于水火，深积民怨，怨愤不敢言。醉郭，揣着酒葫芦，扶酒佯狂。街巷闹市，笑骂歌哭，是百姓的代言人。

他破衣邋遢，老往人多的地方扎。他一来，人就围上，酒气熏天，醉眼蒙眬，口无遮拦，呼喊疯话。控诉社会不公，指摘政府无能。想说不敢说的，他端出来了，句句都打动人心，人们欢迎，人们爱听。用酒罩着，说醉话，以为奈何不得。小骂大帮忙，欢迎。如果真枪实弹，弹弹致命。岂能容你？光绪二十九年（1903年）到三十三年（1907年），4年当中，挨了6次板子，进了5回班房。他不改初衷，仍是佯醉装疯，索性穿《京话日报》的号坎儿（马甲），举着报纸，给聚拢来的人读报、讲报，发表感想、评论。抓，跟着走；放，接着说！

尽日街头流浪，白领却引为知己。《正宗爱国报》老板丁宝臣老找他聊，还每天资助他10个大铜子。《京话日报》经理彭翼仲，请他到报社做客，成了至交。彭的报纸老和当时的官们较劲，人家就把他先监视居住，后下放新疆，“发遣日由大佛寺启程，市民数千人送。醉郭随去戍所，道出保定”，才执手告别。

特别是梁巨川（名济，梁漱溟的父亲），和醉郭也相交甚厚。醉郭如在崇文门外活动，必到梁宅（梁寓崇外）投宿，受全家欢迎。

醉郭死后，《正宗爱国报》发讣告，登梁巨川写的纪念文章。彭翼仲出50块大洋，买棺材、寿衣，料理后事。题写了墓碑，碑后请林琴南撰写墓碣，记述表彰醉郭一生，书家祝椿年执笔写就。梁巨川先生的文章题目是《表扬醉郭之一斑》，文中说：“当全国昏昏时代，能够不怕打，创开风气，志气高得多多。”（见《正宗爱国报》，1913年6月17日）当年对醉郭是认可的。

陶然亭迁坟（1952年），郭氏后人把坟迁回丰台老庄子。后来丰台车站修西货场，把坟深埋路基下。幸是前人留旧影，依稀得见醉郭碑。

“五四”有个康胖子

记忆里，康心孚碑在赛金花墓的左首。牙黄色石头，不是常见的石碑样子，像没经过加工的天然石块。圆顶，自然地顺下来，形状类似北海公园半山腰里，刻着乾隆御笔“昆仑”俩字的那块碑。刻着“康心孚”几个大字，有上下款，不记得了。没有碑文，只记住了“康心孚”这个名字，不知道是“何许人也”。近年来才闹明白，是个“人物”，是个应该记住的人物！

康心孚，陕西城固人。父亲康寿桐，在四川当县太爷。5岁随父入川，1904年，赴日留学，研习政治经济。入章太炎国学研习会，是章氏门人，被选为中国留学总会馆总干事。在横滨接待孙中山，发表演说，受到孙先生的赏识和器重。介绍同乡于右任，和孙中山相识。1909年，在早稻田大学毕业。参加清朝科举考试，授庶吉士，七品，供职邮传部。兼大清银行学堂学监、教务长。1910年，为炸摄政王事，受疑，回川。父死，守制。1911年，到南京，任孙中山总统府秘书。在讨论定都时，力主定北京，得到会议通过。孙中山不干，主南京，推翻决议。康心孚说，偏安的政权才定都南京。革命方有进展，即弃三权分立，如何建国？但只能撤回议案，当即去上海。孙中山派于右任到上海，请他回来。他坚决不回去，从此就再没有入政坛。

在上海办图书公司，兼《民立报》记者。1913年，和二弟康心如办《雅言》半月刊，声明杂志宗旨："民意者，民当自言，无待代言。吾所言者，即吾之言。初不必假民意以自重。"后来与章士钊合作办《独立周报》。宋教仁在上海遭暗杀，葬上海闸北。康心孚为其写墓碑，据说是他唯一刻在石头上的字。

《民立报》停刊，《雅言》出问题，办报走不通了。决定钻到故纸堆里找乐儿，跑到北京大学教书，教社会学。是第一位教社会学的国人，是中国第一位社会学家。

五四运动，北洋政府抓学生，校长蔡元培愤而辞职出走。北京学校如群龙无首。北京中等以上学校，成立教职员联合会，康心孚被推为主席，马叙伦为书记。康奔走于各校之间，既无电话又无车，就靠双脚。他胖，人称康胖子，跑路更易疲乏，而又照常讲课，积劳成疾。1919年重阳节，他到政法专科学校讲课。课间休息，他在办公室，手里端着茶杯，和同事说笑间，突然倒地，再也没能站起。急救人员赶到，已无济于事。

蔡元培主持了康心孚的追悼会，家属康心如致辞道谢。学校停课一天，以示哀悼。

康心孚昆仲四人，心如、心之、心远，都有所成就。二弟康心如（1890—1969年），金融家，四川美丰银行经理。新中国成立后曾是民主建国会执行委员，1957年被划为"右派"，1969年戴着"右派"帽子死去。改革开放后，改正。三弟康心之，银行家、企业家，曾是全国政协委员，死于1967年。康心远，也是企业家，他的资料不多。康氏后人，心如之子康国雄曾以"蒋介石的干儿子"获罪，后有口述历史行世。心之的女儿康岱莎，是延安的女兵，1946年调到北平军调处工作。李克农为她和陈叔亮，在北京饭店举办婚礼。新中国成立后，陈叔亮和康岱莎一直驻外。康氏家族，多精英俊彦，也多故事传闻。

烈士、狂士、耿介之士，维护正义真理，都是义士。

白纸坊旧事

白纸坊是因手工造纸作坊聚集而得名，是北京最老的地名之一，元朝就有。地名老，历史长，旧事多。我说的是五六十年前，耳闻目睹、亲身经历的白纸坊。我在白纸坊住过14年（1954—1968年），在手工造纸作坊打过工，在作坊组合的造纸合作社（1958年后叫宣武造纸厂）当过统计员。每天必须到抄纸的操作间（陷房）和88位抄纸师傅一一见面，记录产量。合作化以后，陷房在原地。南到白纸坊西街，北到南线阁的南线里，东白纸坊胡同，西菜园街，都有，这范围内日走一遭。1960年下半年，脱离造纸行业。

现在白纸坊，放眼望去，高楼林立，街宽路平。商场超市，餐馆歌厅，熙攘繁华，酒绿灯红。50年前除了印钞厂，没有楼房。平房也不紧凑，房少人稀，空旷冷落，萧索沉寂。

造纸社的办公室在白纸坊街62号（现今崇效胡同路南，捐赠站位置），一个小院儿，三间北房，房子东侧街门。上级派来社主任王泽昌，街门改棚子当了主任办公室。房子西侧，院墙掏开，坐南朝北成了坐东朝西。三间房仨部门：财务、供销、生产。统计归生产，每天上班，拿个硬纸板夹子，急匆匆北去南来走个遍。回办公室，10点前做出产量日报表。

一式两份，留底上报。午后分类登记入账，统计成品入库数字。月底、年底忙，结算工资、向上级机关报送月报、年报。市级的、区级的四五个，都得送。计算工具，算盘。书写，铅笔复写纸。一式多份（五六份），铅笔就不行了。铁笔、垫玻璃纸，使劲写，真正“力透纸背”。需要更多时，铁笔、钢板刻蜡纸、油印。忙时常加班（义务），一切靠双手，累，酸疼肿胀，疲惫不堪。

纸坊的生产活计更是脏、累、苦。纸坊流传着老话儿：“上辈子打爹骂娘，这辈子进纸坊。”诅咒这个行业，不是正常营生，是接受惩罚，是在赎前世的罪。白纸坊生产三种纸：豆纸、麻呈文、桑皮纸，基本操作相同。豆纸最脏，原料是“捡烂纸的”送上门来，按重量付钱。沿街捡拾，多一张纸也是重量。不管好赖脏净，用过的鼻涕纸、大便纸、月经纸都捡。这些料要分类：难轧烂的，香烟盒、铜版纸、画报纸要挑出来。蹲在灰尘眯眼、气味呛鼻的烂纸堆上，光手挑拣。挑过的料在水缸里泡，头天泡上，第二天用铁叉子捞到石碾子上。

套毛驴拉碾子轧成纸浆，行话叫“轧麻”。雇未成年孩子看着，轧的料挤到碾盘外时，用木板儿往里翻（翻麻）。随时轰着驴，吆喝、抽打。驴蒙着眼睛，听不到动静，就偷懒，停下不走。碾子多在露天，毒太阳晒，西北风吹。赶上变天儿，不是大雨雪不停工。轧好一个麻，要两个多小时。卸驴后要牵着到宽绰地儿，让毛驴打滚（休息），它自动躺倒在地，四蹄朝天，侧卧翻动。翻两三次，立起抖动全身，去掉尘土。牵回。轧麻任务完。报酬7分钱（烧饼3分钱一个），一天最多轧3个，能挣7个烧饼。

轧麻后是淘麻，淘麻要壮劳力。淘麻的把碾子上的麻，撮进大木桶，一根杠子，俩人抬到水井边。井口旁，石头砌的圆槽，麻池子。残的墓碑、坏的磨扇，立着挡个圈儿，要能存住水。直径1.5米左右，30厘米高，留排水“沟眼”。里面放和石槽大小高矮一样的荆条编的“筛子”，筛底是四五厘米见方的窟窿。铺苇席片，编织稀疏，专用，定做。席上铺蚊帐布，四周翻到“筛子”外边。轧好的麻，放在布上，堵好沟眼。用辘轳打水，倒进麻池子。淘麻仨人一拨儿。一人摇辘轳打水，俩人洗纸浆（淘麻），对面跪在槽子两边，光着膀子探身，胳臂在槽里搅动。搅几遍，打开沟眼放水，泥沙、脏东西随水流走。剩下纸浆，用手拢在一起，挤干。再往里打水，搅动，放水挤干。至少淘三遍完活。最后一遍放水前，加蒲棒绒子（增加拉力）。搅匀、放水、挤干，装回木桶，抬到“陷房”（有水池子的抄纸间）。夏天顶着太阳，但守着井拔凉水，还好些。最怕冬天，穿一件空心短袖棉袄，腰里系根绳子。腿上穿棉套裤，跪在地上。滴水成冰的天气，凛冽的寒风里光裸着的双臂浸在冷水中。

抄纸的水池子叫“陷”，屋子叫陷房。“抄纸”是关键工序，成本、产量、质量，都看抄纸的。抄的纸厚，费料，成本高；抄得过薄，质量低，没人要。轧的纸浆再多，也不是纸。所以对抄纸师傅敬重三分，高看一眼。

陷房是纸坊的主要“部门”，但没有统一的标准和要求。看业主的实力，有门窗户壁讲究的大瓦房，也有只能遮风挡雨的棚子。里面水池（陷池）盛放纸浆和水。规格、尺寸基本一样，四面离墙1尺多挖坑，7尺长，5尺宽，3尺深。石板铺底围四框，围5尺见方水池，留出2尺抄纸工站立操作。水池底要斜坡，靠抄纸这面要浅。油灰（或水泥）勾缝不能渗水。抄纸工站立的小坑，一侧抹个平台儿，比陷池水面高点，水能流回去。放一块平整木板，抄出的纸，过渡到板上。板前一块薄木条，烧红铁棍儿，竖着烙10个沟儿，抄纸工的计数器。另一侧砌小砖炉子，冬天用。人站着能转身，也可勉强蹲下。陷里还要放“笼”。方子木，长方框，长是陷的宽，宽是陷的深，和长平行钉几根板条。陷里的麻像稠粥，不能抄纸。要用笼把麻挤开挡住，使陷池有半池“清汤”。

抄纸前把笼贴陷帮立在池内，用力平推，挤纸浆向前，适当位置，打木楔固定。抄纸工具是竹帘，帘架子、约尺。帘子大小据纸张大小定。圆竹篾很细，1毫米粗，10厘米长，细砂纸打光，热植物油烫过，呈栗色。用马尾作经线，拴打竹帘。帘子上端，筷子粗的白松杆，下头1厘米宽的竹片。平铺在架子上，架子白松木的（水泡不变形），四框1厘米厚、2厘米宽板条，竖着间隔七八厘米，1厘米方的木撑。两根约尺，硬木的，2厘米方，比帘子稍长，比架子略短，压住帘子两边。

抄纸时，拇指按约尺，四指扣架子，保持帘子平展贴紧架子。立着插入水中，端平，纸浆纤维布满帘子，离水。再重复一次（抄两回），成活。帘架子担在陷帮和笼上，约尺放架子下端，右手提帘子下头竹片当中，扭过身子。左手扶帘子上端圆杆儿，贴到放湿纸的板上，右手往下往前送到头。整张湿纸贴到平板，左手捻动圆杆儿，使挂在上面的纸毛儿脱离。右手回来捏圆杆儿当中，一揭，帘子空了，放回架子，重复操作。计数小板儿一上一下放两颗围棋子（或纽扣），右手揭下帘子前，顺手推下边棋子进一格。10张纸到头返回，上边棋子进一格，到头儿，100张。铺一张干纸，夹个硬纸条，不会粘到一起了。每100张都有记号，不必单独费心思去记去数。

抄纸工冬夏都受罪，双手长时间在臭水里泡着，指缝溃烂奇痒。冬天水冷，双手僵硬无知觉。身旁小砖炉子生火，铁锅烧水。耐不住时，伸进热水焐一下。乍冷乍热，可能缓解，也许更难受。

抄纸的抄够了数，陷池里除了水，没有麻（纸浆）了。从坑里爬上来，下班。不大会儿，晚饭后，陷房又闹腾开，后半夜才能消停。两个人来干档子活儿：一是“搅陷”。木桶里的麻倒进陷里用工具搅动，使纸浆均匀，纤维散开。一是“压坨”，抄出的纸要压实，挤去水。木板轻轻放在湿纸上，纸后头墙上留有方槽，两根2米长的粗木头，加横撑。一头插入方槽，压在木板上，一头悬空，成挤压湿纸的杠杆，再逐渐添加重物。压一夜。第二天，湿纸成坨。按抄纸留的硬直条，用手分开，一刀纸一块，搬到独轮车上，推出去晒。

晒纸有“墙道”。版筑的土墙，白灰加青灰抹面，浅灰色，都东西走向。有跟住户院墙连上的，也有单独的两三道墙，相隔十几二十米，形成个院子。墙的长度也得20米，墙道里面有的有坟头，有的种点菜什么的。现在崇效胡同北侧，白纸坊北里、中里、南里，盖楼的地方大多是墙道。当年，墙道面积，比房屋占的面积大多了。

晒纸，女的、老人多，轻体力劳动。早晨用平板独轮车，湿纸坨平放上头，推到墙道。长30厘米左右的板刷，放在纸坨上右下角，从左上角揭起湿纸，顺上沿往右揭开一溜，搭在刷子上。左手提着纸的一角，右手拿着刷子和纸的另一角，就往墙上贴。先把上边刷住，再由上往下两三下，一张纸就贴上了。夏天，天气好，从东刷到西，东头就干了。100张一刀，分好、折齐。等干时，就卖钱了，合作社就交库、记账，等着领工资。

这是手工纸生产的全过程。1957年筹备机械化，派人到东直门外学习。请武王侯燕京造纸厂技工来白纸坊指导规划，买机加工设备，车床、钻床等，自己做造纸机零件。盖简易厂房，苇箔墙油毡顶。1958年春天，机器转动，生产“卷纸”，北京开始有本地产的机制手纸。

南锣鼓巷的老住户

南锣鼓巷这条胡同，这几年出了大名。到北京来旅游，不逛逛这儿，就不算完满。说是元朝忽必烈（1267年）建筑大都城，留下的这条通道，保存了元朝胡同民居格局。这儿一转悠，回到800年前，不能不来。南锣鼓巷的老住户，觉得后墙掏个大窟窿，塞上门窗。挺好的门楼改门脸儿，不伦不类，住家户成了买卖家。人来人往，倒是热闹——胡同老跟庙会似的，没了先前的消停。

不知您逛过没有？两边儿对着排列8条胡同。甭管大小，条条有故事。北头路西，第二条胡同，黑芝麻胡同，有位80多岁的老爷子刘兴民常在口上转悠。个头不高，清瘦，精神！鼻尖上架着一副窄框花镜，往下从镜片看书看报，平视，镜框上头看人看街景。胸前挂好几样零碎儿，眼镜盒、老年证、手机、钥匙……爱忘易丢，只好如此。您在黑芝麻胡同住了一辈子，教了一辈子书，原先教数理化。苏联成了苏修社会帝国主义，学校俄语改英语，他成了英语教师，一教好几十年。退休以后还净是找上门学的，近两年才不收学生。其实，您当年学的是地质。为写毕业论文，在西郊公主坟勘探实习半年多。专业基础扎实，至今对地下岩层的排列，还倒背如流。体质弱，改行教书。至于英文，那是“童子功”，小学是北新桥崇实小学，教会办的，三年级开始学英语。中学是灯市口育英中学，还是教会学校，数理化课本都是英文原版。底子砸了10年，瓷实。英语不是专业，还扔下好些年。可教着不费劲，驾轻就熟。写一手漂亮的英文书法，更是后来者难以企及的。

老先生仁义，一辈子好人缘。同学同事，街坊四邻，没跟人红过脸。处事谨慎，心细胆小，上头怕掉树叶砸着，底下怕踩死蚂蚁。可为人仗义，裉节上不当缩脖坛子，敢担当。

老先生祖籍辽宁兴城，1930年生在哈尔滨。1931年1岁时，全家到了北京。新中国成立以后他家很受派出所“重视”，成分是大地主，有钱。和外祖父王清璧在一起生活。王老是清朝北洋法政学堂出身，北洋法政学堂出来都是官。那会儿重情谊，讲义气。新中国成立后，官儿没了，交情不能没。为人不能办情断义绝的事！与昔日旧好，时有走动。

旧社会的官儿，不外军警宪政特。王老先生和刘家人没学会“站稳立场，划清界限”，刘宅自然被另眼看待，特别受重视。曾任“满洲国”经济大臣的蔡运生，长期在他家“住闲”，住到去世。刘先生称他“蔡姥爷”。他是日本投降后，来到北京的。新中国成立后被聘为中央文史研究馆馆员，每月有固定津贴，国务院秘书齐燕铭准时送到。蔡姥爷如数寄给留在哈尔滨的姨太太，都是刘兴民到邮局代办。中央文史研究馆安排老人们写回忆文章。开始中央文史研究馆在北海公园里，五龙亭东北一座院落，挂着中央文史研究馆的大牌子，馆长是章士钊。蔡姥爷的文稿也都是刘兴民送到中央文史研究馆。中央文史研究馆后来搬到西长安街，文稿还是刘兴民送，就直接送史家胡同章宅了。据说刘家没断过住闲的客人，还都是管吃管喝管零花。

刘兴民先生生性谨慎，加上家庭背景，按照规定“不许乱说乱动”，自己真心“夹起尾巴做人”。所以虽曾被公安派出所传唤讯问，并未遭受处理。“文革”时被抄家，收没财物，略施拳脚。那不能算事儿，所以60多年属太平无事老住户。

他育英中学的一位同学，财经大学（清华大学原经济系）毕业。当了“右派”，送了劳动教养。敌我矛盾，亲人都躲着。认敌为友，最容易受牵连。那位同学也不自量，探监的日子，写明信片（在里头，只准寄明信片，现在也许改了）通知他。搁别人身上，准不敢招这档子事，想找寻你，长八张嘴也说不明白。他居然好几次，到德胜门外新风街的劳改工厂去探监。当时没事，"文革"就招引出麻烦，内查外调地闹腾好些日子。一场虚惊，不了了之。

上大学时，认识了张更生。成了一辈子的朋友。张比他大几岁，师范大学学历史的。参加过远征军，在孙立人部队当兵，去过缅甸。这段历史找不着证明人，档案上存疑。把他弄到香河县教中学，后来也当了"右派"。有个初恋情人，新中国成立前跟家人去了美国。张更生老家在石家庄，一辈子在外头混，一辈子没结婚。老了，投奔子侄晚辈，容不容得下，难说。单身一人在外惯了，在北京读书、生活多年，恋着北京。就回到北京，住在刘家。

那是80年代了，刘宅经过"文革"的洗礼，独门独院，升格为杂院。刘兴民成了有妻女拖累的工薪族，住房压缩为一间平房，没有了先前留人住闲的条

1900年，广安门城楼东面（城里）明信片。下面标的是"Ha ta men Gate"

件。刘氏夫妇不忘旧情，硬是留张更生住在家里，像长兄那样待承。一年半载地住着，张老兄也不客气，常在家务上指指点点。刘夫人心下不爽，但无法表露。逐客令不便下，毕竟是丈夫的老朋友。刘先生更为难——叫他走？他无处去。老交情，不能勾销。留他住？家将不家。后来托人找一工地看库房的差事，请张先生就任。刘家算脱了骚扰。

现在站在胡同口的刘先生，干巴老头。学生时代，也曾风流倜傥，头上乌发油亮，身上西服笔挺，白衬衣、花领带，装扮入时，英俊帅气。提到当年，老先生总笑嘻嘻地说："我不是好学生。不用功，贪玩儿！打球、跳舞、骑摩托。"您听，这几样没钱玩得起吗？您说的打球，不是篮球、排球，是台球。东安市场、西单商场、劝业场，都有"球社"。私人开的，也叫球房、弹子房，是清末民初从外国传来的洋玩意儿。球社都是磨砂玻璃大门窗，屋里老开着灯。在外头只见人影绰绰，别的看不见。进去计时收费，女服务员陪着打球。要是有伴儿一块儿来，女服务员一旁伺候着，给记分。应客人要求也陪客人外出，自然收费不低。刘先生说到此，笑着表白："咱就是打球，没带女的出来过。"球社一度生意兴隆，光东安市场就有十多家球社。

退休以后，有家长找，给孩子课外辅导。熟人、朋友推不开，收几个学生，不收费，白尽义务。在自己住处上课，十来个学生，屋里就坐满了。一礼拜上两次课，半天。有一段时间人太多，分两班，就耽误一整天。后来病了，住院，借机"卸任"，没再收学生。喜欢出门散心，近处遛弯儿，往西出方砖厂，过鼓楼大街马路，进一溜胡同，绕什刹海走走。或进北海北门，顺岸边走到南门。天气好，有兴致，骑摩托上颐和园。想走得更远些，搭开发商看房的免费车，跑房山，上延庆，看看远郊的风光。但不参加"一日游"，因为"净蒙人"。

也常有聚会，发小、同学、街坊。吃饭，聊天，挺乐和。育英中学的同学，出不少名流。政界、文化界、医药界、海外，都有。每年也有一两次见面聚会，回忆学生时代的趣事。和当年在学校一样，没有炫耀，没有嫌弃。成就大小，贫富高低，彼此一样——同学。

刘先生住在后院，两间小东屋，原来的厕所改建的。房前一小块院子，有石榴树，盆栽花草。凝思闲立，最为相宜。房间不大，隔成起居、卧室、书房。狭小，紧凑。二三知己，相向促膝，海阔天空，谈天说地，斗室容得寰宇。煮咖啡，读英文。俯仰坐卧，也多有乐趣。

先生教会学校出身，可旧学底子不浅。在学校听“洋”课，回到家外祖父讲古文，还要求背熟。和朋友相聚，聊到兴起，再碰上“对象”，说着说着，背一段古文，印证自己的说法。再加英语翻译，古汉语和英语齐头并用。闲时写硬笔书法，竖着的汉字，横着的英文，在屋里贴着，随时更换。内容多格言警句，是心境的表达，是精神的安慰和寄托。抄录的多，也有自己撰写的。核桃大小的字，类似斗方。展纸舒笔地写，是抒发，是排遣，是享受。悬起贴在墙上看，端详，欣赏，会心地笑，甚或念出声音。自得和满足之态可掬，正是老知识分子生不知死、乐以忘忧的生活态度。尊重、珍惜自己的生命和一切生命，热爱生活，快乐每一天！寻找快乐的理由和方式，尽享快乐！

80多岁的小老头，不知老之将至，乐观、豁达。用自己的方式愉快地迎送着每一天的曙光和晚霞，笑吟吟地站在南锣鼓巷的街头。生活的看客，也被看客围观，仔细品味生活，也被生活仔细品味。

内联升和“外”联升二题

一

前几天，电视播放一个介绍内联升布鞋的节目，“内联升千层底布鞋制作技艺”早就被列入《国家级非物质文化遗产名录》了。内联升鞋铺也早成了北京内联升鞋业有限公司。内联升是百年老字号，北京人把鞋看得很重，老话说“脚底下没鞋，穷半截”，还说“爷不爷，先看鞋”。看哪儿的鞋？“脚踩内联升”才够派头。北京人抬举内联升。

内联升创办人赵廷，别有心计，独具慧眼。在京城开买卖，必须跟上层社会拉关系，内联升的“内”，就暗含着“大内”。还有备忘录《履中备载》，记录王公贵族、高官大员们脚丫子的数据，以及喜爱的靴鞋样式。那时，各地进京的举子为“跑官”，穷京官为得到肥缺，都得巴结上级领导，到内联升打听清楚上级领导的“足下”数据，花重金定制。穿上合脚，舒服。送了礼，还显着“善体上情”——连脚丫子大小都摸清了。自然是“心腹”，受到赏识，必被重用，定然连升。

内联升的靴鞋，有穿着以外的价值，所以一双可卖白银数十两。利润丰厚，发家迅速，扬名天下也快。新中国成立后，中央领导人也叫内联升做过鞋。数据当然录入《履中备载续集》（如有续集的话）。备忘录不只单单记脚丫子长短、宽窄、薄厚，还要搜集有关身份、官职、背景、动态，按等级分类记入。那会儿，还没侵犯、盗取个人隐私的说法。赵掌柜手里的资料，开个咨询公司，也能发。

内联升是清朝咸丰三年（1853年）开张的。掌柜的赵廷，河北武清（今属天津）人，十几岁到北京，在东四牌楼一家鞋铺学徒。三年零一节学成出师，手艺出众，想自己挑班儿开鞋铺。刚出师的伙计，哪儿有本钱？有个姓丁的将军，给他出资1万两白银，在东交民巷开了内联升鞋店。1900年闹义和团，东交民巷着火，买卖烧了。搬到灯市口，1912年袁世凯兵变，把鞋店抢了。老掌柜急气攻心，一命呜呼。少掌柜赵云书接手，搬到廊房头条，干一时期。最后是大栅栏，至今。

“内联升千层底布鞋制作技艺”是国家级非物质文化遗产。内联升老掌柜的经营智慧也该是遗产，似乎传承着。

二

祖上在外四区广安门内路南老门牌332号（现在港中旅大厦中间处），有一处房产。临街两间铺面，勾连搭6间，一共12间房。闲了好几年，新中国成立那年，租出去了。父亲的朋友，骡马市登云斋鞋铺的张炳南当中人，租给通州人邓玉品。一间门脸开了“联升鞋店”，另一间门脸是邓的妹夫开了电料行。鞋店经营了十来年，直到公私合营以后。这家鞋店往西500米左右，就是广安门城门，出去，城外头了。跟“内联升”相比，叫“外联升”更合适。

广安门内一带是布鞋制作的大本营。开设门市铺面的鞋店，前店后厂，自产自销的就好几家。从现在白广路往西到南线阁300米长的一段，当年就开着三家——“信诚”“万顺斋”“联升”。路北王子坟（广义街）口东边还有“鞋局子”（没有门市的布鞋作坊，这鞋局子是张炳南脱离登云斋以后办的）。另外是“绱鞋铺”，家里做好鞋底、鞋帮，绱鞋铺给绱（缝到一起），拿楦头排好，挣加工费。也能有底配帮、有帮配底，单加钱。还可量尺寸定做。据统计，广内街道有49户绱鞋铺。此外还有打袼褙的作坊，给鞋铺做外活的散户。靠布鞋吃饭的队伍不小。

联升鞋店开业最晚。门脸小，一间铺面，门留在当中，缩进去一米多。两旁是一米见方、高两米多的橱窗，橱窗里可墙的大镜子。站在玻璃门洞里，镜子对着镜子，像是一条深深的胡同，窄门脸显宽了。店堂布置按鞋店常规，贴墙玻璃货柜，一层一层摆放各款布鞋。柜前方茶几，两旁椅子。椅子下放小块栽绒毯子，客人试鞋垫着。柜子一侧挂着布掸子、鞋拔子、三角形薄布口袋（方块布、对角折、缝一面，客人试鞋套脚上）。还立一个一米高的“鞋拐子”（修鞋工具，鞋套上面，鞋底挂掌钉钉），买鞋白送“铁橘子瓣”（鞋钉），当场钉好。往里是拦柜，柜后头是裁剪鞋帮的大案子，往后除一间柜房（办公室兼库房）外，都是操作间。最后头是间大罩棚，改成阁楼。楼上绱鞋，楼下盘大灶台，高、宽一米，长两米多，上头安个跟灶台大小一样的烘箱。坐大锅煮鞋底子，焖透。一只一只地在石头平台上，用平锤敲。使纳底子的麻绳和布一平，穿着舒服，看着针脚密。绱好的鞋，浸湿，楦头排紧，在烘箱烘干，就是成品。

新中国成立初，鞋铺买卖兴隆，生产扩大，地方不够用。在我们后院，靠西墙压了两间棚子，木方子挂苇箔，里外抹麻刀灰。也遮风挡雨，当然冬冷夏热。五六个绱鞋的，对面坐马扎上，双腿上铺着一长条帆布，绱的鞋底朝上夹在腿间。鞋帮、鞋底都是里面朝外，用小钉和麻绳绷在木楦上。一把锥子，两根针，都是弯的。绱鞋的绳子，看鞋的档次，有线麻、蚕丝两种，绳两头有针。锥子扎孔，对着穿针。技术熟练的师傅说着笑着聊着干着。针脚一般大，锥子扎的位置一致，不会有里出外进的毛病。

鞋铺红火了二三年，从开张时的五六个人，发展到十二三个人（包括4个学徒）。1951年12月，开始“三反”，在机关开展反贪污、反浪费、反官僚主义运动。1952年2月，开始“五反”，在私营工商户里，反对行贿、反对偷税漏税、反对盗骗国家财产、反对偷工减料和反对盗窃国家经济情报。经过揭发检举，坦白交代，定性定案，分别处理。打击了资产阶级的进攻，奠定了无产阶级的领导地位。资本家在工人的监督下守法经营，为资本主义工商业的社会主义改造（公私合营）创造了有利条件。联升鞋店规模虽小，但掌柜的、伙计、徒弟界限分明。徒弟、伙计揭发检举，掌柜的坦白交代，店员、经理初次交锋。在鞋店，伙计们年龄大，积极性差。徒弟们血气方刚，不甘落后。大徒弟甄景风谋划，小徒弟彭顺来冲锋。小铺子显大身手，“五反”运动战果辉煌，可是工商业者们经营的心思不那么集中了。而在坦白、检举、批判、斗争的过程里，夸大的说法、过火的做法，都有。为显得积极，捡大的说，捡出格的做。为过关，资本家往头上扣屎盆子，“文革”中也都如此。最后定案没按这些定。

经营者不尽心，监督者不再受被监督者的驱使，尿不到一个壶里了。鞋店生意下滑，后院的棚子拆了。找区里把徒弟们安排别处，剩下5个人维持着。创办时3个人：邓玉品和他本家兄弟，大掌柜、二掌柜。一个姓刘的，给大掌柜立过功。北京做鞋的，一般不做鞋底，都从外头进，纳鞋底子的集中在通州马驹桥。这老刘跟着大掌柜不少年了，到马驹桥都是他去，连买带运。一趟几百双底子，装俩大粗布口袋，自行车驮回城里。有一回碰上劫道的，老刘死抱住车和口袋不放，被打得浑身是伤，保住了东西。感动了邓玉品，成了至交。老刘除了绱鞋，别的活儿都拿得起来，还能应付门市，对内对外都是硬手。他们仨，加俩绱鞋的师傅，5个人，维持到1956年公私合营。经营到1958年并入鞋帽公司，原用房屋交给民族乐器厂直到扩展两广路拆平。

劝业场的电梯

劝业场重修恢复原貌，可喜可贺。在北京，尤其是南城的百姓，对老劝业场有深厚的感情。论档次，它比不过东安市场和西单商场，但贴近靠拢普通市民，是南城居民逛街购物的首选。位置也好，前门大街、大栅栏，挨着。老百姓图热闹、好新鲜，这几个地方都热闹，还净是新鲜玩意儿。而且顺路，老北京话："一溜编筐"地就走遍了。不买东西，光为开眼，也值得常来。这些地方好像有点俗，可离雅的地方——琉璃厂，不远。俗人来，雅士也光顾。鲁迅和他的朋友许寿裳、陈师曾、齐寿山、二弟周作人都没少逛劝业场。当时二楼有家叫"小有天"的福建馆，鲁迅日记中记述过在小有天的聚餐。

1912年9月27日："晴。下午收二十二日《民兴报》一分。得二弟所寄小包，内全家写真一枚，又二弟妇抱丰丸写真一枚，我之旧写真三枚，袜子两双，德文《植物采集法》一册，十四日付邮。晚饮于劝业场上之小有天，董恂士、钱稻孙、许季黻在座，肴皆闽式，不甚适口，有所谓红糟者亦不美也。"

1913年4月27日："晴。星期休息。晚社会教育司同人公宴冀君贡泉于劝业场小有天饭馆，会者十人。得二弟信，二十一日发。”

鲁迅先生日记里还有他和朋友、同事逛劝业场买东西的记录。劝业场雅俗皆宜，高低共赏。

南城的孩子们也爱跑劝业场，吸引力最大的是“坐”电梯。南城的楼房极少，更不用说电梯了。有电梯，还随便“坐”，除了劝业场，没有第二家，蝎子屎——独（毒）一份。

那时的电梯可没现在的讲究。门是扁铁条的拉闸门，开关电梯门靠开电梯的人用手推拉。电梯里外，互相看得见。电梯在西侧，进南门不远。一到三层上下往返。我很小，八九岁，跟大点的孩子跑，从广安门开步走。到虎坊桥，过马路，奔东北。走五道庙、李铁拐斜街、观音寺，到煤市街往北，走到头，廊房头条，劝业场到了。进南门，活动开始。楼梯下、摊位间捉迷藏，横冲直撞乱窜，招惹来呵斥、臭骂。胆子小的，老实一阵儿；胆儿大的，不管不顾。跑上三楼在电梯口聚齐，笑得前仰后合，累得呼哧带喘。坐电梯到一楼，再坐电梯上去。往返两三回，过够了瘾，满足了。出南门，往西走。打打闹闹，说说笑笑，原路回家。

家里穷，过日子的指导思想是省钱。逛公园要门票，听戏、看电影得花钱，不去！去窑台、河泡子、护城河沿，看野景。去天桥，听评书，看戏法，还有小疯子的滑稽京戏，挤在边上站着，打钱时躲出来。逛大栅栏、劝业场，都按指导思想行事。

1955年以后参加工作，属北京市合作系统。北京市联合总社机关，在廊房头条办公，北门正对着劝业场南门。南门（正门）在廊坊二条，二楼办公，一楼土特产商场，经常送报表、取文件。还有时到“制蜡社”（制造蜡烛合作社）开会，地点在大栅栏东口外南边，前门大街路西。有机会到这两个单位来就假公济私，转大栅栏，逛劝业场。劝业场四楼有新罗天剧场，分南、北两个场子。南场演评戏，北场演曲艺，大鼓评书，单弦相声。劝业场南北向分三个厅，中间大厅是玻璃屋顶，摊位在周边。当中是一圈栏杆围起的天井，从三楼到一楼，光线充足，非常豁亮。四楼是加盖的，三楼玻璃屋顶碍事，盖成南、北两块。东、西两条修了屋顶花园。

劝业场南门往西到头是煤市街，往南拐角处，廊房头条、二条之间，曾是著名的西餐馆——撷英番菜馆。据传是一位德国老太太开创于清末，规模不大，但当年独此一家，加上经营灵活，红火过一段时间，20世纪30年代末才关张。1960年以前多次路过这里，菜馆外装修黑色大理石贴面还留着，柱子上刻有楷书的“撷英番菜馆”一点没损坏，70多年前的门面就够气派的了。文人的文章里留下了“撷英番菜馆”的名字。鲁迅文章《“公理”的把戏》《送灶日漫笔》都提到“撷英番菜馆”；季羡林《悼念沈从文先生》中记述了沈从文在这里举行婚宴的情形；近来刘心武《心灵体操》，书里也讲到这家菜馆。劝业场的历史值得回忆，街坊也有不少往事值得念叨。

墨点无多泪点多

跟老何40年未通音讯，见到他的书如同见到他本人，非常高兴。他是我的旧“同事”、老相识。“文革”时我们成为“同事”，在同一个车间劳动。他是清砂工，我是翻砂工。1969年战备疏散，又一同离开北京，之后有了来往。改革开放，都回到北京。他为艺术操劳，我为衣食奔波，断了消息。前几年，在报国寺旧书摊上翻到一本《装饰（第6辑）》，里面有何燕明的文章，就买了回来，为了当纪念。当年只知道他是“右派”，新中国成立前是南京的地下工作者，搞学运。当过工艺美院的院长秘书，搞雕塑。别的就不知道了。他绝口不提自己的先前，他守纪律，大墙之内交换案情是违纪，且有不认罪之嫌。也许是出自好汉不提当年勇的考虑。低调平和，与人为善，在那个圈里他也人气高、受敬重。

读他的文集，才有了更深的了解。划了“右派”，送去劳改，他先到的兴凯湖。老记者、“右派”戴煌写过一本书《九死一生》记述那里的劳改生活，令人不寒而栗。1963年，北京市公安局劳改处（五处）宣传科在北苑农场成立美术工作室（劳改企业，习惯叫美工组），把他从东北调回，当了业务负责人（美工组组长）。组员有书法家康殷，画家江荧、庞邦本以及有美术专长的今鸣、岳龙等十二三个人，都是劳改就业人员，仍在专政机关监督改造中。但重新亲近笔墨纸砚，已是幸甚幸甚了。

兢兢业业，勤勤恳恳，尽心竭力，自不待言。尽善尽美地完成本职任务——设计制作公安宣传品，防火防盗的招贴画、宣传册、广告牌。也对外承揽美术设计，书籍封面、商品包装、产品说明、宣传卡片都做。何燕明搞起平面设计，内外业务他全面负责。强将手下无弱兵，况且康殷、江荧、庞邦本等都科班出身，基础功夫过硬，进来之前已有成名作品。强将强兵强迫的组合，专业水平自占强势。设计作品进入市场，订单纷至沓来。文集中举了何燕明亲自设计的“白鹤”牌墨水系列包装，大获成功的例子。据我知道还有北京钢笔厂、同仁堂等名牌企业的产品包装，都是劳改队美工组的作品。

“文革”中我被隔离（关押），说是进“毛泽东思想学习班”学习。和美工组的康殷、江荧、金道明、今鸣、岳龙等住在一起，知道不少美工组的人和事。对何燕明的为人和“德政”，交口称赞。劳改队的组长，多有狱霸风，背后多遭唾骂。老何却有“美誉”，他的人格力量使众人心服。那时还不认识老何，他的大名就如雷贯耳了。

1968年秋，“学习”一年零八个月，我回到铸工车间上班。

我回铸工车间当翻砂工，认识了已“就任”清砂工的何燕明（习惯称刷砂的）。所属班组叫铸工车间刷砂组，工作场地是刷砂棚。铁架子石棉瓦，遮阳挡雨。东、西、北三面砖墙苫布，避风搪雪。南面敞着，散发烟雾、粉尘。

铸工车间主要铸造太拖拉汽车件，铸钢、铸铁、铸铜铝都有。何燕明他们清理的是铸钢件。钢水温度高，高温下砂型材料会牢固地附着在铸件表面，剔凿、敲打才能除去。大件要用风铲，和铸件相连的浇注系统（往砂型里灌钢水的孔及通道，工匠们叫“水口”“冒口”）要气焊切割，铸件的缺陷要电焊补焊，小的飞边毛刺要砂轮打磨。这些都在刷砂棚里完成。空压机、砂轮机、电焊机、风铲和铸件的冲撞，声音大而杂，地面老在颤。声音加震动，叫你五脏六腑都一刻不停地抖。风铲下极细的石英粉尘，砂轮磨出的铁粉，电气焊烧的烟雾，混合着，弥漫在身边。人们头戴工作帽、脖子围毛巾、防护镜、口罩，脚下是笨重的大头皮靴，系着护膝、护袜（劳保品）。进出走动在散放地上的铸件之间，血肉和钢铁近距离接触，随时随地，安全第一。噪声轰响，大声喊叫听不见；粉尘、烟雾，近在咫尺看不清。劳动8小时，腰酸背痛，耳隆隆，眼蒙蒙。摇头、拍身，脸上、身上，铁屑、灰尘纷纷。在刷砂组有好几位美工组的人，康殷曾专职磨砂轮。

1969年10月末，战备疏散。3000人的劳改工厂，700多就业人员被转移，在警察押送下坐专列离开北京，到了河北邢台地区。先到隆尧县尧山一中，北京各劳改单位的200多人集中到此地。我们连住在进大门右首。长条院子南北两排教室，一个教室住一班，铺稻草打地铺。行前按军队编制组织连、排、班，一个班十一二个人，指定正、副班长，何燕明和尹良是正、副班长，住南屋一个教室。我的班长是张绍勋和曹清泉，住北屋。两个班对门。我们在这里等河北省接收安排，每周学习6天，周日休息。进县城洗澡、下小馆，或到周边村镇转悠。学习以班为单位，读两报一刊、毛主席著作，讨论。说着说着就聊开天儿了，人们戒心常在，不会有祸从口出的失误。办《立新功》油印小报，为迎元旦、春节叫排练文娱节目，做花灯，稳定情绪。

康殷和老何一个班，对门住着，常见面。一个礼拜天，我们相约去了驻地北边的山口（地名）。尧山一中北面8里有一座小山，就是尧山县得名的尧山了。一个天阴欲雪的星期天，康殷、我、何燕明、易家祥等几个人想去看看这座山，出了校门，往东往北，一路说笑着到了山下。在华北平原上居然有这么一座山，虽然小，也很突出。呈曲尺形，东西向短，南北向长，南北段中部开了一条公路，大约是从西边的冯村到东边的隆尧县城。地名叫“山口”。山的南北向一分为二了，北山从山口往北又向东延了一段。

在北山脚下，有个酒馆。西向的三间房，我们走了进去。老屋，由于烧柴，房架、墙都熏成黑色。为了采光，窗子支着，条凳，方桌，土气，古朴。我们临窗坐了，搓着手，冷。要了点酒，白薯（当地叫山药）酿的酒盛在黑色的小浅碗里，何燕明有胃病，易家祥不喝酒，大约只有我和康殷喝了酒，然后就上山了。

开始飘雪花，但路不难走，到了山腰，就看到了石刻。我记得有两座大的石窟，都有三间房那么大，南向。山石直铲进去，凿得方方正正，正面是佛像，壁上是浮雕佛像和文字。从文字看，石窟开凿在唐朝以前。石窟前面，修了山道，两侧的石壁上是浮雕，独立成幅，有一米多高，两三米长，有礼佛图、行乐图等。但人物头部都已凿坏，是红卫兵的业绩，对这些，康殷是感慨系之了。

从北山下来，越过公路，我们又上了南山。靠近公路，南山北头东侧是个石灰窑，以炸下的山石为原料。当时采石主要是南山，一般是夜间爆破，白天清理集中。住在8里外，夜里的隆隆声，也时有所闻。绕过石灰窑，在南山东侧，有路可登山。山不高，坡也缓，南山比北山低，很快就爬到顶上了。在一片平缓的山石上刻了一段文字，是宋时一个尧山县令，重阳节，率师爷一班人，来此登高后留下的。在这段文字的西北不远，有一座庙的遗址，房子是没了，墙也倒了，断壁残垣上的红色墙皮犹存。地上躺着打碎的碑，其中一统，很大，很厚，断成三截，立着的时候怕有三四米高。是元代的碑，刻有元代蒙语音译的官职名称。是重修庙的碑记，还是记功碑，内容已经忘了。

雪是越下越大，就下山回来，路上两旁的庄稼早已收了，雪一盖，“白茫茫一片大地真干净”。我和康殷几乎同时想到了《宝剑记》中的“夜奔”一折，当时我能背全折的唱词，康殷则哼了起来：“数尽更筹，听残银漏……”“恨天涯一身流落，好教我有国难投。”后来康殷又约了曹肇海，去尧山拓了几张石刻，康殷还画了速写。1970年春到农村后，我去他插队的尹村，我准备回京，他叫我带了一封给周恩来的信，到京再发。就是专门反映尧山石刻的，附有拓片和他画的速写，认为这个遗址应当保护起来。我到北京后，在西单商场对面邮局（路西）发出去的，当然杳无消息。不知而今尧山石刻尚有残留否？后来，康殷曾为文介绍这个石窟，似是发表在日文的《人民中国》上，我是听他讲，没看过文章。

在尧山一中待到1970年3月开始安排，少数人去了劳改农场，大多数到农村插队挣工分吃饭。何燕明到巨鹿县，康殷到平乡县，我是威县。我曾几次骑车去平乡看望康殷，他在滏阳河东岸的尹村，离何燕明插队的村子不远。老何常走几里地来找老康。

冬天农闲回北京，熟人相见的机会多了。我和何燕明在姚家井康殷家见过多次，也到白家庄何燕明家拜访过。一次他叫我看他的新作，一个少女的头像，说是他在美国的朋友把女儿的照片给他，请他塑的。那些年自行车难买，他儿子说有门路可以买到。我托他给买辆飞鸽牌的，何公子还真给买到了。后来，我被收回劳改队继续就业（河北唐山），每年回京探亲一次，必去姚家井，看望康伯母、康殷大哥、康雍二哥，打探老何的消息。但一直没去看望他。

读他的文集如见旧友，欣喜异常。拜读文集领略到他的文字功底、文学造诣。文思敏捷，才华横溢，篇篇上乘，字字珠玑。文集里《箧底诗文》一章收录他自1946年以来的新诗、歌词、散文，是文集的“余絮”，无关宏旨；是他本人的“余事”，闲时消遣。信笔写来的文字，也不同凡响。抄录片段，以飨同好。

在前沿
在长夜的尽头
在前沿
我们传递燧石
为燃烧的明天
聚集火种

1947年

第六部分

散谈闲忆

SAN TAN XIAN YI

说 醋

在开门七件事里，醋排行第六。北京人对醋，不直呼其名，叫“忌讳”。在饭馆要醋，说：“哎，您给来点儿‘忌讳’。”跑堂的绝不会上错。北京吃食上并不少用醋，拌面条、蘸饺子；醋熘，糖醋；近年还传过来醋椒、老醋花生，以醋为由，推陈出新。喝酒的凉菜更离不了醋，早年，白天累一天，晚饭喝口酒解解乏。一把花生豆，拌个白菜心儿，挺美。白菜心儿搁糖、醋，少来点盐，爽口。要离干果子铺近，端小碗儿，买点榅桲拌，更好。涮锅子就的糖蒜，腊八儿泡腊八蒜，夏天凉粉、扒糕也离不了醋。不过，跟山西人的“不可一日无此君”比，差点儿。媒体上的养生栏目，不断讲述醋对人的益处。市场上有调味品的醋，还有了饮用品的醋。饮食观念变着，习惯改着，没有宣言地悄悄革命。不定哪天都回洪洞县，都是老醯儿。

用粮食做醋，全世界中国独一份，历史也在3000年以上。中华民族崇圣敬祖，不论哪个行业，都有自己敬畏的神祇，有祖师爷，有守护神。醋业，地区不同，供奉的神不同。有三位：醋姑、杜康的儿子黑塔、姜太公。山西供醋姑。帝尧都临汾，临汾南关一个部落长的妻子，她煮小米粥最好喝。一次煮多了，剩下不少，隔几日变酸，味道比新粥还好。不忍独享，献给帝尧。尧的妃子喝了酸粥，感到味美适口，几日来肚子里的膨闷胀饱也消失了，非常高兴。向全体主妇推荐，号召做酸粥，喝酸粥。以后酸粥进化成醋。人们纪念她，称她“醋姑姑”。

也有说醋的发明人是杜康的儿子，小名黑塔。杜康是造酒的祖师，有一回出门办事，叫儿子在家顶班。黑塔把淋完酒的酒糟，装在缸里加点水，想喂牲口用。一忙，他把这事扔脖子后头了。一天夜里做梦，白胡子老头跟他要点东西，他说没有。老头说你缸里是什么？醒来开缸一看，一闻又香又酸。这天，正好酒糟捂了21天，就起名叫醋，一半酒加二十一日。有的醋坊供奉黑塔，还有供姜太公的。这不是迷信，是敬重先贤的传统。

山西人一日三餐不离醋，据说家家会做醋。客居京城的晋籍人士，条件具备时也会自己制作。20世纪三四十年代，广安门大街上，有几家山西人开的铺子。城门脸儿上，路北有家糖房；斜对门路南，干果子铺；往东两家颜料铺；再东路南，有家茶饭馆，二荤铺。这几家都是山西人经营的。饭馆，是连家铺，临街房开铺子，后头住家属（有院子）。饭馆做醋，原料用糖房出的糖稀，加曲（黄白色、砖头样），加水。能盛两三挑水（六桶）的大缸，放北屋窗下向阳处。半截埋地里，投入原料，配石板盖儿（当年临街有石料场，可配）。糨糊糊纸把缸沿密封，至少晒一年以上。一段时间后，缸身就流着一道道树胶一样的黏液。这种醋，酸甜口儿，比街上卖的浓，挂碗儿。

北京人管山西人叫“老西儿”，连阎锡山都是“阎老西儿”。“老西儿”抠，舍不得花钱，理财能手，是出了名的。“老西儿”逛街的信条是：“宁买不值，不买吃食。”虽然不值，东西在。吃食再好，入肚即无。食物好坏，“过了嗓子眼儿，都一样”。钱花在吃上，亏！拿“老西儿”调侃的笑话不少，不是恶意，唯欠尊重。学山西口音的：“你不是外人，你是（使）个大王（碗）八（吧）。”侯宝林说的相声里有。

日常饮食离不开醋，说话也常把“醋”字带着——刨根问底儿，“醋打哪儿酸”？遇事不表态，“不说盐咸，也不说醋酸”。无中生有的编排，“添油加醋”。女人疑心嫉妒，“醋瓶子倒了”或直说“醋意大发”。学东西不甚扎实，“半瓶子醋”。收入低，“挣不了一壶醋钱”。专款专用，“打油的钱不能买醋”。说话办事不拐弯儿，“小孩儿打醋——直去直来”。假装斯文，“酸文假醋”。要细找，能列出不少。这说明，在人们心里，醋占不少地儿。

一个男人娶姨太太，正房管不了。吃醋不说，装大度，给丈夫写首诗：“恭喜郎君又有她，侬今洗手不当家。开门诸事都付与，柴米油盐酱和茶。”家里的事都不管了，唯独没提到醋，她把醋独自吞了。

北京人和酱

有一则前人笔记说一“啃老”的公子哥儿，过着大撒把的日子。结婚后，独立生活，不得不操心自己的小日子。开门七件事，哪件都得靠自己。他郁闷，就感叹道：“琴棋书画诗酒花，终朝每日不离他。而今七事都换却，柴米油盐酱醋茶。”这位先生说得不十分在理，他把前七件看成乐和的“雅”，后七件看为郁闷的“俗”。没分对，茶该归“雅”里头，而柴米油盐酱醋，是须臾不可离的必需。不食人间烟火，肚子饿得咕咕叫，有气无力地吟诗作画，再喝空肚子酒，雅得起来吗？太不实际了。现在，我们日常生活，柴是排除在外了，做饭用煤气，取暖有暖气。剩下六件，虽说还外甥打灯笼——照旧（舅），可里头的变化一言难尽。看着质量提高了，制作精细了，但花活多了。操心张罗，还要细心防范。缺斤短两，真货假货，掺了兑了。操心加担心，日子过得有点揪心。

北京人跟六件事里的“酱”特别纠结。早晨上班，起得晚，道儿上不敢耽误。买套煎饼，边走边吃，葱花、香菜、稀黄酱。中午快餐，盖饭，肉丝，京酱。晚上回家，省事，吃面，炸酱。换口味或招待人，下馆子，奔全聚德。薄饼卷烤鸭，抹甜面酱，家里外头都围着酱。来个外地的亲戚朋友，得介绍北京呀。

“老字号六必居，听说过吧？酱园子，国内外都叫得响！东西全，高档。各样酱菜，稀酱、干酱、豆瓣酱。”给六必居做广告，还挺神气，像是说“咱的六必居”，没离开酱！

唐鲁孙先生（1908—1985年）的文章，写了许多饮食上的故事，堪称经典。讲到过不少跟酱、跟酱园有关系的事，自然提到六必居，提到六必居的竞争对手——西鼎和。六必居拿牌匾说事——明朝严嵩写的，明朝我们就卖酱菜，历史悠久，比你资格老！压西鼎和一头。西鼎和的牌匾，落款是“玉山主人”，没姓没名，无法回答六必居。找了个“大学问”专家考证，一番人肉搜索之后，得出：“玉山主人”姓顾，叫德辉，元朝大至年间人。元朝人写的比明朝人写的当然早了，把六必居堵回去了。两家不再比不再争，各干各的。唐先生还提到北城的宝瑞合、东城的天义顺和北京最大的酱园阜成门关厢的阜和成等著名酱园。先生细腻地描画了北京旧时的生活图景，是具体的生活美学的摹写。由于他在台湾，他的文字，近年来才读到一部分。

齐如山在他的《中国固有的化学工艺》一书中，有论说酱的专门章节。引证古书，列举《礼记》《周礼》《史记》《说文解字》等古籍的记载。说明“酱”这种食品，3000多年前就进入人们的生活了。北方不少人家都自己做酱，酱在中国，历史很久，食用普遍。齐先生这么说，也有的地方不认。“文革”时，1969年珍宝岛事件发生后，说要准备打仗。北京战备疏散，不少人疏散到河北邢台地区农村。那里就不吃酱，没卖的，也不会做。书法家康殷在平乡县尹村，想吃点酱，没处弄去。他老家辽宁义县，会做酱。就自己动手，蒸馒头，捂长了毛，加盐加水，放盆里，盖冷布（挡苍蝇），太阳下晒。每天用筷子顺一个方向搅动一次，一礼拜就出味儿，变色。嘴急的，就能吃了，当然多晒些日子更好。在当时当地，是新鲜事物。

说到饮食文化，茶伴着佛，“茶禅一体”；酒靠着诗，“诗酒趁年华”，都没少说。酱文化仗着老百姓的日常生活，更该说说。北京的老油盐店，前店后厂，自产自销，腌咸菜、做酱醋。作坊里，供奉“酱祖”“醋姑”牌位，初一、十五上供烧香。农历三月二十四，是“酱祖”“醋姑”生日，要庆祝，放假、吃好的、听戏。也有定在七月初一庆祝的。

这“酱祖”是谁呢？汉朝的蔡邕（132—192年），是文学家、书法家。还当过中郎将，后人也叫他“蔡中郎”。他女儿蔡文姬，远嫁匈奴（蒙古），后来又回到汉朝（文姬归汉）。郭沫若给她写过剧本，《三字经》里也有她：“蔡文姬，能辨琴。谢道韫，能咏吟。”他夫人赵五娘，元杂剧《琵琶记》的主人公，京剧、昆曲、梆子都有这个剧目。其中一折“扫松下书”，20世纪50年代，北方昆曲剧院在西单剧场常常演出。说蔡邕听着耳生，一提他家的人，就都耳熟了。说是从唐朝被奉为“酱祖”，至于和酱的关系，暂付阙如。麦子面、黄豆为原料的黄酱，北方人一年四季食用。能生吃的瓜菜葱蒜，都可蘸酱吃。那吃相，那脆生生的响动，虎虎生风。大葱蘸酱，咔嚓咬断，尽显北方汉子的豪气爽直。

北方没听说有关酱文化的举动，南方浙江绍兴建起了“中国酱文化博物馆”。门前立石碑，刻有今人撰写的《酱祖铭》。

北京人对酱，情有独钟，连弊病都给化解。油盐店卖稀黄酱，零打。端个碗去，递给伙计：“来两毛钱的黄酱。”他先把碗搁秤盘上，看多重，再盛酱，再过秤，按净重收钱。当年卫生差，苍蝇多。油盐店屋顶上，一条一条挂着粘苍蝇纸，也断不了苍蝇。还无孔不入，落稀黄酱上，产卵生蛆。蛆在酱里爬进爬出，谁要？就用拐磨子磨，就这样也难免有一个半个。挑出来，酱不能糟践，下锅多炸会儿。说是“井里的蛤蟆酱里的蛆”，一是不可能没有，二是那东西不脏，跟别处的不一样。

生活里总会有无奈处，找理由，让心熨帖。

手纸发展史

城里人解手一直用手纸，乡里人近些年才用。城里人设宴招待乡间亲戚，餐巾纸引起亲戚感叹：乡村落后，怎么赶也赶不上。先前你们老笑话我们，擦腚不用纸。我们用纸擦腚了，你们又用纸擦嘴了！

解大手，不用纸擦，用什么呢？不同地方用不同的东西。古代文字记载“拭秽”（擦屁股）用“厕筹”。

马未都先生有几段文字说这个事：

“用纸拭秽已有千年历史，在纸张普及之前，古人有古人的办法，令今人好奇。可能由于纸张在古代生产成本高，又因纸要写字，地位也高，在唐代有禁用‘文字故纸’拭秽的记载。魏晋至唐宋这段时期，国人拭秽使用厕筹，多用竹木制作，类似今天医生使用的压舌板，薄片，一拃长，宽如手指，使用方法可以想象。

“其实，如厕普及用纸在城市久，在农村可没有几年。厕筹在二三十年前的南方农村依然有人在用，我20世纪80年代去新疆时，还看见新疆的厕所里有一堆光滑的鹅卵石。一问才知功能，据说当时少量先改为抽水马桶的厕所，经常被卵石所堵，可见习惯是一种顽固势力。

“有一种猜测，厕筹是随佛教传入中国的。佛教的诸律中，记载了释迦牟尼指导众比丘如何使用厕筹。卫生的进步是人类文明非常重要的一部分，厕筹的便捷有效，想必给古人带来过极大方便。

“魏晋以前再早一些的古人用什么拭秽，目前尚不知，想必古人自有办法，不必我们去操心。如厕虽是人人必需的，但因臭秽，大家还是愿意远避，不甚重视。南唐后主李煜为表求佛诚心，曾亲手削制竹片，以供僧人使用，并将制作好的厕筹依次在脸颊上检视，看看是否光滑，以示自己的内心虔诚。这样重视此问题，在历史上是个极端的例子。”

马先生讲的是历史。在下却曾亲历，新中国成立前，住河北定兴姥姥家，用过百姓的简易“厕筹”。秫秸（高粱）秆，截成十多厘米长，劈两半，截面成半圆形。放茅房里，解完手，用它刮。也有用碎砖头、土坷垃的，不用纸。“文革”时，在河北邢台农村，人们多用土坷垃，或用随手捡到的废纸、破布。孩子就根本不动手擦，婴儿时期，不用褯子（尿布），把细沙土晒干或炒干，垫在小屁股下。撒尿拉屎，湿沙土扔喽，添点干的。能坐着，也坐在沙土里。再大些能站学走时，缝个布袋，上口做成背心，装细沙土，给孩子穿着，屎尿排在沙土里。自己会走了，开裆裤，随地拉撒。拉完屎，挪开，坐在地上蹭，叫“尾”。“尾”干净，蹭尽残余。或找墙角，撅着小屁股蹭净。为积肥，院里都有厕所，用土坷垃、废纸，不用“厕筹”。

早先，北京人用的手纸是豆纸，现在还有老人管卫生纸叫豆纸：“去买卷豆纸吧。”豆纸是北京的土特产，白纸坊手工纸坊，大多做豆纸。天宁寺，广渠门里也有几家。走街串巷卖豆纸的常见，整张豆纸，80厘米长、50厘米宽。叠成50厘米长、20厘米宽，包袱皮对角兜着，挎胳臂上，边走边吆喝：“大张的——豆纸！”原料完全是废纸，街上、脏土堆、厕所捡的。泡湿，石碾子轧成浆，在水井边淘洗，掺点蒲棒绒子，放进水池搅匀。用竹帘把纸浆一张张捞（抄）成纸，用刷子刷贴到墙上晒干。揭下来，捋整齐，100张，对折起来，叫一“刀”（计量单位），论刀出售。这种纸基本是灰色，和臭豆腐色差不多。原料一天一个样，出的纸就一天一个色儿。吸水性强，糟，没拉力。但，是北京唯一的卫生用纸。

老君地（白广路路西，中民大厦后面）有一两家做粗草纸，稻草，石灰水浸泡，蒸、洗、碾轧成浆。做成的纸很厚，不上墙。散铺在野地里晾晒。这种纸，妇女生孩子时，垫在身子下边，也外包豆纸作卫生巾用。还代替机制纸板做点心匣子（外糊花纸，里糊白纸）。北京的卫生纸，新中国成立前，都是本地产的豆纸。

新中国成立初提倡发展经济，保障供给，加强城乡物资交流。在天桥东边，天坛西墙外办物资交流大会。南方黄草纸，来到北京，油盐店、杂货铺都卖开了。厚实干净，吸水性能、拉力都比豆纸强。当时大批南方人士移入北京，习惯用家乡货。老北京人还认豆纸，用南方草纸的很少，但毕竟是豆纸的竞争对手。1955年冬天，白纸坊没有了私人纸坊，成立了“北京市第一造纸生产合作社”，东家和伙计都成了社员。东家不再操心买卖好不好，跟伙计想的一样——多挣社里的钱。计件工资，多劳多得。产量提高了，销路没增加。

到1956年夏天，豆纸大量积压，资金周转困难。增加跑外的业务员，骑自行车四九城转，推销豆纸。得维持生产，还得保社员的工钱。几百口子人的吃喝，都冲合作社要。幸亏合作社有上级领导机关，有上级派来的社主任撑着，没觉出什么。黄鼠狼单咬病鸭子，1957年2月7日后半夜，存放纸料的露天仓库着了大火，烧毁原料8万多斤。仓库是晒纸墙道改的，版筑土墙，不高，院子很大，东西长南北窄。西北风很大，气温很低。一两米高的火苗子，顺南墙往外窜，外头一片菜地。消防队员想登上墙头，往里喷水，几次都让火苗子给扑下来。水喷自己身上，从头到脚湿透。消防车来了四五辆，天亮时，才完全扑灭，仓库变成水塘。消防队员浑身是冰，胳臂、腿儿回不了弯儿。不少女社员号啕大哭：“都是咱们的血汗哪！”

当时的上级有好几个，市轻工局、市联社、区委工业部、区第二工业局、区手工业办事处，都得打报告，送报表，请示汇报。产品积压，又遭火灾，找上级吧。手工业办事处在米市胡同，一位姓曹的干部来社里工作了。曹主任找市轻工局请求帮助手工改机械，决定土法上马，因陋就简，自力更生。反正豆纸也卖不出去，停了这个产品。人集中盖厂房，造机器，外出学习，请几位技师现场指导。燕京造纸厂（武王侯）来了陶守科，还请了一位山东籍钳工，一位上海籍车工，买了一台老旧车床。办公室、成品库都搬到临时搭的棚子里，给机械化腾地儿。大约是1957年夏天开始这项工作。

派十来个人到东直门外造纸厂去学习，每道工序都有。留下的人，给钳工、车工打下手，造机器；给瓦匠、木匠当小工，盖厂房。仨月，厂房落成。放在今天，质检单位、安监部门不会通过，规划机关根本不会批准搭建。方木柱子油毡顶，挂苇箔，抹麻刀灰的墙体。造纸机器一开，响动很大，对面喊话听不见，窗户、墙都颤。油毡、木头也易燃。现在看来，是冒着风险。当年没人想到这些，而且居然使用了若干年，没出事故。

造机器费事，虽然是简单的土机器。没基础不懂技术，没设备加工困难。陶守科师傅策划，山东刘师傅画图纸，上海李师傅上床子车。复杂一点的零件，就得外加工，或到废品站淘换。摸着石头过河，试着步走。打浆机买旧的，造纸机，木头架子，没有烘缸，独创，只能自己“攒”。外出学习的，仨月回来了。他们见过机器，也操作过，靠这些人组合装配。到1958年春，机器运转。这是北京自己生产卫生用卷纸的开始。造纸机下来的是湿漉漉纸卷，像成品那么粗。抬到露天晾晒（冬天就冻成冰坨），手可以拿起来时，再装进烘干室，烧煤火烘烤。干透了，硬得砖头似的，木榔头砸松软。钢锯条磨出锋利的刃，安上锯弓，照固定尺寸，手切纸卷。贴包装，打捆，入库。

成品两种，短的，手纸；长的，卫生巾。起了牌子“安乐”和“健美”。劝业场一广告社设计图案，印的包装纸。原料还是废纸，不蒸煮消毒，不脱墨漂白。成品的颜色、薄厚、拉力、柔软，都没保证。市场上也没可比的同类产品（时间很短，人民大学、双桥、福绥境等处都建厂生产），白纸坊卷纸独步京城。当时京城大饭店有进口卫生纸，百姓见不到。白如雪，软如棉，说是英国来的。技术员张女士从北京饭店要来一卷，造纸社人们惊叹不已：“这么好的东西擦屁股，太可惜了！”1958年，造纸社改名宣武造纸厂。改革开放以来，人们生活水平大幅提高，白如雪、软如棉的卫生纸品，人人可得而用之了。京城豆纸的地位被种类繁多的纸巾取而代之了。

马未都先生说，在唐代有禁用“文字故纸”拭秽的记载，北京市井百姓从小就受“敬惜字纸”的教育。街上常可看到收集字纸的志愿者，路旁有砖砌的焚化炉。家长不论识字不识字，都嘱咐孩子：字，是圣人留下的（多不知仓颉，只认孔圣人），不敢糟蹋。糟蹋字纸造罪！虽讲不出什么，但一心敬畏文化。1949年以后，破除迷信，不再听信老太太妈妈例儿。破例的事，日见其多，对字纸也不在乎了。有字没字，都一样，擤鼻涕、擦屁股，当坐垫、踩脚下，字纸没了昔日风光。字纸再度受到人们的敬畏，是1966年以后。那年月带字的纸，离不开伟大领袖，口号“毛主席万岁”“毛泽东思想万岁”，有名讳。语录“句句是真理”“一句顶一万句”，领袖光辉形象照片，至少占一个版面。都是圣洁的，不小心撕着、碰着、折叠，都是亵渎。用来“拭秽”，则是反革命了。因此沦为反革命者，大有人在。予以宽大，不判徒刑，批判斗争、检查交代，自是当然。家家不再心疼豆纸钱，那时是“卷儿纸”和黄草纸并驾齐驱的时期。四五岁孩子能自己蹲坑了，家长都查看小手拿的纸有没有字，小心翼翼，唯恐有失。天塌大祸，谁人能搪？而今生活坦然，最幸福处，是脱离了每日的恐惧，过来人深感庆幸！

参加各种学习，不论专业，开门第一章——《社会发展史》。借用“发展史”名号，写了记忆里的“手纸”。

从老玉米想到的

老玉米跟草根民众结着不解缘。棒子面是市井众生的本命食，一日不可离的。吃法很多，窝头常见。窝头的尊称叫黄金塔。1949年前后，北京的《新民报》每天连载连环漫画《黄金塔外传》，主人公窝头脑袋，短大褂，滑稽可笑。每天报纸一到，先看漫画，看完才交给大人，像看小人书那么上瘾。只记得这事，其他就都忘了。窝头还有别名：托子、兔儿踿、里一外九。原料分档次：高档是糜子面；中档是小米面，也叫小和面、三条腿儿（指原料配比，玉米、小米、黄豆）；低档是棒子面，也叫杂合面。非常时期就非常了，日伪时的混合面，饥荒年的代用品等等。北京卖糜子面有名的是珠市口西边路北的大和恒。为借光，广安门路南一粮店叫大和行。

棒子面除去蒸窝头，还做煮“尜尜儿”。开水烫面，在案板上墩成方块儿，如混凝土试块。切1厘米厚大片，切条、切骰子块放盆里撒白面，摇。小方块沾满白面，下锅煮。放菜叶、葱、姜、蒜，点香油，加盐，带汤吃。捞干的，炸酱、打卤，放面码儿，拌着吃。炝锅，炒棒子面疙瘩，说相声的叫“切方摇圆盆里碰”。

还有煮小饼。和蒸窝头的面，一锅开水，拍1厘米厚、四五厘米大的圆块，煮，放作料。连汤吃，是家庭主妇的“急就章”。准备蒸窝头，挣钱的回来了，急着吃，做窝头，慢，就做“汤饼”了。铁匠铺常这么吃，也叫打铁的饭。

和白面搭伙，两样面切条，夏天老吃，现在卖面条的也有。面条简称条儿，切条儿、抻条儿。俏皮话：棒子面抻条儿——要这个穷劲。还有金裹银的卷子，金裹银的饼。把沙沙拉拉的棒子面，弄得口感好点，没少想辙。

煮老玉米，北京要旧历五月才有，五月鲜儿。推独轮车下街，以前人少，没摆摊卖的。煮熟的玉米，装大笸箩，盖白棉被保温。放个样品在外头，插根竹筷在笸箩沿上，吆喝：“活秧儿的老玉米！”

榆皮面，粮店没有。串胡同卖，提溜小口袋、小盘子秤，吆喝“榆皮面儿”！和面的黏合剂，买四两半斤，用好些日子，没有多买的。棒子面、高粱面都用，擀面条，包饺子，煮出来吃着滑溜。榆树贴着木头那层薄皮磨的，浅咖啡色，很轻。粗粮细作的面食离不开。榆皮刨花，绒线铺化妆品柜台买。泡水，用抿子沾上刷头发，固定发型。女人化妆不可缺，当然是五六十年前了。

老玉米煮着吃、烤着吃都不错。现在上了席面了，常点的松仁玉米。还有一段一段的棒子，跟骨头肉烩一块儿的菜肴。穷人本命食，阔人的稀罕物。还有一种吃法，城里人做不来。当年在农村劳动，掰棒子前，锄地时，社员们到玉米地里挑瓷实的掰下。在宽绰地儿挖沟1米多长、30多厘米深，横着码棒子三四层，捡柴架上面烧。烈火腾腾，他们掌握火候，差不多了，就埋土捂上，收工回家。下晌出工下地，刨出。棒子还烫手，剥去外皮，细嫩香甜，别有滋味。只要挨着玉米地干活，必有美食。同样制作法，白薯也能这样吃。产量有损，社员无失，这是70年代初的事。产得少，征购少，口粮不够，国家返销。社员说分到我名下能有多少？队里的，人人有份，不拿白不拿，不吃白不吃，吃了不算指标（口粮标准定量）。社员腻味夸他们地里庄稼好。秋后公社工作队到大队（村）核实产量，社员称“坐催的”，大约是古称。辛弃疾词：“早趁催科了纳，更量出入收支。乃翁依旧管些儿，管竹管山管水。”这“坐催”是自古皆然的。

散说苍蝇

五六十年前，一般人只是讨厌苍蝇的肮脏和骚扰，并不了解它带病菌，传染疾病。孩子们把打苍蝇、抓苍蝇当游戏。到处是苍蝇，学校教室苍蝇乱飞。课桌上吃东西落下糖果渍迹，苍蝇聚集。孩子们用猴皮筋绷苍蝇，一手把皮筋一头按在桌沿，一手把皮筋拉长，朝苍蝇落处弹。筋无虚绷，总有伤亡。用手“抄”（活捉）苍蝇，右手横立着，手指并拢弯成弧形，小指贴桌面，从苍蝇侧面很快地往上扫过去。边扫边收拢手指，不要握紧，虚着。苍蝇起飞和手指收拢同步，苍蝇就到手心里了。慢慢张开，它被夹在手掌和手指的隙缝中动弹不得。左手伸出指头，轻轻按、轻轻捏，苍蝇活捉在指尖，任由摆布了。

处置方式多种。断头，放飞：暗红色小圆脑袋，手指一捏一拽，带出腔子里一段白线头儿。不死，撒手，立刻腾空。没脑袋苍蝇，乱撞。加载：本子边儿窄窄地撕一小条儿，两厘米长，一头儿捻个尖儿，插进苍蝇尾部，放手。白纸条在空中飞舞。烙饼：用很细的笤帚上的“棍儿”插进尾部，留一段“柄”拿着，叫它六脚朝天，撕个小圆纸片放在脚上。它用脚旋转、翻动纸片，如同在饼铛上烙饼。打旋：撕去一只翅膀，放在桌面上，不能起飞，扇动单翅，在桌上打旋、转悠。孩子们嬉笑围观，自然也会别出心裁创出新的玩法。

街上卖糖豆零食的摊子，夹带卖小玩具，有装活苍蝇的“苍蝇笼”。窗纱卷直径三四厘米圆筒，四五厘米长，两头封住。上盖是薄硬纸片，打小孔，苍蝇出入口。中间细铁丝做提手，提手下是可左右拨动的纸片，盖住小孔。苍蝇逃不出。抓了活苍蝇，放进笼子，看着玩。向伙伴炫耀自己抄蝇子的成绩。

大麻苍蝇、绿豆蝇、小黑蝇不入列，进入室内的也少。只有唤作家蝇的小麻苍蝇才配入选，才在劫难逃。

苍蝇打不绝灭不净。挂竹帘，糊冷布，支蚊帐，举蝇拍，喷药水，挂粘蝇胶条。办法虽不少，仍然被骚扰。寝食难安，午睡，它在脸上、身上爬，在嘴角、鼻翼、背上、胸前吮吸。“鬃”得你似痒似疼，虽不像蚊子叮得起包，可睡不成也心焦气躁。又是在烈日如烈火的暑天正当午！吃饭，它不等让就上桌，甚或直接空降到碗碟菜饭上。得人守着随时轰，没人，扣半球形纱罩。防蝇们捷足先登，人吃“蝇余”。做饭炒菜，蒸气油烟，飞过苍蝇，或熏或烫，坠落锅中，更属常见。盛饭菜时或在碗盘中发现，主妇躲着别人视线，迅速用筷子挑出，决不声张。小孩子见了，喊：“苍蝇！”妈妈早已扔地下踩了。“什么苍蝇？花椒炸糊了。”一粥一饭，当思来之不易。怎肯为这苍蝇糟蹋东西？据说饭馆跑堂的遇上客人在菜里发现苍蝇，也如此遮掩。客人用筷子指着菜里的苍蝇：“你看，这是什么？”跑堂的用筷子夹起，扔进嘴里：“咳，花椒。”客人干瞪眼。没了证据就没了说词。跑堂的就势说句软话，添个新菜，事件平息。

苍蝇给羊肉床子、猪肉杠，西瓜摊子、油盐店都添不少麻烦。老北京人把卖牛羊肉的铺子叫羊肉床子，回民经营，卖猪肉的叫猪肉杠。卖肉的手不离蒲扇，轰苍蝇。摆摊儿卖西瓜，切块。也是不停地用蒲扇在瓜上方忽扇，有苍蝇趴着谁要？当年油盐店的油盐酱醋散装零卖，酱油、醋、稀黄酱，用冷布（线织的窗纱）盖着。仍会有苍蝇钻进去，产卵变蛆。酱油、醋好办，笊篱捞净，照卖。酱，无法下笊篱，蛆在里头鼓涌，没法卖。就用小石磨过一遍，蛆成了酱。不少人知道这个秘密，有句流行的话：“井里的蛤蟆酱里的蛆。”必然有，但不脏。

底层的人们为生存，不得不与苍蝇“共舞”。1949年之前，北京街头的“官茅房”（公共厕所）少，居民院里都有茅房，粪场的工人按时来淘。著名的劳模时传祥，就是淘粪工。那时叫粪夫，苍蝇是粪夫的贴身“护卫”，须臾不离。还有当年的毛厂子（加工猪毛）、皮局子（加工皮货）这类作坊是苍蝇的大本营，不招自来，挥之不去，是作坊人的“铁搭档”。双手污水沤着，白软如豆腐，腥臭胜烂虾。洗也去不了腥臭味，苍蝇追着落手上。拿着烙饼卷酱肉，手招苍蝇，饼上、肉上也有。张嘴咬饼，苍蝇蹭着嘴唇飞，不误咀嚼。

当年人们对食物洁净与否，有说法。说“一水为净”，水洗过的就干净。还有自欺的，说“眼不见为净”。最后是自我解嘲，“没脏没净，吃了没病”。自然更不在意苍蝇。

苍蝇被当回事，是开展爱国卫生运动“除四害”以后。1952年，抗美援朝是头等大事，每天盯着新闻。美帝的一举一动，都牵着心。美国飞机2月侵入东北，在丹东、抚顺等地投下带有病毒、细菌的昆虫，发动细菌战。我国成立中央防疫委员会，负责反细菌战，开展卫生防疫运动。灭蝇、灭蚊、灭蚤、灭鼠，以及其他病媒昆虫。随后有了常设的全国爱国卫生运动委员会，相应各级，直到最基层都有爱委会。

在朝鲜，志愿军一口炒面一捧雪地活着，还要在硝烟弹火里和敌人死磕。在国内，无论老幼也都过着抗美援朝的日子。征集世界和平签名、捐献飞机大炮、反对细菌战搞卫生，都是运动。运动必大造声势，宣传第一。电台、报纸而外，白天学生上街，唱歌扭秧歌、喊口号讲演、演活报剧、流动展览，街上一拨一拨过。可街可巷的人围着看。晚上居民小组（那时还没有居委会，也没有街道办事处）开会，每户至少去一人。听派出所民政干事讲形势、派任务。铺天盖地，日夜连续，内容相同，不厌重复。每次运动程序都差不多。

“除四害”讲卫生运动使人们懂了许多前所未闻的道理。病毒细菌，苍蝇爬、蚊子叮都会传染，要求打苍蝇、灭老鼠。打死的苍蝇数个数，包包儿，交给居民组长，登记入账，开会时公布。老鼠是交尾巴尖，也记数。小学生上学也要交死苍蝇、老鼠尾巴尖。两三天一次，居民组长带积极分子到户里查卫生。搞好卫生，就是打击美帝，大家尽心竭力。在当年，穷家破业的老百姓，经过爱国卫生运动，“卫生”概念普及了，得到认可。知道爱干净了，改变不少旧习惯，孩子们不再“玩”苍蝇。小学门口五、六年级学生轮流值日，检查上学学生的卫生，手、脸、指甲、衣服。个人卫生、环境卫生都大为改观。

苍蝇是微不足道的虫儿，招人厌恶，它伴随我们存在。文学作品中常有它的影子，古老的《诗经》里“小雅”有《青蝇》：

营营青蝇，止于樊，岂弟君子，无信谗言。
营营青蝇，止于棘，谗人罔极，交乱四国。
营营青蝇，止于榛，谗人罔极，构我二人。

在此苍蝇是赶不走的进谗言的小人。

在我国，后世文人笔下也常提及它们。马致远的曲中写道：“蛩吟罢，一觉才宁贴，鸡鸣时，万事无休歇，争名利，何年是彻？看密匝匝蚁排兵，乱纷纷蜂酿蜜，闹攘攘蝇争血。”

毛泽东诗词：“梅花欢喜漫天雪，冻死苍蝇未足奇。”“小小寰球，有几个苍蝇碰壁。嗡嗡叫，几声凄厉，几声抽泣。蚂蚁缘槐夸大国，蚍蜉撼树谈何易。正西风落叶下长安，飞鸣镝。”

鲁迅先生有杂文《苍蝇和战士》，周作人有散文《苍蝇》，莫言先生有小说《苍蝇》。

外国作品更多。日本的俳句作者咏苍蝇的诗，欧洲写苍蝇的小说、剧本，只是读到的极少。

生活中有，文字中也该有。

道微不足道

现在北京蚊子少多了，似乎已经算不上一害。半个世纪前，蚊子是一大害。晚饭后，天一擦黑，蚊子出动，北京人说“蚊子下来了”。磕头碰脸成群列阵地飞来，暗雷般的嗡嗡声响起。古人有“蚊阵”“蚊雷”的说法，经历过的，深知形容得贴切。

城南（现在宣武门、前门、崇文门一线往南）虽在城内，但野地多，杂草丛生。地势不平，夏天积水，最宜蚊子滋生、繁殖。住杂院，屋小人挤。傍晚乘凉，院子宽绰，屋门口房檐下，小板凳或铺块席坐卧随意。院子窄，就去街上。蚊子如影随形，你到哪儿它到哪儿。不论在哪儿，手里的芭蕉扇不能离，一刻不停地上下拍打扇动，即使如此，也难免被蚊子叮，起大包。大包事小，睡不安稳，耽误白天挣钱糊口的营生，事大。

驱蚊防蚊，杂院要事。熏蚊子，“蚊子下来”前后。院里有人起头打招呼，喊一句：“熏蚊子啦！”各户响应，门前屋内点燃熏蚊子的东西，一时烟雾腾腾。咳嗽、流泪，弯着身子跑向烟雾稀薄处。正规的是火绳，整棵的蒿子编的，山货铺有售，街上也有吆喝卖的。坟圈子、野地里有蒿子，砍回来自己编，晾干（不能晒）。有搓绳和编辫两种法子。

火绳效果好，烟少不呛。省钱省事，就不正规了——能燃烧能沤烟的都上，破鞋、烂袜子、胶皮、烂木头，点着火冒火苗，撒锯末，盖湿纸，压下火苗，光叫冒烟。烟雾升腾，蚊子远避。人们安下心，坐下挥扇纳凉。烟雾渐散，蚊子杀回。不再结阵，单枪匹马，俯冲而下。啪！啪！芭蕉扇和手掌并用，响声不断，轰走与拍死都有。不宜打断的谈兴和留恋“夜色凉如水”的清爽，回屋安歇多在午夜后。有蚊帐的少，置办不起，加上空间受限，冷布、竹帘居多。睡时点根蚊香，那时蚊香是手指般粗的直棍，两根筷子长，能点一宿。更有用竹篾子做框把蜘蛛网粘移到自家窗上，不仅阻挡且能捕获。穷人缺钱，不缺不花钱的“招数”。防蚊、驱蚊、灭蚊，有些招数。

北京最早的杀虫药水好像是“洋货”，叫“蝇必立死”，还赠送铁皮的手动喷雾器。后来有国产“滴滴涕”。穷人眼里的奢侈品，几乎没人用得起。

爱国卫生运动兴起，“讲卫生，除四害”雷厉风行，蚊子名列第二。头个措施“翻盆倒罐堵树洞”，使蚊子不得存身、滋生、繁殖。出现了许多新的灭蚊的器具、方法。居委会一度发放熏蚊的药剂，也是大家同时行动。药剂能熏死蚊子，大约也熏人，所以没继续。环境改善，科学技术普及提高，蚊子逐年减少。人们不再愁蚊子的肆虐，可放心地一夜睡到大天明了。

北京早先蚊子多，比起有些地区就小巫见大巫了，据说北大荒就不得了。离北京近的，如唐山丰南南堡沿海盐滩一带，挨着海的盐田不知道如何。离盐田二三十里的储存场周边，蚊子多得超乎想象。

这里土含盐碱不长树木，光秃秃一眼望去老远。有沼泽，长芦苇，长草。洼地积水，水坑、水塘有小鱼，生蚊子、飞虫。夏天不热，有根电杆挡住太阳晒，暑气顿消。常有清风，白天蚊蝇、飞虫少见。太阳落山，蚊子、虫子倾巢出动。下班在水龙头下擦洗身子，要十分抓紧。动作迟缓，就浑身是包，蚊子碰皮肤立即下口。洗完趁蚊子没下来，撂下蚊帐，晚饭钻进帐子吃。单身宿舍一人一块铺板一个铺，都在帐子里，吃饭、聊天，有紧急的事情开会，也都坐在自己的蚊帐里。赶上刮南风，冲南的纱窗蚊子、飞虫趴满，密麻麻不透风。上夜班发蚊子油（防蚊）抹在脸上、手臂上，黏糊糊特别不爽，有效，蚊子不叮。飞虫趋光，电焊焊活，招成百上千的虫，工作台死虫一两厘米厚。有时露天放电影，看电影要全副武装——帆布挂胶的雨衣雨裤、胶靴、胶皮手套，脸上抹蚊子油。如果穿劳动布的工服，蚊子隔厚布照样吸血。那里的蚊子多而且袭击迅速，攻击凶猛。蚊子，微不足道的小虫。和一切生物一样，大环境决定它的生存状态，关系着它的“性情”“习性”和“好恶”。

国外蚊子题材的电影不少。像日本的《十楼的蚊子》、美国的《蚊子海岸》等。

我国前人文字叙及蚊虫者也不少。鲁迅在《藤野先生》中说到日本仙台的蚊子：“初冬已经颇冷，蚊子却还多，后来用被盖了全身，用衣服包了头脸，只留两个鼻孔出气。在这呼吸不息的地方，蚊子竟无从插嘴，居然睡安稳了。”还有《夏三虫》：“夏天近了，将有三虫：蚤，蚊，蝇。”借物喻人议论过蚊子。

蚊雷，典出最早。《汉书》中记中山靖王刘胜的话：“……聚蚊成雷……”后人常用。宋朝陆游诗：“蛙吹喧孤枕，蚊雷动四廊。”“熏衣汗雨初干后，把卷蚊雷不动时。”宋朝陈宓诗：“最喜蚊雷中夜静，长檠容得一灯微。”元朝马致远曲：“愁的是：三秋雁字，一夏蚊雷。”

蚊阵，明朝杨慎有《破蚊阵露布》文，有“破蚊阵于乙夜，收鵩集于寅筹”的句子。据说毛泽东有诗句：“愚公尽扫饕蚊日，公祭无忘告马翁。”此外与蚊有关的词语如蚊眉、蚊市、蚊脚书等，蚊子和文字早已结不解缘。以生命换鲜血，智仁没有，勇不缺。

说臭虫

现在北京已经见不到臭虫。二三十岁的年轻人，似乎都没有见过它。当年它肆虐横行，人们被它欺负得无可奈何。无论你睡土炕还是睡铺板，它都咬得你睡不成。个头儿、形状和荞麦皮差不多，褐红色。脑袋小，身子扁平，装血的口袋，吃饱时鼓鼓的，像颗红小豆。没翅膀，跑得快。被咬的地方，火烧火燎的，又痒又疼，钻心。一挠起包，红肿一片。睡着被它咬醒，一开灯，跑得无影无踪。侥幸按住一个，使劲一抹，无论墙上、褥子上，留一条血红的道子。手指头被它分泌的物质染得奇臭，那是不好言说的气味，极难闻，类似臭大姐的分泌物。油脂，不好洗掉。醒来逮臭虫，则睡意全无。有臭虫，甭想睡。在北京，住的地方，甭想没臭虫。睡安稳觉，难。它比蚊子狡猾，不嗡嗡地公开宣战。人一入睡，静悄悄地偷袭，咬人。先注射毒素，局部麻醉。再吸血，吃饱喝足逃匿。毒性发作皮肤发痒，它已不知去向。人无法入睡，不得休息，影响工作。长期被咬，有得白血病的危险。皮肤奇痒，越挠越痒，也会成荨麻疹，更有传染疾病的隐患。

臭虫群居。炕缝、墙缝、铺板缝，都是臭虫繁殖和藏身的地方。挂在墙上久不翻动的衣物，它也会在褶皱里做窝。

它还会“空投”，夜里人睡下，它在天花板上爬到和人体正对的位置，腿一缩，垂直落在人体上，吸血。它繁殖快，生命力强，饿几个月，有时机就恢复活动。空屋子一住人，它立即出动。

先前集体宿舍、旅店一般都是木板床、白灰墙。墙上常有一条一条的血道子，那是臭虫活动的记录。家里对付这种害人虫的法子，开水浇烫它们存身的隙缝；把床板放到烈日下暴晒，摔打；臭虫掉到地上，弄死。这法子有效，也有限。三五天后，虫卵变成虫，继续咬人。后来有了“六六六”药粉，洒在臭虫出没的地方，管用，气味呛人。再后来有了更多的效力更强的杀虫剂，臭虫绝迹。它去了该去的地方。留在人们心中最深刻的是抹得很长的殷红色血迹和经久难散的臭味！

前辈文人笔下，不乏和臭虫有关联的记述。鲁迅先生1912年5月5日晚上到北京，住了一宿旅店。第二天搬到菜市口南半截胡同的山会邑馆（绍兴会馆），当天夜里“夜卧未半小时即见蜚虫（臭虫）三四十，乃卧桌上以避之”。先生在桌子上忍了一宿。第二天“长班（会馆服务员）为易（换）床板，始得睡”。会馆用臭虫当迎接先生的见面礼。先生在日记中记下了这个场景。

清末文人笔记也有：“夜卧土床，多蚤，……大于瓜子，多至可掬，一土床藏可数升……移衾裯卧地上，则从屋椽间自坠下，如雨雹密洒，历历有声。一为所嘬，则泡起半寸，搔爬急，则痕破血流，一二日内身无完肤。”说得夸大其词，臭虫多得能用手捧，土炕能有数升。人还有地方躺吗？但闹臭虫是实情。

旧相声段子，也提过臭虫。说一眼神儿不好的老先生，财迷，老想得意外之财。晚上去听戏，散戏正大雨过后，地上冲刷得很干净。一根针半截埋在地里，针尖朝上露半截。灯光一照，闪烁耀眼。老先生看着喜上心头：“钻石！”跑上前去，伸右手去抓。针尖扎破指尖，喊：“蝎子！”他抬起右手一看，圆圆的鲜红血珠在。他高兴了：“玛瑙！”伸出左手，想放到手掌上细看。竟然成了血道子，他才明白是什么：“嗐！臭虫！”

向骆驼致敬

西二环阜成门立交桥东北角绿地上，有一组骆驼雕塑。在城市中心区域为骆驼造像，不是美化市容的饰品，是彰显骆驼对北京的贡献和功劳，人们没忘它们的“好儿”。现在用不着了，用不着，就把人家甩一边儿去吗？“骆驼像”汇集了念旧的情怀、感恩的心态，体现了北京人包容、厚德的精神。见到骆驼如同见到帮过自己的老熟人。它们当年，不仅每天走街串巷，还曾安家落户。住在广安门枣林前街以北，白广路以东，老地名吴家桥、老君地。这里大片空旷野地，住着几家饲养骆驼的“驼户”，老北京人把这一行业叫“拴骆驼的”。有自己的行业组织。现在的牛街回民超市处，原有东西胡同，东口牛街，西口糖房胡同。把西口，坐南朝北，磨砖对缝青砖垛的西式门楼，门上横匾“驼行公会”。青砖大瓦房，很考究的院子，可想见驼户曾经的兴旺发达。更多的驼户在石景山、门头沟一带，城里驼户算不上“正规军”，是游击队。骆驼支撑着京城的交通运输，关系着京城的国计民生。

交通，是城市的命脉。北京作为城市已有3000多年，成为国都（从辽南京算起）也1000多年了。汽车、火车的历史才一二百年，北京普遍使用汽车不到60年。这之前，它的命脉怎么维系呢？靠人本身的“脚”！肩挑担，手推车，脚丈量道路。所以北京把运输费直接称作“脚力钱”。

人力有限，请朋友帮忙。骡、马、驴、牛、驼，都是人们交通运输的帮手、助手、左右手。骆驼有着不可替代的优势，是重要的运输脚力。它不能爬山，但善走山路。曲折迂回，崎岖不平，坑洼沟坎，杂草灌木丛生，都如履平地。看它的个子——两米多高，三米来长，卧在地上，一米多宽。四条细长腿，步子大。果盘样的蹄子，站着走着稳当。蹄掌柔韧厚实，踩什么都软和。驮的分量大（200多公斤），驮一趟是一趟。骡马驴牛，拉车山路不能走，驮又驮不多。骆驼能不吃不喝走几天，“北山的果子西山的煤”，就靠骆驼盘腾。大灰厂的石灰，山根儿底下的木头，庄稼地的五谷杂粮，骆驼源源不断地驮进城来。交通不畅、信息闭塞的年月，驮来驮去的，不单是物质交流，更可贵的是精神的沟通！刘姥姥进大观园，开了眼界，荣国府也吹进了清风。城墙围着，遮挡视线，外头别有洞天。骆驼队使城里居民广见闻、爽精神、添情趣！北京城得到的有物质的实惠，有文化的丰富！

驼户叫“拴骆驼的”，牵着骆驼走的人叫“拉骆驼的”。有驮脚的，光挣运输费；有跑买卖的，运费、货款齐进账。驮着货，边走边卖，城里人叫“驮架子”。煤炭、建材、鲜果干果、米面杂粮，都有。数量太小不做，一般驮煤、驮粮食。一只骆驼驮四袋，最少买一袋（100斤上下）。煤，都是块，火力壮，好烧，还比铺子便宜。粮食也一样。胡同里比较殷实的人家，和拉骆驼的混得熟，会送货上门，成关系户。甚或有生意外的来往，交了朋友。买到新鲜东西，老太太送给街坊尝鲜：“您尝尝，驮架子送来的！”

拉骆驼的和现在的出租车司机一样，经得多见得广，什么人都接近。是接收和传播信息的介质。有了买主，价钱说妥。他往下拉一下缰绳，发口令：“涩！涩！”骆驼前腿先跪下，后腿一弯，卧在原地。给客户卸货，搬到指定地点。别的街坊闻讯来到，也许不动地儿货就卖完，拉骆驼的就可回家了。要是只卖出一部分，就得整理剩货，使驼背平衡。轻提缰绳或轻踢骆驼屁股，发口令：“囚！

囚！”骆驼后腿先立起，前腿再伸直。拉骆驼的牵着缰绳，转别的胡同，接着卖货。一卧一起，一搬一卸，费时费事，所以谢绝零售。

骆驼不像骡马，头上戴笼头，而是鼻孔穿透，戴“穿鼻棍儿”，连着缰绳。背上的驼峰，叫“鞍子”。鞍子周围铺很厚的毡垫，叫“屉儿”。好几层：贴身的汗屉儿、里屉儿、外屉儿，最后罩在上面的叫大屉儿。几层毡子缝一起，四五厘米厚，椭圆形，盖满脊背。两个洞，驼峰露在外头。外沿有绳子，兜肚子下，拴紧。屉儿保护骆驼身体，驮负重物不受伤害。煤、石灰、干果、粮食，装大长口袋，鲜果装筐。长途贩运，多结队而行。

骆驼队以“把儿”为计算单位，小把儿6只，大把儿8到9只。拉骆驼的牵最前面的缰绳，后面的缰绳，依次拴在前面的屉儿上。一把儿一串，一前一后戴铃铛，前头的响声引路，最后的响声防丢失。听不到后面的铃声，有掉队的了，就得检查，找寻。驼队多是后半夜动身，黑夜里只能靠声响传递讯息。驼铃的响声有别，拉骆驼的凭耳朵辨识自家驼队，一般人听不出来。制造驼铃也有绝活，据说最著名的是广安门外专业户——铃铛李。

骆驼皮实，不爱有毛病，好饲养，饲料不挑剔。干草、青草、树叶子，庄稼秸秆，爱吃的是花生秸、豆秸、白薯秧子。忙时加喂料豆（黑豆），不能吃整豆，磨成豆渣子，拿水泡过，带水喂。也不用牲口棚，露天院子里拴着，雨天，身上盖领席就行。但是苦夏，掉毛，容易得病，要到口外“避暑”。把骆驼带到张家口草原放牧，年年如此。当地有人接应，负责管理照看。夏至节气之前动身，几家骆驼凑一大群，选三五个大家信得过的人，赶着驼群上路。晓行夜宿，走十几天，到口外牧场。和当地人一起清点数目，办个交接。如无必要，赶驼群的人就先行回京，白露节气前再去接回。白露是离牧场的日子，过了这天，骆驼死走逃亡出意外，当地人概不负责了。回来后，各家认领牵走。这个过程，叫“做场”。

安定门外有外馆斜街，外馆是清朝时蒙古王公进京朝觐皇帝时的驻地。骆驼驮来的物品，都卸在这里。完成任务的骆驼，就成处理品了。就地甩卖，京城居民捡便宜，买下来，当“驼户”。据说这是京城驼户的由来。驼户发财，争相效仿，找外馆的人，买骆驼。蒙古同胞乐于助人，做中介，当导购。带顾客回蒙古，牵来大批骆驼。驼户赚钱，倒腾骆驼赚大钱。一部分人富起来了，三百六十行增加两行——贩卖骆驼，买骆驼当驼户。

骆驼外形高大威猛，性情温顺可爱。貌似呆头呆脑，实际记性很强，风沙弥漫，浓雾遮天，从不迷路。不驮货物，拉骆驼的才可以骑乘，按下它的脖子，腿跪上去，用手抠住大屉儿，就爬上去了。困了抱着鞍子（驼峰）睡，它照常走到目的地。如果打它，它会记住，见到打它的人，就会喷唾沫，说是骆驼的唾沫伤人。雄骆驼发情期（闹骆驼），性情变暴躁，踢打咬人，都买阉过的。

北京城不见骆驼身影，也就60年。1950年前后，广安门大街上，北线阁胡同里（和西便门连着，西便门常走骆驼）还有。骆驼蹭着人们的衣袖，缓慢前行，对行人不屑一顾。行人对此庞然大物，也如对周围的空气一样，彼此眼空无物。大家都在城中街上，奔着各自的目标。旧相识，老面孔，熟识。熟就不讲礼数，相容，不相扰，君子之交。沉闷悠长的驼铃声不紧不慢地响着，挨着骆驼走，铃声不吵得慌。离得老远也听得着，和空中鸽哨相呼应。听着，心神安详。

广安门内路南，南线阁街东边，有一家羊肉床子带烧饼铺。掌柜的是山东籍回民，金巴儿。早晨早点，中午快餐。冬天羊肉包子，夏天烧羊肉，秋天以后爆、烤、涮。拉骆驼的一来，连歇着带吃饭。东隔壁是一家倒闭的山货铺，再东一得阁堆房。门前宽绰，十几只骆驼，卧一片，门口都挡着。孩子们围着看，拿手摸，不害怕。每天城门一开就过骆驼，孩子、大人都习以为常。

骆驼对北京的经济、文化、社会都有贡献，对我们中华民族的发展更功不可没。我们津津乐道的汉唐历史，离开骆驼，无法述说。迢迢万里，漫漫黄沙的丝绸之路，虽有张骞，若无骆驼，汉武帝也只望沙兴叹而已。唐朝是世界公认的中国最强盛的时代之一，鼎盛时期中亚的沙漠地带也归唐朝统治。“沙漠之舟”的骆驼，怎能缺席？唐三彩骆驼，国人所珍爱。它是荣耀！是中华民族的勋章！

北京人忘不下多年交往的骆驼，用多种法子记着它。广安门外骆驼湾，丰台地区骆驼庄，酒仙桥的驼房营，连穿的棉鞋，都起个名叫“骆驼鞍儿”。老百姓的口头上，三句话不离骆驼：“羊群里跑骆驼。”“瘦死的骆驼比马大。”“骆驼穿针眼——难喽。”“骆驼撒尿——后稍稍（潲潲）。”还有新近网上流行的俏皮话“小胡同赶骆驼——直去直来”，也有令人伤感的“骆驼坐大车——最后一乐”。淘汰下来，大车载着，送往“汤锅”（屠宰场）。

老舍先生的小说《骆驼祥子》里有描写骆驼的文字，非常生动，百读不厌。许多人写北京风情，骆驼常在笔下转。城墙下，骆驼队，仰首阔步，旧京底色。

1907—1909 年，广安门城楼南面，瓮城及迤南城根的牵驼人（明信片）

1920 年前后，广安门城楼北面（城里），城墙下的驼队

“除四害”的老鼠和“除三害”的戏

提出“除四害”60多年了，苍蝇、蚊子、老鼠一直在列。臭虫、跳蚤、蟑螂，还有麻雀，就时有变更，甚至除名，如麻雀。有几年北京提出要“黄土不见天”，沥青、水泥盖严了大地。家家户户装修，屋里的地水泥砸瓷实，铺地板墁地砖。“龙生龙凤生凤，老鼠的儿子会打洞。”水泥上打洞？老鼠无所施其技了。北京人口增加，“鼠口”减少，而且转移进了下水道。老鼠夹子、老鼠笼等捕捉老鼠的利器也除了“入库”，无处陈列了。倘若今天规定：每人每日交老鼠尾巴，学生交学校、有工作的交单位、家庭妇女交居委会，都只能干瞪眼了。广安门内的学校带学生到小井一带的庄稼地里去挖田鼠，挖到，拿铁锨拍死，剪下尾巴上交。兴师动众的大动作，所获不多。用流行的话说，重在参与，有时声势重于战绩。

20多年拆迁改造，从地上到地下，北京城翻了个个儿。地新、楼新、道路新，人更新。当年为害甚烈的“四害”，还是害，可已经弱到不值一提。新的害来了——雾霾、有害食品等等。所以，除害，仍需大努力，前瞻，正未有穷期。

年代不同，利害迥异，兴利除害，动力所在。“四害”的害处不小，“除四害”的益处明显。不过，生活环境改变、改善，害不除自消。见“为害”的果，察“酿害”的因，才能釜底抽薪。

从“除四害”想到传统故事的《除三害》，《晋书·列传》和《世说新语》里都曾记载，讲周处的事。

周处自幼父母双亡，年少时膂力过人，横行乡里。当地编民谣：“小周处，体力强，日弄刀弓夜弄枪。拳打李，脚踢张，好像猛虎扑群羊。吓得乡民齐叫苦，无人敢与论短长。”这个谁也不敢惹的“土匪”与南山猛虎、西海蛟龙，被人合称“三害”。后来传到了周处的耳朵里，他没有追查谣言，而是反省自己。检讨自身，终于悔悟。入山射虎，下海搏蛟。他自己改邪归正，认真刻苦，自我完善。拜师读书，学文练武。“三害”皆除。

这故事进了中学课本，京剧常演这个戏，也有动画电影。《除三害》，全力除掉客观存在的害，也全力认真检查纠正主观自身。“除四害”则全力指向客观，自己只扮受害者。毕竟要求别人比改造自己来得容易，也便当。

对鼠类，看到害，也该看到其他。何况有新说，动物也是地球“公民”，理应享有权利。

抱着人本性中的恻隐之心，无条件地关爱弱者。鼠类受关照，是应有之意。宋朝诗人多有情趣盎然的咏鼠作品。苏东坡的诗句可作代表：“梦断酒醒山雨绝，笑看饥鼠上灯檠。”“为鼠常留饭，怜蛾不点灯。”

大约宋朝老鼠众多，所以有“五鼠闹东京”的故事，还创造出侠客“御猫”展昭这样的英雄。北京街上卖耗子药的吆喝：“耗子大，成了精，当年‘五鼠闹东京’。吃了我的耗子药，汴梁城里得太平。”北京街上有灭除老鼠的毒药，也有老鼠演节目娱乐市民的“鼠戏”。北京人叫“耍耗子”，1949年前后还有。

耍耗子耍的是小白耗子，医院做实验的那种小白鼠。肩上挎着有背带的长方木箱，长40厘米左右，宽高短些。箱盖正中立圆木棍，如旗杆，五六十厘米高。上面有横木，木上装门洞、转轮、吊桶、钻圈、秋千等等。横木有软梯和箱盖连着，这是表演场地。箱盖下面是“演员宿舍”，盖上有活动小门，小白鼠“出将入相”。

商店门旁的台阶上放下箱子，敲小铜锣招揽观众。大人带孩子路过，停下。

孩子磨大人要看耍耗子，围上三五个人就能开演，人多不得看。打开小门，小白鼠登场。锣声指点动作，业者口中念唱歌词解说。两三只小鼠沿软梯鱼贯而上，在横木上列队直立。前腿合一起，向观众“作揖”。然后分头爬向门洞、转轮、吊桶等处钻门洞，滚转轮，用前爪把吊桶拉上放下，说是演《李三娘打水》。把每个表演都和当时流行剧目附会一处，大人听着有意思。几分钟演出结束，观众掏块儿八毛的，孩子、大人喜笑颜开散去。有新观众围拢，演第二场；没有，背起箱子换地方。

最近听说有位大学校长说：“盲目追求真实不顾立场，是历史虚无主义。”讲老鼠，也不能只讲生活里的真实，还有其他。

《老鼠娶亲》是流传极广的民间故事，是旧历年年画的一个内容。画上喜庆排场的娶亲队伍浩浩荡荡：旗锣伞扇仪仗队、鼓乐队，十字披红新郎骑在马上，凤冠霞帔新娘坐在轿内。个个尖嘴带须，鼠脸带笑，喜气洋洋。画的下方是只花猫来凑热闹，道喜抑或觅食?

在今天流传更广的是洋故事《米老鼠和唐老鸭》。1928年11月18日，米老鼠在动画片《威利号汽艇》中首次亮相，蹬大头靴，戴白手套，穿红短裤。博得了孩子们的欢心，也给成年人带来欢乐。美国人华特·迪士尼看到车库里跑动的小老鼠，受启发，创造了米老鼠这个形象。编出滑稽故事，娱乐着一代又一代的人们。

我们中国人并不完全排斥老鼠。传唱至今的儿歌：“小耗子，上灯台；偷油吃，下不来。吱吱吱吱叫奶奶。”透着对小老鼠的喜爱。

冰天雪地话取暖

一、柴锅、高灶、地炉子

有位朋友提到家里用过的四种炉子，就也想说说当年百姓家里常见的砖砌炉灶。

一是柴锅。在北京广安门内，杂院和小户人家的独院都有这个设施。杂院，不说家家有，院里总会有一个两个的。窗根底下，墙犄角里，不碍事的地儿，捡碎砖头码成圈，五六层砖高，上口能坐进锅去，下面层层放大。前头留烧火添柴的“灶火门儿”，后头立几块瓦，当烟筒。黄土泥上下糊严。锅底下还要挖成盆形圆坑，灶火塘。屎壳郎钻灶火塘——拱火儿。图的是省煤钱。出门上街，遛弯儿、买菜，见能烧的树枝、破筐、竹笆木棍儿，烂鞋底子、废胶皮都往家搬搂，燃料。过日子就得算计，能省就省。多数还生着煤球炉子，烧水方便，截长补短儿地烧回柴锅。

冬天烧热炕的柴锅就在屋里了，砌得就讲究些，整块青砖，方方正正。锅台面上白灰抹光，木锅盖擦拭得干干净净。三间房一明两暗，两边住人都有炕。中间屋里一进门左右俩柴锅，烟道通里边炕。炕角墙里有烟囱，烟从房顶排出。两间房里屋住人，柴锅砌在外屋。一间房，一间屋子半间炕，柴锅砌在烟囱的对角上，烧火的热能在炕内转着走向烟囱，才行。

二是高灶，厨房里做饭的灶。靠一面墙，砖砌，一米左右高，六七十厘米宽，一米四五长。尺寸，要看厨房宽窄，人口多少，家庭条件，可大可小。取中留炉口，旋炉膛，铺炉条，炉条上头留撒炉灰的炉眼儿。下头落空，通风，掏炉灰。灶台挨地面的砖收进去，逐渐放宽，不能直上直下，给做饭的留搁脚的地儿。炉口、炉条，铸铁的，铺子里卖。炉膛旁边要砌进一口小缸，盛水，配木盖儿，叫“温罐”，24小时有热水。高灶可烧煤泥。灶台下头，立砖砌个小池或放个盆，煤末子掺黄土，浇上水，煤铲子和几下，就直接铲进炉子。扒拉平，捅个眼儿，做完午饭填上。做晚饭时，煤泥干了，用通条豁开捅碎，不用加煤，就能做晚饭了。夜里封火要添干煤垫底，再拿煤泥糊上。商家铺户也砌高灶，烧水、做饭。饭馆的炉灶，单是一路子，另说。

三是地炉子，用煤烧热炕的炉子。炕前头中间，刨坑。七八十厘米深，长、宽一米多。从坑底往上砌砖，也要砌进个温水的小缸。够尺寸了，铺炉条，留炉眼、炉膛，往炕里走烟的口儿。出地面20多厘米安炉口，成50厘米宽、一米多长的台儿。炉子前头留炉坑，存放炉灰。坑口配木框，铺木板和地一平。人能下去，撒火、掏炉灰。一般家里老人睡的炕有地炉子，黑夜、白天炕是热的，屋里老是暖和的。

生活，生存、活着。重点在“活”，生活没有死章程。见机行事，相机制宜。冰天雪地造温暖，百姓的创意多多！

二、从“洋炉子”到“两用炉”

铸铁的火炉子，能安装烟筒的，老北京人称作“洋炉子”。大概最早是进口货，所以称“洋”。后来“土造儿”了，“洋”字还带着。铸造的火炉子原来就有，和洋炉子不一样。方炉盘，圆炉口，有盖儿。直筒炉腔，炉箅下头，连着盛炉灰的空腔，比炉腔粗好多，鼓形，有底，底下三条腿儿。也有铸铜的，很笨重，没有安装烟筒的口。

洋炉子有不少样式。家庭用，常见是“花盆炉”。规格不一样，有大中小号。最早的由四个部件组装（可能限于铸造工艺）——1.炉盘，带浅盆状的圈，圈后铸出安烟筒的口，前头铸个长方形口（口上有上下开合的盖儿，盘上的炉圈、炉盖，另铸）。2.炉腔上半部，上小下大，带梢。3.炉腔下半部，铸出炉门框和放炉箅的支架。4.带三条腿的炉底盘，炉腔下口坐上边。四件，用螺栓连为一体（都有上螺栓的小爪）。另铸的配件：A.炉盘上的一套火圈、火盖。B.炉腔中间套的镂空花盘，宽五六厘米的圈。上头可烤食物，甚至湿的鞋袜。C.炉盘下烟道里能转的挡板，方形口的盖，炉腔下可开关的炉门、炉箅。这种炉子里边要贴炉瓦（不是烧蜂窝煤那种一体的，是一块一块拼接的）。炉盘上的火圈，挑下来，锅能坐进去，受热面积大。烧水、做饭方便，最适合家庭使用。

20世纪50年代末，改进花盆炉结构，生产出“简易两用炉”，沿用至今。比花盆炉矮，炉身一体，光溜溜上小下大的筒子。炉盘炉底，螺栓连接。简单、轻巧，煤球、蜂窝煤都可以烧，两用。铁皮煤球炉被彻底淘汰。

专门散热取暖的炉子，炉身直筒子。顶上如扣个小盆，盆底是炉盖。也有平顶的。炉身里头铺炉瓦。可以坐水壶烧水，饭盒热饭，烤食物，不宜做饭。

1949年以后，工厂、学校、机关单位冬天取暖用这类炉子，比旧式的有小改动，叫“新民炉”。没炉盘，上头大厚圈，旁边一烟筒口，一个炉盖。炉身带凹凸竖棱，不用炉瓦，火旺时炉壁通红。下头炉门、炉底、炉腿。新民炉也分大小号，商场、商店、公共场所，冬天也是炉子，超大号新民炉，高1.5米以上，粗半米多。上下是铸铁件，炉身是铁板圈的。怕烫着顾客，用铅丝网做栏挡，把炉子围上。每个单位都有专人管理炉子，生火、添煤、封炉子，当然重任在肩——保证炉火安全！比用空调、热风、暖气，操心费力，而且空气混浊，粉尘飞扬，时有煤气中毒的危险。今天的人们，上班、外出、居家、休闲，时时处处，安然适意。真令过来人羡煞！

蜂窝煤，机制煤球，50年代末才出现。之前的燃料，就是人工手摇煤球和砟子（砸碎的小煤块，也叫硬煤）。1956年以后没有了私营煤铺。胡同里卖煤的是煤建公司下属的煤厂，买煤凭本儿，按人口定量。冬天拿着煤本儿，在煤厂小窗口外头排队。递进本儿去，审核、记录，扔给对面的办公人员。甩给你一句话："内（那）口儿交钱！"您挪到另一窗口，前头有人您接着排队。交上钱，连煤本儿带小票儿，杵给你，还是一句话："内（那）边领煤去！"推着车到大棚子里，小票交给发煤的人。他下口令："装吧！"你戴上手套，往车里搬。屋子外头排队，冻得捂耳朵、跺脚，煤棚子又高又大，挡雨不搪风，吹得从脚腕子凉到脖颈子。这一装车搬煤，暖和过火，里头背心都汗湿了。到煤厂门口，等着管事的过数儿，多了少了都不好。工夫不大，可天冷，湿背心冻成冰了。煤运到家，冰化了，顺脖颈子冒哈气。买趟煤，冰火齐来。

煤铺变煤厂，煤厂属公家。公家是衙门。煤厂的人是公家人，公家人就不是老百姓。改革开放以来，扭过来不少。冰冻三尺非一日之寒，慢慢儿地化吧。

这蜂窝煤，老北京人不爱烧，认煤球。煤厂货全，手工煤球、机制煤球、蜂窝煤，都预备。直到70年代中期，蜂窝煤才被北京人接受，成了唯一。煤改电，被接受的蜂窝煤，也得出局了。凡事如是，先进替换不先进。总有更先进！

三、御寒驱寒，取暖保暖

听说现在"暖宝宝"流行，可没见过。前几天几个人小聚，我才开了眼。席间一位女孩拿出张手掌大的纸片，说是暖宝宝，能发热，贴在相应的穴位上还治病。我想起从前的"坎离砂"，无照经营，流动销售。骑自行车，车筐前挂块白布，中间画阴阳鱼八卦图，写着"祛风散寒坎离砂"。筐里是醋瓶子，后衣架上搭着两边装东西的白布口袋。口袋里装着黑色沙子的豆包布小包，四边缝死，比手巴掌大些。在人多，便道宽的地儿，支起车子停下来。走路的好奇，一会儿工夫，人就围上。卖坎离砂的开始推销示范：“咱这坎离砂专治风寒，腰疼、腿疼、胳臂疼，都能治。”说着从车筐拿一瓶醋打开，再拿起一包坎离砂，左手托着，右手往上浇醋。放下瓶子，双手来回揉搓小包，使醋湿透沙子。小包像刚出锅的紫米窝头，冒热气。“您看，热了。拿布包上，哪儿疼放哪儿，焐着。当时就不疼，三五次好利索。”“凉了拿下来，晾干。再搁醋，还热。能用好几回。”这东西不是骗人，起热敷的作用，缓解疼痛，管用。好像和暖宝宝的作用相同，“土造儿”特产。

记得德胜门里路东有家制作坎离砂的，墙上刷大字广告，每天坐公交车都看到。据说现在作为外用药，中药店有卖的。没暖宝宝方便，没醋不热。新奇事物层出不穷，没见过的，想象不出来。见识过的，琢磨不明白。想把一切闹懂弄通，没有可能。尽量学，尽情用。学习生活，享用生活，情趣无尽！

1972年尼克松到北京，新闻报道说尼克松逛王府井，脚上穿电热袜子。想：难道他身上背蓄电池？腿上挂电线？袜子咋通电？愚昧何及！自己不懂，环境也没让你懂，傻乎乎地想过，竟然记了几十年！

新中国成立前后，街上还卖过“暖手盒”。眼镜盒大小，两头圆弧，薄厚也差不多。有盖有底能够开合，里面竖着分成仨长条格。两种，一种金属片做的，包绒布；一种石膏的，比金属的壁厚点，包漆面纸。里面一样。纸卷木炭屑圆棒（和现在艾灸用的艾绒棒似的）点燃后，放在中间格里。扣上盖，就可以焐手了。效果不好，炭棒常熄灭，不灭也不热。那时街上卖的很多，人们试过后，就几乎没人买了。

再早，有手炉，铜的，烧炭。有提梁，可随身携带暖手，北方少。多为圆形，像茶壶，也有八角形、方形、腰形、花篮形、南瓜形等。炉盖散热，镂空雕刻，有五福捧寿、喜鹊绕梅等纹形。炉身刻福禄寿喜、花鸟虫鱼、人物山水等，制作精美。现在是艺术收藏品，光看，不用了。

还有汤婆子，睡时暖被窝的，橡胶热水袋的前身。铜的、锡的、磁的都有。扁的，椭圆形，螺丝口的塞子。睡觉前灌热水拧紧塞子，放进被窝。钻被窝蹬到脚底下，一夜暖和。据说宋朝就已经有了，所以有好几个“别号”——“锡夫人”“脚婆”。明朝人有两句诗：“布衾纸帐风雪夜，始信温柔别有乡。”把汤婆子当“小三”了。南方人这样叫，北京人叫“水鳖子”“大臭虫”。家庭人口多或没钱买，有代用品。煤球炉子炉盘上烤块砖头，热以后用纸或者布包上，塞进被窝，也一样“温柔别有乡”。

新中国成立前要饭的，冬天最难过。京剧《鸿鸾禧》（也叫《豆汁记》《金玉奴棒打薄情郎》），男主人公一上场唱：“天寒冷，腹内饥，遍地飕飕。”肚里没食，寒冷加剧。北京的乞丐开始“抱砂锅、裹戏报”。街上的吃食摊子，煎饼、切糕、老豆腐、米粥等都用煤球火。收摊，把炉火扣在地上，第二天再生火。扣出的乏煤，余烬未熄，捡破砂锅，盛炉火余烬，抱在怀里，温暖一时。戏院演出，四处粘贴戏报。毛笔写在整张红绿纸上，腋下夹一大卷。提糨糊桶，拿毛刷子，墙上刷糨糊，红绿纸粘上，急匆匆向前面去。要求快，覆盖广。讨饭人随后揭下，裹到腿上，挡一挡遍地飕飕的寒风。当年惨状，今人想象不出，一如老人想不懂新物件。

胡同和四合院

在北京受人关注的莫过于皇家宫殿。富丽堂皇，雍容华贵，庄重威严。威严在，只能仰视敬畏。普通百姓世代居住的胡同平房，青砖灰瓦，低矮平实，简洁朴素。朴素存，就有亲切和善。走进胡同，就走进百姓生活，就走进市井文化。胡同记载着历史，也展现着时尚。这里存储着社会万象，是容量最大的北京辞典。懂了胡同，就懂了北京！

北京的胡同，有近800年的历史了。1276年元世祖忽必烈修建大都城（元大都），胡同就诞生了。有些古老的胡同依旧保留着，如西城的砖塔胡同，东城的南锣鼓巷，贯穿东西的东西交民巷（江米巷）等，历经明、清、民国直至现在。有的是从元代留下来的。自然，消失的比留下的要多得多。

胡同是人们出入的通道，更是人们生活的场地。胡同里充满了百姓的生活气息，有道不尽的万种风情。春雨霏霏，冒着沾衣欲湿杏花雨，顶着吹面不寒杨柳风。走在胡同路上，眼中是戴望舒的《雨巷》。夏日炎炎，门前墙外，树木浓荫密遮，绿色棚顶长廊，树上鸣蝉，空中鸽哨。清凉清静，心上满是清爽。秋风瑟瑟，冬雪飘飘，景色有变化，情趣无尽时。

夏天晚饭后，胡同里的穿堂风，吹走白天的暑热。人们端着热茶，拿上小板凳，胳肢窝夹芭蕉扇，走出街门。路边乘凉，下棋、聊天。常有鼓书艺人（多为盲人，俩仨人一起，带着乐器）走来献艺，就会有人出头拦住，请他们演唱。负责聚拢听众，代为敛钱收费。节目由艺人自定，也可听众点唱。胡同成了露天曲艺厅。冬日中午前后，人们聚在胡同里向阳背风的地方“晒暖儿”，文雅的说法叫“负暄”。老人“负暄闭目坐”或低头抽旱烟，年轻的说说笑笑，打打闹闹，暖洋洋里闹哄哄。数九寒天的胡同，没有寂寞冷清。

无论冬夏，叫卖吆喝不断，让人听得到，又不觉吵闹。早点、青菜、小吃、熟食，应时果蔬——初夏的“活秧儿”老玉米、冬天的脆萝卜、大柿子，大小金鱼直至夜壶，都有板有眼，朗朗上口。不吆喝就用响器——剃头的“唤头”、卖油的梆子、吹糖人儿的铜锣、卖布的拨浪鼓（比玩具大得多）、收旧货的小鼓儿、算卦的小锣儿等等，都会时有所闻。这些声音响动，不骚扰百姓，不干扰生活，只增添活跃。

几百年来，胡同在发展变化。北京城的平面是“凸”字形，被地铁2号线圈起来的是“凸”字上半部，方形，是内城。下半部长方形，是外城，外城是明朝后期修的。内城是元朝规划修建，明朝略有改动，东、西两面照旧，北面从北土城一线，缩到安定门、德胜门一线；南面从长安街一线扩到正阳门一线。内城街道胡同有规划安排，比如东单到北新桥、西单到新街口，两条大街的胡同都笔杆条直，整齐一致。宅院讲究，住的王公贵族、富商大贾多。外城就差了，胡同多原生态，人们用脚“修”出路，路旁逐渐增添房屋，圈成院落。院落排列成胡同，胡同欠规整，房屋多将就。也有大院落、好房屋、私家园林，那是会馆、庙宇、名人住宅、别墅。可宣南一带留下的传统文化，底蕴深厚丰富，居全城之首。

近年来，东城南锣鼓巷，西城烟袋斜街、什刹海，南城大栅栏、琉璃厂发展变化大。五光十色，令人眼花缭乱，是街巷展现时尚的极致。

胡同里的四合院是老北京住宅建筑的样板。四合院规模有大小，都是四面房屋围着一个院子。简单的四合院就一个院子，阔人居住大宅院，就几座四合院拼一块儿。四合院规矩对称，皇宫、王府、百姓住宅，都是一个模式的扩展和微缩。只是大小、高低、多少不同，用料、做法不同，繁简不同，格局、布置没有差异。梁思成先生对中国建筑有一句精辟的结论："千篇一律与千变万化。"似乎中国都是万变不离其宗，不唯建筑是。

四合院历史悠久，与元大都的胡同同时诞生。四合院适合居住的优越性很多，空气好，阳光足；栽花草，种树木；造景叠石，养鱼养鸟。院门一闭，自成天地，私密性强，方便起居。

四合院文化内涵深邃，首先是堪舆学（风水）上的讲究，按阴阳五行，周易八卦，审定方位。街门开在东南（或西北），正房南向，符合坎宅巽门的要求。厢房、厕所、厨房，甚至重要树木的种植都有相应的位置，这是中国传统建筑理论的组成部分。

四合院的大门（街门），在先前是可以显示主人地位身份的，现在成为历史了。门上、影壁和院里的雕饰、彩绘，蝙蝠、松鹤、花瓶等等，寓意"福寿双全""四季平安"，体现着传统文化中人们对幸福、美好、富裕、吉祥的追求。有的廊子的抱柱上有楹联，屋里挂字画。古训名言，诗情画意，不单有世俗的祈望，还充满了风雅文化的气息。

四合院文化必然有儒家思想的内容，内外有别，尊卑有序。正房当中的堂屋是内客厅，长辈住东，晚辈住西。厢房住下一代，也是大儿子东房，小儿子西房。东为上。女眷不出内院，外客不进内宅。南屋是外客厅、书斋。中型以上的四合院常有后罩楼，住未出嫁的女子或女佣，或做杂用房间。门窗一律在院里，门里门外有屏风或影壁，外面看着封闭，里头自成一体。突显长幼、男女的差别，体现着"尊卑有序""内外有别""男女有别"的儒家理念。四合院的生活也要符合儒家礼法的行为准则。

2000多年前，老子说："人法地，地法天，天法道，道法自然。"不同内含的天、地、人，统一在自然规律上。这一观念要求人们在营造自己的住房时，要与自然相融合。四合院模式的建筑就是极力向这个观念靠拢。

北京的胡同，构成胡同的四合院，合于人们生活舒适的要求，能满足心灵享受的欲念。这是历史锤炼过的成果，有其存在的缘由，应予弘扬。胡同、四合院应该说的内容太多太丰富，小文只浮光掠影，说个大概，颇不尽意。

回望夏天的吃喝——信远斋酸梅汤

当年北京夏天应时当令的吃食，消暑生凉的冷食（饮），好多见不到了。社会变化，物质丰富，涌现新品，淘汰旧物，常态。

保留着的是酸梅汤。几百年前就有了，现在还喝着。

酸梅汤的发明专利，据说属于明太祖朱元璋，他起事以前，暑天病倒。煮乌梅汤，拿铜碗盛着喝，病居然喝好了。传到后来，他成了做酸梅汤的祖师。打冰盏（铜碗），成了卖酸梅汤的响器，他用过的兵器月牙戟，成了酸梅汤的标识。酸梅汤摊子，打冰盏、挂铜月牙幌子，都是祖师爷的典故。开国的太祖皇帝，大都有发明专利。

说酸梅汤，必然得提到琉璃厂信远斋。信远斋，当年出过风头。1910年得过南洋劝业会农工商部的银奖，1915年国货展览会获一等奖，1917年受到当时农商部的嘉奖，1931年察哈尔和河北省国货展览会得奖，1934年在全国铁路沿线土产货物展览会上得优质奖状，1915年在巴拿马国际博览会荣获超等奖状。国内国外都有一号。

信远斋东家姓萧，河北衡水人，清朝乾隆年间在琉璃厂摆摊卖茶。纪晓岚带一帮翰林修《四库全书》，老跑琉璃厂找书、查资料，常在萧家茶摊上喝茶。一来二去的，有了不少熟人，等于无照摊贩认识了中央编译局的干部。萧掌柜忠厚实诚，沏茶倒水殷勤周到，受到赞许，人缘好。有人撺掇他做酸梅汤，给了他宫里的配方，叫他如法炮制。试销后，好评如潮。于是萧掌柜又向人打听宫里制作吃食的方法，他试着做果脯、蜜饯、秋梨膏、糖葫芦等。民间做出御膳房的味道，大获成功，在东琉璃厂路北文明胡同（死胡同）买房产。在胡同对面，路南，开了“信远斋蜜果店”。靠酸梅汤创业，后来开发的食品有六七十种，买卖做大了。

“人往高处走，水往低处流。”官本位的中国，当了官才算光宗耀祖，改换门庭。发了财的萧家，也想改变门庭。当家的萧老头（也许是第三代了），把儿子萧秉彝接来北京读书，想叫儿子通过科举走上仕途。考试不顺，却迷上吟诗作画，在信远斋店里，又结识了不少到此喝酸梅汤的文人墨客。和这些人交游、切磋，萧秉彝的文化艺术修养、作品鉴赏能力大为提升。懂了，兴趣更浓。兴趣浓又有实力，他买下不少名人字画。和他父亲商量开一家字画店，这在琉璃厂算是正经营生，还可以请在信远斋喝酸梅汤、吃蜜饯的人们参观。老父亲同意了，在文明胡同口上，和信远斋斜对门，开了“论古斋藏画处”。那是同治元年，1862年，经营了80年，1942年歇业。

信远斋坚持到1948年也歇业了。1956年以后，周总理问起信远斋酸梅汤，认为应该留住这个品牌。北京市政府及时行动，积极扶持，请回原来的技术工人，恢复了信远斋老店的生产经营。虽然几起几落，200多年的老字号，毕竟保留下来了。北京人值得庆幸。

信远斋能发达，时间、地点、机遇，都赶对付了。更要紧的是人好，忠厚诚信，“得人儿”。有帮衬、维护、支持，别的才有用。诚信就是社会责任，就是内心的道德信念。不是浮面的“会来事儿”，不是作秀。

信远斋出的东西，样样地道，选料严格，制作精细。本着“修合无人见，存心有天知”的精神，一丝不苟，声誉才历久不衰。当年，就一间门脸，屋里收拾的窗明几净。侍应的小徒弟，光头，月白色竹布大褂白袖口，精神帅气。西墙下半圆形桌上，锃亮的铜茶盘，扣着白瓷小碗，洁白的布盖着。桌子旁是绿色油漆的长圆木桶，里面放俩大青花瓷罐，装着酸梅汤。周围是冰块，镇着。一块湿蓝布盖着。来喝酸梅汤，小徒弟给用竹提子，从青花瓷罐舀到白瓷碗儿里，端给客人。靠东墙有桌子、凳子。到琉璃厂来的，文化人多。信远斋的徒弟、伙计，有周围环境的熏陶，对字画、古书，瓷器、玉器、铜器，也知道不少。客人喝酸梅汤，坐会子，跟徒弟、伙计还能聊得上来，精神、物质都享受。

酸梅汤卖得火，不多做。每天两罐，早晨熬，熬好晾着，然后装罐冰镇。一天两罐，晚了没有。信远斋酸梅汤，喝到嘴里酸、甜、香、凉，喝完嘴里也老有桂花、乌梅的香味。东西好喝、环境雅气、员工谈吐不俗，使许多名流成为常客。学者、教授，作家、诗人，梨园大腕多慕名前来，品梅汤、尝蜜果、和员工东拉西扯。

前头提到卖酸梅汤是奉朱元璋为祖师爷的。信远斋后院柜房（经理办公室）悬有神龛，一张方桌大小，红漆描金。摆着五供，供着牌位。两面有字，正面是“皇帝万岁”（清朝地方官署供的万岁牌），背面是“朱天大帝”。为躲避“反清复明”的罪名，把明太祖称作朱天大帝。而拿万岁牌作掩护，这也是没法子的法子，上有政策下有对策。崇贤敬祖，是中国人的信仰。坚持信仰，给祖师爷增光，不能给祖师爷丢脸！这是内在的诚信，这是敬业精神的根源！也该是职业道德，尊师！不能光知道给财神爷磕头！

偷着祭拜祖师爷，明着决不说有官廷秘方。跟人说没新鲜的，用好乌梅，用心熬，煮透滤净，自己就能做。那时有那时的企业文化，今昔一比，自见高下。想当年，梁实秋、张恨水、张慧剑、梅兰芳、尚小云、马连良等都是信远斋的座上客。前辈们的诗文中，不少有关酸梅汤的叙述，也不少有关制作酸梅汤的老店铺的记载，前门外的通三益、瓮城圈里的九龙斋、西城的隆景和、后门的聚盛长等等。离我们最近的是张恨水，他的两句诗：“一盏寒浆驱暑热，令人长忆信远斋。”常被提起。

特色胡同

北京人恨“坑蒙拐骗偷”，也烦“吃喝嫖赌抽”。胡吃海塞、喝大酒，虽然不叫事儿，可花的是自己个儿的钱。不撒酒疯，就不碍别人的事，不待见也说不出什么来。被人给合并到“没出息”项下，“吃喝嫖赌抽”同类并列了。从过日子说，“吃饭穿衣量家当”，量入为出是原则，超出实力的开销总非所宜。这五项，都会败家、毁人、散德性，也是坑蒙拐骗偷的一个因由。有瘾，没钱，歪点子、坏主意就冒尖。一旦成瘾，自己没戒除的狠心，别人更拦不住。好心相劝，也许成仇人。比如嫖，语云：“劝赌不劝嫖，劝嫖两无交。”您瞧，劝他别去嫖，耽误了交情。反目成仇，多厉害！

嫖是买，卖是娼。这买卖有年头了，老行业！历史上出名的从业者不少——南齐苏小小，唐朝薛涛、鱼玄机，宋朝李师师，元朝刘婆惜，明朝还出了“秦淮八绝”。余怀的《板桥杂记》记述了“八绝”的兴衰荣枯和苦乐悲欢。清朝赛金花，活着就被写成小说《孽海花》、剧本《赛金花》。民国的小凤仙，因为跟蔡锷好，又有电影《知音》，至今还常提到。民间文艺演出的节目中，人们耳熟能详的也不少，《女起解》苏三，《桃花扇》李香君，《杜十娘怒沉百宝箱》

《卖油郎独占花魁》等。学者大家为之立传的也有，陈寅恪的《柳如是别传》、刘半农的《赛金花本事》。从古代到现代，各有千秋。妓也写成伎，层次高。懂文化艺术，琴棋书画歌舞都行，有良好的文化教养。

历史上的诗词中，妓女作品不少。据说《全唐诗》里，有21位妓女的诗。也有不少咏叹神女生涯的作品，《全唐诗》中，有2000多首。宋词里也常见。杜牧的诗、柳永的词，人们都熟。白居易的《琵琶行》，完整地描绘了“个中人”的生活历程。琵琶演奏者“自言本是京城女，家在虾蟆陵下住”。唐代长安虾蟆陵，是歌舞娱乐集中地。类似清末民初的北京前门外，大栅栏，“八大胡同”。

在旧时，人们常把八大胡同比作西方的“红灯区”，其实八大胡同比红灯区开阔得多，丰富得多，繁复得多。不只是简单的性交易，如果说得超脱些，性交易是幕布，幕后另有生意。休闲娱乐、吃喝餐饮、住宿歇息、商谈议事。这里都可进行，设施配套，功能完备。

清末民初，官僚政客们无论忙闲，都来此消磨。品茶、宴饮、填词弄曲。这是头等妓院，“清吟小班”的主营项目。在体制内，不参与走动，会被同僚看不起。笑话你是土老帽：“生长僻县，世为农民。本不知有人世甘美享用也。”为了不“土”，追时尚，跑胡同。除了玩乐，不管阴谋阳谋，也在这里运筹策划。大总统袁世凯，想当皇帝，在这里发动群众，组“娼妓请愿团”上街游行请愿，拥戴洪宪皇帝登基。大将军蔡锷反对帝制，维护共和，讨伐袁世凯。蔡将军的行动计划，也是在这里制订的。

二等的“茶室”，富商大贾、墨客骚人的去处。梁实秋说过：“打麻将应该到八大胡同去，在那里有上好的骨牌，硬木的牌桌，还有佳丽环列。”郁达夫在八大胡同，还认了个叫银弟的“相好”，写进自己的文字。民国北洋政府时期，“两院一堂”（参议院、众议院和京师大学堂）的人，交游广、应酬多，常跑胡同。也有“愤青”，到此地排遣发泄自我的苦闷。还有无聊文人以嫖妓博取“名士”头衔。做学问，又苦又累，还不易出名。情色风流传播得快而广，至少名扬“圈子”内外。

三等妓院称作“下处”，嫖客主要是“中产阶级”的“买卖人儿”。排在四等的下处或“暗门子”以及兼职型的“半掩门儿”，在八大胡同没有位置。分布在西珠市口街南一带胡同里、磁器口西南角上、西直门外头、广安门里的乐培园等处。

广安门乐培园胡同最近要消失，正在拆除。这里最早叫胳臂园，后改的乐培园。南口在广安门大街上，北口通原来土地庙后身的小广场。修宣武医院，占了土地庙，医院南墙堵死乐培园北口。还有西口，通报国寺东夹道。当年逢三土地庙庙会，乐培园是报国寺以西，逛庙会的必经之路。从西口进去向东北走，土路，又宽又平。路东有煤铺、大车店、龙海泉井窝子。逢庙会，胡同行人不断，路旁卦摊相连，占卜、相面、测字都有。南口窄，进口往西北拐，房屋院子看着比较整齐，有的门楼挂盏灯，有的门扇上粉笔写“民宅”二字。这一段，住户和四等下处交叉。灯是下处标识，写字是防走错门。这里下处来的客人，都是进门直奔主题，没有虚应故事。广安门一带老邻居，拿下处调侃，打哈哈。“乐培园挑水的——进门儿就倒。”“你们家街门上挂着灯，忘了写‘民宅’了吧。”“别说热，热了挨打（妓女和客人关系好，叫‘热客’，妓院老板不许）。”

客人们到这里“零碎结婚”，有难言之隐。娶不起媳妇的，单身北漂的，饥渴难耐的，不外商铺的伙计、拉洋车的、脚行的，也有穷少爷。广安门大街路南“顺兴大车店（草陈店）”的二少爷，就老跑这里。离着近，“物”不美，价廉。30来岁，染上脏病。大高个子，四方脸，愣头愣脑的小伙子，有病以后，脑子不好使，说话不清楚。睡眼惺忪，红肿流泪，鼻子里头烂着，黄色的脓、鼻涕、眼泪，在又黑又硬的胡子上堆着。挤眉弄眼，冲人憨笑。孩子们围着他看，叫他二傻子。后来身上一块一块烂，出不了门。没多长时间，死了。老人们跟年轻的说：“看见没有？年轻轻，自己个儿要了自己个儿的小命。可得长记性，千万不能跑‘瞎道儿’（嫖娼，老北京话叫跑瞎道）。”

乐培园这条小胡同，在京城久负盛名。《顺天时报》报道过：“报国寺迤东曰南北胳膊园，多土妓下处。现名乐培园，牛鬼蛇神，妖红怪紫，是为最下等之娼寮。”后来马芷庠、张恨水编写《北平旅行指南》，在介绍土地庙一节中也提到“附近为乐培园，原为胳臂园，多属土娼。庙会日，时出招致游客，亦殊为庙会减色不少”。胡同小，特色突出，名扬四九城了。

1949年11月21日，全北京市查封妓院。公安局外四分局，在乐培园查封8家，收容妓女30多人。全市查封200多个妓院，收容妓女1200多人。当天晚上8点，市公安局局长罗瑞卿率领2400多人，调用30多辆汽车，开始行动。

行动前，召集妓院老板、领家开会，宣读封闭妓院的命令，然后全部关押。

9点同时动手，封锁胡同路口，进胡同封锁妓院大门。把伙计（大茶壶）、嫖客轰走，妓女都被送到了设在韩家潭和百顺胡同的8个妇女生产教养院。一夜之间，全北京市的妓院一扫而光。

旧社会妓院有执照，妓女有证，交捐纳税。当年的管理者设立妓女检查所，《四世同堂》里的大赤包，不就荣任所长之职吗？不是老舍先生杜撰，是实有其所，南城在骡马市大街东头路北。梁家园南口往东四五十米。临街灰色二层小洋楼，三间门面。西头一间拱形大门，进去有个院子，三面都是楼房。门旁挂白漆木牌写“××妓女检查所”（新中国成立后归卫生局，办过中医学校，做过防疫站）。定期给妓女检查身体，打预防针。染上病的给药、注射，发禁止接客的通知，收效甚微。

收容的1000多人中，大多数感染性病，没病的不过四十几个，有病的自然会传染嫖客。那时街上的官茅房（公厕）墙上贴满红绿纸广告，都是专治花柳病，专治梅毒淋病的。老舍《骆驼祥子》里写过祥子的同行，就有“脑袋顶着墙都撒不出尿来”的主儿。在性交易中，买卖双方都不安全，都受伤害，是全社会的大祸害！人民政府的这一断然举措，深得人心。

人们写诗为文揭露妓院老板恶行，颂扬查封妓院善举。马少波、辛大明创作话剧《千年冰河开了冻》，市委宣传部邓拓、李伯钊审查批示后，妇女教养院专门成立剧团排练。请了导演、少数演员，选教养院收容人员30多人参加配合。排练一个月，1950年春节后就公开上演，地点在鲜鱼口里华乐（大众）戏院，每天两场。参演的学员，头次上台，错位忘词、动作失调，都有。观众不计较表演上的不足，演一个礼拜，场场爆满。评戏编了新戏《枪毙黄宛氏》在珠市口华北戏院演出，也每日两场，戏票也一抢而光。老百姓想知道妓院的内幕，关注妓女们的命运，拥护人民政府的行动。

到1950年6月，教养院结束。被收容的人，或回家，或结婚，或参加工作，都有妥当的安排。据说到清河制呢厂工作的最多。一位嫁到白纸坊的吴女士，丈夫抄纸，她晒纸。夫妻恩爱和美，直到白头。一位任女士嫁了瓦匠，在西城房管局。任女士学了油匠，夫妇在同一单位。抱养一个女儿，一家三口幸福快乐。她们曾经风尘，口快心直有侠气。肯让人，不计较，容易相处。这些旧时烟花女儿，翻身以后，为社会做了贡献，晚年过得安逸舒适。

杂院琐记

前两天，朋友来串门儿，聊起老北京的先前。读到的文字，看到的影像，听到的讲述，多是皇家旧事、官府逸闻。生在市井、长在街巷的草根提的不多。草根百姓在哪个时代都是绝对多数，好像该多说说。我做草根一辈子，经过见过的都是老百姓的事。

北京的杂院，不是开发商按设计盖的专用住宅。遮风挡雨，坐着能直腰，躺着能伸腿，就是“宅”。低矮的棚子，高大的厅堂，都将就。破庙宇、旧会馆、没落的宅门、倒闭的商铺、废弃的库房，都是杂院的开发地。

杂院的形成、发展和“局势”相关。从民国说起，北洋军阀混战，人们躲战祸，往城里跑。日本侵略中国，“跑日本”，也是城里相对太平。国共内战，也有人挤进城来。人多住房紧，一拨又一拨，杂院就日见其多。

北京历来为移民城市。想发展，奔前程，上北京。躲灾祸，求太平，进北京。北京杂院，省钱，容易相处。四海之内皆兄弟，关上门就是一家子，广为包容。

我说的杂院，是城南广安门内大街一带。时间是20世纪40年代末至50年代初。别的地区不熟，早的没赶上，晚的变化大。

几代人在广安门内路南，经营餐馆。1937年，我生在餐馆的后院，那时候是独门独院。1942年铺子关张，到上学时就成了杂院，住了八九户人家。近邻也是杂院，左边大车店，生意不好。保留几间房营业，余下十多间小房租给了十几户人家。右边木厂子，掌柜的招了三四户房客。对门，韦驮庵庙里住着十多户，还有一大车门的院子也是十来户的杂院。1954年搬离祖居，到安家庄（现在的菜园东里，崇效寺旁），到裘家街（已无），到报国寺，都是平房杂院，大约得终老此间了。

穷人的谋生路子不一样，生活习惯不同。可同一个社会阶层，会有共同的一面。住在一个院里，也必有许多共同认可的规范和习以为常的生活方式。半个多世纪，经过了大的浩劫，小的人祸天灾，磨光冲净旧日痕迹。趁着没忘干净，记下些，留些先前的曾经，希望得到大家的指正和补充。

夏仁虎先生在《旧京琐记》正文之前有篇“引”，还有六条“发凡”。其中第二条是：“是编所记，不免谬误。或当日闻焉弗详，见焉弗审。向壁虚构，则非所敢。”援引过来，奉为圭臬。

一

这个院东西向占6间临街铺面，南北向勾连搭6间，后面有两层院子。临街铺面当中有一间开大车铺（修骡马大车，占两间房），剩下西三间、东两间铺面。东两间铺面的12间房，租给前店后厂的“联升鞋店”。西三间当中走道，左首10间，鞭子铺5间，门市、住家、库房。山东来的回民小两口一间，男的推独轮车到广外达官营菜市炸油饼卖。刘记毛厂子，7口人一大家子，占8间房（右首4间）。右首临街山西人夫妇带俩孩子，用两间，“熬碱”为生。陈姓老夫妻二人用两间，以手工制作杆秤为业。前院只是一长条缓冲带，买卖和住宅分开。后院有6间房，张姓回民，本地人，有4个孩子，用两间房，在烧饼铺耍手艺。还有打鼓的丁家和原住户一家，主人赋闲。只有三户的男人每日必须外出，其余都在家里营生。那个时代女主内，家庭主妇操劳所有家务，睁开俩眼就忙，没拾闲儿的工夫。

早晨第一个起来，下炕笼火（生炉子）。冬天，把炉子搬到屋外，掏净乏煤炉灰，炉箅上铺一层乏煤球。点着易燃的引柴，放进劈柴，搁上拔火筒。劈柴烧旺，添煤球，火苗子被压住，冒浓烟，呛得出不来气、睁不开眼。待青烟散去，煤球发红，再续一簸箕煤球，拔上。十几分钟后，火上来了，蓝色火焰成了玫瑰色。拿开拔火筒，炉子端进屋。敲开水缸里一层薄冰，带冰块灌满铁壶，坐在炉子上烧水。招呼家人："老爷儿（太阳）晒屁股啦，还不起呀！"跟孩子说："起来，尿！我等倒盆儿呢。"睡觉时，炕前搁小凳放小瓦盆，伸手拿进被窝解小便，再倒进地上的大尿盆，不出被窝不下炕。早晨倒尿盆是主妇的事。

倒尿盆回来（院里都有茅房），叠炕（被褥）。被褥折叠长条，靠墙码放整齐，罩上单子。不许一人一卷地放，懒汉卷儿，光棍堂子（单身宿舍）才那么放。扫炕，放炕桌。水开了，沏茶，闷上。漱口，刷牙，洗脸。喝茶，吃早点。北京人不做早饭，早点早点，就是点心点心。买套烧饼（芝麻烧饼夹麻花即油条，叫一套。油条是南方人的叫法，北京油条，是摞两条面，中间给一刀，扯开，长圆圈下锅。拉长了的焦圈，叫麻花。为区别，就有脆麻花、蜜麻花、馓子麻花等），吃块糕点，烤窝头片，热剩饭——杂院早点以"打扫"剩饭为主。串暖壶，即把暖壶里隔夜水加热烧开，灌回。打发孩子上学，伺候男人出门，备好换的穿戴、随身用品。在干这些活计中捎带喝茶、吃东西。

人们走后，搞卫生，归置屋子。坐到炕上，端出针线笸箩。补袜子，纳鞋底子，缝补旧衣，缝制新衣，织毛线，绣枕头。无尽无休的女红针黹。倘若男人挣钱少，还要揽外活添补家用。在家里给别人缝补、洗涮，给小作坊纺毛线（纺毛儿），给鞋铺缝搪底（布鞋底上的衬布），锴口（骆驼鞍儿毛窝前后梁上丝线缝的结）。工钱很低。杂院里的妇女还要算计着过日子，量入为出，都是从牙花子上省。手脚不得闲，心思也不得闲。

二

杂院的事不外吃喝拉撒睡，衣食住行玩，穿插着生老病死。那会儿的冬天比现在冷多了，可屋里取暖只靠烧煤球的铁皮炉子，不能安烟筒。为防煤气中毒，添火续煤，要搬到屋外。火烧旺了（没蓝火苗了），再搬进来。夜里睡觉，炉子当然放到屋外。平房四下透风，“五风楼”，存不住热气儿。没火炉子，就是冰窖。盆儿里碗儿里有水，夜里准冻成冰坨子。早晨洗完脸，水泼到屋门外洒开，不然就成冰场。泼水的工夫，几秒钟，“刘海儿”沾的水就冻成冰了，啪嗒啪嗒敲脑门儿。一摸门把手儿，“粘”上了。“滴水成冰”是实录，绝非夸张。

身上保暖就只有棉袄。家境过得去的，里面套件绒布小褂，白布汗褟儿。秋衣、绒衣、毛衣，没有。没钱的就空心穿，棉袄里子直接贴肉。干活出汗，前心后背空隙大，一任冷风窜。对襟小袄，纽襻系不好，冷风直吹肚皮。女的穿带大襟棉袄还好些。衣服、鞋都是“家做儿”。做不过来，不会做，没人做，街坊们都会伸把手。关系近的，上赶着张罗；来往少的，你肯张嘴，也不会推辞。有到布铺撕布的钱，就不会换不下季。

男的常在室外，棉袄外头腰上系条褡膊，没褡膊系根绳，说是“多穿三层，不如腰里一横”。下边单裤、夹裤、棉套裤，裤脚绑腿带儿。男女都绑腿带。腿带儿，专门织的带子五六厘米宽，五六十厘米长，两头不织满，留七八厘米的穗子，绒线铺卖。男人、老人用黑色的，年轻女人、孩子用彩色。脚下厚棉鞋（毛窝）。做小买卖，挑挑儿，推车流动，脚底下要灵便。摆摊，固定一地儿，老站着坐着，脚底下就要暖和，笨重无妨。穿蒲草编的鞋，很厚（3厘米以上）很轻。不结实，便宜。一般外头包薄皮子（皮毛衣物的边角料），底子缝胶皮或按鞋大小钉木板。胡同口上卖油饼、切糕、烤白薯的，穿这鞋的多。也有穿“毡疙瘩”，样子如蒲草鞋，羊毛做的，贵点。

那时大男子主义者多，主外，挣钱养家为主。挑水、劈柴费力气的活儿，不得不干，别的就光动嘴了。当然，没有休息日，除非刮风下雨，老天爷放假。

闹天儿，杂院狂欢："过阴天儿。"家家剁馅儿，乒乒乒乓，切菜刀、案板交响曲。吃饺子，喝酒！杂院的俏皮话，"阴天打孩子——闲着也是闲着"。除了天气恶劣，没有闲着的工夫。

不论碰上什么，男人得出头。露脸是他，现眼还是他。穷到要饭，也得他在前面先喊："老爷、太太！行行好吧！"女人难，男的也不易。院里有了难事、急事、突发事，老爷们儿得先冲出去。北屋老太太一嗓子："快来人哪！"西屋小伙子跑过去："怎么了？大妈！""你大爷晕过去了。我弄不动他。""您靠边儿，我来！"说着扶老爷子坐起来，一手拽过被子、枕头叫他靠着。别的屋听见动静，也跑过来。四五个人，把老头围上。"要不抬着上医院？"老太太遇事则迷，乱了方寸，蒙了，念叨着："也不知怎么了？也不知怎么了？"小伙子用手摸了摸老头的口鼻，顺手掐住人中，扭过身，说："没事儿，没事儿！出气儿还匀实。开开门，透透气。怕是煤气闹的。火没上来，就端进屋？""火苗子老高，才搬进来的。""再待会儿，缓不过来，就上医院。"不大一会儿，老头挺挺胸，张口喘气，睁开眼，看一屋子人，问："我怎么了？"别人问："您觉着难受吗？""还行。像刚睡醒，浑身皱巴。""您要觉着没事儿，下地，扶您院里走走。"南屋大叔过来跟西屋小伙子说："你回去缓缓。我来！"几个人拥着老头到院子里。走了走，好多了。老头说："我觉得没事儿了。"老太太说："真是的！折腾大伙半天，净给添麻烦。""瞧您说的！走道的犯病，碰上也不能不管哪！住一个院，还能分彼此？都是应该的，有事儿您就言语声儿。谁都有用谁的时候，客气倒耽误事儿。您先回去歇着吧，待会儿再看您去。"说着各回各屋了。

老人急病，没人呢，就许出大事，有人调理调理就许没事。那会儿一个没钱，一个医院医生少。杂院的人，有病扛着，自己治，刮痧，放血，拔罐子，喝姜糖水、盐水，吃偏方，送外祟[1]，到药铺问药。都不见效，才轮到找大夫，

---

[1] 外祟，旧时迷信，认为有病是鬼魂妖魔缠身。旧皇历上有这内容列表，按得病的时间、症状查找。相符的按列表的解法做，叫送外祟。

去诊所。上医院还得骆驼撒尿——后稍稍（溜溜）。医院少、远、贵。这一带只有市立第一医院，在万明路。有病去医院，是最后的选择。一有病就找大夫，抓药，杂院人认为太娇气。小姐的身子丫鬟的命，有辱杂院人的刚强！

杂院的人不是不珍爱生命，没学过革命的人生观道理，可常听评书，常在庙会上听劝善的连说带唱。往心里去，也当回事，奉行不悖。“好死不如赖活着。”“蝼蚁尚且贪生，何况人乎？”“上天有好生之德。”尊重一切生命，把人伦道德看得极重。活着，长大成人，报答父母，报效国家。否则就是坑害父母，坑害社会。不赞成轻生。“不幸短命死矣”，孩子夭折，劝慰健在的老人：“您想开喽，甭想他。他是来要账的，花够了，走了。讨债鬼！”忍耐病痛，不是轻视生命，是生存的无奈。

杂院的人很少去医院，住院就少之又少。平时是卧室得病是病房，重症观察，病危监护，临终去世，都是那间房！重病卧床了，全院人都会关照。说话声小了，走路轻了，嘱咐孩子：“刘爷爷病了，别在院子里闹腾，门口外头玩儿去！”有人不注意，在院子里高声大嗓的，就有人提醒：“小点声嗨！南屋有病人。”尽量保持安静，照顾病人。病人不行了，家里人手少。又是男人出面帮忙，找板凳铺板，支床，把病人抬到床上（不许死在炕上）。帮助本主跑冥衣铺，定烧活，上棺材铺，定棺材，忙活后事的准备。没换装裹（寿衣）咽气了，给死人穿衣裳，胳臂腿儿硬了，费事。妇女也胆小。男人不害怕，力气大，出面时居多。

也有男人不宜的情形。新生命到来，男的就得躲远点了。那时没有政策限制，一对夫妇生三四个孩子，不新鲜，对孩子也没有现在看得重。生孩子都在自己家里，有的妇女身体强壮，自己生下来，自己剪脐带，包孩子，收拾一切，完全“自助”。大多数是请人到家里来接生。街坊里会接生的妇女，看谁家媳妇身子显了形，常热情张罗：“到日子，我给你接。甭找别人。”不愿意搭人情，就请“姥姥”（北京人管收生婆叫姥姥）。有“官”姥姥（持有卫生机关发的执照）、“私”姥姥（无执照），“官”姥姥收费高。临产，请姥姥到家里来。产后，街坊向产妇家人道喜、致贺、送礼。小米、黑糖、鸡蛋、“缸炉”（专供产妇用的糕点）。产房堵得密不透风，房门挂红布条，示知：坐月子了，不得擅入。产妇不出屋，丈夫伺候月子人，减少外出。有公婆，婆婆伺候，外人不进产房。“洗三”，接生姥姥来。满月，外人能进屋了，街坊们会来看望憋白了的妈妈，道喜、慰问、夸孩子。有的给孩子点礼物，首饰楼买的锁、项圈、手镯、脚镯，红线拴制钱，过得着也送红包，写上“弥敬”、“弄璋之喜”（男孩）、“弄瓦之喜”（女孩）等。有富余摆几桌办满月。不富裕说客气话给人道谢。孩子满月，全院喜兴一天。

现在还有杂院，人不一样了，旧习气少了。

三

杂院的特色当然是杂，四面八方的人聚在一处。光说口味，就南甜、北咸、东辣、西酸，各有所好。可杂院人都是过日子的高手，重点在“省”的宗旨一致。俭省引领口味，也圈定卫生标准——没干没净，吃了没病。饼烙糊了，面条煮烂了：“糊饼烂面不伤人。”至于营养，推崇小米：“小米粥，养人！要不坐月子都喝小米粥呢。一米度三关嘛。”美味最是剩面条：“面条热三遍，给肉都不换。”对付馋虫的办法是：“要解馋，辣跟咸。”而无论咸淡都有理：“咸中有味淡中香。”杂院的观点：“嗐，多么好的吃食，过了嗓子眼儿都一样！”“香香嘴，臭臭屁股。”

“省”，是两项。一要成本低，花销少，数量多。还得顺口儿，吃的做的都高兴。二要耐饥，扛饿，禁时候。灌一肚子豆汁，塞一大碗豆腐渣。钱省下了！撒泡长尿，放俩响屁，肚子一瘪，脑袋就耷拉，霜打了似的，蔫了。没了精气神儿，您还靠什么挣钱？

杂院，大都本地人少，外来户儿多，山东、山西、河北籍居多。河南人大批进京，是50年代初了。大兴土木，建筑员工多河南籍。杂院人过的是京城环境下的农村日子，讲的可是京城的老理儿。老住户不欺生，热心肠，仁义厚道。新住户入乡随俗，按老住户的做派来，不出幺蛾子。老的风气，旧的规矩，一茬一茬接续着。房客换，院风不改。新户老户，宽厚相容，融洽融合，这是北京精神的包容和厚德。

吃东西口味不一样，可都是面食为主。不外蒸的、煮的、烙的，窝头、馒头、面条、烙饼。窝头为本，要细分，也好几种。

蒸窝头的面就好几样：一糜子面。糜子米，比小米颗粒大，颜色浅。糜子面窝头，嚼着肉头，有特别的香味。也是小吃"面茶""茶汤"的原料。二小米面，也叫"小和面""三条腿儿"，成分是小米、玉米、黄豆。三棒子面，也叫"杂合面""玉米面"，纯玉米。个别时期还有"混合面"（日伪时期），高粱面、白薯面。棒子面常吃，小米面有时吃，糜子面是买卖家、作坊吃"犒劳"——改善伙食时才吃。住户几乎不吃，贵。好吃就吃得多，费。吃过的说："暄腾，跟馒头似的，能剥下皮儿来，比馒头还好吃。"

和得了面就蒸，净面窝头。放糖、掺菜、按几个枣，糖窝头、菜窝头、枣窝头。荤油、虾皮、白菜帮做馅儿，就叫菜团子了。窝头金黄色、圆锥体，雅号"黄金塔"。别名"托子"，也叫"里一外九"——双手捏窝头，九个手指在外头，一个手指在里头。

那时吃馒头如同现在吃窝头，吃个稀罕。过年过节过生日，蒸洋白面馒头。过年（春节）大量蒸，至少要吃到正月十五。冬天坏不了，窗户外头就是冷藏库。空缸，空盆，装冻馒头，盖严实，压瓷实。不进土，猫、狗、耗子祸害不着。也蒸豆包糖三角，手巧的做些动物（如刺猬、小兔、当年生肖等），吉祥物（如万字、佛手、如意等）。有木头模子的蒸带吉利字（"福""禄""寿""喜"）的。老人过生日蒸寿桃。平时改善伙食就刀切手揉，不弄花样。光为换换口味，蒸黑面（全麦粉）馒头，两样面（白面、玉米面）的。也蒸金裹银的：把发面擀成大片，玉米面加葱花、盐、五香面儿和好，放在上头，摊匀。卷一长条，切馒头大小的段，上笼屉。蒸熟，断面黄白相间，葱香、椒盐香，不难吃。蒸的还有主副食合一的“扒拉儿”，山西人叫“苦累”。春天的槐花、榆钱、野菜，小白菜、豆角、茄子等，拌上棒子面蒸熟，出锅后趁热拌上蒜汁、盐，点点儿香油。又是菜又是饭。

蒸烙并施的贴饼子。在柴锅上做，那时杂院儿乎家家窗下垒柴锅，柴火、能烧的破烂都填灶火塘，省煤钱。和好窝头面，锅里加少量水，烧热。面做成椭圆形饼，锅里贴一圈。盖锅，笼屉布弄湿，封严锅沿，不使跑气，连烙带蒸。一层焦饹馇，脆香。为省事省时省柴火，主副食一锅熟。锅里的水炖菜，白菜、茄子、萝卜，名菜是天津风味的熬小鱼——贴饼子熬小鱼。贴饼子、菜，同时出锅。贴饼子，锅必须烧热，不然贴不住。杂院的俏皮话儿：凉锅贴饼子——溜了。

煮着吃的，除了饺子、馄饨就是面条之类。“之类”是说和面条吃法相同，形状不一的各类面食。面条，北京人叫一个字“条儿”。手擀面叫擀条儿或切条儿，抻面叫抻条儿。常吃的两样面切条儿、荞面条儿和做汤面的杂面条（绿豆面）。细高粱面、细玉米面加上榆皮面也可以擀面条。榆皮面，是杂粮面粉添加剂，起黏结作用。那时卖榆皮面的走街串巷，背小布口袋，提个盘子秤，吆喝：“榆——皮面！”这东西用量少，一斤面加三五钱就够。每次也就买半斤。加进榆皮面，没劲的杂粮面，就和麦子面一样，能擀很薄的面片，包饺子（蒸着吃）、切面条都行。煮面的汤发黏，面条特别滑溜。

面条煮熟，直接捞到碗里，叫“锅儿挑”；先捞到清水盆里，叫“过水儿”。怎么吃分季节，看“浇头儿”。锅儿挑，炸酱，拌着费劲。

不切作长条，斜着下刀，两头尖尖的柳叶，菱形的小片。还可以拨鱼儿，压饸饹，摇嘎嘎儿。嘎嘎儿是纯玉米面，也叫“切方、摇圆、盆儿里碰”。热水烫面，比蒸窝头的面硬。撒干面，在案板上墩成十多厘米方块，切片、切条、切骰子块（切方）。盆里放点白面，骰子块倒进去，摇，使小方块裹层白面，也摇去棱角（摇圆）。都是煮熟捞出，浇作料，拌着吃。

面浇头，炸酱挂头牌。家庭常备，省钱省事，炸一锅酱，瓷罐子一盛，吃半拉月。肉丁、鸡蛋、虾皮、豆嘴儿、豆腐干，都是酱的搭档。也有只放葱姜蒜的素炸酱。打卤，北京的打卤面比炸酱面高一档次，显得庄重，能上席面。北京的卤讲究，口蘑、黄花、木耳、鹿角菜、白肉片，酱油、盐，勾芡，甩蛋花，浇花椒油。但没有味精一说，有味素，铁盒装，印着日文“味の素”。杂院人不用，把“の”当草书的“四”，说“味四素”是人骨头炼的。

浇头是把白坯儿面变得有滋味，那法子就多了。醋卤、素卤、茄子卤、麻花卤（油条切小段，葱花炝锅，稍煸，加酱油、水，开锅勾芡）、韭菜卤、炸咸汤（腌咸菜的汤，浇热花椒油）、炸酱油、三合油（香油、酱油、醋）、芝麻酱、羊肉氽儿、白菜氽儿等等，多了去了。夏天奢侈一回，买烧羊肉要碗老汤，高级浇头。那时西红柿没普及，人们吃不惯。没有鸡蛋西红柿拌面，更没有“牛肉面”这个品种！

烙饼，人们常吃。现在多在外头买电饼铛烙的大饼，在家做着吃的少。当年杂院都自己烙，在“炙炉儿”上烙。“炙炉儿”，用做砂锅的料烧制，十来厘米高，30厘米直径的圈，上面是有许多小孔的凸起鼓面。扣在火炉上，擀好饼放在鼓面上。翻动几次就熟了，外头不刷油。也用来烤窝头片。铁饼铛，当年不是家家预备。

大柴锅、炒菜锅也用来烙馅儿饼、家常饼、糊塌子以及“北京比萨”——糊饼。现在京味餐馆还有卖糊饼的。锅里摊个玉米面饼，上头铺一层拌好作料的菜，饼熟菜热，铲子铲在盘儿里。没比萨那么花哨，也是那意思，饭菜合一。饼的样数也不少，白面的有家常饼、脂油葱花饼、芝麻酱糖饼、五香椒盐发面饼；棒子面饼、荞麦面饼、两样面饼（“两样”专指白面和玉米面）、金裹银饼和剩饭加面粉做的饼等等。

杂院也吃米，大米、小米、高粱米，大多熬粥喝。好大米，小站稻、京西稻，买一斤半斤，给老幼病孕添补。平常吃机米（糙米），和小米一起煮，二米子粥、二米子饭。也吃高粱米饭、高粱米粥。吃干饭都是捞饭，米煮到六七成熟，笊篱捞出，上笼屉蒸熟。米汤熬菜用，营养不流失。可能是煤球炉子火候难掌握，极少做焖饭吃。小米分伏地米（本地产）和口小米（口外，张家口一带产），伏地米贵，沙子少，吃着绵软，香。口小米便宜，沙子多，不绵软，熬粥不黏糊。高粱米也有好赖，一如伏地米跟口小米的区别，好的软糯，赖的硬涩。

杂院日常饭食，如后来一位伟人说的“干稀搭配，杂以瓜菜”。干的是窝头，稀的是粥或热汤面。蔬菜少时吃咸菜、干菜，蔬菜贱时多吃瓜菜。凉拌、暴腌儿（只用盐）、蘸酱、生啃。不能生吃的才下锅，下锅不都用油炒，熬煮也是烹调。

杂院主妇，在做饭上有七十二变的招数，最能相机应变，极具创新精神。说不全，你以为都有了，她又出新招了。

记些今天已见不到的情景，帮老年朋友回忆，使年轻朋友知道些陈年旧事。趁自己还记着，写出来留住记忆。

1921 年，广安门北面瓮城外

杂院夏日

说起五六十年前杂院的夏日生活，现在的人会喊“那可受不了”，认为苦不堪言。过来人回首当年，确实是穷困难熬。不过也不是老双眉紧锁、满面愁云，黄连树底下弹琴——苦中作乐，还有乐不可支的时候。

现在的夏天，人们热不着，冷气、空调、电风扇，冰棍、冰糕、冰激凌。甭管大马路晒得像饼铛，小胡同闷得像蒸笼，您只要不出门，就是清凉世界。先前住四合院大宅门儿的主儿，有钱，可制冷技术没发明。最高档享受，是买块天然冰，搁屋里散凉气儿。杂院的住户，就更甭提了。降温，只靠凉水，“井拔凉”。屋里有地方，摆一瓦盆凉水，吸热。地方小，洒水。洗脸盆老泡着手巾，时不时地擦脸、擦身上。再是扇扇子，用体力换凉风。

杂院之杂，一言难尽。院落房屋，多是改变用途后，“沦”为杂院。如原本是庙宇、会馆、旅店、商铺、宅门，种种原因，分隔成了穷百姓的“蜗居”。通风、采光、保温、隔热都无从考虑。房客五湖四海，异乡异客昧平生。说话土语方言，饮食南甜北咸。行业不同，面孔陌生。硬聚在一个院子里，关上大街门，便是一家人。冬天、夏天，全院“同此凉热”，相处久了，彼此知冷知热。

知冷知热，同心同德，相异减少，相同渐多。夏天杂院的吃食，一致认可：“天儿热，得吃点儿顺口儿的。”常吃的，一是水饭，绿豆、小米儿，二米子（大米、小米），高粱米。米做成饭，水洗去粘。凉水泡饭，是为“水饭”。吃着凉爽，营养尽失（当年不懂）。菜，黄瓜垫底，拍黄瓜、小葱腌黄瓜、蘸酱整条黄瓜。菜园子不懂用药，入口不去瓜皮。也吃便宜的应时蔬菜，间苗儿下来的萝卜缨、白菜苗以及其他。不炒，生拌，不宜生拌，蒸（如茄泥）。二是过水面，白面的、荞面的（当时比白面便宜好多，而今是贵好多）、两样面的。北京把面条简称“条儿”，有切条儿、抻条儿的分别。抻条儿必是纯白面，和面要加盐跟碱，盐是骨头，碱是筋，不然没“劲”。所以有俏皮话儿：“棒子面儿抻条儿——要这穷劲。”面条熟了过凉水，加“浇头儿”。芝麻酱、三合油、炸酱油、咸汤儿（腌咸菜的水）等等，躲着油腻。菜码儿就多了，几乎所有蔬菜都可入选。

夏天瓜果多，价廉，常吃。用旧话形容叫：“浮瓜沉李。”“浮甘瓜于清泉，沉朱李于寒水。”那时的杂院保留着遗风，吃凉的瓜果，要放在篮子或网兜里，拴绳子系到水井里泡着。吃的时候提上来。离水井远，就打一桶水泡上，凉凉，再吃。瓜的品种多，西瓜、香瓜（甜瓜，香气浓）、老秧瓜、酥瓜、面瓜（面猴儿）。果类，桃儿最多，有种毛桃儿，现在没了。毛多、小、到嘴里发苦，便宜。杂院人爱买（不是爱吃）。

也有冷饮。摆摊的，一般只有果子干、酸梅汤。早点铺夏日午后兼营的，有冰箱（木条箍的椭圆大木桶，存放天然冰），有手摇的刨冰机。汽水、梅汤、刨冰，品种多。午后清脆的冰盏声，是杂院人午觉的“起床号”。起来以后拿小板凳儿，坐到阴凉地儿“醒盹儿”。勤快人会打桶“井拔凉水”来，招呼街坊：“来呀！凉快凉快。”蹲下身子，双手把桶歪着，就着桶沿儿，咕咚咕咚灌一气儿。站起来抹嘴：“好痛快！”轮着喝，“痛快”到搬起桶往嘴里灌。水喝光，“盹儿”醒透。在街上吃碗果子干，吃盘儿刨冰，是偶尔奢侈。常是门前推自制小车，喊着“冰核儿多给”的半大小子过来，端个大碗出去，花2分钱。一碗碎天然冰，透明的，有细小絮状黑色河泥可见，不嫌。放进嘴里，咽到肚里，凉个痛快。

夏天昼长夜短，睡不足，亏觉。孩子们游戏唱：“天长喽，夜短喽，耗子大爷起晚喽！”为谋生，有人睡不足也不能“起晚喽”。有的无须早起，趁凉快多睡会儿。多数是前半夜睡不着（热），后半夜睡不醒。

早起的人轻开门、慢行走、不出声。杂院夏日的清晨，是一天中最安静的时刻。待到多数起床，开窗换气时，也隔窗闲话。“昨儿晚上有点风，不热。睡得踏实。”“可不是。我们嘎子睡得死猪似的，一宿没翻身。我也是。早晨吃什么？”“剩的。不吃就坏了，可惜了儿的。”“可不！就得一顿一打扫。”那时剩饭菜，舍不得扔，即时吃光。量大，土法冷藏，剩东西放锅里，大盆盛凉水泡着。

太阳下去，人们纷纷回来，院里院外，热闹一片。进门先洗，浑身黏糊糊，衣裳贴着肉，坐着站着都难受。擦洗干净，换件衣裳，吃饭都香。家家炉子上坐脸盆热水，等“挣钱的”回来。街上宽绰在街上，院里宽绰在院里，脸盆放地上，搁一小块儿碱，倒热水化开。光膀子大洗，洗头、洗脸之后，湿手巾擦洗身子。后背，双手扶盆沿，臀部高耸。媳妇儿帮忙，从臀上边到肩膀，连擦带洗，净水冲。用肥皂少，洗浴液更没发明。叫“冬使胰子夏使碱”，碱和分泌的油脂，在皮肤上皂化，去汗味、泥污快。“挣钱的”一天没见面，像久别重逢，话没完。高声大嗓地交流当日的见闻：“二哥，您猜怎么着？今儿碰个新鲜事儿！”“嗐！我遇这事儿更邪乎。”站在边上的媳妇儿急了：“先洗，先洗，我等着给你冲后脊梁呢。吃饭再聊，好不好？”

擦洗完，归置桌子吃饭。炕桌摆在屋门前，小板凳放好。绿釉瓦盆盛着水饭或凉水泡着的面条，放旁边，往碗里盛方便。家家门前摆饭桌，开饭时间几乎一致，院子是露天饭厅。有喝酒的，白酒、啤酒还不流行。酒菜儿，不单预备，赶上什么是什么。一条黄瓜，一个青辣椒，挺美。醉翁之意在酒，无关乎菜也。落座开席，向邻桌致意：“先偏了，您哪。”举杯相让：“尝尝我的。”“隔席不让，今儿咱两便。找机会，一块儿凑凑。”

晚饭后，熏蚊子。讲究的，买“火绳”，野蒿子编辫子，晒干。点着只冒烟没火苗，放地上不灭，不呛人。也自己到野地坟圈子拔蒿子晒干。不讲究的，废纸、破布、臭鞋、烂袜子堆一堆，点着喽，把火苗踩熄，沤烟，把蚊子熏跑。

人们坐到街上，躲烟、纳凉。吃饭的炕桌，搬到外头当婴儿床。铺棉垫儿，枕席，放小枕头。婴儿躺着，大人坐小凳儿守着，拿扇子轰蚊子。孩子酣然入睡，大人不停地点头打盹，扇子不停。

杂院的人几乎都聚到街上，台阶、小板凳，座无虚席。山南海北，谈笑风生。年轻的围一圈“打屁股”，一人并腿端坐，一人躬身脸埋在坐者腿间。围观者一人打埋脸者一下，装若无其事。被打者转身指认，认不对，继续趴下挨打。指认对了，打人者趴下替换。不论指认对不对，哄笑不断。路灯少、灯泡小，灯杆下昏黄一片。好清静、眼力好，就跑到昏黄处下棋，带走几个观战的。孩子们跑到灯火辉煌的商店门前捕捉蚂蚱之类的昆虫，把鞋扔向空中企图捉到蝙蝠。

唱大鼓说书的盲人，也来。两位，一男一女，男的伴奏，女的演唱。有承头儿的张罗：“唱段儿吧。我给敛钱。”搬个凳子，弹弦儿的坐下，给演唱者腾块儿地儿。一般是西河大鼓、单弦儿。演唱者请点节目，“不点了！唱段儿拿手的吧。”街头演，不讲价钱，敛多少是多少。请进院里，就计时收费了。

杂院人午夜前后才回屋睡觉。有的营生要头天晚上“打夜作”，准备第二天的东西，就没时间到街头乘凉。像卖油饼的一家，先按比例配盐、碱、矾，颗粒碾碎、化开。加面、加水，和匀揉透。大缸、瓦盆，四五十斤面，一干仨钟头。别人凉快够了，他才完事儿。早晨5点别人睡得正香，他得起来轻手轻脚地点火生炉子，随着赶早出摊儿。他的好处在晌午到家，睡一下午。

杂院人晚饭后的夜生活算是欢快、欢乐、欢喜，是苦涩中的甜味调和，是滞涩中的油脂润滑。

1921 年，广安门城楼北立面，城墙内侧的马道，城楼城台高出城墙顶面，以斜坡面衔接